Le printemps des cathédrales

Du même auteur
aux Éditions J'ai lu

Au temps oùla Joconde parlait, *J'ai lu* 3443
Les dîners de Calpurnia, *J'ai lu* 4539
La Fontainière du Roy, *J'ai lu* 5204
Les Ombrelles de Versailles, *J'ai lu* 5530
Les chevaux de Saint-Marc, *J'ai lu* 6192
Demoiselles des Lumières, *J'ai lu* 7587

Jean Diwo

Le printemps des cathédrales

« Au Moyen Âge, le genre humain n'a rien pensé
d'important qu'il ne l'ait écrit en pierre. »
Victor HUGO, *Notre-Dame de Paris.*

« J'aimerais m'asseoir à la table
de ces tailleurs de pierre. »
Auguste RODIN, *Les Cathédrales.*

À Martin et à Charles.

Chapitre I

Maître Pasquier

Dans la salle commune, la « chambre chaude », éclairée par une chandelle et les flammes du feu de bois, la famille Pasquier prenait le repas du soir. Personne ne parlait lorsque le maître trempait le pain dans son écuelle de soupe. Marie, sa femme, et les deux garçons, Renaud et Thomas, mangeaient en silence, attendant que Jehan, le *magister lapidum*, maître d'œuvre qui régnait sur sa famille comme sur les « œuvriers » du chantier de la nouvelle église, pose une question ou commence à raconter quelque incident survenu dans la journée.

À une lieue, tout près de la frontière qui séparait le domaine de la couronne française de la Normandie anglaise, l'abbatiale des bénédictins de Saint-Germer-de-Fly s'élevait déjà à une fière hauteur[1].

— Le chœur est presque achevé, dit Jehan en rompant brusquement le silence. Il est plein de lumière, comme l'ont voulu les chanoines. Nous avons bien travaillé, le maître Ballanger et moi. Ceux de Beauvais veulent paraît-il bâtir la cathédrale la plus vaste de la chrétienté. Ils y arriveront peut-être mais elle ne sera

1. L'abbaye, bien que les moines l'aient désertée, est encore, dans le Beauvaisis, un lieu très visité.

pas encore sortie de terre que la nôtre accueillera depuis des lustres des files et des files de pèlerins venus honorer les reliques de saint Germer.

— C'est vrai, père, qu'elle est magnifique notre abbaye ! dit Renaud, l'aîné, qui travaillait avec son père au chantier où il était apprenti depuis sept ans...

Maître Jehan l'interrompit :

— J'aime bien que tu aies dit « notre » abbaye. Tu as raison : la maison de Dieu, qu'elle soit modeste église ou basilique, est l'œuvre de tous ceux qui ont contribué à la bâtir, du plus humble des manœuvres au plus habile des sculpteurs ! Tenez, mes fils, il me souvient d'une histoire que m'a contée mon maître, le grand Verlandon, lorsque je suis devenu compagnon :

« Trois hommes travaillent sur un chantier.

Un passant demande :

— Que faites-vous, braves gens ?

— Je gagne mon pain, dit le premier.

— J'exerce mon métier, dit le second.

— Je bâtis une cathédrale, dit le troisième.

Celui-là était un compagnon ! »

— Cette histoire est belle ! murmura Thomas de sa petite voix de dix ans.

— Ah ! Devenir compagnon... lâcha Renaud comme s'il se parlait à lui-même.

Son père le regarda et sourit :

— Eh bien, le temps n'est pas loin où tu vas savoir manier le compas et l'équerre et où tu auras la connaissance des grandes lois de la géométrie et de l'harmonie. Alors tu deviendras compagnon. Mais ce n'est pas moi qui en déciderai. J'ai réfléchi : tu vas partir pour le chantier de Saint-Denis. Simon, l'architecte [1], est un ami,

---

1. La dénomination d'architecte reste bien vague au Moyen Âge. Entre les chanoines, instruits en l'art de bâtir et souvent seuls capables de dresser les plans des églises dont ils projetaient la créa-

un vrai prud'homme qui travaille la main dans la main avec Suger. Là-bas je connais aussi le parlier.

— Qu'est-ce que c'est qu'un parlier ? Quelqu'un qui parle ? demanda Thomas.

— Exactement ! Sur les grands chantiers où travaillent beaucoup de gens, le parlier est l'homme qui a prêté serment au maître, qui le représente et qui transmet ses ordres aux compagnons.

— Vous dites vrai, mon père ? Je vais devoir partir ? Je vous admire tant que je ne sais pas si je pourrai travailler pour quelqu'un d'autre.

Jehan éclata de rire :

— Tu trouveras à Saint-Denis des gens bien plus admirables que ton père. Et si tu veux un jour porter comme moi la canne et les gants sur le chantier, il te faut sortir de ton nid, quitter ta mère, connaître d'autres pays, d'autres prud'hommes qui t'apprendront d'autres choses. À commencer par l'abbé Suger, un bâtisseur de génie, qui réalise paraît-il des équilibres fantastiques de colonnes et de croisées d'ogives. C'est lui le grand maître de l'église abbatiale des rois de France qu'il reconstruit selon des normes nouvelles. Je voudrais avoir ton âge pour travailler avec lui. Ce qu'il fait à Saint-Denis est dix fois plus original que mon transept et mes chapelles rayonnantes. À Saint-Germer, j'essaie d'innover, je tente d'aller chercher très haut la lumière. Lui, il y réussit et sera, j'en suis sûr, bientôt imité par tous les bâtisseurs d'abbayes, de basiliques et de ces nouvelles cathédrales dont les hautes tours et les flèches devraient avant la fin de ce siècle jaillir dans le ciel du royaume.

---

tion, et les maîtres d'œuvre laïcs, hommes de métier formés sur les chantiers, devenus pour certains de véritables ingénieurs de travaux et que l'on nommait souvent aussi architectes, la différence reste aujourd'hui difficile à établir.

*
* *

Le lendemain, au chant du coq, Renaud partait avec son père pour rejoindre le chantier. Chantier, un beau mot que Jehan ne prononçait jamais sans lui insuffler une nuance de respect. Il faisait partie du trousseau des clefs du Devoir, union rituelle des compagnons des différents métiers qui œuvraient à la construction des grands édifices religieux.

Comme chaque jour, le maître profitait du trajet matinal pour enseigner à son fils les grands principes qui permettaient de donner aux constructions des proportions harmonieuses, ou il lui apprenait les notions pratiques touchant le choix des pierres, la charpente ou la sculpture. Ce jour-là, il lui parla des secrets des maçons, des appareilleurs[1], des charpentiers, des tailleurs, qui conféraient un grand prestige à ceux jugés dignes de les détenir.

— Certains, dit le père, trouvent qu'on exagère l'importance donnée à ces mystères mais, à bien y réfléchir, le secret est la sauvegarde de nos métiers qu'on ne saurait laisser exercer par des manœuvres ou de simples carriers trop prompts à se croire capables de bâtir. Combien de grandes et belles églises, à peine achevées, se sont écroulées à cause d'ouvriers incompétents ! Et puis, tout homme aime à se distinguer des autres et nous trouvons, nous, compagnons, qu'il est indispensable d'entourer nos connaissances d'un voile de fierté mystique qui rappelle celle des chevaliers. Notre savoir est notre noblesse, il faut respec-

1. L'appareilleur calcule et trace la forme et la dimension exacte des pierres qui seront taillées sur toutes leurs faces par les tailleurs et qui devront se joindre, s'ajuster pour former les voûtes, les colonnes, les chapiteaux.

ter la dignité de l'initié. Enfin, derrière tout cela, il y a Dieu qui guide l'âme et la main du bâtisseur. Restons humbles : c'est lui, plus que nous, qui sort des ténèbres ces envolées de pierres blanches, ces prières de dentelles. Sers bien ton Dieu, mon fils, et tu seras un bon compagnon !

Renaud écoutait son père avec respect mais ses pensées d'adolescent étaient plus positives :

— Plus tard, dit-il, j'espère devenir architecte, maître d'œuvre. Habillé de drap fin, je montrerai comme vous, du bout de ma canne, la pierre qu'il convient de dégrossir ou le sommier de voûte mal engagé. Mais parmi tous les métiers que j'ai vu pratiquer sous vos ordres, c'est, père, la sculpture que je préfère. Je rêve de pouvoir créer un jour, lorsque je serai compagnon, d'émouvantes images de pierre avec un simple ciseau et un maillet. J'ai déjà tenu le marteau, guidé par Regnaut, celui qui fait en ce moment les chapiteaux du deuxième étage. Il m'a dit que j'étais doué...

— Pourquoi pas ? Mais tu sais que, chez nous, le sculpteur est un tailleur de pierre qui a été formé pour copier les patrons et les dessins que lui donne le maître. C'est un tailleur d'images, voilà tout. À Saint-Denis, tu en parleras à Simon. Mais si tu veux devenir un bon sculpteur, il te faudra aller en Italie, chez les *marmorari romani*. Là, le talent et la personnalité sont respectés... Pour l'heure, nous voici arrivés et je vais justement faire installer les chapiteaux de Regnaut. Ce sont à peu près les seules sculptures de l'abbaye. Les chanoines l'ont voulu ainsi et je m'en félicite. Ce dépouillement fait mieux ressortir les particularités de notre œuvre. Par exemple les faisceaux de colonnes ou les fenêtres en plein cintre placées dans des niches à arc brisé. Personne n'avait osé jusqu'à présent ces innovations qui, je le souhaite, préfigurent d'autres audaces. Quand tu seras à Saint-Denis, je viendrai te voir...

— Et découvrir ce que fait ce fameux Suger ? dit Renaud.

Jehan regarda son fils :

— Tu es un insolent mais je te pardonne car tu ne manques ni de repartie ni d'intelligence.

Au chantier, Jehan, après avoir réglé quelques détails avec le maître charpentier, enlevé un moment ses gants pour mieux juger au toucher de la qualité de pierres provenant d'une nouvelle carrière, s'intéressa à son fils qui aidait Regnaut à installer sur une sorte de chevalet incliné un bloc de « marquise » épannelé[1] destiné à devenir une effrayante gargouille.

Le père avait du mal à convenir que Renaud n'était plus un enfant, ni même un adolescent. C'était un jeune homme solide, aux muscles développés par les rudes travaux du chantier. Ses cheveux blonds, qu'il gardait un peu longs par coquetterie, cachaient par instants un visage fin, celui de sa mère qui était la beauté de son village quand le compagnon Jehan Pasquier l'avait épousée vingt ans plus tôt.

« C'est un plaisant fils que j'ai là ! se dit-il en approchant. S'il reste droit et fier, il fera un bon maître, peut-être même un architecte, car il a la chance d'arriver à un moment de renouveau où l'on va vite manquer de bâtisseurs. »

— Alors, Louis, es-tu content de ton élève ? Sais-tu qu'il m'a annoncé qu'il voulait être sculpteur !

— Il a raison. Sur un chantier, il faut être architecte ou sculpteur. Il n'y a pas beaucoup d'images taillées à Saint-Germer et je le regrette. Mais, au moins, tu m'as

1. Pierre des carrières du Pas-de-Calais. Épannelé, c'est-à-dire dégrossi à la carrière.

laissé quelque liberté d'accommoder à ma guise les chapiteaux, les nervures des voûtes et les torsades des colonnes. En aurait-il été de même s'il avait fallu consteller l'église de saints et d'apôtres ?

— Sans doute pas, tu le sais bien. Les chanoines nous auraient imposé des compositions types, des patrons dont tu n'aurais pas pu beaucoup t'écarter.

— Bien sûr. J'aurais eu des modèles identiques à ceux dont disposent les sculpteurs de Saint-Denis. Mais je crois que j'aurais essayé de donner aux visages des statues commandées le trait d'humanité, la trace de sensibilité qui auraient différencié mon travail de celui des autres. Il suffit d'un rien, d'un léger coup de ciseau grain d'orge pour changer une expression. Oui, malgré toutes les contraintes, sculpter est un beau métier.

Tandis que les deux maîtres discutaient, Renaud étudiait un dessin qui représentait un nain fantastique dont la gueule, par temps de pluie, paraîtrait cracher son venin, puis il prit ses mesures et traça sur la pierre les grandes lignes au charbon. Comme il l'avait vu faire, il saisit le marteau-pioche et attaqua le bloc. Le choc de l'outil sur la pierre fit sursauter les deux amis qui regardèrent Renaud ébaucher franchement la gargouille d'un geste un peu gauche mais régulier.

Louis Regnaut sourit :

— Attention, mon garçon. Travaille la pierre lentement, je dirais presque avec douceur. Sculpter, c'est enlever ce qui est inutile, mais un coup de gradine trop appuyé qui fait sauter un fragment de pierre utile gâche irrémédiablement le travail. Et tu sais ce que coûte au maladroit une pierre gaspillée : une journée ou deux de travail ! Va, donne-moi l'outil, je t'appellerai pour la finition.

Renaud remercia le maître et rejoignit son père qui s'était penché sur un grand parchemin étalé sur une table. C'était le projet de Saint-Germer, dessiné sur deux peaux collées par le maître d'œuvre-architecte, soumis aux moines bénédictins instruits des pratiques de la construction. Il ne s'agissait pas vraiment d'un plan car le parchemin ne comportait aucune cote, mais plutôt d'une vue générale de la conception. Bien plus simplement, le véritable plan avait été tracé, comme pour la plupart des édifices de moyenne importance, sur le sol même où les moines avaient décidé d'élever leur abbaye. Le lieu avait été soigneusement nivelé et recouvert d'un lit de plâtre Là, Jehan Pasquier avait gravé de sa canne d'architecte les contours de l'église et dessiné les points forts des fondations. Il avait ensuite, avec les maîtres des différents métiers, commencé à construire son œuvre d'une manière à la fois empirique et basée sur l'art subtil de la géométrie. Maçon d'expérience, il avait participé aux chantiers d'importants édifices religieux. Il avait, comme les maîtres d'œuvre de son temps, l'étonnante facilité de modifier l'arc d'une fenêtre ou de changer la hauteur d'un étage du chœur. Les bons bâtisseurs, disait-il souvent, inventent leur œuvre au jour le jour, pierre après pierre.

À mesure que la date du départ de Renaud approchait, le maître d'œuvre se montrait plus attentif. Peu bavard de nature, il se laissait aller aux confidences, prodiguait des conseils, parlait tard le soir du métier, des outils, de la pierre, matière noble et mythique, des devoirs, du respect de la religion, comme s'il se reprochait d'avoir négligé l'éducation d'un fils très doué auquel, par bonheur, les pères du monastère s'étaient intéressés dès son jeune âge. Grâce à eux, le jeune Renaud avait appris à lire, à écrire, à comprendre le latin, à découvrir l'éclatante lumière de la géométrie.

Cette grâce, il la devait pourtant à son père qui avait mis depuis longtemps ses talents au service des bénédictins. Ceux-ci avaient pu ainsi remarquer les dons exceptionnels du jeune garçon, qu'ils souhaitaient naturellement garder dans le giron de la religion, mais Jehan Pasquier avait réussi à les convaincre qu'il était préférable de le laisser franchir sous l'autorité paternelle les degrés de l'apprentissage.

— Mon père, avait-il dit au prieur du monastère, avec toutes ces basiliques, ces cathédrales que Dieu sème sur le sol des Francs, l'Église va avoir besoin de bâtisseurs. Or rien ne peut remplacer la transmission en famille des secrets de l'art de construire. Laissez-moi préparer Renaud à la mission divine que ses dons autorisent.

Le chanoine avait compris. C'est lui qui cinq années plus tard devait écrire à l'abbé Suger pour lui demander d'accueillir à Saint-Denis le fils de son maître d'œuvre.

*

* *

Le Mardi gras de l'an 1137, une grande tablée réunit chez les Pasquier les parents et les amis proches. Il s'agissait de fêter Renaud qui partait le lendemain pour Saint-Denis. À la veille de l'abstinence du Carême, Marie Pasquier avait mis les petits plats dans les grands. La famille était aisée. Le salaire de Jehan était près de trois fois celui d'un maître maçon ou sculpteur et il bénéficiait de nombreux avantages en nature : logement, bois de chauffage, vêtements, vin...

On ne jetait pourtant pas l'argent par les fenêtres chez les Pasquier. En dehors des dimanches et des jours fériés, la viande et le poisson n'étaient servis qu'avec parcimonie, jamais au quotidien. Mais quand un ami tuait le cochon, le partage rituel améliorait le souper et il n'était pas rare qu'un lièvre ou quelques perdrix apportés par des compagnons, braconniers à leurs heures, rôtissent dans la cheminée. Cela, c'était pour l'ordinaire. Mais lorsqu'un événement familial se présentait, et c'était le cas ce Mardi gras, Marie ne comptait plus, elle ouvrait le bocal caché au fond d'un placard où elle rangeait les deniers du ménage. Et la table du maître architecte pouvait rivaliser avec celle de l'évêché, que l'on disait excellente.

En plus des entrées d'œufs, de pâtés et de potage de panais, la mère avait préparé le plat préféré de Renaud : le gravé d'oie, un civet qu'elle réussissait comme personne. Un tonnelet de vin de Bourgogne, nectar des vignes des chanoines d'Autun, arrivé miraculeusement sur le chantier avec un chargement de pierres, trônait sur son trépied. Jehan l'avait acheté au transporteur en vue d'une grande occasion. L'adieu de Renaud à la famille et au chantier de Saint-Germer en était une.

— Qui ce soir aura le plus « brifaudé[1] » ? demanda Jehan en regardant sa femme déplier une nappe blanche sur la table. La maison ne va manquer ni de bons mangeurs ni de beaux parleurs...

— Cela veut dire que l'on fera beaucoup de bêtises et que l'on en dira encore plus. Mais il faudra veiller à ce que Renaud soit demain matin en état de prendre la route. Saint-Denis n'est pas au bout du monde mais il va devoir marcher trois bonnes jour-

1. Brifauder : manger et boire plus que de raison.

nées. Je me demande comment il va se débrouiller. Il n'a pour ainsi dire jamais quitté la famille.

— Ne te fais pas de souci, femme. Je lui ai prévu de bonnes étapes chez des compagnons amis. Et de toute façon, il est en âge de voler de ses propres ailes. S'il avait accompli son apprentissage au-dehors, il y a longtemps qu'il nous aurait quittés.

— Cela aurait peut-être mieux valu pour lui.

— Non. Le secret de l'art est avant tout un secret de famille qui ne peut mieux se transmettre que de père en fils. Crois-moi, il est prêt à devenir un bon compagnon.

On mangea et l'on but comme il était dit jusqu'à plus faim et plus soif. Le tonnelet des moines vignerons d'Autun fut vide avant l'arrivée des desserts et l'on dut accompagner les oublies, macarons et autres segrétains de rasades d'hypocras[1].

Le lendemain matin, Renaud n'était pas très frais. Il était surtout ému. Au moment de partir, Jehan Pasquier le retint par le manteau :

— Attends un instant, fils. Tu vas emporter dans ton sac un objet précieux. C'est la masse de sculpteur de ton grand-père. Il me l'a donnée lorsque je suis devenu compagnon et, aujourd'hui, je te la transmets. Elle a été forgée sur le chantier de la vieille cathédrale Saint-Maurice à Angers que l'on était en train de consolider. Regarde le manche : il est en bois de buis, doux comme de la soie. C'est la paume de la main de ton grand-père qui l'a poli au fil des ans comme la mer polit les galets. Je ne m'en suis pas beaucoup servi car j'ai peu fait de sculpture mais elle n'a jamais quitté ma besace à outils. Prends-en grand soin. C'est un talisman qui te protégera contre les accidents.

---

1. Du nom du célèbre médecin de l'Antiquité, Hippocrate, dont on se passait encore au Moyen Âge les recettes pour guérir. C'était un breuvage à base de vin, de sucre et d'épices.

Le père et le fils se regardèrent, droit dans les yeux, et firent chacun le signe de croix. Renaud prit l'outil, sentit comme une caresse au creux de sa main en le serrant. Il fut sûr à ce moment-là que son père venait de lui transmettre le plus grand secret des bâtisseurs : la foi en Dieu, en la famille, et l'amour du travail bien fait. Il résista à l'afflux des larmes en embrassant sa mère et sourit à son petit frère qui, lui, sanglotait. Il arrima le sac sur son dos, saisit sa canne, une branche bien droite de coudrier qu'il était allé chercher dans la forêt et sur laquelle il avait gravé la date de cette journée d'adieux et de commencement[1]. Puis il s'engagea d'un pas léger sur le chemin de sa bonne étoile.

*

* *

La famille de Gérôme Malleau, le charpentier, l'accueillit à Gouvieux, près de Chantilly, celle de Blondeau, le maître maçon du château royal, à Poissy, et, dans l'après-midi, le troisième jour avant Carême, Renaud entra dans Saint-Denis, grand village du Parisis dominé par sa basilique. Il s'arrêta assez loin afin de pouvoir en embrasser la façade du regard. Jusqu'à mi-hauteur, elle exposait un immense chantier vertical où des hommes, bougeant avec lenteur, semblaient accrochés. Comme des mouches sur une vitre.

En s'approchant, il put distinguer les échafaudages formés de poutrelles légères, perches en bois assemblées avec des cordes. Les plus hauts ne partaient pas du sol. Ils étaient ancrés dans le mur et supportaient

---

1. Ce n'était pas la canne symbolique des compagnons du Tour de France. Cette institution communautaire initiatique et éducatrice naîtra deux siècles plus tard.

des sortes de potences pour hisser les matériaux, ainsi que des nacelles d'osier qui servaient de plates-formes aux ouvriers. Plus près encore, il arriva sur le chantier, au sol, où s'affairaient tailleurs de pierre, charpentiers et manœuvres qui remuaient le mortier à l'aide d'une longue raclette. Combien pouvaient-ils être, ces maîtres, ces compagnons, ces apprentis reconnaissables à leur coiffe de couleur ? Quarante ? Cinquante ? Sans compter les acrobates qui, là-haut, remplaçaient par des pierres éclatantes de blancheur celles qui devaient dater du temps où Charlemagne avait été couronné roi des Francs dans cette église abbatiale que l'abbé Suger et Simon Lesourd, l'ami de Jehan Pasquier, étaient en train de reconstruire.

Renaud posa son balluchon et s'assit sur un bloc brut de taille[1] pour regarder les compagnons travailler. Le chantier de l'abbé Suger lui parut vaste à côté de celui de son père à Saint-Germer. Un peu inquiet, il se demanda quelle place il allait occuper dans ce fourmillement. Enfin, il se décida à s'adresser à un personnage habillé avec soin, qui devait être important car on le voyait passer d'un groupe à l'autre pour donner des ordres et prodiguer des conseils.

— Messire, demanda-t-il, pouvez-vous me dire si Simon Lesourd, le maître d'œuvre, est sur le chantier ? Je dois me présenter à lui.

L'homme le regarda :

— Eh bien ! C'est moi. Et je crois savoir qui tu es. Sûrement le fils de mon vieil ami Jehan Pasquier qui m'a annoncé ta visite. Tu m'as l'air d'être un solide gaillard et ton regard a la franchise que l'on peut attendre d'un bon compagnon. Tu le deviendras dès

1. Pour éviter des frais de transport inutiles, les pierres extraites étaient le plus souvent dégrossies à la carrière.

que tu auras montré ce que tu sais faire. Viens avec moi dans la loge afin que nous parlions.

— La loge ?

— Ah oui, cela n'existe que sur les grands chantiers. Cette maison accolée là-bas au mur de la basilique est notre abri commun. Elle est le lieu où l'on se repose, où l'on réfléchit sur le travail du lendemain. On y travaille aussi en cas de mauvais temps. C'est, enfin, l'endroit où l'on discute, dresse les plans, où l'on dessine. Viens, je vais te montrer la « salle des traits ». C'est là aussi où l'on t'instruira, où te seront révélés les secrets des maçons qui relèvent presque tous de la géométrie. Mais ton père a dû t'initier aux principaux calculs que doit savoir exécuter un bâtisseur.

— Oui, je sais calculer et dessiner une élévation.

— Eh bien ! Je n'en savais pas autant à ton âge ! Je me demande ce qu'il va me rester à t'apprendre.

Renaud s'assit sur l'un des bancs, nombreux dans la loge, tandis que Simon Lesourd prenait place sur le seul siège vraiment confortable, un fauteuil couvert d'une fourrure, installé sur une petite estrade.

— C'est la place du premier de la loge. L'abbé Suger, le grand patron de l'œuvre, m'a confié cette fonction. Mais parle-moi de ton père. Tu sais que nous sommes devenus maîtres le même jour ? Durant près de dix ans, nous avons travaillé côte à côte. Arrive-t-il à mettre en application à Saint-Germer nos théories, fruits d'interminables conversations ? Je pense aux innovations concernant les voûtes et la légèreté des murs ?

— Oui, et aussi la lumière qui inonde le chœur en voie d'achèvement.

— Je suis content. Tu ne seras pas dépaysé ici. Soutenu par l'abbé Suger qui, en plus de sa charge d'abbé de Saint-Denis, est le premier conseiller du roi, je poursuis les mêmes objectifs avec des moyens plus importants.

— Pourrai-je approcher ce grand personnage qu'est l'abbé Suger ?

— Mais oui. D'autant, j'y songe, que vous avez quelque chose en commun. Vous avez tous les deux été instruits par les moines, lui, qui n'était ni noble ni fortuné, toi qui étais le fils d'un modeste maçon. Au monastère, l'abbé a eu pour compagnon d'études et de jeux Louis, prince de France, qui est devenu Louis VI, notre roi. Cette amitié et sa grande intelligence ont porté l'abbé au sommet mais il est resté d'une grande simplicité. Quant à ses idées et à ses connaissances dans l'art de bâtir, elles sont prodigieuses. Tu verras. Il te subjuguera...

— Parce qu'il me causera ?

Simon Lesourd éclata de rire :

— Mais bien sûr ! On reparlera plus tard de Suger. Pour l'instant, je vais demander à Pierre, mon aîné, de te conduire à la maison car tu dois être fatigué.

— Où vais-je dormir ?

— Chez moi, pardi ! Nous avons deux garçons et deux filles, tu seras notre cinquième enfant. La femme va s'occuper de toi et demain je veux te voir sur le chantier.

— Merci, messire, vous êtes bon.

— L'entraide fait partie des règles de la noblesse de compagnonnage. Et ton père, le cher Jehan, n'est pas n'importe qui !

*

* *

Renaud découvrit chez les Lesourd une deuxième famille. La situation de Simon était supérieure à celle de Jehan Pasquier. La vie chez lui était plus facile, la maison plus grande et plus confortable. La chaleur humaine y rayonnait, intense, et si Renaud n'oubliait ni ses parents ni son petit frère, il découvrait chaque jour des raisons d'apprécier sa nouvelle vie.

À quinze ans, Pierre Lesourd, le fils aîné, qui poursuivait avec bonheur son apprentissage, devint vite un inséparable ami. Le plus jeune fils, Hugues, voulait, à douze ans, devenir clerc et les moines de l'abbaye qui l'enseignaient lui prédisaient un avenir serein au service du Seigneur. Quant aux filles, Louisette, qui allait sur ses dix-sept ans, aidait sa mère et s'occupait de Marguerite, la petite dernière, qui n'en avait que huit.

Alice, l'épouse de Simon Lesourd, régnait sur la famille avec une autorité d'apparence douce mais en réalité très ferme. Les enfants le savaient qui lui obéissaient sans protester. Son devoir étant pour elle-même d'obéir à son époux, elle lui reconnaissait un pouvoir quasi absolu, celui des hommes de l'époque, pouvoir qu'il n'avait guère le temps d'exercer. D'ailleurs, il n'y avait pas place dans leur association pour la mésentente. Leur mariage, c'était rare, résultait d'une inclination réciproque.

Alice traitait Renaud comme son propre garçon et s'amusait de son attitude embarrassée devant Louisette. Sa timidité lui rappelait Simon à l'époque où elle l'avait connu, lors d'une fête. Comme lui, il faisait partie d'une famille de garçons et, entre son séjour au monastère et l'apprentissage, il n'avait guère eu l'occasion d'approcher les filles.

Renaud d'ailleurs se vouait entièrement à son travail. Simon lui confiait chaque jour des tâches différentes pour jauger ses capacités et il était surpris par ses connaissances et son habileté. Le jeune homme n'avait pas parlé de son désir profond de devenir sculpteur. Une fois, l'architecte l'avait surpris en train de poursuivre sur une colonnette un travail d'ébauche laissé en suspens. Il l'avait regardé faire sans se montrer puis avait dit en s'approchant :

— L'envie de sculpter la pierre te titille, mon garçon. Je te comprends, j'ai été comme toi. Mais le moment n'est pas venu de choisir ta chambre dans la grande maison de Dieu. Notre œuvre consiste à bâtir des cathédrales et je ne suis pas sûr que c'est en sculptant que tu y contribueras le mieux. À dire vrai, depuis que je t'observe, j'ai d'autres ambitions pour toi. Et d'abord, demain, enfile ton plus beau bliaud car tu vas être intronisé compagnon !

— Mon maître, merci ! fit Renaud, tout ému. Je ne pensais pas que ce bonheur viendrait si tôt.

— C'est ton père qu'il faut remercier. C'est lui qui t'a enseigné le métier de maçon.

— Je sais ce que je lui dois, je saurai lui témoigner ma gratitude. Mais je croyais que c'étaient le pape et les évêques que l'on intronisait...

— Et pourquoi pas les compagnons et les maîtres ? Notre sainte corporation, celle qui bâtit des maisons à la gloire de Dieu, ne contribue-t-elle pas grandement à la religion ? C'est ce que pense l'abbé Suger.

— Quand rencontrerai-je notre grand maître ?

— Il était tous ces temps auprès du roi, c'est pourquoi tu ne l'as pas aperçu sur le chantier. Mais tu le verras demain. C'est lui qui, dans la loge, te conférera la qualité de compagnon.

Renaud ne dormit pas beaucoup cette nuit-là. Il s'imaginait agenouillé devant l'abbé vêtu d'une chasuble brodée d'or qui lui murmurait en latin des choses étranges qu'il ne comprenait pas, les fameux secrets, sans doute ! Dans ses rêves, il s'en voulait de ne pas avoir mieux appris la langue du savoir avec le père Raoul car, pour le punir, l'abbé Suger lui reprenait l'équerre et le compas que Simon Lesourd venait de lui donner.

Toute la matinée, il travailla en prenant soin de ne pas tacher sa tunique. Il évita l'endroit où les gâcheurs de mortier « touillaient leur soupe », comme ils disaient, et acheva de tailler une belle pierre aux dimensions afin qu'elle puisse prendre exactement la place qui lui était assignée dans une voûte que l'on montait derrière le portail. C'était un travail propre, la poussière blanche des éclats s'envola du bliaud lorsqu'il le secoua pour se rendre à la loge où Simon l'appelait.

— L'abbé est là, lui dit l'apprenti qui était venu le chercher. Je t'envie. Moi j'ai encore au moins deux années à attendre pour devenir compagnon. Si je le deviens un jour, car la géométrie n'est pas mon fort !

Enfin, Renaud allait connaître le grand Suger. Comme on l'appelait souvent ainsi, le jeune apprenti se le figurait effectivement grand, imposant, solennel et tout au moins intimidant. Il découvrit au contraire, en poussant la porte de la loge, un petit moine, habillé de la bure des bénédictins, frêle de corps mais au regard de feu.

Simon le présenta comme le fils du maître d'œuvre de Saint-Germer-de-Fly, préparé au compagnonnage par son père et instruit par les moines de l'abbaye. Comme Renaud s'était agenouillé, l'abbé le releva. D'une voix douce et étonnamment jeune, il lui dit de prendre place en face de lui et de Simon :

— J'ai entendu parler de votre père. Je sais qu'il est, comme Simon Lesourd, un créateur. Son expérience, et la nôtre, vont marquer le début d'une nouvelle ère architecturale qui verra fleurir dans le pays franc de nombreuses cathédrales. Saint-Denis, sanctuaire de la royauté, où reposent autour du tombeau du martyr Denis de nombreux rois de France, ne pouvait être détruit pour faire place à une autre église. C'est pourquoi je transforme l'ancienne abbaye plus que je ne la reconstruis. C'est une œuvre qui doit servir de modèle. Vous avez, je crois, de la chance, compagnon Renaud, de participer à cette grande aventure qui, ne l'oubliez pas, n'a qu'un objectif : travailler pour l'honneur de Dieu et du roi [1].

Durant le temps où Suger avait parlé, Renaud, fasciné, n'avait pu détourner son regard de celui de l'abbé. C'est dans un état second qu'il prêta le serment de fidélité sur la croix que lui présentait Simon. Il répéta après lui :

— Je promets et m'engage sur ma parole d'honneur de ne jamais révéler les secrets qu'on m'a confiés ni la teneur des discussions des compagnons en loge ou en tout autre lieu.

Renaud fut étonné car on ne lui avait rien révélé du tout, mais Simon le rassura :

— Des règles et des secrets du métier, tu connais le principal : ne pas dévoiler les procédés dont usent les maîtres et les compagnons. Qui dit secret pense société secrète, ce qui est exagéré, encore que nos fraternités, sans être clandestines, doivent, pour défendre efficacement leurs intérêts, demeurer discrètes. Pour le reste, il faut savoir que nous ne faisons que recons-

---

1. L'aboutissement de la politique architecturale de Suger fut l'art gothique. Mais le mot « gothique », pas plus que celui de « roman », n'était pas encore utilisé au Moyen Âge. La différence des deux styles qui se seraient succédé n'est d'ailleurs pas aussi évidente qu'on l'a dit et répété. Il s'agit plutôt d'une lente évolution, fruit de découvertes techniques et de l'esprit créatif des bâtisseurs des XIIe, XIIIe et XIVe siècles.

truire le Temple, je veux parler du temple de Jérusalem bâti et dédié par Salomon, tel que le décrivent les Écritures. Il représente encore pour nous le centre du monde. Et notre patron reste Hiram, son architecte, tué par des ouvriers maudits. Sa mort est l'un des grands mythes du métier et nous reconnaissons comme fondateurs, en dehors de Salomon, le père Soubise, un moine bâtisseur, et un certain maître Jacques, maître d'œuvre du Temple. Voilà l'essentiel du secret qui, en fait, est une légende. Ton père ne t'en a jamais parlé ?

— Si. Mais je voudrais en savoir plus.

— Sois tranquille, mon petit. Tu sauras tout sur le Temple, les mythes et les symboles du métier.

Les assistants, tous maîtres ou compagnons, applaudirent en frappant sur les tables avec la paume des mains. Puis on passa les verres et la cruche de vin pour « boire en règle », en choquant les verres. Sans doute afin de montrer qu'il était proche de tous ceux qui œuvraient pour Dieu, et en particulier des bâtisseurs de Saint-Denis, l'abbé ouvrit les agapes en heurtant avec un bon sourire le gobelet de Renaud :

— Compagnon Renaud, demanda-t-il, lisez-vous et parlez-vous le latin ?

— Un peu, comme le père Raoul me l'a enseigné.

— Il vous faudra continuer à l'apprendre. Et la géométrie ? Enfin, dans la géométrie, science immense, ce qui se rapporte au métier ?

— Mon père a été un bon maître.

C'est Simon qui ajouta :

— Il en sait plus que moi. Il lui reste seulement à montrer ce qu'il fera de ce savoir lorsqu'il sera au pied du mur.

*
* *

Le soir, la bonne Alice avait préparé un repas de fête, maigre pourtant car on était en plein Carême. Deux brochets, pêchés le matin dans la Seine, cuisaient dans leur bouillon devant un feu qui éclairait toute la pièce. La mère avait voulu fêter l'accession de Renaud au grade de compagnon, « le plus beau », disait Simon Lesourd, parce qu'il ouvre le chemin de l'homme dans le métier et dans la vie.

Après avoir trempé la soupe, tandis que chacun se débrouillait avec les arêtes du poisson en se servant de ses doigts – la cuiller et le couteau n'étant d'aucune utilité pour cette besogne[1] –, tous dirent leur mot à propos de la promotion de Renaud.

Pierre, l'apprenti, dit qu'il attendait avec impatience que ce jour arrive pour lui. Son père répondit qu'il faudrait des années, peut-être des siècles, pour achever les cathédrales et qu'il avait tout son temps. Louisette, qui parlait peu et se mêlait rarement à la conversation, regarda Renaud et dit :

— Je suis bien aise pour vous et vous souhaite de réussir. Guidé par l'abbé Suger et mon père, ce devrait être facile.

Renaud fut surpris car la « timide damoiselle », comme il l'appelait lorsqu'il parlait d'elle à son frère, trouvait toujours quelque chose à faire à l'autre bout de la maison lorsqu'il apparaissait. Pour la première fois, elle soutenait son regard et il s'aperçut qu'elle avait de beaux yeux. Il remarqua aussi que, pour ce souper dont il était le héros, Louisette portait le bliaud de laine légère qu'il l'avait vue tailler et coudre les jours

---

1. Seuls couverts en usage jusqu'au XIVe siècle où la fourchette à deux dents puis à trois fera son apparition sur les tables.

précédents en suivant les conseils de sa mère. C'était une sorte de robe au corsage serré sur sa poitrine encore adolescente et qui tombait en s'évasant joliment jusqu'aux chevilles. Il laissait voir à l'encolure et aux poignets la broderie du chainse[1] dont il remarqua la finesse. Mais, déjà, la jeune fille s'éclipsait pour aider sa mère à desservir la table afin de faire place à la « tartre de pommes » préparée le matin par les femmes de la maison. La petite Marguerite avait pour l'occasion été chargée d'éplucher les pommes et de dénoyauter les abricots. C'était le dessert favori de la maison et la spécialité d'Alice qui avait elle aussi son secret : elle ajoutait à la pâte un petit oignon frit au beurre et un filament de safran pour la couleur[2].

La soirée ne s'éternisa pas car au chantier la journée avait été dure. Simon dit qu'il était fatigué et qu'il était temps d'aller se coucher. Renaud, lui, n'avait pas sommeil. Il se retourna longtemps dans ses draps de grosse toile en se remémorant les événements les plus importants qu'il venait de vivre. Il eut aussi une pensée pour Louisette, ce qui le surprit. Jusqu'alors, en effet, il n'avait guère fait attention à sa discrète présence. Avant de s'endormir, il serra dans sa main le compas brillant de neuf qu'il avait placé sous son oreiller, symbole de sa nouvelle existence professionnelle que Simon lui avait remis lors de son initiation.

Le lendemain, l'architecte le pria de venir dans la loge :

— J'ai à te parler. La coutume voudrait que tu deviennes l'un des compagnons du maître tailleur de pierre et que tu travailles jour après jour, année après année, le marteau et la pointe en main. C'est ce que

---

1. Chemise.

2. Le safran était au Moyen Âge l'épice la plus rare et, déjà, la plus chère.

tu vas faire, mais seulement durant un temps. Après, tu iras travailler avec le maître maçon, puis tu passeras sous les ordres du maître charpentier. Après, on verra. Ce sont les ordres de l'abbé Suger. Il veut que tu apprennes à connaître tous les tours de main des œuvriers du Bon Dieu, afin qu'un jour, mais ce n'est pas demain la veille, tu puisses exercer l'une de ces fonctions directrices dont dépendent l'organisation d'un chantier et la qualité de la construction.

— Cela me flatte mais suis-je doué pour une telle tâche ? Si cela se trouve je ne passerai même pas la maîtrise !

— J'en doute. L'idée de l'abbé, c'est que l'on va commencer à bâtir un peu partout d'immenses cathédrales et que l'on manquera alors de parliers, d'appareilleurs, de maîtres d'œuvre et d'architectes. Les clercs, issus des monastères, ont constitué jusqu'ici le principal réservoir de responsables mais, bientôt, ils ne seront plus assez nombreux.

— Pourquoi moi ? Hier encore j'étais un apprenti...

— L'abbé t'a remarqué. Il a vu que tu en savais plus que les autres à ton âge et m'a demandé de t'instruire dans tous les métiers. Ce qui m'a fait plaisir. Dommage que Saint-Germer soit aussi loin, j'aurais aimé que tu puisses aller apprendre la bonne nouvelle à ton père. C'est qu'il va être fier, mon cher Jehan ! N'oublie jamais que c'est à lui que tu dois d'avoir été si bien instruit. Maintenant, va retrouver Charles, le maître des pierres, et commence à dégrossir les portions d'arcs que les asseyeurs[1] attendent.

Ainsi Renaud se perfectionna-t-il dans toutes les diversités du grand métier, ouvrant chaque jour des portes qu'il n'avait fait qu'entrebâiller durant son appren-

---

1. Asseyeurs ou « poseurs », qui mettent en place les pierres taillées à la bonne mesure.

tissage. Non seulement il dut apprendre, mais il lui fallut fournir un travail digne d'un « compagnon reçu », c'est-à-dire parfait, puisque maintenant il était payé.

Il en pleura presque lorsque le moine chargé de la distribution lui remit à la fin de la semaine sa première paye. Comme il faisait beau, le père Éloi, un vieil homme à la barbe blanche et à l'air sévère bien qu'il fût la bienveillance même, s'était installé dehors, devant sa caisse dont les cases étaient remplies de pièces. Monastère royal, Saint-Denis payait bien ses ouvriers, mieux que Saint-Germer mais moins que le couvent des frères de Saint-Augustin.

Les maçons et les tailleurs de pierre touchaient à peu près le même salaire, environ vingt-deux deniers par jour, mais le tailleur de pierre, engagé à l'année, gagnait en fin de compte plus que le maçon, qui ne travaillait pas lorsqu'il faisait mauvais temps. À son grand étonnement, Renaud reçut pour cinq jours de travail la même somme que les autres tailleurs, tous bien plus âgés : vingt-sept sous six deniers qu'il enfouit au fond de sa poche. C'était une somme ! Il se promit d'en reverser la plus grande partie aux Lesourd qui l'hébergeaient. Le reste, il l'économiserait pour offrir un cadeau à sa mère et à sa petite sœur.

— Tu es nouveau ? lui avait demandé le père Éloi en lui comptant ses sous.

— Oui, mon père. C'est le premier argent que je gagne. Je viens juste d'être reçu compagnon.

— Que Dieu te garde, mon petit. Et il sera toujours à ton côté si tu bâtis avec foi et humilité cette Jérusalem céleste dont rêve l'abbé Suger. Travaille bien et à la prochaine paye !

Le soir, après le souper, Renaud aligna sur la table ses sous et ses deniers :

— Maître, voici ma première paye. Comme il en était convenu avec mon père, je vous la donne, comme je vous donnerai les suivantes, afin de payer ma pension dans la plus merveilleuse famille que je connaisse. En dehors de la mienne naturellement. Mais réussirai-je à m'acquitter d'une dette aussi grande ?

— Merci, dit Simon. Il est juste que tu participes aux besoins de la famille puisque tu en fais partie. Mais tu ne vas nous laisser que la moitié de ta paye. Garde l'autre pour te vêtir et t'amuser. Tiens, le 1er juin, ce sera la foire du Lendit à Saint-Denis. Tu en as entendu parler ? C'est la plus importante foire du royaume des Francs. Tu auras besoin d'un peu d'argent car les tentations y sont nombreuses. Peut-être voudras-tu y emmener Louisette ?

Personne ne s'attendait à une invite de ce genre. Pas même Alice qui regarda drôlement son mari. Renaud bredouilla un « oui » embarrassé. Quant à Louisette, elle était devenue toute rouge et regardait ses souliers. C'est Marguerite, qui du haut de ses huit ans, dégela l'atmosphère en s'écriant :

— Je veux que Renaud m'emmène aussi à la foire du Lendit !

On en resta là. Alice partagea la paye et en remit la moitié à Renaud qui dit au revoir à tout le monde en ajoutant à l'adresse de Louisette qu'il l'accompagnerait volontiers à cette fameuse foire.

Quand Alice retrouva Simon dans le grand lit de la chambre où il faisait froid, la chaleur de l'âtre s'égarant en chemin, elle lui demanda :

— Qu'est-ce qu'il t'a pris, mon mari, de proposer à Renaud d'emmener ta fille à la foire ? C'est un peu comme si tu la lui offrais en mariage !

— Quelle idée ! J'ai dit ça comme ça, sans penser à mal.

— Parce que c'est mal de penser au mariage de sa fille ?

— Mais, bon sang ! Je ne pense pas à marier Louisette ! Elle est encore si jeune !

— Moi j'y pense, et si tu n'as rien remarqué, c'est que tu es aveugle. Louisette a changé depuis que Renaud habite avec nous. Elle guette son arrivée et s'enfuit lorsqu'il arrive. Moi qui passe toutes mes journées auprès d'elle je peux t'assurer d'une chose : Louisette est peut-être jeune mais le compagnon reçu, qui n'est guère plus vieux, lui a tourné la tête.

— Tu crois qu'il est amoureux lui aussi ?

— Il ne la voit pas. Il ne pense qu'à son chantier... Tiens, il me rappelle un certain Simon, qui, jadis, ne me parlait que de piliers, d'arcs-boutants et de clefs de voûte alors que j'espérais des mots tendres. Bref, je crois que tu as été maladroit en soulevant un problème qui n'existe pas encore.

— Alors ?

— Alors ne te mêle plus de cela. Dieu merci, la foire n'a lieu que dans trois mois et, d'ici là, il sera passé beaucoup d'eau sous les ponts de la Seine.

— Remarque qu'un mariage entre ces deux-là ne serait pas une mauvaise chose. Il est très bien, ce garçon, et si Louisette...

— Mais oui, je pense comme toi ! C'est pourquoi il ne faut rien précipiter. Tiens, laisse-moi poser la tête sur ton épaule et réchauffe-moi en oubliant Suger, ses croisées et ses voûtes.

*
* *

Cet après-midi-là, Suger passa presque tout son temps sur le chantier, ce qui était rare car ses fonctions auprès du roi le retenaient plus qu'il n'aurait voulu : les affaires du royaume, c'était le devoir, la basilique, la passion.

Il s'arrêta devant Renaud qui, d'un geste déjà assuré, poussait à la pointe la moulure d'une section de voûte.

— Très bien, compagnon, dit-il. Un vieux tailleur irait peut-être plus vite mais il ne ferait pas mieux.

— J'aime, monseigneur, travailler les moulures parce que c'est déjà de la sculpture.

— Et vous souhaiteriez devenir sculpteur ?

— Oui. Faire naître des statues de la pierre, donner de la vie, de l'expression aux visages de tous les saints du Paradis ! Cela me plairait beaucoup.

— Avec celui de maître d'œuvre, d'architecte, c'est le plus captivant des métiers. Il permet au tailleur de pierre d'accéder au monde de l'esprit, de la création. Mais il vous faudra attendre. Pour l'instant vous êtes encore, malgré votre titre de compagnon, un apprenti bâtisseur. Tenez, mon ami, venez avec moi, je vais voir les charpentiers. La beauté de leurs travaux me surprend chaque jour davantage De nos églises ils dressent les squelettes sans lesquels les pierres s'écrouleraient.

Renaud abandonna ses outils et, fier, suivit le grand maître de Saint-Denis. Les hommes du bois travaillaient à construire les gabarits des premières voûtes qui succéderaient au portail d'entrée. Allongés sur le sol, ces énormes assemblages chevillés, qui auraient à supporter le poids de la maçonnerie avant que celle-ci ne soit bloquée par le mortier et la force magique des clefs de voûte, rappelaient les bêtes infernales des Écritures, les monstres démoniaques évoqués par les vieux conteurs lors des veillées. Il s'en exhalait pourtant l'odeur sauvage et pénétrante du bois qui, par endroits, montrait comme un reproche les derniers saignements de sa sève.

L'abbé toucha de ses doigts fins la surface lisse d'une sablière.

— Pierre et bois sont les matériaux divins naturels. Salomon a construit son temple en pierre. Pour le bois, rappelez-vous l'Arche de Noé, la Croix...

Il cessa soudain de parler, et s'adressa au maître des charpentiers, un homme encore jeune, au visage fin, aux cheveux longs et soignés :

— Alors, messire Guillaume, êtes vous content de l'avancée des travaux ? Vous n'avez pas encore trop de travail mais ce sera autre chose lorsque nous reconstruirons le chœur.

— Monseigneur, je vais vous chagriner. Les travaux devront être interrompus, en tout cas retardés, car je ne reçois plus de troncs de longueur suffisante.

— Mais il faut en acheter ! Renaud, allez chercher Simon Lesourd.

Le maître d'œuvre se joignit au groupe et, penaud, dut avouer son impuissance à trouver de longues poutres :

— Depuis le temps que l'homme s'acharne à dévaster les forêts, il n'y a plus de grands arbres autour de Paris. Il va falloir aller les chercher jusque dans la région d'Auxerre. Mais cela coûtera cher et prendra beaucoup de temps, dit Simon.

Le visage de l'abbé s'assombrit :

— Il me semble que vous vous êtes tous bien vite accommodés du pire. Eh bien, moi, je vous le dis : avec l'aide de Dieu et des saints martyrs, j'irai chercher près de chez nous le bois qui nous fait défaut. Nous partirons demain matin à l'aube. Guillaume, vous emmènerez quatre charpentiers. Et vous, compagnon Renaud, vous viendrez avec nous !

L'abbé avait dit tout cela d'un ton mesuré mais sec. Ceux qui le connaissaient savaient qu'il cachait une sainte colère et qu'il valait mieux filer doux sous peine d'être menacé de la fureur du ciel.

Quand il fut parti, Guillaume dit au maître d'œuvre :

— L'abbé est furieux mais il est pourtant vrai qu'il n'y a plus de gros arbres par ici. Il prend des risques en affirmant qu'il va en trouver. Si demain, malgré tous les saints, nous rentrons bredouilles, il aura à se faire pardonner un beau péché d'orgueil !

— C'est pourquoi l'abbé trouvera les arbres. Je ne sais pas comment mais je vois déjà son regard malicieux quand il vous dira : « Messire Guillaume, vous ne croyez pas à la Providence ! »

Le lendemain, l'abbé en tête, le groupe partit en expédition vers les bois d'alentour. Renaud fut surpris de l'agilité de l'abbé qui marchait d'un pas alerte tout en devisant.

— Cette nuit, au retour des mâtines, je n'ai pas retrouvé le sommeil mais une voix intérieure m'a confirmé que je devais prier et que je trouverai ce que je cherchais. Maintenant, il s'agit d'ouvrir l'œil.

Les premières recherches se révélèrent décourageantes mais l'abbé décida qu'il fallait les poursuivre du côté de la forêt de Rambouillet. Il savait où il pourrait faire manger et dormir Guillaume et ses charpentiers. En arrivant sur les terres de l'abbaye dans la vallée de Chevreuse, il fit appeler les sergents et les gardes qui connaissaient bien la forêt.

— Avons-nous des chances de trouver par là de grands arbres ? demanda-t-il.

— Cela dépend, monsieur l'abbé, de ce que vous entendez par grands.

Lorsque Guillaume leur eut donné les dimensions requises, les hommes retinrent un sourire. S'ils avaient osé, ils auraient éclaté de rire.

— Tout le monde sait, monseigneur, que dans toute cette terre il n'y a rien de tel à trouver. Surtout depuis que Milon, le châtelain de Chevreuse, y a soutenu avec Amaury de Montfort des guerres pour le roi. Il a construit tellement de tours de défense à trois étages qu'il n'a rien laissé intact. La forêt est dépeuplée.

— Eh bien, messires, nous allons chercher tout de même. Avec l'aide de Dieu, nous allons parcourir cette forêt de futaie. Joignez-vous donc à nous !

Au terme de la première heure où ils progressèrent difficilement à travers les ronces, se dressa, oublié dans les taillis, un chêne de belle prestance :

— Guillaume, celui-là, que les saints nous ont gardé, est il assez haut ? interrogea l'abbé en souriant.

— Oui, monsieur l'abbé. Il conviendra parfaitement.

— Merci. Alors, continuons notre quête.

Jusqu'à none, peut-être un peu plus tôt, les charpentiers et les gardes s'avancèrent à travers les arbres, les buissons d'épines et les arbrisseaux, découvrant, à la stupéfaction de tous ceux qui étaient présents, ici un beau hêtre, là un chêne majestueux. La nuit tombait quand Guillaume marqua d'un coup de serpette le douzième géant, un pour chaque apôtre, nécessaire à la poursuite des travaux de la basilique [1].

— Hommes de peu de foi, dit l'abbé Suger, voyez comment le Seigneur a conservé intactes les poutres qui serviront à couvrir sa sainte basilique. Vous les ferez porter dès demain à Saint-Denis.

---

1. L'abbé Suger a raconté dans son *Livre des choses faites sous mon administration* les différentes étapes de la reconstruction de la basilique, et en particulier la recherche des poutres dans la forêt de Rambouillet.

CHAPITRE II

LES TAILLEURS DE PIERRE

Renaud travaillait depuis six mois sous l'autorité bienveillante de Simon Lesourd quand une nouvelle, venue d'on ne sait où, traversa comme un trait le chantier, du seuil où les « menues genz » gâchaient le mortier jusqu'au dernier étage de l'échafaudage où s'affairaient les maçons : le roi Louis VI était à la mort.

Quand le bruit parvint jusqu'à Simon, celui-ci montrait à Renaud les marques de tâcherons qui figuraient, gravées à la pointe, sur un lot de pierres taillées qui attendaient d'être mises en place par les maçons poseurs. Il sursauta et, après un signe de croix et quelques mots de prière que Renaud trouva expéditifs, le maître d'œuvre ne pensa plus à la mort du roi qu'en fonction de ses préoccupations : les conséquences qu'elle pouvait entraîner dans la poursuite des travaux.

— La mort d'un roi est toujours source d'avatars, dit-il. Heureusement, Louis VII aura près de lui l'abbé Suger qui a veillé sur son éducation. Il n'y aura donc pas, je pense, de changement en ce qui concerne la basilique. C'est heureux parce que c'est maintenant que les travaux vont devenir captivants : la façade terminée, il va falloir inventer, construire le chœur et le transept. Tu vas vivre de grands moments ! C'est là en effet où nous allons pouvoir innover pour faire entrer à flots la lumière dans la maison de Dieu, comme aime à le dire l'abbé.

— C'est aussi ce que cherche mon père à Saint-Germer. Combien de fois l'ai-je entendu répéter qu'il fallait ouvrir les murs à la lumière.

— Je sais. C'est notre idée commune que nous essayons de réaliser chacun de notre côté. Cette quête de la lumière, j'ai persuadé Suger de la poursuivre sans relâche à Saint-Denis. Maintenant, il dit que ce sont les saints apôtres qui lui ont soufflé ce dessein au cours d'une nuit de prières. Cela n'a aucune importance. L'essentiel est que l'abbé nous permette de mener à bien nos projets dans l'enthousiasme. Et que Dieu trouve son compte dans notre œuvre commune.

Pour Renaud, l'agonie du roi était un événement important qui ne se bornait pas à des conséquences de chantier. Il demanda à Simon :

— En dehors de l'intérêt qu'il porte à la basilique, Louis VI a été, je crois, un bon roi ?

— Oui. Avec l'aide de Suger, il aura réussi cette grande chose : affermir la monarchie capétienne et libérer le domaine royal des seigneurs pillards qui détroussaient pèlerins et voyageurs. Ceux de Montlhéry, de Montmorency et de Crécy ne s'en sont pas relevés !

— Comment était-il ? S'il avait vécu, j'aurais pu le rencontrer à la dédicace du chœur...

— Tu verras son fils. Autant Louis VI le Gros, comme ses sujets l'appelaient, était un fort mangeur et un grand buveur, d'où son aspect ventru, autant celui qui sera le roi Louis VII, est sobre, presque ascétique. Son père, avant de mourir, veut le marier à

Aliénor, fille et héritière du duché d'Aquitaine. Cela fera un curieux couple !

— Vous semblez connaître la famille du roi comme la vôtre !

— Tu sais, à force de vivre près de l'abbé qui est intimement mêlé à la cour, je me suis intéressé au sort et aux habitudes des grands. Et puis, Saint-Denis n'est-elle pas l'église des rois ?

Les tailleurs de pierre, les maçons, les charpentiers n'en savaient pas autant mais, touchés, ils avaient posé l'outil et se parlaient à voix basse. Louis le Gros avait défendu les humbles contre les seigneurs sans foi ni vergogne. Il était donc aimé et, quand le travail reprit, on vit plus d'une larme creuser son sillon sur le visage couvert de plâtre des maçons du Bon Dieu.

— Puisse le Tout-Puissant permettre à notre roi de voir Saint-Denis continuer de s'embellir, puisqu'il va reposer dans son église ! dit Mathieu, le plus âgé des tailleurs, avant de laisser sa brette retomber sur la pierre.

Longtemps, au travail, au repos dans la loge, le soir en famille, on parla du roi Louis le Gros, de ses arrêts en faveur des serfs, de ses efforts pour donner un peu de savoir aux pauvres comme aux riches[1].

Chacun se rappelait un drame survenu six ans auparavant et qui avait plongé la famille royale dans le deuil. C'était le 13 octobre 1131, le roi passait à cheval avec son fils le prince Philippe sur la motte Saint-Gervais[2] quand un porc errant, il y en avait beaucoup à Paris, s'était jeté dans les jambes de la monture du jeune prince. Effrayé, le cheval s'était cabré et son cavalier projeté sur une borne était mort sur le coup.

---

1. Mêmes les nobles n'apprenaient alors à lire que pour devenir prêtres.

2. Où s'élève aujourd'hui la mairie du 4e arrondissement.

Une ordonnance royale avait alors interdit à tous les propriétaires de pourceaux de laisser vaguer ces animaux.

Simon, qui racontait l'histoire en trempant sa soupe, ajouta :

— Seuls les cochons appartenant aux ordres de Saint-Antoine furent exemptés de cette défense et purent poursuivre le nettoyage des rues de Paris. Encore durent-ils porter le « tau » et une clochette au cou pour justifier de leur présence.

— Il n'y a toujours que les cochons de Saint-Antoine qui peuvent errer dans les rues de Paris ? demanda la petite Marguerite.

— Non ! Le jeune prince oublié, les porcs ont continué de se promener. On en a même vu, paraît-il, fouiller les tombes au cimetière des Innocents.

L'événement majeur du règne restait, en 1124, l'invasion de la France par l'armée de l'empereur Charles V. Paris était menacé et il semblait difficile sinon impossible de résister aux Germains. Louis le Gros, conseillé par l'habile Suger, pensa qu'il n'y réussirait que grâce au rassemblement de toutes les forces du royaume. Là encore, Simon Lesourd pouvait expliquer aux siens :

— Renaud, si l'occasion se présente, fais-toi raconter par l'abbé cette page d'histoire. Il est fier d'avoir aidé à conjurer le danger et il en parle volontiers.

— Que s'est-il passé ? demanda Pierre dont la curiosité était éveillée.

— Eh bien ! Les grands vassaux de la couronne, avec lesquels il était souvent en désaccord, ont fait hommage au roi. Tout le baronnage du royaume s'est rangé derrière lui.

— Et rassemblés, ils ont gagné ?

— Oui, grâce aussi au ciel. Des prières ont été organisées dans toutes les églises. Le roi s'est rendu à Saint-Denis où les travaux venaient de commencer et a fait lever la châsse du saint. Suger a ordonné de sortir l'oriflamme qui était conservée dans l'abbaye et c'est en galopant derrière ses couleurs flottant dans le vent que l'armée des Francs a fait reculer les Allemands qui finalement s'en sont retournés sans combattre.

Les enfants et Renaud étaient tout émoustillés :

— L'abbé a-t-il suivi le roi à la guerre ? Et comment est l'oriflamme ? demandèrent ensemble Hugues et Pierre.

— Suger a accompagné le roi et les chevaliers. Quant à l'oriflamme c'est une bannière de soie rouge assez banale, celle des comtes de Vexin, je crois, mais qui devint cette année-là l'emblème sacré de l'armée franque.

— Où se trouve maintenant l'oriflamme ? questionna encore Louisette, curieuse, elle aussi, de connaître le destin du morceau d'étoffe rouge.

— Elle a retrouvé sa place à l'abbaye. Elle n'en sortira que si un nouveau danger menace le royaume.

— J'imagine mal l'abbé Suger, ce petit homme fluet, engagé dans une bataille, dit Renaud.

— Moi non plus. Mais il l'a fait !

*
* *

Les relations d'abord difficiles entre Renaud et Louisette s'étaient détendues. La jeune fille avait perdu un peu de la gêne qui l'inhibait et le garçon trouvait agréable de converser avec elle. Il lui trouvait de l'esprit et la jugeait plutôt savante pour une fille, encore que ses connaissances lui parussent restreintes. Son père et surtout ses frères, qui profitaient des leçons des moines de l'abbaye, lui avaient enseigné quelques notions de lecture, d'écriture et de calcul, et maintenant Renaud, à sa demande, avait accepté de donner à l'adolescente des leçons d'arithmétique.

La bibliothèque de la maison se bornait à quelques parchemins calligraphiés consacrés à l'art de bâtir, assortis de dessins de géométrie. Renaud, avec quelques rouleaux traitant de la géométrie, avait apporté dans sa besace des extraits copiés chez les moines de Saint-Germer de la plus célèbre des chansons de geste, *La Chanson de Roland*. Il y avait de quoi captiver une jeune fille rêveuse dans cette histoire connue de l'Ouest au Midi jusqu'en Italie grâce aux chanteurs et aux jongleurs qui animaient les grandes foires et accompagnaient les pèlerins sur les chemins poudreux, rocailleux, enneigés menant à Rome, à Saint-Jacques-de-Compostelle ou à la lointaine terre d'Orient.

Ce que Renaud n'avait pas transcrit, il s'en souvenait, et il raconta ainsi à la jeune fille les « gesta [1] », la bravoure et la gloire de l'illustre chevalier tué à Roncevaux en 778. Se prenant au jeu, le compagnon se faisait troubadour, et souvent, le dimanche, devant la cheminée censée figurer la chaîne des Pyrénées, il contait une aventure de Roland, inventant chaque fois de nouveaux détails qui mettaient la famille en joie, encore que les enfants préféraient et réclamaient la répétition de scènes dix fois entendues qu'ils connaissaient par cœur. Ainsi attendaient-ils avec impatience le moment où le chevalier Roland refusait d'écouter les conseils du sage Olivier, le fidèle frère d'armes, qui l'implorait de souffler

1. Hauts faits, d'où la chanson de geste.

dans l'olifant afin d'appeler Charlemagne à la rescousse. Pour l'occasion, le jeune Pierre avait confectionné une épée de bois devenue Durandal à la lueur des tisons. Il reprenait avec Roland :

« Eh ! Durandal comme tu es claire et blanche,
Contre soleil quand reluis et reflambes. »

Simon Lesourd et Alice surveillaient comme lait sur le feu les relations devenues avenantes entre Renaud et Louisette, mais ils devaient convenir qu'un débordement ne semblait pas à craindre.

— Tu vois, disait Simon à sa femme, tu allais trop vite en besogne en imaginant je ne sais quelle attirance entre ces deux enfants. Frère et sœur, voilà après six mois ce qu'ils sont l'un pour l'autre ! Rien de plus, et c'est tant mieux. Louisette a bien le temps de se marier et Renaud est trop accaparé par son travail pour penser à compter fleurette à ta fille. Je ne crois pas d'ailleurs que Monseigneur aurait vu d'un bon œil le mariage du jeune Pasquier.

— Pourquoi donc ? Notre fille n'est pas assez bien ?

— Ce n'est pas cela. Mais l'abbé s'est mis dans l'idée de faire quelqu'un de Renaud. Il dit qu'il a l'étoffe d'un bâtisseur promis à Dieu et jugerait sûrement mal venu un mariage précoce qui le détournerait d'un avenir brillant.

— Je trouve que l'abbé se mêle de choses qui ne le regardent pas !

— Peut-être, mais il a raison. Le petit l'a compris qui se donne corps et âme à son métier. As-tu remarqué qu'on le voit moins le dimanche ? Il est à l'abbaye où Suger lui a permis de fouiller dans la bibliothèque et de questionner les moines aussi souvent qu'il le voudrait. L'autre jour, il m'a dit qu'il considérait son état comme celui d'un novice. « Seulement, a-t-il ajouté, je ne servirai pas l'Église comme un moine mais comme un maçon. » Tu vois, Louisette comptera peut-être un jour dans sa vie, mais ce n'est pas demain. Pour l'instant, il reste entre les mains de l'abbé Suger.

— Ah ! ces pierres ! Elles resteront toujours un incontournable obstacle entre nous les femmes, et vous les tailleurs.

— Ne blasphème pas. La pierre est ce qu'elle est, le matériau que Dieu nous offre pour le glorifier. Tout de même, rappelle-toi, on l'a bien poussée de côté cette pierre pour se rencontrer et élever cette belle et pure croisée d'ogives qu'est notre famille !

*

* *

Simon Lesourd, attaché depuis le début à la reconstruction de la basilique, avait vécu tous les événements qui avaient marqué l'entreprise de Suger. Il admirait l'abbé et connaissait, comme beaucoup de religieux et bien des laïcs, ses démêlés avec Bernard, l'abbé de Clairvaux[1].

Un soir, à la demande de Renaud, captivé par la personnalité de Suger, l'architecte raconta :

— Il y a de cela une dizaine d'années, l'abbé partit pour Rome en brillant équipage avec une escorte de vingt-cinq chevaux, envoyé en mission pour aider à resserrer les liens alors fort relâchés entre la royauté et le pape. C'est là, en 1121, alors qu'il menait, à l'exemple des autres dignitaires de l'Église romaine, une vie dissipée et de grand apparat, qu'il apprit qu'il venait d'être nommé abbé de Saint-Denis, charge considérable qui le hissait au premier rang des prélats

1. Le futur saint Bernard, qui sera canonisé en 1174.

du royaume. Les anciens Dionysiens se souviennent encore de son retour claironnant dans la ville et des jours fastueux qu'il y mena durant un temps, jusqu'à ce que Bernard, l'abbé de Clairvaux, lui en fît remontrance et le conjurât d'adopter un train de vie plus simple, un comportement plus conforme à la règle de son ordre et de rétablir la discipline dans son abbaye. Les imprécations de Bernard de Clairvaux, connu pour ses prédications sans concessions, étaient d'autant plus terribles qu'il les publiait dans les monastères :

« Vous devez arracher les choses saintes à la gueule des chiens, retirer la pierre précieuse d'entre les pieds des pourceaux, rendre au Seigneur sa demeure.

« ... Ô vanité des vanités, mais encore plus folie que vanité. Le pauvre a faim mais vos églises scintillent. Leurs murs sont couverts d'or, les enfants de l'Église restent nus... On éblouit l'œil par la richesse des pierres qui couvrent les reliques. On sculpte en belles formes les saints et les saintes que les fidèles vont baiser, regardant plus la perfection des statues qu'ils n'honorent la vertu des saints. On laisse les pauvres crier famine et on dépense ce qui pourrait les faire vivre en somptuosités inutiles... »

— Mais Suger était-il obligé de se rendre aux injonctions de ce Bernard qui n'était pas son supérieur dans la hiérarchie de l'Église ? demanda Renaud qui ne reconnaissait pas son abbé du chantier, vêtu de grosse bure, dans ce personnage de prélat mondain que venait d'évoquer Simon Lesourd.

— La personnalité écrasante de Bernard, sa situation morale dans le monde chrétien dont il était, de par la protection du pape, un chef officieux, étaient telles que nul ne pouvait résister à ses volontés. Et puis, plus simplement, Suger savait que l'ascète de Clairvaux avait raison. Il changea donc de vie, entreprit la réforme morale de l'abbaye et s'adonna à la reconstruction de la basilique.

— Il n'apparaît pas pourtant, à voir les richesses qu'il accumule, que Suger a vraiment obtempéré aux consignes de l'abbé Bernard ! Il répète que rien n'est trop beau lorsqu'il s'agit de la célébration de la Sainte Eucharistie.

— Des hommes de foi aux caractères si forts mais si différents ne peuvent s'opposer sans dommages. Alors ils se respectent et se supportent sans abandonner leurs convictions. Bernard continue de combattre les dérives somptuaires des moines de certains ordres, et Suger, s'il a mis de l'ordre dans sa vie personnelle et celle de l'abbaye, n'abandonne pas sa passion pour les richesses et les splendeurs dont il remplit sa basilique.

— C'est une chance pour nous, bâtisseurs. Il est plus captivant d'œuvrer dans le beau que dans le dénuement !

— Eh oui ! Tandis que les voûtes de Saint-Denis se hissent vers le ciel, l'abbé acquiert les objets les plus merveilleux qui orneront l'autel principal, en particulier un calice fait d'une seule sardoine massive[1]. Demande donc un jour à Monseigneur de te montrer les dessins des panneaux d'or dont sera couvert l'autel sur toutes ses faces.

— Je ne peux pas m'empêcher d'imaginer la fureur du moine Bernard lorsqu'il a appris cela !

— Je t'ai dit que les deux rivaux ont choisi de vivre en paix. Mais que peut dire l'abbé de Clairvaux quand Suger explique, non sans malice, qu'il voulait installer un modeste autel devant la tombe de saint Denis et

---

1. Onyx de Sardaigne. Pierre précieuse très recherchée au Moyen Âge.

de ses compagnons mais que ce sont les saints martyrs eux-mêmes qui, exigeant l'éclat et la splendeur, ont miraculeusement, de manière inattendue, procuré or et pierres précieuses pour décorer l'autel !

— Il y a vraiment eu un miracle ? demanda Renaud.

— Il faut croire l'abbé quand il affirme que les saints ont voulu ainsi lui dire de leur propre bouche : « Que tu le veuilles ou non, Saint-Denis mérite ce qu'il y a de mieux[1]. »

— Vous avez raison, mon maître. L'abbé attire les interventions divines. Rappelez-vous la recherche des grands arbres ! Le Seigneur le guide dans son œuvre ! Comme j'aimerais lui poser quelques questions sur ces mystères qui me troublent ! Pensez-vous que je pourrais m'y hasarder si l'occasion se présentait ?

— Tu pourrais. L'abbé partage volontiers sa passion pour Saint-Denis avec ceux qu'il affectionne. Et je crois que tu fais partie de ceux-là.

Curieusement, Renaud n'était plus intimidé par Suger, qu'il vénérait pourtant comme un maître infaillible et bienveillant. L'abbé, il est vrai, avait tout fait pour mettre en confiance le jeune compagnon en qui il avait décelé des dons exceptionnels.

Un dimanche où Renaud prenait à l'abbaye une leçon de latin du père Éloi, Suger, qui passait dans la bibliothèque pour chercher un rouleau du *Livre d'architecture* de Vitruve[2], s'arrêta et encouragea son protégé à poursuivre inlassablement la connaissance. Renaud répondit si bien, qu'une conversation s'engagea et que le jeune homme osa poser la question qui lui tenait à cœur :

---

1. Récit de Suger dans ses mémoires.

2. Célèbre architecte du siècle d'Auguste dont les textes circulaient dans quelques cercles érudits au Moyen Âge.

— Monseigneur, le maître Simon m'a raconté comment un miracle vous a permis d'orner magnifiquement la basilique des rois. Me montrerez-vous un jour les panneaux d'or qui doivent encadrer l'autel et auxquels travaillent les plus grands orfèvres ? J'ai tellement envie d'imaginer notre église achevée.

Suger sourit :

— Tu as raison de dire « notre » église. Elle est à toi comme à tous ceux qui y travaillent. Mais tu me parles des splendeurs dont je pare la basilique. Eh bien, chacun peut suivre sa propre opinion, moi je pense que ce qui existe de plus précieux doit servir à la célébration du divin sacrifice. Ceux qui nous critiquent (Renaud pensa qu'il faisait allusion à Bernard) objectent qu'à cette célébration doivent suffire une âme sainte et un esprit pur. C'est naturellement cela qui importe avant tout mais nous, nous affirmons que l'on doit aussi servir Dieu par les ornements extérieurs, les vases sacrés, les coupes d'or, les pierres les plus magnifiques. Car qu'est-il de plus précieux que le sang du Christ ?

— Rien, monseigneur.

— Alors professons que le service du saint sacrifice exige la pureté intérieure mais aussi la noblesse extérieure ! C'est aussi pour que ces splendides objets offerts au Seigneur puissent être admirés et vénérés par les fidèles que nous remplaçons la vieille et sombre basilique carolingienne par un écrin de lumière où ils brilleront des feux du ciel.

Renaud était comblé. Il n'attendait pas, lui, modeste compagnon, une telle profession de foi d'un personnage aussi considérable que Suger. Il se dit qu'il avait bien de la chance et qu'il allait essayer de la mériter en œuvrant avec plus de piété et de passion à la construction du merveilleux chœur de la basilique, lequel commençait à se peupler de hautes colonnes surmontées par ces fameuses croisées d'ogives dont le maître Simon Lesourd disait qu'elles seraient le symbole des nouvelles cathédrales.

Les croisées d'ogives étaient en effet la grande affaire de Suger qui voyait dans cette nouveauté architectonique le moyen d'alléger les murailles massives et sans ouvertures qui, jusqu'alors, devaient supporter les pesées verticales et horizontales des toitures et celles, aussi lourdes, des arcs intérieurs.

Ainsi naissait à l'extrémité de la nef de Saint-Denis l'un des chefs-d'œuvre qui devaient marquer le Moyen Âge : le demi-cercle des sept chapelles orientées vers le soleil levant, « la plus irradiée des lumières de Dieu », disait Suger. L'abbé, tout en regardant monter vers le ciel de l'abbatiale les pierres blanches qui deviendraient des ogives, puis en surveillant leur miraculeux assemblage, pensait aux tentures, aux vitraux, aux objets les plus rares qui habilleraient son abbatiale.

Un jour, il montra à Renaud, rencontré maintenant régulièrement dans la bibliothèque de l'abbaye, une coupe de porphyre remplie de pierres précieuses :

— Vois-tu, ces pierres magnifiques sont destinées à orner la grande croix de sept mètres de haut qui, placée dans le chœur, sera visible de n'importe quel endroit de la basilique. C'était là il y a quelques jours un vœu pieux car nous n'avions pas les moyens de nous procurer des pierres aussi rares et aussi chères. Eh bien ! Ces pierres auxquelles je rêvais depuis longtemps, les voici ! Devine comment elles sont arrivées jusqu'à l'abbaye ?

— Un miracle ! répondit Renaud sans réfléchir.

— C'est Dieu qui t'a soufflé cela. Comme c'est le Seigneur qui m'a fait tenir ces gemmes admirables.

— Comment cela ? demanda Renaud, content d'avoir si facilement trouvé réponse à la question de l'abbé.

— Ah ! Tu aimes les belles histoires. Eh bien, je vais te raconter celle de ces pierres qui étincellent dans le porphyre. Comme j'allais renoncer à parer richement ma croix, voilà que trois moines des ordres de Cîteaux et de Fontevrault entrent un soir dans la chambre où je travaille, près de l'église, et m'offrent d'acheter ces améthystes, ces saphirs, ces rubis, ces émeraudes et ces topazes pour une somme modeste destinée à l'entretien de leurs monastères. Je leur demande d'où vient ce trésor et ils me répondent qu'il s'agit d'aumônes du comte Thibaud et d'autres seigneurs pour glorifier la splendeur de Dieu. Comment ne pas attribuer à Dieu cette aide inattendue qui va me permettre de décorer dignement la basilique des rois ? S'il m'avait fallu payer ces pierres à leur valeur, j'aurais mis plus de vingt ans à me les procurer !

— Oui, c'est une belle histoire ! Monseigneur, me permettez-vous de la raconter ce soir aux enfants de mon maître Simon ?

— Bien sûr. Raconte-la. Même à tes amis de la loge. J'aimerais le faire moi-même mais la loge appartient aux tailleurs de pierre et je n'ai pas l'honneur d'en être un.

— Monseigneur, demain il ne sera question au chantier que des pierres précieuses de notre grand architecte l'abbé Suger.

— Vois-tu, l'intérêt que tu portes à Saint-Denis me touche. Il me rappelle le temps où, élève de l'école de l'Estrée[1], les voûtes, le trône de Dagobert et les saintes reliques me plongeaient dans la félicité, encore

1. Dépendance de l'abbaye, toute proche de Saint-Denis.

que celle-ci fût modérée par l'état lamentable de l'église que je ne pouvais m'empêcher de constater. Entre deux prières, je me rendais compte combien le temps avait usé la pierre, terni les peintures, rongé les statues. Jusqu'aux couvercles des reliquaires dont les pierres précieuses s'étaient desserties ! Alors, je me suis dit qu'un jour j'aiderais d'une façon ou d'une autre à rendre sa splendeur à la basilique. Bien que laïc, tu vis la même passion.

— Sauf, monseigneur, que je ne suis qu'une toute petite pierre dans une œuvre immense : la vôtre.

— Oui, mais tu y mets ton âme ! On reparlera de tout cela. Une autre fois, je te dirai les projets que j'ai pour la basilique.

Des projets, Suger n'en manquait pas. Simon l'architecte, Pierre le parlier, les maîtres des métiers et même le jeune compagnon Renaud dont on utilisait de plus en plus souvent les dons de géomètre, devaient peiner à la tâche, calculer, réfléchir, procéder à d'innombrables essais pour suivre les inspirations, les idées novatrices de l'abbé dont la principale était la lumière qu'il fallait faire pénétrer à travers les murs afin que le bel appareillage des pierres neuves puisse être contemplé dans toute sa splendeur. C'est pour cela qu'il avait abattu l'ancien chœur de la basilique, pour cela qu'il voulait que le nouveau fût percé de grandes ouvertures qui éclaireraient les reliques, les autels et la précieuse grande croix. Seulement, cet allégement des murs avait un prix : le risque de mettre en péril la solidité du monument[1]. « Notre responsabilité est grande, disait Simon Lesourd. Imagi-

1. C'était là l'enjeu d'une grande transformation dans l'art de bâtir : le passage de l'art roman à l'art gothique. Rappelons que les termes « roman » et « gothique » n'étaient pas encore utilisés.

nez que le chœur s'effondre un jour sur les fidèles et les officiants ! »

*
* *

En ce temps-là, l'Europe bâtissait des cathédrales admirables mais ignorait la fabrication et l'usage du papier inventé pourtant avant J.-C. par les Chinois. Le parchemin était rare et cher, comme l'encre, la plume d'oie et le stylet qui grattait la tablette de cire. Et, pourtant, de bouche à oreille, les refrains des chants de victoires volaient depuis Clotaire sur les armées franques ; les chansons de geste ouvraient les premières portes de la littérature ; à force d'être répétés, les vers de *La Chanson de Roland* devenaient notre *Iliade*. Rien d'écrit non plus dans les récits des jongleurs et des trouvères qui animaient les routes des pèlerinages. Rien d'écrit dans les légendes dont se délectaient les familles de nobles, de bourgeois, de laboureurs ou de tailleurs de pierre.

Et puis, arrive le moment où l'histoire vraie devient légende. C'est ce qui était en train de se produire à Saint-Denis où les péripéties de la vie d'un philosophe nommé Abélard captivaient d'autant plus les gens de la région que le turbulent professeur de dialectique et de théologie avait séjourné à l'abbaye de Saint-Denis. Certes, les analyses du dogme auxquelles se livrait le maître avec ses étudiants dans d'interminables joutes oratoires en latin ne pouvaient être comprises du bon peuple dionysien, mais une romanesque histoire d'amour avait pris le pas sur l'obscure spéculation philosophique.

Chez les Lesourd, comme dans toutes les maisons, on ne faisait pas mystère de détails scandaleux qui, au long des années, avaient enrichi le récit de l'existence mouvementée d'Abélard. Celui-ci avait trente-sept ans lorsqu'il avait séduit l'une de ses élèves, Héloïse, nièce d'un riche et honorable chanoine nommé Fulbert. La naissance d'un enfant commença à donner du corps à l'histoire qui rebondit lorsque les Dionysiens apprirent que les amants avaient été mariés secrètement dans une église parisienne en présence de Fulbert qui n'en absolvait pas pour autant l'outrage et qui manifesta si maladroitement sa colère que la liaison fautive devint secret de Polichinelle. Abélard, pour couper court aux ragots qui menaçaient sa carrière, envoya sa jeune femme à l'abbaye d'Argenteuil où elle avait été élevée, sans toutefois lui faire prendre le voile, signe d'un engagement perpétuel.

L'affaire déjà passionnait la rue. Une chanson, œuvre d'un jongleur inconnu, faisait sourire et le chanoine, sûr qu'Abélard avait voulu se débarrasser de son épouse devenue encombrante, décida de se venger. Le coupable méritait-il la sanction décidée par le chanoine ? Huit siècles plus tard on en discute encore. Le fait est que Fulbert fit attaquer et châtrer le coupable par des sicaires. Arrêtés, ceux-ci furent jugés, condamnés à être émasculés à leur tour et privés de la vue. Le chanoine Fulbert, lui, ne fut pas inquiété.

Il ne restait à Abélard qu'à cacher sa honte, ce qu'il fit en demandant à l'abbé Suger son admission au monastère de Saint-Denis et en obligeant la malheureuse Héloïse à prononcer ses vœux. La légende d'Héloïse et Abélard prenait son essor.

*

* *

Autant Suger était intarissable lorsqu'il s'agissait de la basilique et de l'avancée des travaux, autant il demeurait discret sur son autre vie, celle de conseiller du roi. On savait seulement, lorsqu'il s'absentait de Saint-Denis, toujours après avoir donné ses instructions à son architecte-maître d'œuvre Simon Lesourd, qu'il était parti rejoindre le roi au Palais ou au château de Béthisy où Louis VII, comme son père, aimait à séjourner. La seule confidence qu'il eût faite à Simon, c'est qu'il venait d'acheter une maison à Paris, dans la paroisse Saint-Merri, afin d'y loger décemment lorsqu'il devait assister aux conseils ou demeurer quelques jours auprès du roi.

Ce n'est que sur la fin de la vie de Louis VI que Suger, jusque-là conseiller écouté, était devenu l'un des intimes du roi. C'est lui qui l'avait assisté et même remplacé alors que la maladie qui devait l'emporter le rongeait, c'est à lui que le roi avait demandé de s'occuper de son corps et de l'ensevelir après sa mort sous les dalles de son église près des restes de saint Denis, son vénéré patron. Suger avait aussi été consulté lorsque Louis VI avait reçu une semaine plus tôt les ambassadeurs de Guillaume X, duc d'Aquitaine, venus lui faire part du décès de leur maître le vendredi saint à Compostelle et de la résolution de celui-ci de confier sa terre au roi de France si sa fille Aliénor épousait l'héritier du trône.

Le roi était gravement malade de ce que l'on nommait le « flux du ventre », une dysenterie qui avait failli l'emporter l'année précédente. L'offre, qui devait étendre l'influence royale, réduite en vérité à un modeste domaine qu'il avait dû défendre toute sa vie contre des vassaux indignes, turbulents et pillards, était aussi avantageuse qu'inattendue. Suger l'avait engagé naturellement à y répondre promptement.

— Arrangez tout cela, mon bon abbé. Que mon fils aille sans tarder épouser la princesse d'Aquitaine à Bordeaux, à la tête d'une ambassade digne du royaume et du duché. Vous connaissez Louis mieux que personne puisqu'il a été éduqué à Saint-Denis sous votre affectueuse tutelle. C'est à vous que je confie le soin de veiller sur lui durant le voyage. Il n'a que seize ans et, si je meurs avant que vous ne reveniez, il faudra le conseiller, l'aider comme vous m'avez aidé...

Suger avait aussitôt entrepris les préparatifs du départ. Cela n'était pas une mince affaire de lancer sur les routes un cortège de cinq cents chevaliers conduits par les plus puissants barons du royaume, les Thibaud de Champagne, Guillaume de Nevers, Rotrou comte du Perche, Raoul de Vermandois sénéchal du royaume et les plus importants prélats d'Île-de-France dont Geoffroy de Lèves, évêque de Chartres.

Ce voyage royal impliquait une intendance toute militaire : l'armement des chevaliers, l'organisation des relais, le rassemblement des chariots et des bêtes de somme, sans compter l'attirail nécessaire aux bivouacs avec les tentes en pavillon et les cuisines. Il fallait aussi choisir les cadeaux pour la princesse et son entourage.

La veille du grand départ, Suger s'était rendu dans sa chère église de Saint-Denis. Il y avait convoqué son prieur, l'abbé Hervé, qui allait durant son absence avoir la responsabilité de l'abbaye. Il l'emmena dans la crypte où après une prière commune il lui fit ses dernières recommandations et lui indiqua, à droite de l'autel, l'endroit où devait être inhumé le roi s'il décédait avant le retour de Bordeaux. Puis il parcourut l'église du narthex au chœur en compagnie de Simon Lesourd :

— Je vous confie le chantier, dit-il. Faites-moi une bonne surprise : avancez les travaux du chœur durant mon absence. J'ai hâte d'inviter les nouveaux mariés à la dédicace.

Il aperçut alors Renaud qui faisait mine, non loin de là, de s'intéresser au dégrossissage d'un chapiteau mais qui n'avait d'oreille que pour l'abbé dont il essayait de saisir les paroles.

— As-tu quelque chose à me dire ? demanda Suger. Approche, nous n'échangeons pas de secrets !

— Monseigneur, je voulais seulement vous dire au revoir et vous souhaiter un bon voyage.

Suger sourit, regarda Renaud et caressa un instant ses longs cheveux avant de le remercier et de lui dire de bien travailler. Simon Lesourd, qui regardait la scène, fut surpris par le geste de l'abbé, généralement peu enclin à montrer ses sentiments.

CHAPITRE III

L'ABBÉ SUGER

Durant l'interminable chevauchée, Suger, le petit moine, souffrait moins de la chaleur et de la poussière que l'évêque de Chartres dont l'embonpoint faisait craquer la soutane. Étrier contre étrier, les hommes de Dieu s'étaient trouvé au long de la route, entre le sacré et le profane, un inépuisable sujet de conversation : les grandes églises qui allaient bientôt surgir de la bonne terre du royaume. L'évêque Geoffroy de Lèves ne songeait qu'à sa future cathédrale qui n'était encore qu'un vague dessin sur une feuille de parchemin :

— Les murs de la cathédrale actuelle sont bons. Nous allons les garder mais refaire la façade et élever des tours. Plus tard on verra... L'endroit où nous allons bâtir la nouvelle église, sur l'ancienne, fut dès les premiers temps chrétiens un des lieux de pèlerinage les plus empruntés de France. Les pèlerins venaient prier la Vierge Noire, une statue qu'ils nommèrent ainsi, sculptée dans un tronc de poirier, bien avant que fût né le Sauveur. Mais c'est une longue histoire Je vous la raconterai, cher abbé, en échange de quelques renseignements sur votre basilique dont la reconstruction s'effectue, dit-on, dans les meilleures conditions. On parle d'une nouvelle manière d'unir les pierres.

Suger acquiesçait et expliquait comment les voûtes d'ogives allaient bouleverser l'art de la construction. Les préoccupations des deux prélats se rejoignaient même si Mgr Geoffroy ignorait à peu près tout de l'art de bâtir et avait du mal à suivre la démonstration de Suger, devenu un véritable bâtisseur.

— Monsieur l'abbé, je vois que vous avez beaucoup de choses à m'apprendre. Promettez-moi de m'aider en m'envoyant de bons maîtres et de bons compagnons.

Ainsi, le cortège arriva un soir aux confins du Bordelais. Suger racontera plus tard : « Les tentes furent plantées en face de la cité dont le camp était séparé par le large cours de la Garonne. Là, le prince et l'armée attendirent que des navires les fissent passer dans la ville. »

Au palais de l'Ombrière, le futur Louis VII découvrit celle qui allait devenir sa femme en apportant au royaume la richesse enviée du duché d'Aquitaine. On avait dit au jeune prince que sa fiancée était belle. Elle était éblouissante en robe d'écarlate, ses longs cheveux blonds encadrant son visage de femme enfant où perçait un sourire un peu moqueur. Au milieu de sa cour où les évêques côtoyaient le baronnage de Gascogne, de Saintonge et du Poitou, Aliénor, que la mort de son père venait de faire duchesse, ne paraissait pas impressionnée par l'entrée solennelle de l'ambassade du roi de France. C'est Louis, aussi beau et blond, qui semblait troublé par l'accueil jovial des gens du Midi dont les manières bruyantes et la langue d'oc qu'il comprenait mal le déconcertaient.

Le mariage fut célébré le dimanche suivant, 25 juillet, en la cathédrale Saint-André toute fleurie de blanc. Soutenu par le regard intense et affectueux de l'abbé Suger, Louis trembla un peu en couronnant sa jeune épouse du diadème royal. Puis le couple reçut les hommages des vassaux du duché qui, un à un, s'inclinèrent devant le frêle jeune homme et la jeune fille à l'air effronté qui allaient bientôt régner sur un État aussi important que celui du roi de France.

Avant la cérémonie, Suger avait rappelé avec gravité au prince les recommandations du roi Louis VI :

— Soutiens les clercs, les pauvres et les orphelins en gardant à chacun son droit. Et que Dieu tout-puissant par qui règnent les rois te protège, mon cher enfant.

L'abbé avait ajouté :

— Monseigneur, gardez pieusement en votre mémoire ces paroles du roi votre père qui souffre en cet instant sur les rives de la Seine et que vous ne reverrez peut-être pas.

Les fêtes du mariage qui se prolongèrent durant plusieurs jours firent heureusement oublier au jeune Louis ce funeste présage. L'exubérance de la foule, les cris, les rires, les chants des troubadours, les sons des tambourins alliés aux effets des vins de Guyenne que pages et écuyers servaient en abondance aidèrent à combler les différences entre barons du Nord et seigneurs d'Aquitaine, entre les soldats du roi de France et le peuple hardi et généreux des bords de la Garonne. C'est dans cette atmosphère heureuse et détendue que l'ost entourant les jeunes époux et les dignitaires de l'Église reprit la route du Nord vers la Saintonge. Après avoir passé la Charente, les jeunes époux purent enfin se retrouver seuls et consommer leur mariage au château de Taillebourg, où la chambre nuptiale était préparée à leur intention.

En ce mois d'août, la chaleur était accablante. Si le frêle abbé, en réalité bien solide sur ses étriers, la supportait en galopant avec désinvolture, Geoffroy, le bedonnant évêque de Chartres, avait dû être installé sur un chariot. C'est dans cet appareil qu'il traversa Poitiers où la foule, moins démonstrative que celle de Bordeaux, était pourtant nombreuse à venir témoigner sa joie de voir unies les deux couronnes.

Poitiers était la vraie capitale du duché, la ville où depuis toujours les ducs préféraient vivre. C'est dans la vieille cathédrale Saint-Pierre de la cité mérovingienne que Louis et Aliénor reçurent la couronne ducale d'Aquitaine. Au cours de la cérémonie, le jeune prince manifesta toute la gravité et tout le sérieux qui convenaient. Aliénor, elle, ne cessa de pincer ses jolies lèvres roses comme pour cacher un sourire retenu. Par instants, elle parut même rêveuse, peu attentive au déroulement de la liturgie. Suger, qui ne quittait pas le couple des yeux, se demanda si elle ne songeait pas à son grand-père, Guillaume le Troubadour, qui avait marqué toute la dynastie de sa puissante personnalité. Suger, qui connaissait l'histoire de l'aïeul et qui s'ennuyait un peu, ferma les yeux pour se remémorer l'existence tumultueuse de Guillaume IX d'Aquitaine.

Il pensa d'abord à la scène qui s'était déroulée une vingtaine d'années auparavant sous les lourdes voûtes de la cathédrale où résonnaient maintenant les chants graves des moines. Scandalisé par les désordres qui ponctuaient sa vie, l'évêque de Poitiers avait excommunié le duc qui, saisi de fureur, s'était précipité en brandissant son épée sur le prélat alors qu'il lisait la formule d'exclusion :

— Je te tue si tu ne m'absous pas ! hurla-t-il devant les fidèles médusés.

Mais l'évêque Pierre était de la trempe de son illustre agresseur. Il fit mine d'obéir, le temps de se dégager, et finit calmement sa lecture. Puis il tendit le cou en disant :

— Frappe maintenant. Frappe !

Guillaume, interdit, avait rengainé et, fidèle à son esprit de repartie, s'en était allé en répondant :

— Non, monseigneur, ne compte pas sur moi pour t'envoyer au paradis !

Tout au long de sa vie, Guillaume le Troubadour avait eu maille à partir avec les clercs, presque toujours pour des histoires de femmes. Il avait ainsi eu une liaison affichée avec la vicomtesse de Châtellerault qui portait le doux prénom de Dangerosa et qu'on surnommait à Poitiers la Maubergeonne car le Troubadour l'avait installée à la place de sa femme légitime dans une tour du château ainsi dénommée. À cause de la Dangerosa, il s'était fâché avec son fils et presque toute sa famille, ce qui était le cadet de ses soucis. Ce paillard royal, grand seigneur et parfait débauché, était pourtant l'un de ces personnages qui rachètent leurs écarts par leur fantaisie et leur talent. Il était, ô surprise !, un grand poète, le premier en date des troubadours. Dans ses vers, ce furieux exprimait avec délicatesse l'idéal courtois qui devait nourrir la poésie médiévale.

« C'est sûrement à lui que pense Aliénor, se dit l'abbé. Cette enfant de seize ans ressemblera-t-elle à son terrible grand-père ? Si c'est le cas, notre roi connaîtra des jours difficiles. Enfin, n'oublions pas que le mauvais Guillaume s'est racheté sur la fin de sa vie en fondant un prieuré sur ses terres de chasse préférées. »

Suger en était là de ses réflexions quand un chevalier vint lui murmurer quelques mots à l'oreille et lui tendit un message. L'abbé pâlit, regarda le prince toujours plongé dans ses prières et ouvrit le parchemin fermé du sceau du royaume. Il attendit quelques secondes, ferma les yeux comme pour mieux mesurer l'importance des mots qu'il allait devoir prononcer, puis il s'approcha et fléchit le genou devant celui qui désormais était Louis VII, roi de France :

— Sire, dit-il, tandis que la musique éternisait ses dernières notes, un messager vient de se présenter sur le pont de Montierneuf porteur d'une triste nouvelle. Le roi votre père a succombé au mal qui le torturait depuis de si longs mois.

Louis leva la tête et essuya une larme de son gant :

— Ainsi, murmura-t-il, je ne l'aurai pas revu... Que dit le message, s'il vous plaît, monsieur Suger ?

— Le roi a demandé d'être conduit dans l'abbatiale de Saint-Denis pour y mourir mais il était intransportable. Résigné, il a fait étendre un tapis sur le sol et demandé qu'il fût marqué d'une croix de cendre. Allongé sur cette croix, il est mort, d'une mort édifiante. Comme il l'avait demandé, son corps a été inhumé dans la chapelle de la Sainte-Trinité à l'endroit qu'il avait choisi. Tous les moines de l'abbatiale prient pour le repos de son âme.

Louis sembla alors prendre conscience de la mission que Dieu lui avait dévolue. Ni l'anneau royal qu'il portait depuis plusieurs années[1] ni son mariage n'avaient modifié son caractère mais, subitement, la mort du père le projetait dans la réalité.

---

1. Depuis le début du lignage capétien, le roi régnant désigne son successeur, l'aîné de ses fils. L'héritier est couronné et sacré du vivant de son père. Après la mort accidentelle de Philippe, qui avait été sacré en quelque sorte « roi associé », c'est son cadet Louis qui, à son tour, fut sacré à Reims en 1131.

— Madame, dit-il à Aliénor qui le regardait sans comprendre, vous êtes reine de France, mon père vient de mourir.

Et tout de suite il se tourna vers Suger :

— Monsieur l'abbé, faites en sorte que les fêtes soient abrégées et que nous reprenions la route le plus rapidement possible.

*
* *

La chaleur, la poussière soulevée par l'avant-garde des chevaliers qui ouvraient la route rendaient le voyage pénible pour tous. Aliénor, épuisée par la chevauchée, luttait contre le sommeil en pensant qu'heureusement, au bout du long chemin, il y avait Paris, Paris qui pour la reine venue du Sud ne représentait pas grand-chose. Elle n'ignorait pas que Paris n'était qu'une cité royale guère plus importante qu'Orléans où résidaient souvent les rois et que le prestige de son passé n'éclipsait pas celui de Bordeaux ou de Toulouse. Mais elle connaissait la renommée d'un courant intellectuel nouveau qui, né sur la montagne Sainte-Geneviève, avait atteint les rives de la Garonne.

Aliénor avait, par les récits de troubadours, entendu parler de Bernard de Clairvaux, ce moine ascète, redouté et respecté par la chrétienté. Et aussi d'un certain Pierre Abélard, professeur brillant et séduisant qui régnait sur le monde turbulent des escholiers de Paris et que ses amours avec une certaine Héloïse avaient rendu célèbre. Paris, la ville de toutes les séductions et de tous les désordres, ne pouvait qu'attiser la curiosité de cette princesse instruite, lettrée, qu'on disait même savante, avide de découvrir une autre culture, celle de la langue d'oïl, le curieux parler des philosophes du Nord.

Après les rigueurs brûlantes de la route, la jeune fille avait apprécié la fraîcheur des forêts qui entouraient Paris. Elle avait aimé le ciel pastel d'Île-de-France, découvert sur le fleuve les îles verdoyantes dont la plus importante, la Cité, était ceinturée par ses remparts.

Jeune reine heureuse, Aliénor d'Aquitaine souriait lorsque son époux lui tendit le bras pour l'aider à poser le pied sur la souche moussue qui, traditionnellement, servait à descendre de cheval devant le vieux palais de la Cité.

Aliénor et les jeunes dames de sa suite ne tardèrent pas à réveiller l'antique demeure des Capétiens. On s'y était beaucoup ennuyé du temps de Louis VI lorsque les distractions ne venaient que de la cuisine. N'eût été l'incompatibilité d'humeur entre la jeune femme belle et enjouée et la reine mère vieillissante qui eût aimé régenter la maison de son fils, la vie eût été heureuse chez le roi de France. Heureusement Adélaïde de Savoie, vaincue par la fougue gasconne, préféra quitter le palais royal et s'en aller dans ses terres épouser un Montmorency, petit seigneur mais bel homme.

La place libérée, Aliénor ne tarda pas à introduire à la cour de France quelques-uns des meilleurs troubadours venus de l'Occitanie, porteurs de cette culture raffinée, toute féminine, propre à son cher pays. Sous les lourdes tapisseries du palais de la Cité commencèrent alors à fuser les notes des vielles et les vers ensoleillés de l'amour courtois, en particulier ceux de son grand-père, Guillaume d'Aquitaine.

Louis VII, follement épris, s'était plié, un peu forcé, à cette allégresse méridionale si éloignée de ses habitudes sages et dévotes. Mais la vie des rois ne peut être faite que de chansons et d'effronteries. Moins d'un an après son avènement, Louis VII, qui avait à peine dix-huit ans, se vit confronté à la première situation sérieuse de son règne, un événement dans lequel sa femme se trouvait impliquée puisque l'orage venait de Poitiers où les bourgeois en révolte prétendaient constituer une commune.

Suger, qui avait repris auprès du jeune roi le rôle de principal conseiller, penchait pour une négociation. Mais Poitiers, c'était le fief des ducs d'Aquitaine, leur ville préférée, la cité où Louis et Aliénor avaient reçu la couronne ! Le roi pouvait-il accepter un affront fait à sa jeune autorité et qui humiliait son épouse ? Louis VII se devait de réagir. Sans tenir compte des conseils prudents de Suger, il partit donc en campagne à la tête d'une petite armée de chevaliers dotée de machines de siège.

La guerre fut courte. Sans verser une goutte de sang, le jeune roi prit la ville, se couvrant sans risque d'une gloire flatteuse. Un courrier partit aussitôt porter la bonne nouvelle à Paris et à Aliénor. Eût-il été à ses côtés, que l'abbé Suger eût sans doute, la victoire acquise, évité à Louis de commettre une grave erreur. Grisé par son succès, le jeune roi imposa en effet aux Poitevins des punitions barbares, notamment la déportation des enfants des principaux bourgeois de la ville. Dans l'entourage du roi, nombreux furent ceux qui trouvèrent la mesure excessive et dangereuse, mais seul Suger avait assez d'ascendant sur Louis pour le convaincre de renoncer à des dispositions qui risquaient de mettre le duché à feu et à sang.

Sitôt prévenu, l'infatigable abbé abandonna son abbaye et son chantier, sauta sur son cheval en compagnie d'une quinzaine de chevaliers et galopa vers Poitiers. Il eut dès son arrivée une longue conversation avec le roi, qui défendit obstinément sa décision, répétant qu'il ne pouvait décevoir la volonté de sa femme sur une question qui touchait l'honneur du duché. Suger prit alors conscience de l'influence que la frivole mais énergique petite duchesse d'Aquitaine avait prise sur le roi. Habile, l'abbé se garda bien de désavouer la reine mais insista sur les risques encourus. Finalement, Louis céda :

— Je vous suis, monsieur l'abbé, mais c'est contre mon gré que je prends une décision de clémence qui va fâcher la reine. Allez donc dire aux bourgeois rebelles que je leur fais grâce et que les jeunes gens ne seront pas pris en otage.

— Votre geste généreux sera apprécié, sire. C'est une ville dévouée à la couronne et reconnaissante que vous quitterez demain en vainqueur.

Comme il s'y attendait, Aliénor reçut fraîchement son mari ;

— Je suis bien aise que vous ayez pris la ville facilement mais ces gens, traîtres à la couronne d'Aquitaine, qui ont essayé de profiter de la mort du duc pour se soulever contre sa fille, méritaient d'être châtiés sévèrement ainsi que vous l'aviez décidé. Vous avez, j'en suis peinée, préféré suivre l'avis de l'abbé dont je ne goûte pas l'intrusion dans mon héritage.

Le roi était jeune et amoureux. Au lendemain de l'expédition de Poitiers, Suger ne fut pas étonné de n'être plus prié aux réunions du conseil. Il se consacra à l'administration de l'abbaye et aux travaux de sa chère basilique, ce qui était bien pour Dieu mais fort dommageable aux affaires du royaume livrées à la politique souvent irréfléchie du jeune roi et aux fantaisies d'Aliénor.

*
* *

C'en était fini de la dispute publique entre Suger et le saint moine de Clairvaux. L'abbé avait fait un pas vers l'austérité par la réforme de son abbaye et Bernard l'en félicitait. Cette entente d'intérêts ne rapprochait pourtant pas vraiment ces deux caractères opposés qui géraient chacun leur abbaye de manière différente. Suger, administrateur-né, n'avait de cesse d'augmenter les richesses de Saint-Denis, d'ajouter des vignes au domaine de l'abbaye, de tirer de plus en plus de profits de son patrimoine communautaire afin de mieux servir Dieu, ses frères et les pauvres. Il n'avait en outre rien abandonné de son acharnement à assurer la splendeur de la basilique. De son côté, Bernard de Clairvaux limitait les revenus de ses églises, souvent retranchées dans les forêts, aux besoins stricts de la vie monacale. Il ne voyait qu'horreur, imposture et vanité dans la confusion entre les affaires marchandes et la vie religieuse.

Toujours en délicatesse avec la cour, Suger ne pensait qu'à la façon de nimber le chœur de sa basilique de cette lumière qu'il n'avait cessé de traquer au cours de la reconstruction. L'architecture innovante que l'abbé avait choisie n'offrait plus les larges surfaces de murs épais que depuis des siècles les bâtisseurs d'églises décoraient de fresques. Entre piliers et minces colonnettes, les fenêtres vastes et nombreuses laissaient entrer une lumière si intense que Suger craignit qu'elle ne perturbe le recueillement des fidèles.

— Nous allons faire d'une pierre deux coups, dit-il un jour à Simon Lesourd et à Renaud qui l'accompagnaient dans une visite du chantier. Puisque la fresque, faute de place, nous est interdite, nous allons décorer l'église avec des vitres de couleurs qui, en même temps, tamiseront la lumière.

— Je crois, dit Simon, que les chanoines de quelques vieilles églises ont en effet fait remplacer les vitres unies des étroites fenêtres par des verrières teintées.

— Oui. Mais je veux, moi, que les vitraux racontent la religion, qu'ils soient de vrais tableaux que fera flamboyer la lumière du soleil.

— Monseigneur, dit Renaud, où trouverez-vous les artistes capables de réaliser vos désirs ? Les quelques compagnons verriers qui œuvrent sur les chantiers du Parisis ne font pas ce genre de travail.

— Je les cherche, mon enfant, je les cherche. Mais je ne doute pas. Je suis sûr qu'une fois de plus Dieu m'aidera dans ma mission. Il existe, paraît-il, non loin de Chartres un atelier de verrerie intéressant. Et nous ferons venir des pays rhénans des artistes qui, m'a-t-on dit, travaillent le verre comme je le souhaite.

Entre le chantier où ses dons et son courage lui valaient l'estime de tous et l'attention quasi paternelle de l'abbé Suger, Renaud continuait de mordre à pleines dents dans une vie qu'il n'aurait pu rêver meilleure. À la maison, il était le grand frère, sauf pour Louisette avec laquelle il entretenait des relations à nouveau un peu embarrassées. La semaine précédente, Alice Lesourd l'avait entraîné dans le jardin à l'abri des regards et lui avait dit de sa bonne voix de mère habituée à se faire respecter :

— Renaud, tu sais que le père et moi te considérons comme notre fils. Cela me permet de te parler franchement : Louisette a eu de l'amour pour toi et elle en a sûrement encore. Mais elle ne va pas attendre longtemps que tu la demandes en mariage, si cela naturellement est ton désir. Elle est un beau parti et les prétendants ne manquent pas. Si tu ne te décides pas, elle épousera le fils Guyonnet avant la prochaine foire du Lendit. Elle ne m'a pas demandé de te le dire mais je crois qu'il fallait que tu le saches. Bref, as-tu l'intention de marier Louisette ? Maître Simon et moi aimerions te voir entrer vraiment dans la famille.

Renaud ne fut pas surpris par la question. Elle déclencha simplement en lui une cascade d'évidences, et il répondit, très haut, sans même avoir à réfléchir :

— Mais bien sûr que je veux épouser Louisette ! Et bien sûr que je ne veux pas la voir mariée à ce nigaud de Guyonnet dont le père est riche mais qui a un noyau de guigne dans la cervelle !

— Pourquoi n'as-tu rien dit ?

— Le métier, l'avenir, et le désir d'avoir à mettre quelque chose dans la corbeille de la mariée. Un titre de maître par exemple !

— Quel gâchis ! Et l'on te dit intelligent ! Louisette se moque bien que sur le chantier les gâcheurs de mortier t'appellent « maître ». Ce qu'elle veut c'est t'accueillir dans son lit et te rendre heureux. Il est dommage que tu n'y aies point songé ! Quant à ton avenir, elle le connaît. Elle sait qu'avec l'appui de Simon et la bienveillante affection de l'abbé tu n'as pas de souci à te faire. Le père me disait pas plus tard qu'hier avant de s'endormir : « Renaud, c'est certain, sera un jour l'architecte d'une de ces grandes cathédrales dont les chanoines dressent un peu partout les plans ! »

— Vous savez peut-être mais moi je doute. Et je veux que Louisette m'aide à arriver où je veux.

— Tu veux, tu veux. T'es-tu demandé si ma fille, elle, veut encore de toi ? Il n'est pas dans nos intentions d'imposer un mari à Louisette. C'est elle qui a choisi le fils Guyonnet qui n'est pas aussi sot que tu le prétends. Tu as fait souffrir son jeune cœur, tu l'as humiliée en l'ignorant quasiment durant des mois. Souhaite-t-elle encore t'épouser ? Je n'en sais rien.

Renaud alors se mit à pleurer comme un enfant et se jeta dans les bras ronds d'Alice :

— Merci, madame Alice. Vous êtes ma deuxième mère... Dites-moi où est Louisette. Je vais lui dire tout de suite qu'elle ne doit pas épouser Guyonnet mais celui qui lui est promis dcpuis le jour où il a franchi pour la première fois la porte de votre maison.

— Parle à Louisette, mon garçon. Mais ne sois pas étonné si elle t'envoie promener et te préfère un fiancé qui la regarde et lui dit qu'il la trouve jolie !

Alice, un sourire aux lèvres, regarda Renaud courir à toutes jambes vers la maison. « J'espère, pensa-t-elle, que la petite ne va pas lui tomber dans les bras et qu'elle va savoir le faire marcher un peu ! Il mérite bien cela, le niais ! »

Renaud trouva Louisette qui jouait avec sa petite sœur Marguerite.

— Viens, dit-il. J'ai parlé à ta mère et il faut que je te dise des choses importantes.

— Elles sont sûrement importantes, à voir ton agitation ! De quoi s'agit-il ?

— Il va te demander en mariage ! s'écria Marguerite, qui reçut une gifle en réponse et se mit à pleurer.

— Holà, les filles ! Calmez-vous ! dit Renaud. Et toi, Louisette, au lieu de battre la gentille Marguerite, viens faire un tour avec moi sur la route de Morigny.

Il l'entraîna tandis que la fillette criait à sa sœur :

— J'espère que Renaud n'épousera pas une femme aussi méchante que toi et qu'il attendra que j'aie grandi pour marier une fille de la maison !

Renaud éclata de rire, et Louisette, furieuse, répliqua qu'elle n'était qu'une petite sotte qui méritait bien plus qu'une gifle.

Ils restèrent silencieux jusqu'au bosquet des Puits où Renaud prit la main de Louisette qui se dégagea :

— Alors ? Qu'as-tu à me dire ? Ce n'est pas souvent que tu désires me parler en aparté !

— Et si Marguerite avait dit vrai ? dit Renaud, un peu décontenancé.

La jeune fille s'arrêta et regarda le compagnon qui portait encore sur son visage des traces blanches de la poussière du chantier :

— Qu'est-ce que cela veut dire, vrai ? Cesse donc de parler par énigmes !

— Cela signifie que je souhaite de tout mon cœur me marier avec toi. J'aurais dû te le dire plus tôt mais j'ai cru que cela coulait de source, et je n'ai jamais douté que tu serais un jour ma femme. Franchement, j'ai pensé que tu le savais !

— Quand on ne dit pas certaines choses, c'est qu'on ne les pense pas. Et tu as cru que j'allais attendre des mois, des années peut-être, que tu daignes t'intéresser à la pauvre idiote ? Eh bien, la pauvre idiote en a eu assez et a choisi d'épouser quelqu'un qui ne la prend pas pour une gamine sans intérêt.

— Je sais. Ta mère m'a dit que tu allais marier le fils Guyonnet. Tu as peut-être raison, il est riche.

Louisette blêmit, regarda Renaud dans les yeux et le gifla, faisant voler un peu de la poussière infiltrée dans ses mèches blondes :

— Voilà, lui cria-t-elle, ce qu'il ne fallait pas dire ! Tu viens de perdre tes dernières chances.

Et elle s'enfuit en courant, le laissant, stupide, au milieu du chemin. Il s'assit sur un muret qui délimitait une vigne, propriété de l'abbaye, et pleura, la tête entre les mains. C'est une petite main douce qui, un peu plus tard, lui toucha le front et le tira de sa prostration. Il leva la tête et aperçut Marguerite qui lui offrit de le ramener à la maison et finalement s'installa à côté de lui :

— Tu t'es disputé avec Louisette ? Je vous ai observés de loin. Je n'ai pas entendu ce que vous vous disiez mais ma sœur avait l'air furieuse. Et j'ai vu qu'elle t'avait envoyé une bonne gifle ! Décidément, c'est son jour ! Tu veux que je te dise : c'est l'amour qui la met en colère !

— Son amour pour le fils Guyonnet ? Elle m'a tout dit.

— Mais non ! C'est toi qu'elle aime et c'est toi qu'elle épousera. Mais elle t'en veut de l'avoir, comme elle dit, « ignorée ». Quant à la gifle, là je ne peux rien dire ! Elle m'a étonnée, ma grande sœur... Enfin, si c'est cela l'amour...

Renaud renifla ses dernières larmes et sourit.

— Heureusement, Marguerite, que tu es là ! C'est toi la grande personne qui met un peu de sagesse dans ce jeu cruel d'enfants qui se prennent pour des grandes personnes.

— Je ne comprends pas bien ce que tu dis mais c'est vrai qu'il est stupide de se faire du mal quand on s'aime. Tu veux que je dise quelque chose à Louisette ?

— Oui. Dis-lui que je suis plein d'amour pour elle et que, si par malheur elle décidait d'épouser Guyonnet, je ferais mon balluchon et je m'en irais loin de Saint-Denis chercher du travail sur un autre chantier.

— Ça, c'est bien. Entre nous, je crois qu'elle n'aimerait pas du tout épouser ce benêt. Encore qu'il est très gentil avec moi et qu'il m'a dit qu'il m'offrirait une robe à la prochaine foire.

— C'est moi qui te l'offrirai, ma chérie !

— Comme cela, j'en aurai peut-être deux. Mais je cours faire ta commission à Louisette pendant que tu t'asperges de l'eau du puits car, crois-moi, les larmes sur la poudre de pierre, cela fait une drôle de bouillie.

Le souper se déroula dans un silence inhabituel. Louisette avait évidemment tout raconté à sa mère qui avait tenu Simon au courant. Lassé de ne pas obtenir de réponse à ses propos, le père était sorti de table très vite, imité par les deux garçons, Pierre et Hugues, partis pêcher les grenouilles avant d'aller au lit. Alice à son tour quitta la pièce, laissant seuls Louisette et Renaud qui restaient muets comme des carpes. Renaud enfin dit d'un ton exagérément doux :

— Louisette, est-ce que Marguerite t'a transmis mon message ? Veux-tu accepter mes excuses et me dire ce que tu décides ?

— Oui. Marguerite m'a annoncé ta volonté de partir si...

— Si ?

— Rien. Je te donnerai ma réponse demain ou après-demain. Bonsoir !

Cette nuit-là Renaud dormit mal et, le lendemain matin, dosant mal la force de son maillet, fit éclater le fût d'une colonnette. Un accident qui ne lui était encore jamais arrivé. Tout marri, il confessa sa maladresse à Simon Lesourd qui dit simplement :

— Tout le monde peut faire une bêtise. N'oublie pas de prévenir le père économe qu'il déduise deux journées de ton salaire. C'est la règle !

— Merci, monsieur le maître d'œuvre. Je ferai désormais attention, répondit le compagnon.

Il s'en retournait vers sa tâche quand Simon le rappela :

— Ah, Renaud ! J'allais oublier de te dire que lundi prochain les jurés de Paris te nommeront maître. Je t'accompagnerai.

C'était trop d'émotions. Renaud remercia, prit la main gantée de l'architecte et la baisa avant d'aller se réfugier pour sécher ses larmes dans un coin de la loge, déserte à ce moment. Il se reprit vite en se disant qu'il pleurait beaucoup et qu'un maître, puisqu'il allait désormais porter ce titre prestigieux, ne devait pas se laisser aller à de telles faiblesses. N'empêche que Louisette n'avait pas répondu à sa demande et le laissait se tourmenter. Il avait beau se persuader que ce n'était de sa part qu'une leçon bien méritée et que, si la bonne Alice et la petite Marguerite avaient raison, elle lui reviendrait, elle demeurait bel et bien fiancée au fils Guyonnet, qui, il était bien obligé d'en convenir, n'était ni sot ni laid et, en plus, avait un père fortuné.

On en resta là, Louisette et Renaud se bornant à échanger des bonjour, bonsoir embarrassés, jusqu'au lundi où Simon partit de bonne heure pour Paris en compagnie de son élève. En chevauchant à faible allure car la route était comme chaque jour à cette heure encombrée de chariots, de cavaliers impatients et d'une foule hétéroclite de piétons, Renaud questionna à mots couverts l'architecte sur les desseins de Louisette et, retenant ses larmes, justifia comme un gamin son attitude par le désir de ne pas laisser les sentiments gêner les débuts de sa vie professionnelle. Il dit enfin combien il aimait celle qu'il voulait pour épouse. Placide, Simon répondit par des « Oui... », des « Ah ! », des « Je vois » qui ne voulaient rien dire.

Ils arrivèrent enfin à la Grande Loge de la corporation qui depuis des lustres occupait une maison de pierres au carrefour Saint-Victor. Ils mirent pied à terre dans la cour.

— Attention, dit Simon. Nous aurions belle mine si l'une des juments de l'abbaye se sauvait ! Serre bien les liens.

À l'intérieur, ils rejoignirent les jurés installés dans une grande salle décorée de bannières où des étagères supportaient des maquettes d'églises, d'escaliers, de dessins sur parchemin et d'outils, masses, brettes, équerres qui portaient le nom de maîtres disparus. Tous se levèrent et applaudirent les arrivants qui prirent place sur un banc revêtu de velours cramoisi.

La cérémonie de la maîtrise n'était qu'une formalité, l'occasion pour le grand maître de la corporation des maçons et charpentiers de lire sur un parchemin le beau discours qu'il avait préparé :

— Renaud Pasquier, tu dois au grand maître d'œuvre Jehan, ton père, qui t'a initié au métier, à l'illustre Simon Lesourd qui t'a permis de te perfectionner au-delà de toute espérance dans l'art de bâtir, et à monseigneur Suger, abbé de Saint-Denis, d'être dispensé des épreuves statutaires et, malgré ton jeune âge, d'être promu maître par tes aînés.

Le grand maître parla de la noblesse du métier, des devoirs des maçons et des secrets qu'un maître, plus encore qu'un compagnon, se doit de garder comme un trésor. Puis Renaud fut invité à prêter serment selon le rite. Avant de poser sa main sur le Livre, il ferma les yeux et, en un éclair, vit défiler les étapes prodigieuses de sa jeune vie de bâtisseur. Quand la cérémonie s'acheva sur le rappel de l'édification du temple de Salomon et du mythique père Soubise, le jeune maître Renaud sentit ses mains trembler, comme animées par une force mystérieuse. Il ne restait plus qu'à choquer les gobelets remplis du vin de

Montmartre et à boire en règle. Ivre de bonheur, chancelant d'émotion, Renaud posa sa main sur l'épaule de l'architecte pour rejoindre les montures qui commençaient à s'énerver en grattant le pavé.

— Mon maître, que j'aimerais bien un jour appeler « père », je vous remercie de tout ce que vous avez fait pour moi. Je ferai tout pour me montrer digne de votre confiance.

— Bon ! Allez, maître Renaud, en selle ! Nous rentrons à Saint-Denis !

La route était dégagée et ils purent faire trotter les chevaux. À allure modérée car tous les deux étaient plus habiles à tenir le compas que les rênes. À mi-chemin, Simon se pencha vers Renaud :

— Il ne faut pas arriver trop tard car nous allons devoir nous faire beaux : la mère a préparé un festin pour célébrer ton nouveau titre.

Renaud ne répondit pas tout de suite. Il finit par dire tristement :

— Je suis touché par cette attention mais je ne suis pas sûr d'avoir ce soir le cœur à festoyer en famille. Enfin, j'enfilerai mon habit neuf. Pour Alice et pour vous.

L'œil en coin, Simon le regarda comme s'il était étonné :

— Ne t'inquiète pas. Tu es ému et fatigué par cette journée mémorable, c'est normal, mais tu verras. Après quelques verres de vin de Bourgogne, la joie inondera ton visage.

Jusqu'à l'heure de se mettre à table, Renaud ne pensa qu'à une chose : comment allait se comporter Louisette qui ne s'était pas montrée depuis le retour ? Allait-elle porter son nouveau bliaud de soie grège ou, pour montrer son indifférence, garder son tablier gris qu'il trouvait si triste ? En tout état de cause il décida, fût-ce en se forçant, de se montrer à son avantage durant le souper. Si Louisette ne voulait plus de lui, il lui resterait la pierre, le chantier, cette autre famille qui ne décevait jamais. Et cette tour qu'il fallait élever pour faire plaisir à l'abbé Suger à qui il devait tant !

En attendant, le rôt qui tournait doucement au-dessus des braises de l'âtre embaumait la maison ; la graisse et le beurre crépitaient sur la peau dorée du cuissot. À côté, la soupe de haricots finissait de cuire avec une épaisse tranche de jambon et mêlait ses effluves à l'odeur du chevreuil. Renaud, le torse nu, s'aspergea de l'eau fraîche du baquet installé près du puits. Tandis qu'il s'essuyait, il lui sembla entrevoir une forme derrière la fenêtre de la salle. Était-ce Louisette qui le regardait à la dérobée, ou plus vraisemblablement Marguerite ? Lorsqu'il traversa la pièce pour gagner sa chambre il n'y avait personne. Il haussa les épaules et partit s'habiller. Il enfila ses braies neuves, longues et collantes aux jambes et une élégante tunique longue aux manches évasées. Le fils Guyonnet pouvait être bien plus riche que lui qui n'avait que ses mains et son talent, mais il lui aurait été difficile d'être plus élégant.

C'est Marguerite qui battit le rappel pour passer à table. Chacun, sauf Alice qui pestait en dégageant le cuissot de la broche, prit sa place habituelle. Louisette arriva la dernière et s'assit avec grâce en face de Renaud. Elle était magnifique dans son bliaud de soie qui moulait son jeune corps et allongeait sa fine silhouette. Renaud, qui s'était promis de ne pas ouvrir la bouche le premier, ne put s'empêcher de s'exclamer :

— Comme tu es belle, Louisette !

Et Louisette lui sourit :

— Tu n'es pas mal non plus, maître Renaud !

Entre eux c'était comme avant. « Ou presque », se dit Renaud en regardant Simon Lesourd découper le rôti et déposer sur chaque tranche de pain disposée sur les écuelles de bois un large morceau de viande saignante.

— Renaud, sers le vin, veux-tu ! Mon charroyeur en a apporté de la Bourgogne il y a quelques mois et j'en ai gardé un tonnelet dans l'intention de célébrer un grand événement. Mais aujourd'hui il nous faudra boire deux fois car l'événement est double.

La tablée leva les yeux comme si elle s'attendait à une grande révélation. Renaud pâlit. Il n'osait croire que l'allusion concernait sa vie et son bonheur. Il y eut un moment de silence qui lui parut une éternité et, enfin, Simon, hilare, continua :

— Oui, l'événement est double puisque nous fêtons à la fois le nouveau maître et le fiancé ! Si toutefois Renaud et Louisette sont d'accord.

La jeune fille retroussa sa robe de jolie façon pour enjamber le banc et venir derrière Renaud. Elle l'entoura de ses bras avant de s'asseoir près de lui :

— Puisque l'on ne doit plus se quitter, autant commencer tout de suite.

Devant la famille aux anges, sous les cris des plus jeunes, ils échangèrent un premier et long baiser.

— Depuis le temps que j'attendais ce moment ! murmura Louisette.

— Merveille des merveilles, ma jolie Louisette ! Tu es si belle ! Tiens, poursuivit-il en éclatant de rire, tu es belle comme une belle clef de voûte, cette ultime pierre magique qui assure l'équilibre et la pérennité d'une croisée d'ogives...

— C'est tout ce que tu trouves pour célébrer mes attraits ? Je ne pense pas que je vais marier un poète !

Il faudra que je m'habitue, comme ma mère, à vivre avec les pierres.

— Mais les pierres ne sont que poésie ! Tu verras, ma Louisette : il est plus agréable de vivre avec un bâtisseur de cathédrales qu'avec un marchand drapier. Viens que je t'embrasse encore, ma douce. Non plus comme une sœur mais comme une amoureuse. Et si ta mère le permet, allons faire cette promenade à laquelle elle nous invitait sur le chemin des Puits, et qui a plutôt mal tourné.

— Mais il fait nuit !

— Et alors ? N'oublie pas qu'à partir d'aujourd'hui, je suis là pour te défendre !

La balade au clair de lune dura un peu tard mais personne ne s'inquiéta chez les Lesourd. Tout le monde dormait lorsqu'ils rentrèrent.

— Qu'est-ce qui te fait le plus plaisir ? demanda Louisette. Me marier ou être devenu maître ?

— Quelle question ! Tu connais la passion de ma vie... Pour les pierres naturellement.

Un fou rire acheva cette journée de plein bonheur.

Il fut décidé le lendemain que Renaud partirait pour Saint-Germer afin de présenter sa fiancée à ses parents et que maître Simon les accompagnerait. Il avait trop envie, avait-il dit, de revoir son vieil ami Jehan Pasquier.

*
* *

Comme le mariage des enfants des cathédrales paraissait candide à côté des amours tumultueuses d'Héloïse et Abélard ! Après des années de silence, une lettre d'Abélard adressée à un ami inconnu ranimait les braises de la légende. Maître Pierre y contait crûment le récit de son aventure, n'omettant aucun détail de son amour pour Héloïse, les vicissitudes et les drames qu'il avait entraînés.

Comment cette lettre, qui restera célèbre dans l'histoire, inlassablement recopiée dans les monastères, en franchit-elle les murs et fut-elle lue par tous ceux qui se piquaient de culture[1] ? Le fait est qu'une des premières dames à en avoir connaissance fut la reine Aliénor.

Avec sa jeune sœur Pétronille, ses dames de compagnie et les troubadours montés du Midi qui l'aidaient à déchiffrer le latin d'Abélard, elle écoutait, ravie, le récit des préliminaires d'un amour incroyable :

« Voyant cette jeune fille parée de tous les dons qui peuvent séduire les amants, je pensai qu'il serait commode d'entrer en relations avec elle. Je me persuadai d'ailleurs que la jeune fille se rendrait d'autant plus aisément à mes désirs qu'elle était instruite et aimait l'étude. »

— Ce philosophe me semble bien sûr de lui ! disait Aliénor. J'aurais aimé qu'il insistât sur les plus doux épisodes de la séduction, les premières rencontres, les premiers aveux... Comme chez nos poètes courtois... Au lieu de cela, il nous dit vivement qu'il entre dans la place, chez le chanoine Fulbert, « pour nouer », écoutez cela, « des rapports intimes et journaliers qui familiariseront la jeune fille avec lui et l'amèneront plus facilement à céder ».

Un jour, Aliénor, friande de détails sur la personnalité d'Héloïse, demanda à son troubadour Marcabru si elle était vraiment instruite, ce qui voulait dire : « Est-elle aussi instruite que moi ? »

---

1. Beaucoup d'historiens pensent que c'est Abélard lui-même qui a lancé sa longue épître dans le monde.

On fit alors venir un clerc, Picousi, membre de l'entourage du roi qui l'appelait souvent dans son conseil. C'était un homme encore jeune, séduisant, qui connaissait le Parisis sur le bout du doigt et qu'Aliénor aimait bien.

— Majesté, dit Picousi, Héloïse était sûrement une jeune fille instruite lorsqu'elle a rencontré Abélard. Elle doit l'être beaucoup plus après quinze années passées dans son couvent du Paraclet. Mais c'est une exception. Les femmes en général sont, à Paris comme chez nous, ignorantes.

— On dit que cette Héloïse est connue et admirée dans tout le royaume.

— Elle a eu, dès l'âge de dix-sept ans, une grande réputation. Elle alliait, il est vrai, à son savoir une grande beauté.

— J'aimerais la rencontrer ! Se peut-il qu'un jour elle nous rende visite ? Invitée par la reine, cela devrait être possible.

— Je ne le pense pas, majesté. Cloîtrée, elle ne fréquente plus le monde.

— Je vais tout de même demander à l'abbé Suger de s'en occuper. Mais aidez-moi, maître, à traduire ce passage en latin.

Picousi lut en faisant mine d'être offusqué :

— « Sous prétexte d'étudier nous étions tout entiers à l'amour. Ces entretiens secrets que l'amour appelait de ses vœux, les leçons, nous en ménageaient l'occasion. Les livres étaient ouverts mais il se prononçait dans nos entretiens plus de paroles d'amour que de philosophie, et les baisers étaient plus nombreux que les explications. Mes mains revenaient plus souvent à ses seins qu'à nos livres. Dans notre ardeur, nous avons traversé toutes les phases de l'amour. Tout ce que la passion peut inspirer de raffinement nous l'avons épuisé. »

— C'est incroyable ! s'exclama Aliénor. Sans vergogne, il crie par-dessus les murs de son monastère la réussite de son entreprise !

La fougueuse Aliénor se calma en concédant que les deux amants de la maison Fulbert avaient vécu une passion exceptionnelle que peu d'hommes et de femmes peuvent connaître. Elle ne risquait pas, il est vrai, de vivre des relations aussi brûlantes avec le pieux et triste Louis VII de France.

*

* *

Si elle était reine de France, Aliénor restait d'Aquitaine et surveillait comme lait sur le feu son cher duché, guignant même Toulouse sur laquelle elle prétendait avoir des droits. Elle veillait aussi sur sa petite sœur Pétronille, jolie, mais qui n'avait ni l'ouverture d'esprit ni la mordante personnalité de son aînée. La jeune fille, qui venait d'avoir seize ans, était tombée amoureuse d'un des familiers du roi, Raoul de Vermandois, encore fringant bien qu'il eût pu être son père. L'ennui est qu'il était marié à la nièce du puissant Thibaud de Blois, comte de Champagne, que Suger avait eu beaucoup de peine à rapprocher du roi.

La sagesse était naturellement de mettre fin à cette idylle mais il importait peu à Aliénor de mettre la Champagne à feu et à sang, elle voulait le bonheur de sa sœur amoureuse !... Elle obtint de trois évêques complaisants la dissolution du mariage du beau Raoul que la jeune Pétronille épousa sans plus attendre.

Louis VII, qui n'avait su résister aux caprices de son épouse, allait se voir menacé des foudres de l'Église et se trouver entraîné dans une guerre aux causes assez ridicules mais lourdes de conséquences. Thibaut, en effet, s'était plaint auprès du pape qui avait aussitôt excommunié les nouveaux mariés. Le comte de Blois, enhardi, annonça qu'il punirait le faraud Raoul depuis longtemps en conflit avec sa famille et le mari d'Aliénor qui le défendait.

Poussé par son épouse, le roi partit sans tarder à la rencontre du comte. Cela aurait pu se terminer comme il arrivait souvent par quelques escarmouches mais le roi entendait guerroyer tout de bon dans cette Champagne qui, il le savait, ne lui était pas acquise.

Il n'eut aucun mal à pénétrer dans les terres de Thibaut mais les bourgeois de Vitry-en-Perthois eurent la fâcheuse idée d'opposer un semblant de résistance aux gens de pied qui envahissaient leur ville. Prises d'une fureur que personne n'essaya de contenir, les troupes royales mirent le feu aux maisons, et bientôt, à travers une épaisse fumée, des flammes s'élevèrent dans le ciel.

Le roi, debout devant sa tente montée sur les hauteurs des Deux Fourches, regardait sans broncher l'incendie se propager lorsqu'un émissaire vint le prévenir que la population affolée s'était réfugiée dans l'église afin de se mettre sous la protection de Dieu. Louis eut alors conscience du drame qui se dessinait. Hagard, il vit soudain d'immenses flammes monter à l'assaut du clocher et perçut des hurlements qui se mêlaient au grondement de l'incendie.

Le roi finit par demander au seigneur Alfred de Moutiers qui était à ses côtés :

— Avez-vous entendu ces cris ?

— Majesté, je crains...

Il ne finit pas sa phrase. Dans un fracas sinistre le clocher s'effondra, et avec lui la charpente en flammes de l'église, ensevelissant d'un coup la population qui avait cherché refuge dans le lieu consacré.

Épouvanté, le roi se signa, rentra dans sa tente en sanglotant et fit appeler son frère Robert.

— Dieu peut-il pardonner l'anéantissement de toute une population dans son sanctuaire ? Déjà le pape a prononcé l'interdit contre le royaume. Les cloches ne sonnent plus. Je suis roi et désormais maudit !

— Mais, mon frère, tu n'as pas à répondre du geste inconsidéré d'une horde mal commandée. Tu n'as qu'à te mettre en règle avec le Seigneur en châtiant durement les hommes et ceux qui les ont laissés faire.

— Non, mon frère. Le roi est responsable de l'armée qu'il commande en personne. Et je suis effondré par ce crime que je n'ai pas empêché. Je vais rentrer dès aujourd'hui à Paris. Mais l'armée du roi ne peut ajouter à ce forfait une fuite devant l'ennemi. Je te laisse donc le soin de poursuivre sans brutalités, je dis bien sans brutalités, la guerre en Champagne en occupant Reims et Châlons. Après nous aviserons et essaierons de faire la paix avec le comte de Blois.

Dès le retour au château de la Cité, ses proches ne tardèrent pas à remarquer un changement profond dans le comportement du roi. De longues périodes de mutisme, des hésitations lorsqu'il s'agissait de prendre une décision, des colères se succédaient à la cour perturbée par la guerre de Champagne et ses démêlés avec Rome. Car la guerre continuait en dépit de l'excommunication de la belle-sœur du roi que le pape Innocent II refusait d'annuler. Une nouvelle fois, Aliénor avait gagné. Louis, désemparé mais docile, poursuivait en dépit des cris des suppliciés de Vitry qui hantaient ses nuits une guerre ridicule contre un de ses barons pour plaire à Pétronille et surtout ne pas déplaire à sa femme Aliénor.

Plusieurs tentatives de conciliation négociées par Suger n'ayant pas réussi, l'abbé de Clairvaux jugea qu'il était temps d'intervenir et il le fit avec sa vigueur habituelle. Qui aurait pu parler au roi avec une telle violence et une telle liberté sinon celui dont le pape, disait-on, pressentait la béatification et qui avait permis à l'ordre cistercien d'essaimer dans la chrétienté ? Plus de sept cents moines relevaient de son obédience et ce travail pour Dieu qu'il poursuivait depuis trente ans donnait dans son siècle une puissance quasi divine à ce petit homme décharné qui couchait à même le sol dans sa cellule. Sa lettre au roi dont il transmit le double à Suger était terrible :

« À la vue des violences que vous ne cessez d'exercer, je commence à me repentir d'avoir souvent imputé vos torts à l'inexpérience et à la jeunesse. Je suis résolu désormais, dans la faible mesure de mes forces, à dire toute la vérité. Je dirai bien haut que vous multipliez les meurtres, les incendies, les destructions d'églises, que vous chassez les pauvres de leurs demeures, que vous vous commettez avec des brigands. Sachez-le, vous ne resterez pas longtemps impuni. Je vous parle durement mais c'est parce que je crains un châtiment plus dur encore. »

Cette fois, l'exhortation porta mais l'abbé de Clairvaux savait que ses remontrances ne seraient vraiment salutaires que lorsque la reine Aliénor en aurait mesuré la rigueur.

*

* *

Renaud, tout à son bonheur, était bien loin des soucis qui agitaient la cour et accablaient l'abbé de Saint-Denis. Presque toujours éloigné de son abbaye, Suger tentait, selon Simon Lesourd qui avait reçu quelques confidences, de démêler l'écheveau des embarras dans lesquels s'était fourvoyé le roi.

Le jeune maître était impatient d'épouser Louisette. Il avait hâte maintenant de conclure l'union qu'il avait si longtemps exclue de ses projets, et sa fiancée n'était pas moins empressée. « Juste après la foire du Lendit », avait-il été décidé après les agapes.

— Je vais annoncer la bonne nouvelle à l'abbé ! dit Simon. Je suis sûr qu'il sera heureux.

— Je lui ferai part de mon désir que la messe soit dite dans la basilique, dit Renaud. Celle-ci n'est pas tout à fait terminée mais le chœur a déjà belle allure. Croyez-vous que l'abbé Suger acceptera de nous marier ?

— Ce n'est pas dans ses attributions. Et il est tellement occupé qu'il n'en trouvera certainement pas le temps, répondit Simon qui ajouta : Pose-lui tout de même la question. L'estime qu'il porte à notre famille et la confiance qu'il a en ta réussite le porteront peut-être à te répondre favorablement. Dis-lui que pour tous ceux qui ont œuvré à la reconstruction de la basilique, ce sera une récompense, comme l'inauguration particulière des bâtisseurs. Car ce mariage doit être la fête familiale des ouvriers, des gâcheurs de mortier aux maîtres de tous les métiers ! Un peu plus tard nous serons fiers d'assister à la dédicace en présence du roi et de la reine. Mais aucune pompe ne vaudra la consécration des maçons !

Le voyage à Saint-Germer fut fixé à la semaine suivante. Simon avait déjà tout arrangé avec le frère Eustache, maître d'écurie de l'abbaye où il entretenait une vingtaine de chevaux destinés principalement à la liaison avec le palais de la Cité.

— J'ai deux bons baucents[1] presque blancs pour vous et le fils, avait dit le frère Eustache. Mlle Louisette montera le plus petit des palefrois[2] de l'abbé. C'est une bête douce qui ne lui fera pas d'ennuis. Robert, le jeune écuyer qui va bientôt prendre la robe, vous accompagnera avec un sommier afin de porter votre bagage et de la nourriture pour les bêtes.

— Et pour nous ! avait dit Simon en riant. La bonne Alice ne va pas nous laisser partir sans provisions !

Le jour du départ, la mère et les enfants qui restaient à la maison versèrent un pleur et la chevauchée s'engagea dans la gaieté sur la route qui menait au Beauvaisis. Simon et Renaud se ressentaient encore de leur voyage à Paris et il leur fallut une bonne demi-lieue pour s'accoutumer au rythme des chevaux, trop rapide à leur gré. Quant à Louisette, son palefroi était équipé d'une sambue[3] de cuir fin. Bien assise, ses longues jambes pendant sur la gauche, elle était belle et gracieuse. Son fiancé, qui trottait de conserve, le lui dit et ajouta qu'elle avait beaucoup plus de charme que cette Aliénor qui mettait le désordre dans les affaires du royaume.

— Comment peux-tu dire cela, tu ne la connais pas ! J'aimerais voir si son visage est aussi beau qu'on le dit.

— Tu la verras à la dédicace.

C'était un printemps superbe et la route était fort empruntée. Ils croisaient des groupes de marchands qui, à cheval, escortaient des chariots à quatre roues

---

1. Chevaux de couleur variable mais qui comportent beaucoup de blanc.

2. Chevaux fins et chers utilisés par les dames, les prélats et les seigneurs lors des cérémonies.

3. Selle permettant aux dames de monter en amazone.

chargés de marchandises. Questionné, l'un d'eux dit qu'ils venaient de la foire de Beauvais et se dirigeaient vers celle de Chaumont. Plus loin, ils furent dépassés par une troupe qui chevauchait en chantant. C'étaient des « pieds poudreux », des gens du voyage qui allaient de château en château animer les fêtes données par les seigneurs.

— Je me sens rajeunir ! disait Simon. Si ce n'était l'absence d'Alice, je serais le plus joyeux des hommes.

Le soir, il faisait si beau, l'air était si doux qu'ils décidèrent de ne pas demander asile à Jean Bertier, un vieux compagnon de Simon qui devait achever à Pontoise l'église de Saint-Maclou et qui naguère était passé à Saint-Denis pour s'inspirer du chœur.

— Je connais Jean, avait dit Simon. Il va tout bouleverser pour nous recevoir comme des princes et nous perdrons beaucoup de temps. Je vous propose plutôt de dormir à la belle étoile et de manger les provisions d'Alice.

Ils trouvèrent non loin des bords de l'Oise une grange garnie de bonne paille et y passèrent une nuit paisible enroulés dans les couvertures qu'Alice les avait obligés à emporter en disant : « On ne sait jamais ! » Réveillé le premier, Simon trouva, à demi enfouis sous la paille, Louisette et Renaud qui dormaient tendrement enlacés. Ils étaient beaux ces jeunes amoureux dont on ne distinguait pas les longues chevelures blondes mêlées au chaume. Il sourit et attendit dehors, en se chauffant aux premiers rayons du soleil, que le chant d'un coq les réveille.

— Vous voyez, mes enfants, dit le maître alors qu'ils se remettaient en selle, il y a trente ans nous n'aurions pas pu dormir ainsi en pleine campagne. Notre roi Louis VI le Gros, Dieu ait son âme, n'avait pas encore fini de mettre à mal les petits seigneurs qui autorisaient tous les pillages, quand ils n'y participaient pas. Les manants étaient écrasés de taille et de corvées et les voyageurs détroussés. Il eût été bien dangereux de passer la nuit ici.

Sans se presser, la famille, après un nouvel arrêt à Auneuil, arriva le surlendemain vers midi à Saint-Germer-de-Fly. Renaud, qui attendait ce moment avec impatience, aperçut le premier le clocher de l'abbatiale bénédictine.

— Regarde, Louisette. C'est mon église, plus encore que Saint-Denis car c'est ici que j'ai grandi dans la sainte poussière blanche du chantier de mon père. C'est ici que j'ai appris ce qu'était une croisée d'ogives. Ici que j'ai tenu pour la première fois une équerre et un compas. Tu vas voir le père, maître Jehan, il ressemble à Simon comme un frère : mêmes cals aux mains, même amour de la pierre, même désir de faire jaillir les clochers vers le ciel. Tu vas l'aimer comme j'aime maître Simon.

— Et ta mère ? J'ai aussi envie de la connaître. Mais c'est une femme, alors on l'oublie, on n'en parle pas plus que du coffre aux vêtements.

— Ma mère c'est une sainte. Je t'ai parlé d'abord du père parce que, lui, c'est le métier, le chantier, l'enthousiasme et la foi !...

— Justement, mon Renaud. Chez nous la femme, c'est-à-dire moi, n'entendra pas être seulement celle qui fait la soupe et les enfants ! Je serai exigeante, et si la pierre devient une rivale, je me défendrai !

— Me voilà prévenu ! dit Renaud en éclatant de rire, et en pensant que Louisette était plus sérieuse qu'il ne faisait mine de le croire.

Ils descendirent de cheval devant la façade sud.

— Elle est splendide, l'église de Jehan Pasquier ! dit Simon Lesourd. Ses analogies avec Saint-Denis sont frappantes. J'ai hâte de rencontrer mon vieil ami. Nous avons tant de choses à nous dire.

Ils firent le tour du chœur pour gagner le portail, et là encore, en regardant les chapelles rayonnantes, il les compara à celles de sa basilique.

Lorsque Renaud avait quitté Saint-Germer, l'église était encore un chantier. Quelques voûtes restaient vides de tout appareillage, le chœur n'était pas entièrement couvert. Sur le parvis, des blocs de pierre en étaient encore à la taille, les dernières colonnes attendaient qu'on les relève. Partout régnait une activité bruyante. Aujourd'hui, miracle, tout était net, propre. Nulle trace des travaux. On aurait dit que l'église avait toujours été là, étincelante de blancheur.

— Je pensais, dit Renaud, trouver le père en train de refaire quelque joint ou de poncer la nervure d'une colonne, mais je vois que tout est terminé. J'espère qu'il n'a pas déménagé pour aller bâtir ailleurs l'une des nouvelles cathédrales et que nous trouverons la famille à la maison.

Simon Lesourd n'écoutait pas. Il regardait la voûte, baissait les yeux sur le marbre du dallage, tournait autour des piliers et caressait la pierre en répétant :

— Saint-Germer est un petit Saint-Denis, plus délicat. Jehan est un grand architecte !

Une admiration si sincère allait droit au cœur de Renaud. En repérant le chapiteau qui portait la trace de ses premiers coups de ciseau, il songeait que cette belle église pleine d'inventions et de hardiesse était un peu son œuvre. Il jeta un regard interrogatif et embué vers Simon, son second maître et son second père, qui hocha la tête :

— C'est bien, mon garçon !

Ils tinrent les chevaux en bride pour gagner à pied la maison. Ce trajet qu'il avait tant de fois emprunté avec son père, Renaud en connaissait tous les talus, tous les bosquets. Il retrouva près des Vieux-Bois l'odeur un peu fade des acacias et poussa un cri en apercevant au détour de la route la maison tapie au fond du verger.

— C'est ici, dit-il à Louisette, nous sommes arrivés.

Il prit sa main, la serra et murmura :

— Il ne faudrait pas grand-chose pour que je pleure. Mais voici le père. Il a un peu vieilli durant ces quatre années mais il a l'air encore solide et prêt à reprendre sa canne d'architecte. Et la mère qui accourt son mouchoir à la main. Je m'en veux de n'être pas venu les voir !

Les premières effusions passées, l'accolade fraternelle des maîtres offerte aux regards de la jeune génération, Marie Pasquier entraîna Louisette sous le gros cerisier, la regarda et lui dit :

— Tu es bien belle, mais cela ne m'étonne pas avec des parents comme les tiens. Je suis sûre que Renaud sera heureux. Tu vois, ce mariage aurait très bien pu être arrangé entre nos familles, comme cela se fait souvent. C'est dans l'ordre des choses. Mais c'est tellement mieux que vous vous soyez choisis !

Jehan quitta un instant son vieil ami pour prendre Louisette dans ses bras :

— Bienvenue chez les Pasquier, ma fille. Tu vas porter un nom honorable qui, comme Lesourd, respire l'honnêteté de la pierre. Nous avons fait de belles choses, ton père et moi, mais ton mari arrive au bon moment pour nous dépasser...

Thomas, le jeune frère de Renaud, arriva un peu plus tard :

— Comment ? Vous êtes là et je traînais du côté des Grandes Mares ! Viens, mon frère, que je t'embrasse. Et toi aussi, ma jolie belle-sœur.

— Quand je suis parti, tu rêvais de devenir compagnon. L'es-tu aujourd'hui ? demanda Renaud.

— Depuis deux jours, répondit pour lui Jehan. Il a reçu ses insignes à Beauvais. Thomas marche sur tes traces et j'ai l'impression que les frères Pasquier n'ont pas fini de faire parler d'eux sur les chantiers de Dieu ! C'est bien car moi, je me fatigue vite. Oh ! Je suis encore capable de tenir l'équerre et le compas, de faire une élévation de pinacle ou de calculer la résistance d'une voûte mais je ne sais pas si j'aurais la force de commander un nouveau chantier. C'est Thomas qui va s'occuper de la restauration de l'abbaye qui menace ruine. Mais soyez tranquilles : je mettrai mon grain de sel quand il le faudra !

La famille Lesourd resta trois jours à Saint-Germer. Les deux maîtres ne cessèrent de parler entre eux de ces techniques nouvelles qu'ils avaient été, avec quelques autres bâtisseurs d'Île-de-France, les premiers à mettre en valeur. Les deux frères, eux, se promirent d'œuvrer ensemble à la première occasion.

— Nous irons encore plus loin que les pères ! affirma Thomas. Il paraît que Dieu demande des cathédrales immenses, toujours plus belles, toujours plus hautes.

— Tu sais qu'il reste une fille à marier chez les Lesourd, lança Renaud à Thomas en le quittant. Elle est encore bien jeune mais elle est maligne et a la beauté du diable, ajouta-t-il en riant. Si tu l'épousais dans quelques années, cela ferait une sacrée famille ! D'ailleurs tu feras sa connaissance au mariage.

Il fallut insister pour que Jehan se décide à faire le voyage de Saint-Denis. Il se refusait à enfourcher un cheval. Finalement, après bien des discussions, il fut convenu que toute la famille serait de la partie, le maître et Marie à dos de mulet, et à pied.

*
* *

De retour à Saint-Denis, Simon Lesourd et Renaud trouvèrent un abbé en pleine effervescence. Suger recevait un inconnu avec lequel il conversait en latin, dans la petite pièce qu'il s'était fait aménager à proximité du chœur, « là où, disait-il, il se passait des choses ».

— Entrez, dit-il aux deux arrivants qui pointaient le bout de leur nez. Je vais vous présenter le plus grand verrier de notre temps. Le sieur Gottfried vient de Germanie, plus exactement d'Augsbourg où il a illuminé la cathédrale, sombre comme une cave, de magnifiques vitraux. Je le prie de mettre ses grandes connaissances et son talent supérieur au service de notre basilique. Je lui ai expliqué que je l'ai conçue, non pas pour être décorée *in fine* par des vitraux, mais afin que ceux-ci soient incorporés à l'architecture de l'édifice. Pour moi ils doivent s'inscrire dans cette architecture au même titre que les colonnes ou les croisées d'ogives.

L'homme, encore jeune, aux cheveux blonds très longs, sanglé dans un justaucorps de velours vert à la mode de son pays, sourit et s'excusa, en cherchant ses mots, de ne pas parler la langue d'oïl.

— Il l'apprendra, dit Suger. Les Allemands savent s'adapter au pays où ils vivent. Car je crée pour maître Gottfried l'office des vitraux, à charge pour lui de construire sur mes indications, et avec l'aide de Dieu, les verrières et d'en assurer l'entretien. Cela ne vous concerne pas mais vous devez le savoir, maître Simon, qui serez comme en toutes choses sur ce chantier son patron. Il sera rétribué comme le maître orfèvre chargé du trésor par une prébende prise sur les offrandes de l'autel et sur les revenus du grenier commun des moines[1].

— C'est une grande nouvelle pour l'achèvement de la basilique, dit Simon Lesourd qui savait l'importance que l'abbé attribuait aux vitraux. Et ce sera un honneur de voir maître Gottfried travailler le verre et les couleurs, une spécialité dont j'ignore tout. J'en suis resté, je l'avoue, aux vitraux à fond blanc ou bleu de cobalt.

Suger approuva et déroula les parchemins apportés par le maître allemand :

— Toutes les baies du déambulatoire seront closes par des vitraux de ce genre. Voyez ces dessins et ces couleurs vives et translucides qui vont magnifier la valeur spirituelle du chœur. J'ai l'idée de représenter l'arbre de Jessé, la vie de Moïse et bien d'autres sujets qui élèveront l'esprit du matériel à l'immatériel[2]...

Quand ils eurent pris congé, Renaud dit à Simon :

— Maître, j'ai l'impression que l'abbé a trouvé un nouveau moyen d'exercer son talent. Le vitrail occupe aujourd'hui toutes ses pensées !

— Tu as raison. On comprend mieux maintenant les vers qu'il vient de faire graver à la porte de la basilique : « L'esprit aveugle surgit vers la vérité par ce qui est matériel et, voyant la Lumière, il ressuscite de sa submersion antérieure. »

---

1. Suger, *Livre de l'administration de Saint-Denis.*

2. Comme en bien d'autres domaines architecturaux, Suger ouvrit la voie au style que l'on nommera « gothique ». Les compositions de Saint-Denis seront un peu plus tard reprises à Chartres.

*
* *

Tandis que Suger imaginait ses vitraux et demandait à Gottfried de chercher les teintes raffinées qui enchanteraient Dieu, ses saints et tous les fidèles, Bernard de Clairvaux rappelait à son confrère de Saint-Denis qu'il n'avait rien abandonné de son implacable politique d'austérité, dans les mœurs comme dans la décoration des édifices religieux. Dans le *Chapitre général de Cîteaux*, il prohiba – sans faire allusion à Saint-Denis mais tout le monde religieux comprenait – l'utilisation de la couleur et la représentation de figures dans les vitraux des abbatiales de l'ordre. Bernard n'admettait pour éclairer ses églises qu'une vitrerie incolore, la seule qui répondît à une exigence de pauvreté et de recueillement. Cette critique déguisée faisait sourire Suger.

Simon Lesourd aimait parler avec Renaud, devenu au fil du temps un premier de chantier unanimement reconnu dont on sollicitait l'avis aussi souvent que le sien lorsqu'il s'agissait de résoudre un problème difficile. De lui, il disait à sa femme Alice : « Il a d'instinct l'entendement que ne remplacent jamais tous les enseignements que l'on dispense dans les monastères ou les écoles. »

Il était vrai que Renaud avait peu appris des pères, mais ce qu'il savait, il avait le don de l'assimiler et de le faire fructifier. Ses conversations avec l'abbé Suger, pour n'avoir pas été aussi fréquentes qu'il l'aurait souhaité, lui avaient ouvert le passage de quelques sentiers dans la forêt touffue de la philosophie et de la dialectique raisonnante telles que l'enseignait Abélard. Bâtir des cathédrales avait, pour lui, dépassé l'adresse du geste et le goût du travail réussi. Un jour, il avait dit à Simon :

— Il est bien osé de la part d'un manuel ignorant de juger son époque, mais je me rends compte que nous avons une grande chance : celle de vivre en même temps que des personnages exceptionnels. Quel admirable XIIe siècle qui voit vivre dans la plénitude de leur âge l'abbé Suger, l'abbé Bernard de Clairvaux, Abélard dont l'influence semble considérable, et pourquoi pas, deux dames savantes dont la force de caractère a peu d'exemples, Héloïse et la reine Aliénor !

— Tu as raison. Je ne connais pas bien l'histoire depuis que Jésus est venu régler notre vie présente et future mais pareille accumulation de valeurs doit être rare. Notre chance, à nous qui restons, ne l'oublions pas, des bâtisseurs, c'est de pouvoir côtoyer, je dirai familièrement, l'abbé Suger, le plus grand à mon sens de tous ceux que tu as nommés.

*
* *

Pour marier Renaud et Louisette, les tailleurs de pierre avaient nettoyé le chœur, enlevé les échafaudages encore en place, poli les fines colonnettes qui encadraient les fenêtres. Celles-ci, malheureusement, n'étaient pas enluminées des vitraux de maître Gottfried qui, dans ses brasiers, en était encore à marier la pâte de verre à l'oxyde de cobalt et à la sanguine. Sans filtre, la lumière du soleil pénétrait à flots dans le chœur, coquille immaculée qui semblait avoir été créée pour marier les enfants de la pierre taillée.

L'abbé officiait en personne. On sait qu'il ne dédaignait pas l'apparat quand les circonstances s'y prêtaient. Pour Louisette, la fille de son architecte, et pour Renaud, en qui il voyait le grand bâtisseur de demain, il avait quitté sa robe de moine, revêtu l'un de ses plus riches habits sacerdotaux et coiffé sa mitre brodée d'orfroi.

Le maître Simon avait voulu que cette cérémonie autour du nouveau chœur soit la fête de tous ceux qui avaient travaillé à sa construction. Et ils étaient tous là, dans leurs bliauds du dimanche, avec les femmes et les enfants, à écouter l'abbé dire une messe dont ils ne comprenaient pas les paroles mais qu'ils savaient par cœur et qui magnifiait la présence de Dieu dans les miroitements de la croix de sept mètres que Suger avait fait dresser bien qu'elle ne fût pas encore sertie de tous ses joyaux.

Les mariés avaient la beauté de leur âge et de leur bonheur. Elle toute blanche dans ses dentelles, lui tout noir dans son bliaud de laine fine seulement agrémenté d'un liseré de soie cousu par Louisette. Simon et Jehan, eux aussi vêtus de neuf, portaient sur la poitrine les insignes de leur dignité, l'équerre et le compas, brodés par les femmes. Submergées par les chœurs qui chantaient les antiennes et les répons dans la nef de pierre, Alice et Marie se serraient l'une contre l'autre. Simon, qui ne perdait pas de vue ni d'ouïe la manière dont son église vivait son premier office, glissa à Jehan :

— Le son passe bien sous la pierre. Suger s'en est préoccupé dès le tracé des plans. Je suis sûr qu'il y pense aujourd'hui en appelant pour nos enfants la clémence du ciel !

Lorsque Renaud et Louisette furent déclarés mariés devant Dieu par l'abbé, tous ceux qui avaient empli la basilique marchèrent en se tenant par le bras jusqu'au grand pré qui s'étendait derrière la maison des Lesourd.

— Cela coûtera ce que cela coûtera, avait dit le maître, mais je veux que tous les frères bâtisseurs qui ont versé ne serait-ce qu'une goutte de sueur dans la poussière blanche du chantier fêtent à la fois le mariage des enfants et la réussite de l'œuvre commune !

Cela avait en effet coûté de l'argent mais la fête était magnifique. De longues tables faites de planches apportées du chantier et posées sur des tréteaux étaient couvertes de nappes blanches bien repassées sur lesquelles étaient posés des plats remplis des meilleures choses qu'Alice et Louisette avaient pu trouver au grand marché qui venait de retrouver sa place dans le quartier des fontaines après la fermeture de la foire du Lendit[1].

D'autres tables permettaient aux invités de s'installer. Pour les jeunes qui cédaient les places assises aux plus âgés, l'herbe verte de juin, rafraîchie l'avant-veille par un orage, offrait une table à banqueter rustique. Un plein muid de vin acheté aux fermes de l'abbaye fut juste suffisant pour arroser le repas qui dura jusqu'au soir. On chanta, on dansa, et quand on eut raccompagné le vieux Gédéon dont personne n'avait pu jusqu'alors égaler le coup d'œil et la précision de l'outil mais qui aimait un peu trop le jus des treilles de l'abbaye, chacun rentra chez lui en pensant que le lendemain, à six heures, il faudrait reprendre sa place au chantier.

Quand la famille se retrouva seule, au frais sous le cerisier, Renaud poussa un cri de soulagement :

---

1. La foire du Lendit, créée dès le Xe siècle, était devenue un centre d'approvisionnement indispensable pour une grande partie du Parisis. Grâce à elle et à la basilique aux reliques vénérées, Saint-Denis était devenu la première ville satellite de la capitale. (Michel Bur, *Suger*.)

— Il est plus fatigant de se marier que de relever la plus lourde des colonnes, dit-il en embrassant sa femme qui, elle aussi, semblait épuisée.

— Allons, dit Alice, il faut sacrifier aux usages pour assurer le bonheur des mariés. Accompagnons-les en priant jusqu'à la chambre nuptiale.

Celle-ci avait été arrangée derrière celle qu'occupait Renaud, au fond de la maison. Elle sentait le linge frais, le miel et la lavande. Deux chandelles éclairaient parcimonieusement les draps blancs du lit ouvert sur deux oreillers rebondis découpés et brodés de jours. Les deux familles, désormais alliées, se réunirent autour du lit et chantèrent doucement, comme une douce berceuse, le *Lai des deux amants*, avant de laisser Louisette et Renaud fermer la porte sur leur prime jeunesse.

Quand ils furent seuls, il demanda en riant :

— Me suis-je montré assez penaud durant ce cérémonial destiné, je pense, à mettre mal à l'aise les jeunes mariés ?

— Tu as été parfait. Et moi ai-je bien joué la vierge prude ?

— Mais oui. Viens un instant dans mes bras avant de te déshabiller. J'ai une question à te poser. Ta mère avait un petit sourire tout à l'heure en nous regardant. Ne crois-tu pas qu'elle se doute que nous n'avons pas attendu la sainte permission de l'abbé Suger pour nous aimer ?

— La mère est fine mouche. Je suis sûre que tu dis vrai. Elle se doute mais n'en parlera pas. Crois-tu que nous avons gravement péché, mon amour ?

— Non. C'est une affaire entre Dieu et nous. Après ce que nos familles ont fait pour le glorifier, il ne peut que nous pardonner. Comme il pardonnera, je l'espère, à Héloïse et Abélard.

*
* *

Héloïse et Abélard ! La cité, les campagnes, les clercs lettrés et la cour de la reine Aliénor n'en avaient pas fini avec la « très sage Héloïse », la « sainte de l'amour », comme on nommait celle qui veillait aux destinées du Paraclet, le monastère qu'Abélard avait créé pour elle et ses compagnes. Après les vagues suscitées par l'épître d'Abélard, un flux de nouvelles lettres venait ranimer la légende. Toujours en latin, toujours dans une langue scellée de son talent, Abélard lançait dans le monde les copies d'une correspondance qui aurait été échangée entre les deux amants depuis leur séparation[1].

On apprit ainsi comment vivait Héloïse au monastère du Paraclet, les questions qu'elle posait au maître sur l'administration de sa communauté. Mais cela eut paru bien fade aux curieux. Abélard ajouta aux lettres de « sa sœur Héloïse, jadis chère à son âme dans le siècle et si chère aujourd'hui dans le Christ », de poétiques évocations de leur passé qui pouvaient faire croire que l'abbesse du Paraclet criait ses regrets amoureux à toute la terre. Seuls les clercs et les élèves d'Abélard, qui avait repris ses cours sur la montagne Sainte-Geneviève, pouvaient lire l'intégralité de ces textes en latin, mais des extraits étaient diffusés en langue d'oïl à l'intention des simples lettrés. Ce passage d'une lettre paraissant écrite par Héloïse fut bien vite connu :

---

1. La question de l'authenticité de la correspondance entre Abélard et Héloïse ne fut pas mise en cause au Moyen Âge. Ce n'est qu'au XIXe siècle que des universitaires et des critiques ont démontré qu'Abélard avait fabriqué lui-même, en prenant parfois comme base des lettres authentiques d'Héloïse, son recueil épistolaire. Ce qui n'ôte rien à son intérêt historique et littéraire.

« Ces voluptés de l'amour que nous avons goûtées ensemble m'ont été si douces que je ne puis m'empêcher d'en aimer le souvenir, ni l'effacer de ma mémoire. De quelque côté que je me tourne, elles se présentent à moi, elles s'imposent à mes regards avec les désirs qu'elles réveillent. »

Il n'y avait pas que ces lettres brûlantes pour ramener l'attention sur Abélard. Après des années d'abattement, le maître connaissait à soixante ans comme un nouvel épanouissement. Il avait repris son enseignement parisien et retrouvé son succès d'autrefois. Il venait aussi de mettre la dernière main à un ouvrage de théologie qui allait lui attirer les foudres de l'Église. Ses œuvres, certes, étaient suspectes mais son audience, son talent, son arrogance, sa manière de traiter les couvents, les moines et même l'évêque de Paris lui avaient attiré toutes les inimitiés du monde religieux.

« Un grave danger menace l'Église ! » annoncèrent les prélats. L'affaire fut jugée suffisamment sérieuse pour qu'un concile soit réuni à Sens. Là, Bernard, l'abbé de Clairvaux, somma Abélard de se rétracter ou de se défendre.

Il choisit de se défendre et n'hésita pas à entreprendre le voyage de Rome afin de plaider sa cause auprès du pape. Mais si son esprit n'abdiquait pas, son corps l'abandonna. Il n'alla pas plus loin que Cluny où le plus charitable des prêtres, Pierre le Vénérable, le recueillit dans son abbaye[1] où il mourut après avoir confessé ses fautes et retrouvé la paix. Le prêtre informa Rome et prévint Héloïse par une lettre

---

1. Pierre Maurice de Montboissier, dit Pierre le Vénérable, abbé de Cluny. Esprit lucide, ouvert aux diverses cultures, il entretient d'excellentes relations avec Suger et, avec lui, fait souvent front aux diatribes de Bernard de Clairvaux.

pleine de bonté, mettant fin à l'aventure amoureuse du siècle.

Pas tout à fait car Héloïse, touchée par le soutien affectueux du saint homme, le remercia et lui fit une prière :

« Souvenez-vous pour l'amour de Dieu de notre cher Astralabe, afin d'obtenir en sa faveur quelque prébende de l'évêque de Paris. » Elle songeait à son fils, l'enfant de l'amour[1].

Elle demanda aussi à Pierre le Vénérable le retour au Paraclet du corps de son fondateur. L'entreprise était malaisée mais l'abbé de Cluny n'y faillit point : le 16 des calendes de décembre (1142), ayant attendu les nuits longues propices à son projet, il fit enlever secrètement de l'abbaye de Cluny[2] la dépouille d'Abélard qui fut transportée jusqu'au Paraclet où elle fut inhumée dans la crypte du Petit Moustier devant le maître-autel[3]. L'histoire d'Héloïse s'achevait avec la mort d'Abélard. Elle vivra encore une vingtaine d'années au Paraclet sous son voile de bénédictine, près de la dalle mortuaire de son mari sur laquelle elle s'agenouillera trois fois chaque jour jusqu'au 16 mai 1164, le dimanche où elle rendra son âme à Dieu.

---

1. On ne sait pas de quelle manière Astralabe, le fils d'Héloïse et d'Abélard, a été élevé, ni ce qu'il est advenu de ce garçon qui devait, à l'époque, être âgé d'une vingtaine d'années. À la mort d'Abélard, Héloïse a environ quarante-deux ans.

2. L'abbaye de Cluny restera la plus grande église du monde jusqu'à la construction de Saint-Pierre de Rome.

3. Le chroniqueur Guillaume Godel signale : « À la sépulture d'Abélard est inscrite une épitaphe : "Ci-gît Pierre Abélard. À lui seul fut accessible tout ce qu'il est possible de savoir." »

Chapitre IV

La gloire du chantier

L'abbé Suger avait fixé au deuxième dimanche de juin l'inauguration du nouveau chœur de Saint-Denis. C'était un événement considérable, quasi divin, pour celui qui avait consacré tant d'années de sa vie à reconstruire la basilique de France la plus chargée d'histoire, bâtie sur les assises de la première église fondée par Dagobert. Charlemagne avait en 775 assisté à sa consécration. Trois siècles plus tard, c'était Louis VII, toujours contesté par le pape et mal remis du drame de Vitry, qui allait inscrire son nom dans la pierre des rois.

Quelques semaines après la célébration du mariage de Renaud et de Louisette, un accident avait failli anéantir tous les projets de l'abbé et menacé la vie de Geoffroy, l'évêque de Chartres. Suger avait invité son compagnon de voyage en Aquitaine à dire la messe le jour où l'on célébrait l'anniversaire du roi Dagobert. Deux premiers vitraux avaient déjà été posés dans le chœur, et Suger, agenouillé près de l'autel, jouissait du spectacle céleste de couleurs qu'il n'aurait jamais espérées aussi magnifiques. « Personne, pensait-il avec un peu de vanité, n'avait encore allumé dans un lieu sacré la lumière inaccessible où Dieu habite !... »

La cérémonie touchait à sa fin lorsque, brusquement, un furieux orage couvrit de ses grondements le dernier cantique. Les vitraux s'assombrirent, plongeant le chœur dans la grisaille. Tout le monde leva les yeux vers le ciel, en l'occurrence les arcs du plafond du chœur d'où tombaient des éclats de pierre. Les voussoirs, qui n'étaient pas encore scellés sur les cintres, avaient été tellement ébranlés par la foudre qu'ils menaçaient de s'effondrer, causant une catastrophe effrayante.

Que signifiait cette colère subite de Dieu alors qu'on l'honorait avec piété ? Suger se signa, Mgr Geoffroy balbutia un inaudible *Ite, missa est*, et chacun se précipita vers le fond de la nef.

Seuls restèrent Suger et Simon, en compagnie de Renaud et de nombreux ouvriers. Avec une rapidité incroyable, les charpentiers montèrent un échafaudage qu'escalada en un clin d'œil Renaud, le plus léger et le plus leste. Il redescendit bientôt et dit :

— C'est un miracle ! Les cintres de bois ont bougé mais ils ont tenu.

L'abbé pressa affectueusement les mains de Renaud :

— Merci, maître Renaud. Tu as dit le mot : c'est un miracle ! Ce n'est pas le premier dont Dieu, dans Sa grande bonté, a fait bénéficier la basilique.

On apprit le lendemain que de nombreux châteaux et maisons des alentours n'avaient pas résisté à la tempête et s'étaient écroulés.

On pressa dès lors l'ouvrage et la basilique fut prête à être consacrée comme prévu le jour de la Saint-Barnabé.

— Vous verrez, avait dit Simon Lesourd à la famille, cela va être une folie ! Bien pire que les jours de grande foire ! Chacun va vouloir s'approcher des reliques. Chacun surtout voudra acclamer le roi, la reine et tous les hauts personnages qui sont invités à la dédicace.

— Enfin, dit Louisette, on va l'apercevoir, cette reine Aliénor dont on dit beaucoup de mal mais qui, paraît-il, est belle, gaie et intelligente. Pourrez-vous nous trouver une place dans l'église ?

— Il ferait beau voir que la famille de l'architecte ne puisse pas assister à la dédicace de son œuvre ! Vous devrez peut-être vous hausser sur la pointe des pieds mais vous verrez la reine !

— Serez-vous avec nous, Renaud et toi ? demanda Alice.

— Non. Nous serons dans le chœur, cachés derrière l'autel, pour pouvoir intervenir si un incident survenait.

— Par exemple que vos fameuses ogives se décroisent et tombent sur la tête du roi ? dit Alice. Vous n'avez pas peur que l'accident de l'anniversaire de Dagobert ne se reproduise ?

La réflexion déplut à Simon qui cacha son courroux dans un rire forcé. Il n'allait pas gâcher pour une bêtise la journée qui allait le sacrer – même si Suger devait être le seul à le lui dire – premier ouvrier d'un art qui s'annonçait éclatant. Il répondit en souriant :

— Je te préfère quand tu crois en moi ! L'événement de l'autre jour était dû à un orage et au fait qu'un arc n'était pas tout à fait consolidé. Je suis certain, et Suger et Renaud pensent comme moi, que le chœur demeurera intact durant des siècles et des siècles.

Le lendemain, alors qu'une armée de frères convers balayait les dalles, brossait les statues, essuyait les autels, l'abbé Suger parcourait son église en compagnie de Simon Lesourd et de Renaud. La fierté perçait dans sa voix tandis qu'il rappelait, expliquait, commentait les efforts accomplis, avec l'audace de la foi, pour mener à bien ses fulgurantes idées.

— Regardez, disait-il, la rose de vitrail, fleur de la contemplation, hissée pour la première fois au-dessus d'un portail. Mais nous n'avons pas tant de raisons de nous enorgueillir. Tout ce que nous avons fait nous a été dicté par Dieu.

— Le roi, qui n'est pas venu à Saint-Denis depuis longtemps, va être surpris, dit Renaud.

— Je le souhaite. J'ai pourtant un regret, celui de n'avoir pu installer tous les vitraux du chœur avant la dédicace. Trop de fenêtres restent closes de verreries en grisaille. Enfin le maître Gottfried a réussi à mettre en place l'*Arbre de Jessé*, un vitrail que j'ai imaginé et que les prochains entrepreneurs d'églises voudront avoir chez eux, soyez-en sûrs. Je vois déjà mon ami l'évêque de Chartres, qui va bientôt mettre en œuvre sa cathédrale, copier chez moi tout ce qu'il pourra[1] !

*
* *

Au matin du dimanche, Saint-Denis se trouva comme prévu assiégé par une multitude de pèlerins venus de loin mais surtout de Paris. Ce n'était pas un hasard si la consécration coïncidait avec l'ouverture de la foire de la ville, presque aussi importante que celle du Lendit. L'abbaye espérait de cette affluence une abondance d'offrandes et il plaisait à Suger que le peuple prît part à la fête de concorde et de joie qui marquait la dédicace de la basilique nouvelle.

---

1. L'arbre de Jessé de Chartres a en effet été copié sur celui de Saint-Denis.

Depuis l'aube, la cohue était grande sur la route. Les chargements de foin et de fourrage qui se rendaient avant la cérémonie vers les magasins de l'abbaye, les chariots des marchands qui tentaient de rejoindre leur étal devaient s'écarter pour laisser passer les cortèges flamboyants de barons et de prélats dont les chevaux, richement harnachés, piaffaient dans la poussière. Les écuyers et les valets criaient pour demander passage sur le chemin de plus en plus encombré à mesure que l'on s'approchait de la cité. Aux portes, des sergents du roi venus prêter mainforte à ceux de l'abbaye tentaient de canaliser la foule où se mêlaient paysans, ouvriers et riches bourgeois qui époussetaient en maugréant leurs beaux habits salis par le contact de vilains qui avaient passé la nuit dans les champs, sur des balles de paille, afin d'être sûrs de pouvoir entrer dans la ville. Les portes de l'abbaye elles-mêmes étaient assiégées par de hauts personnages qui n'avaient pu trouver place dans l'hôtellerie du couvent et qui cherchaient leurs gens perdus dans la foule.

Dès l'aube, Simon avait conduit sa famille dans la nef qui, entre le narthex refait et le chœur reconstruit, demeurait dans l'état ancien. Les vieilles et lourdes colonnes ménageaient des coins d'ombre et l'un d'eux accueillit Alice, Louisette et les enfants avant que la basilique ne se remplît des prélats, abbés, barons et autres dignitaires laïcs invités par Suger.

L'or et la richesse étaient pour l'église. Pour sa mise, l'abbé avait laissé au placard sa chasuble brodée. De sa robe de bure coutumière émergeait son visage malingre qui exprimait une intense lumière intérieure. Il s'affairait, le petit moine si fluet et si considérable qui recevait, ce matin-là, chez lui, dans sa basilique dont il connaissait chaque pierre, chaque chapiteau, chaque fenêtre, les visiteurs les plus illustres de la chrétienté franque.

Vingt-neuf évêques, une foule d'archidiacres, d'abbés, de seigneurs et de hauts hommes, pressés devant l'autel, attendaient le roi et la reine auxquels les chevaliers du trône avaient beaucoup de mal à ouvrir un passage. Acclamés depuis Paris, Louis VII et Aliénor arrivèrent enfin et, salués par Suger, prirent d'abord place sur les sièges qui leur étaient réservés sous le grand portail. De là, ils suivirent des yeux, comme tous ceux qui étaient massés devant la basilique, l'archevêque Hugues de Rouen, les évêques Eudes de Beauvais et Pierre de Senlis, qui procédèrent à la bénédiction en aspergeant les murs extérieurs. En procession, le cortège royal remonta l'allée centrale pour consacrer les autels, puis Louis et Aliénor s'installèrent dans le chœur.

Simon dit à l'oreille de Renaud qui, accroupi derrière une stalle du chapitre, ne perdait pas un pouce du spectacle :

— Regarde Mgr Geoffroy. Sans paraître s'extraire un instant de sa méditation, son regard scrute, d'ogives en vitraux, tous les détails du chœur. Il pense, c'est sûr, à la nouvelle cathédrale de Chartres dont on dessine, dit-on, le plan des fondations.

— Comme j'aimerais participer à cette construction !

— Pourquoi pas, mon gendre. Mais laisse faire les choses, ne sois pas trop pressé. Ne crois pas, parce que l'abbé et moi te couvrons de compliments, que tu es capable de mener la construction d'une cathédrale deux fois plus grande que Saint-Denis et qui n'aura pas la chance d'avoir un Suger pour guide !

Simon et Renaud ne purent voir la déposition des saintes reliques dans la crypte par la théorie des prélats vêtus de blanc et ornés de mitres. Ce fut, leur dira plus tard Suger, à la lueur des cierges, entre les anciens et vénérables tombeaux, un moment d'une grande dévotion.

Trois personnages, sans doute les plus importants de l'assistance, se distinguaient par l'austérité de leur vêtement qui contrastait violemment avec la richesse des habits portés par les seigneurs et les évêques. Il s'agissait de l'abbé Suger, pieds nus dans ses sandales de moine, de Bernard, l'abbé de Clairvaux qui s'était montré d'une grande discrétion tout au long d'une cérémonie qui ne pouvait que le heurter par son déploiement d'or, de pierreries et de riches ornements liturgiques, et, enfin, et c'était inattendu, Louis VII, dont la mise ne rappelait en rien la majesté royale. Il était vêtu d'une tunique grise de pénitent et chaussé de banales sandales.

De sa cachette, Renaud ne perdait rien de la conversation de ses voisins proches, l'évêque de Soissons et l'archevêque de Sens, qui ne se savaient pas écoutés.

— Le roi Louis a beaucoup changé, disait l'évêque de Soissons. Il paraît qu'il revit sans arrêt l'affaire de Vitry où il a laissé ses soldats incendier l'église où avaient trouvé refuge les habitants du village. Les dures paroles de l'abbé de Clairvaux ont dû le frapper et le mettre sur le chemin du repentir, suite heureuse à sa soumission au Saint-Père.

— Oui, approuva l'archevêque de Sens, mais ne se livre-t-il pas à des mortifications excessives ? On m'a dit qu'il ne songeait qu'à faire pénitence, jeûnait plusieurs jours par semaine et multipliait les patenôtres. Dommage que la reine ne l'aide pas, plutôt que de l'encourager à guerroyer en Champagne !

Aliénor ? Elle avait découvert dès son mariage la tendance à la dévotion de son mari. Au début elle avait réussi à freiner ses débordements de piété, à lui faire découvrir les manières de vivre plus douces et plus agréables de sa chère Aquitaine. Amoureux, le jeune Louis s'était laissé prendre au jeu, subissant à son insu l'influence de sa jeune femme plus instruite, plus intelligente aussi. Ainsi avait-il éloigné le sage Suger de son conseil et commis de graves erreurs politiques. C'est à cela que pensaient les prélats et la plupart des seigneurs en voyant le roi habillé de la grosse toile des pénitents. En se rendant à la dédicace de la basilique de ses aïeux, Louis VII avait voulu faire un acte public de contrition. Et Aliénor n'était pas loin de la vérité quand elle disait quelques jours auparavant à Marcabru, le dernier troubadour demeuré au palais de la Cité : « J'ai l'impression d'avoir épousé un moine. »

La reine se rendait compte, et toute la cour avec elle, que son influence diminuait en même temps que se développait la fièvre mystique de son mari. Il est vrai qu'une sourde préoccupation les tourmentait : ils n'avaient pas d'enfant. C'était un reproche qu'elle retrouvait souvent dans les bruits malveillants qu'on lui rapportait : « Finalement, ce mariage, qui devait être si profitable à la couronne, n'apporte que la guerre et, de surcroît, n'assure pas l'avenir de la dynastie. »

Aliénor, rappelée elle aussi par le petit moine de Clairvaux aux devoirs religieux, avait décidé de s'ouvrir à celui qui, déjà canonisé par les foules, parlait en maître à son époux. Profitant de la dédicace, elle avait fait demander discrètement, après la cérémonie, un entretien particulier à Bernard de Clairvaux. Renaud, qui décidément aurait des choses à raconter au souper, se trouvait par hasard dans le parloir de la basilique quand la reine et l'abbé s'y rencontrèrent.

Le petit moine, avant même que la souveraine ouvrît la bouche, ne lui cacha pas son irritation :

— Vos conseils sont néfastes au roi que vous n'avez cessé d'entraîner dans une politique d'aventures dont il commence seulement à comprendre la gravité. Exercez plutôt votre influence à mieux servir le royaume ! Mais de quoi donc souhaitez-vous m'entretenir ? De votre salut ? Dans vos atours de soie et d'or, c'est presque inconvenant !

Aliénor n'avait pas l'habitude d'être ainsi rabrouée. Sa première réaction fut de remettre à sa place ce petit homme qui se prenait pour Dieu, mais lorsque son regard croisa celui de l'homme d'Église, elle se sentit envahie d'une sensation soudaine de crainte et d'humilité et baissa la tête en signe de soumission. Elle comprit pourquoi le roi avait accepté les impitoyables remontrances de l'abbé de Clairvaux qui, s'il n'était pas Dieu, était plus que tout autre son représentant sur la terre.

Vaincue, la fière Aliénor s'agenouilla dans ses jupes de soie et fit acte de contrition. Elle répéta les mots terribles de l'Église pour exprimer sa douleur d'avoir offensé Dieu et, quand elle se releva, elle pleurait comme une petite fille. Mais n'était-elle pas encore une petite fille ?

— Maintenant parlez, dit Bernard.

D'une voix faible et hachée que Renaud avait du mal à saisir de l'endroit où il se dissimulait, elle dit pourquoi elle était là :

— Monsieur l'abbé, mon chagrin est grand de ne pas avoir d'enfant. Un espoir s'est fait jour au début de notre mariage mais, hélas ! il ne s'est pas concrétisé. Après six années, je désespère d'être un jour féconde. Votre intercession ne peut-elle pas m'accorder du ciel la faveur d'assurer l'avenir de la dynastie ? Mon autre vœu est que ma sœur et l'époux qu'elle s'est choisi soient relevés de leur excommunication[1].

Elle attendit, tremblante, la réponse de Bernard dont elle avait peine à soutenir le regard. Pourtant, autant que le regard, c'était la voix qui donnait au moine un pouvoir irrésistible.

Et cette voix donna la réponse, directe comme une flamme aveuglante.

— Cherchez donc la paix, dans votre famille comme dans le royaume. Et Dieu dans Sa miséricorde vous permettra d'enfanter. Je vous le promets. Quant à relever votre sœur et votre beau-frère de l'excommunication, n'y songez jamais. Oser formuler ce souhait est déjà un péché !

Aliénor entendit le message : sa stérilité était la punition de Dieu envers son couple qui avait engendré la guerre et s'était obstinément opposé à la Sainte Église. Le soir, elle relata à son époux les détails de sa rencontre, l'engagea à tendre la main au comte Thibaud et à envoyer une ambassade à Rome pour se mettre en règle avec le pape.

Moins d'un an plus tard, dans le royaume apaisé et béni par le nouveau pape Célestin II, une fille naissait au couple royal qui la nomma Marie en l'honneur de la Vierge.

*
* *

Au lendemain de la dédicace, Suger, levé à l'aube selon son habitude, retrouva son grand vaisseau vide et silencieux. Comme un capitaine aime, installé à la proue, scruter l'océan, il s'assit sur la stalle la plus

---

1. Raoul de Vermandois et Pétronille resteront excommuniés jusqu'en 1148, après la mort d'Éléonore, la femme légitime.

proche du chœur et médita en contemplant son œuvre. Les premiers rayons obliques du soleil perçaient à travers les vitraux du levant et l'abbé découvrait sa basilique comme il ne l'avait jamais vue. La lumière, enfin ! Cette lumière si longtemps poursuivie dans ses rêves de pierre et de verre balayait l'église tout entière, des vitraux du chœur à la rose qui projetait son spectre à travers la nef, laquelle parut soudain à Suger un tunnel d'ombre entre deux soleils. Il écrira un peu plus tard qu'à cet instant Dieu lui souffla de modifier les plans qu'il venait de dresser avec Simon Lesourd.

Le chœur achevé, le chantier devait, dès le lendemain de l'inauguration, revenir à la façade pour élever la seconde tour qui n'avait jamais été construite. Mais des travaux plus pressants semblèrent soudain à l'abbé ne pas devoir être remis. Il quitta sa place pour s'asseoir à la table qu'il avait fait installer dans la petite pièce attenante à l'abbaye. Devant lui s'entassaient une pile de parchemins couverts de son écriture, fine et élégante comme celle des moines et des clercs de son temps, et aussi d'autres feuilles, vierges, qui attendaient les égratignures de sa plume.

Tout le monde savait que l'abbé Suger, depuis son arrivée à Saint-Denis, se racontait lui-même. Pourquoi ? Parce qu'il pensait que l'histoire de sa vie, vécue en communion avec Dieu, si fertile en créations, si riche en événements, pourrait plus tard servir à ceux qui lui succéderaient. Son expérience, les réussites de son administration dans la gestion domaniale et dans la réédification de la basilique devaient demeurer dans les archives de Saint-Denis à la disposition des autres abbayes et des futurs bâtisseurs d'églises, religieux ou laïcs. C'est pour eux qu'il écrivait tard dans la nuit, en latin, à la lueur d'une chandelle fumante, son *De administratione,* récit habile, précis et détaillé de toutes les étapes de la reconstruction de Saint-Denis.

Ce matin-là, il reprit la feuille portant le titre « Chantier de la deuxième tour », qu'il gratta soigneusement et qu'il remplaça par un autre, « Chantier de la nouvelle nef ». Et, lettre après lettre, il commença d'écrire :

« Ce jour, le lendemain de la consécration du chevet, au petit matin, alors que cédant aux instances de certains j'allais poursuivre les travaux de la façade, la volonté divine, à ce que je crois, m'inspira de reconstruire le vaisseau central pour le rendre conforme et commensurable aux deux extrémités. Ce changement a sa justification. Si, à cause des tours, on différait la reconstruction de la nef, celle-ci aurait lieu trop tard, soit de mon vivant, soit sous mes successeurs, pour rester en harmonie avec l'ensemble, ou bien un accident imprévisible freinerait une réalisation sans cesse remise à plus tard. Au contraire, je suis certain qu'une fois le chantier ouvert dans les bas-côtés, le programme sera mené à bonne fin, soit par mon intermédiaire, soit par ceux que Dieu choisira et avec son aide... »

L'abbé posa sa plume lorsque Simon, Renaud et les premiers ouvriers arrivèrent. L'architecte, qui tenait sous le bras le rouleau sur lequel il avait dessiné les premières esquisses de la tour, s'inclina devant celui qu'on appelait dans toute la société chrétienne le « maître de Saint-Denis » et dit :

— Monseigneur, la célébration d'hier a été, grâce à Dieu et à votre génie, une extraordinaire réussite. Les maîtres, les compagnons, les apprentis, les artistes étrangers qui nous apportent leur savoir m'ont chargé de vous dire leur profond respect et leurs remerciements d'avoir fait de Saint-Denis le modèle des cathédrales futures.

Touché, l'abbé répondit :

— C'est Dieu, à travers ma pauvre personne, qui vous remercie de L'avoir si bien servi. Il est vrai que mes frères archevêques et évêques sont venus de fort loin pour bénir la gloire du Seigneur en Son temple. Mgr l'archevêque de Canterbury était là, comme Mgr Geoffroy du Lorou, archevêque de Bordeaux. Et les évêques de Châlons, d'Arras, d'Évreux, de Cambrai... Mais beaucoup de ces prélats ne m'ont pas caché qu'ils voulaient découvrir et graver dans leur tête les merveilles de notre Saint-Denis, en particulier les croisées d'ogives et les vitraux de couleurs dont on parle, paraît-il, dans toutes les abbayes. Car tous veulent élever une cathédrale dans leur évêché. Et ils la veulent aussi belle que notre basilique ! Maintenant, puisqu'on me dit fidèle intendant des grâces divines, je vous dis que le service de Dieu n'est jamais achevé et qu'il faut poursuivre nos travaux si bien entrepris.

On n'applaudit pas, car cela n'aurait pas été respectueux, mais un murmure d'approbation courut sur le collège des bâtisseurs. Simon Lesourd s'avança vers Suger en lui tendant son rouleau :

— Nous sommes prêts, monsieur l'abbé. Voici les premiers dessins de la tour.

— Rangez-les, mon ami. Nous laissons la tour pour unir d'abord le chœur au narthex. Il nous faut travailler à la nouvelle nef. Prenez votre canne à mesurer et venez, une nouvelle aventure commence ! Je suis bien vieux pour la mener jusqu'à son terme mais il faut l'entreprendre afin que d'autres la terminent comme il se doit. Tiens, Renaud, viens avec nous. C'est peut-être toi que Dieu appellera pour finir Saint-Denis !

*
* *

L'agrandissement de la nef par ses côtés, pour la mettre à la largeur du chœur et du transept ne posait pas de problème majeur. Pas plus qu'il n'y en avait pour surélever la base des arcades carolingiennes afin d'ajuster le niveau du sol à celui du chevet. L'idée de l'abbé lancée, Simon Lesourd était capable d'en assurer l'exécution, permettant ainsi à Suger de se consacrer entièrement à l'aménagement et à l'embellissement de son église. C'était là la tâche qu'il affectionnait le plus. Tout le monde connaissait le goût de l'abbé de Saint-Denis pour l'or et les pierreries. Il avait rassemblé des joyaux pour enrichir sa grande croix et fait ciseler dans l'or les côtés de l'autel à peine la nouvelle basilique commençait-elle de se bâtir. Maintenant qu'il en avait fini avec le gros œuvre, il pouvait se consacrer à parer, comme il disait, « la pierre du Bon Dieu ».

D'abord, il développa l'atelier de verrerie créé afin de présenter, lors de la dédicace, quelques vitraux à ses illustres invités et de leur donner une vision de ce que serait l'éclairage flamboyant de la basilique.

Au vieillard endormi de l'arbre de Jessé et aux médaillons qui avaient enchanté les évêques, il fallait ajouter d'autres ensembles dont Suger trouvait les thèmes dans l'Ancien et le Nouveau Testament. De nouveaux artistes furent appelés des provinces de l'Est et de l'étranger et une véritable verrerie s'installa à côté de la forge, près de la basilique. Ainsi, une à une, les ouvertures grisâtres s'embrasèrent-elles, magnifiant le jeu architectural des voûtes et des colonnades.

Aux maîtres verriers, Suger fournissait du « saphir », un verre teinté au cobalt, acheminé depuis le massif allemand du Harz. D'autres verres colorés dans la masse au moyen de divers minerais étaient fabriqués sur place.

Un jour où il était particulièrement satisfait d'un médaillon, Suger, sans songer un instant qu'on pourrait lui reprocher ce péché d'orgueil, se fit représenter en bas du vitrail humblement prosterné, la crosse en main, aux pieds de la Vierge. Ce n'était pas la première fois que l'abbé plaçait son effigie et son nom dans la basilique. Ainsi, sur le grand portail, il priait entre deux inscriptions qui exaltaient son œuvre :

« Reçois, juge sévère, l'imploration de ton Suger.

Que ta clémence le mette au nombre de tes brebis. »

Lors de la consécration, des invités avaient été surpris par une plaque gravée posée près du chevet : quatre vers visiblement composés par l'intéressé.

> « Une fois réunies les deux extrémités,
> L'église étincelle en son vaisseau médian,
> Sa construction fut réalisée de nos jours ;
> C'est moi, Suger, qui dirigeais les travaux[1]. »

Très fier de l'autel de porphyre enrichi de pierres précieuses, il avait fait graver un peu plus loin :

> « Grand saint Denis, ouvre les portes du Paradis
> Et places-y Suger sous ta pieuse garde.
> Par mes mains tu t'es bâti une nouvelle demeure.
> Fais que je sois reçu dans les célestes demeures. »

L'abbé, qui avait su trouver les admirables artistes capables de réaliser ses rêves, aurait gagné à s'adjoindre un poète moins naïf. Il avait préféré demander lui-même à n'être point oublié. Était-ce par vanité ? Ceux

---

1. Rapporté par Suger lui-même dans *De administratione*. Cité par Panofsky dans *Architecture gothique et pensée scolastique*.

qui le connaissaient bien pensaient qu'il se faisait représenter dans tous les endroits de son église afin que ses frères, en se rappelant souvent ce qu'il avait fait, n'oublient pas d'intercéder en sa faveur. C'est pourquoi, sans doute, il venait de stipuler dans son testament qu'il voulait que toutes les richesses accumulées à Saint-Denis de son vivant fussent exposées chaque année le jour de son anniversaire.

*

* *

Depuis qu'il avait fait la paix avec l'Église et le comte de Champagne, on prêtait à Louis VII la pensée d'entreprendre une grande action qui marquerait son règne et accroîtrait ses chances d'accéder à l'Éternité bienheureuse. Il avait bien songé à entreprendre une croisade à l'exemple de Godefroy de Bouillon qui, quarante-cinq ans plus tôt, avait châtié les infidèles et établi un royaume chrétien en Judée. Oui, mais Jérusalem était prise et aucune nécessité ne poussait les chevaliers francs à aller se battre pour Dieu. Voilà pourtant qu'un jour une correspondance parvenue à Rome et à Paris plongea l'Occident dans la consternation : la Palestine chrétienne était sur le point de succomber aux attaques d'un certain Zengi, farouche guerrier au service du calife turc de Bagdad. C'étaient tous les gains, moraux et territoriaux, de la croisade de Godefroy et de ses frères Baudoin et Eustache qui étaient perdus. Pire, la veille de Noël, Édesse avait dû se rendre et tous ses défenseurs francs avaient été massacrés jusqu'au dernier. Enfin, Antioche, sur laquelle régnait depuis vingt ans Raymond de Poitiers, l'oncle de la reine Aliénor, se trouvait directement menacée.

C'était assez pour décider le roi, d'autant qu'une encyclique du nouveau pape Eugène III appelait bien à propos les chrétiens, et principalement les Français, à voler au secours de leurs frères d'Orient. Mais une croisade ne s'improvise pas comme la remise au pas d'un vassal turbulent. Le pape seul peut décider une telle entreprise, qui, outre une foi brûlante, nécessite des alliances et beaucoup l'argent. Ce n'étaient pas des obstacles pour le roi qui décida de rassembler son entourage, vassaux, barons et évêques, afin de leur faire part de son intention de commander une expédition religieuse et militaire vers les terres de Palestine. Les hauts hommes du royaume furent ainsi priés de se réunir à Bourges, en décembre 1145.

Louis VII exposa les conséquences du désastre d'Édesse et la menace mortelle qui pesait sur l'Orient chrétien. On discuta. Chacun donna son point de vue. Certains prélats accueillirent sans enthousiasme le projet royal mais l'évêque de Langres, Godefroy de La Roche, pérora longuement sur l'oppression des chrétiens et l'insolence des païens, tandis que Suger, toujours prudent, soulignait les dangers qu'une longue absence du roi risquait de faire courir au royaume. Quant à Aliénor, nul ne doutait qu'elle userait de tout son pouvoir pour engager son époux à aller défendre Antioche et l'oncle Raymond de Poitiers.

Comme rien n'avait été décidé, Louis s'adressa à la conscience de l'Église, Bernard de Clairvaux, qui hésita, réfléchit et se retrancha derrière l'autorité du pape :

— Je ne m'investirai pas dans cette pieuse aventure sans l'avis formel du pontife. Lui seul peut assumer la responsabilité de mobiliser la chrétienté.

La réponse du pape ne tarda que le temps d'une ambassade : une bulle donna à Bernard la permission de prêcher la croisade.

Dès lors, les grands du royaume, réunis à Vézelay, ne pouvaient qu'approuver une croisade défendue par le roi et prêchée par le maître à penser du monde chrétien. Le narthex de l'église de la Madeleine, rebâtie sur ses fondations, n'était pas achevé mais, l'eût-il été, l'imposant vaisseau clunisien n'aurait pu contenir la foule énorme qui s'était rassemblée à flanc de colline pour entendre Bernard. C'est donc sur une tribune de bois installée devant le porche que le 31 mars, jour de Pâques, l'abbé de Clairvaux, portant sur sa bure la croix envoyée par le pape, commença son long prêche. Il lut d'abord l'encyclique que le pape Eugène adressait au roi de France et aux fidèles résidant en Gaule. Muette, la foule écouta l'évocation du massacre d'Édesse et du malheur qui frappait les chrétiens d'au-delà des mers. Elle salua d'un léger murmure l'énumération des nombreux avantages et privilèges spirituels et matériels que l'Église garantirait à tous ceux qui se croiseraient, les plus importants étant la rémission des fautes et la protection des familles et de leurs biens. Quelle occasion inespérée de rachat que cet enrôlement dans l'armée de Dieu à laquelle s'ajoutait, chez beaucoup, la perspective d'aller chercher l'aventure loin de l'accablante tristesse de la vie quotidienne ! Galvanisée par le discours de Bernard qui gagna peut-être à Vézelay son élection chez les bienheureux, la multitude suivit les premiers qui osèrent s'avancer vers l'estrade pour recevoir la croix d'étoffe, emblème de leur engagement.

Le soir, quand le calme fut revenu, Eudes de Deuil, un moine de Saint-Denis que Suger avait fait désigner comme secrétaire du roi pour la croisade, relata pour l'histoire le récit de la journée mémorable, en particulier la scène où Bernard, en constatant qu'il ne restait plus de croix, déchira sa robe de bure pour en distribuer les morceaux aux plus enthousiastes.

Et l'abbé de Clairvaux écrira au pape deux semaines après son premier prêche : « J'ai parlé, j'ai annoncé... Et le nombre de ceux qui voulaient se croiser s'est accru au-delà de toutes mesures. » Plus tard, lorsque les enrôlements commenceront à se multiplier, Bernard ajoutera à l'attention du Saint-Père ce curieux commentaire : « Les bourgs et les villages deviennent des déserts. Vous trouverez difficilement un homme contre sept femmes. On ne voit partout que des veuves dont les maris sont encore vivants ! »

C'est que le petit peuple voulait imiter la chevalerie et se joindre aux soldats de la foi. Les accepter et même les rechercher relevait pourtant d'une coupable inconscience. Était-il en effet raisonnable de vouloir conduire jusqu'aux déserts d'Orient une armée de va-nu-pieds sans expérience guerrière ? Bernard, illuminé par l'Esprit-Saint, obnubilé par cette croisade qu'il prêchait au nom du pontife romain et à laquelle il venait de rallier l'empereur d'Allemagne Conrad III et son neveu Frédéric de Souabe, le futur Barberousse, était trop loin des contingences militaires pour songer aux difficultés matérielles qu'allait devoir vaincre sur sa route l'armée du Seigneur.

Aliénor, qui s'était croisée le même jour que son époux, trouvait dans les préparatifs du saint voyage l'occasion de rompre avec l'ennui des sombres châteaux de l'Île-de-France. À l'idée d'honorer le Tout-Puissant qui venait de lui permettre une maternité tant souhaitée, s'ajoutait la perspective de découvrir un Orient plein de lumière et de soleil. L'excitation du départ prévu pour le 15 juin lui redonnait gaieté et enthousiasme. Cette participation n'avait d'ailleurs rien d'extraordinaire. Nombreux avaient été les seigneurs qui s'étaient fait accompagner de leur femme lors de la première croisade. Seulement, Aliénor n'entendait se passer ni de ses chambrières ni d'un certain confort, et son exemple, suivi par les femmes des barons qui escortaient leur mari, laissait présager une quantité de suivantes et de filles de chambre dont le nombre faisait frémir les capitaines d'armes et les hommes d'Église.

Ce n'étaient là que frivolités. Aliénor était trop intelligente pour ne pas connaître les dangers auxquels elle allait être confrontée. Si elle songeait à ses chambrières, elle espérait aussi prendre une part active à la croisade et d'abord aux préparatifs. Comme Bernard le faisait en France et en Rhénanie, elle avait entrepris dans ses États d'Aquitaine une tournée de prospection couronnée de succès. Elle avait recueilli d'importants subsides et obtenu l'engagement de nombreux chevaliers gascons et poitevins.

Les jours passant, il ne restait plus à l'assemblée des grands qu'une décision à prendre. La plus importante puisqu'il s'agissait d'organiser la régence du royaume en l'absence du roi. Bernard proposa deux noms : le comte Guillaume de Nevers et l'abbé Suger. Surpris, tous deux déclinèrent l'offre, le premier à cause de son âge et de sa détermination à prendre l'habit monastique, le second parce qu'il s'était toujours montré réticent au départ de Louis VII et que l'assemblée n'avait pas compétence pour choisir le régent, la décision appartenant au pape.

Cette formalité ne devait pas tarder à être remplie puisque le pape Eugène III voyagerait en France au printemps pour assister à la solennelle dédicace de l'abbatiale Saint-Bénigne à Dijon puis célébrer la messe de Pâques à Saint-Denis avant de se rendre à Cîteaux.

Jamais Suger n'aurait pu imaginer, lorsqu'il regardait, ému, placer les clefs de voûte au sommet de ses croisées d'ogives et qu'il éclairait les pierres blanches du chœur de la lumière de ses vitraux, qu'un jour le souverain pontife viendrait prier dans son église. C'est pourtant lui, en compagnie du roi et de la reine Aliénor, qui accueillit le pape à Saint-Denis le jour de Pâques 1147.

Après la célébration de la messe de la Résurrection, le pape s'extasia devant les audaces architecturales de l'abbatiale, s'agenouilla auprès des reliques et admira toutes les richesses que Suger lui dévoila avec jubilation aux quatre coins de son église.

Dès le lendemain, le pape prit connaissance d'une lettre de Bernard dans laquelle celui-ci se portait garant de l'abbé Suger : « S'il y a dans l'église des Gaules un vase d'honneur, s'il existe à la cour du roi un aussi bon serviteur que David, ce ne peut être à mon sens que le vénérable Suger. Je connais cet homme, je sais qu'il est fidèle et prudent dans les choses temporelles, fervent et humble dans les choses spirituelles et qu'il est en toute chose exempt de reproche[1]. »

La recommandation était inutile. Le pape avait déjà décidé de confier à Suger le soin de gouverner le royaume des Gaules tout le temps de la croisade. Preuve absolue de sa confiance, il éleva l'abbé de Saint-Denis à la charge éminente de vicaire apostolique, qui le plaçait au sommet de l'Église de France.

La défense et l'administration du royaume assurées, la deuxième croisade était prête à entreprendre sa longue marche vers l'Orient. Les rites du départ ne pouvaient s'accomplir qu'à Saint-Denis. Le jour de la Pentecôte, le roi, accompagné de la reine Aliénor et

1. *Lettres de saint Bernard* par Leroy de La Marche.

de sa mère, se rendit donc à la basilique pour y vénérer en présence du pape Eugène les reliques des bienheureux martyrs.

« Prosterné devant l'autel reliquaire, face contre terre, le roi semblait attendre que les clercs prissent une initiative. Le pontife et l'abbé Suger entrebâillèrent alors la porte du reliquaire et lui donnèrent à baiser les ossements de Saint-Denis. Il se releva et se dirigea vers le maître-autel où, selon la coutume des comtes de Vexin, il saisit l'étendard qu'il agita au-dessus des têtes. Le pape lui remit alors le bourdon et la panetière du pèlerin et prononça sur lui les paroles de bénédiction[1]. »

Quelques jours plus tard[2], le roi quitta Paris pour rejoindre l'armée à Metz où les dames l'avaient précédé. Louis se distinguait des chevaliers de sa garde par un bliaud bleu d'azur parsemé de fleurs de lis blanches. Les gens s'en étonnaient qui regardaient passer le cortège : c'était la première fois que le lis apparaissait dans les couleurs royales.

En arrivant à Metz où l'armée avait dressé un immense camp, le roi fut stupéfié par le nombre des chariots et des tentes qui couvraient au moins un hectare.

— Pourquoi toutes ces voitures ? demanda-t-il à son frère Robert de Dreux. Aurons-nous assez de chevaux pour les traîner jusqu'à Jérusalem ?

— Trop de femmes, mon frère, accompagnent leur mari et, vous le savez, les dames ont besoin d'un certain confort. Dieu fasse que nous ne soyons pas un jour obligés de rompre devant une attaque car tous ces chariots ne pourront pas suivre.

---

1. *Suger*, de Michel Bur.
2. La date exacte demeure incertaine.

Le roi, qui avait flairé une allusion aux excès de sa femme, abandonna le sujet et piqua son cheval pour galoper devant la triple rangée de ses soldats qui l'accueillaient dans un bruyant enthousiasme.

*

* *

À Saint-Denis, ouvriers, compagnons et maîtres étaient avides de nouvelles sur ces événements considérables qui bouleversaient la cour, le pays et touchaient particulièrement le chantier qui avait perdu son âme en la personne de l'abbé. En effet, le régent du royaume avait été contraint d'abandonner sa chère basilique pour aller vivre au château de la Cité qu'il détestait mais qui était le cœur du pays dont il avait la charge.

— Mon bon Simon, me voilà obligé de quitter notre église au moment où elle est presque achevée, avait-il dit à son architecte. J'aurais voulu voir avec vous monter vers le ciel l'ultime colonne de l'abside et poser les derniers vitraux dont Gottfried affine les nuances dans son antre d'alchimiste. Enfin, Paris est à deux pas et je viendrai vous voir chaque fois que je le pourrai. En attendant, c'est vous, Simon, que je charge de mener à bien l'achèvement de la basilique, à commencer par la tour dont vous entreprendrez la construction dès que la nef sera terminée, c'est-à-dire bientôt.

— Votre confiance me touche et m'honore, monsieur le régent, mais...

— Régent, voilà un titre que je n'aime pas entendre dans la bouche de mes compagnons bâtisseurs. Ici, je reste l'abbé de Saint-Denis !

Simon Lesourd était ému aux larmes. Il renifla et réussit à dire :

— Mais les comptes, monsieur l'abbé ? Je n'y entends rien !

— Rassurez-vous. Le père Éloi, que vous connaissez, s'en chargera et viendra me demander conseil quand il le faudra. Ah ! Il y a aussi votre gendre et élève Renaud qui va devoir prendre de l'indépendance et montrer au-dehors l'habileté et le talent des maîtres de Saint-Denis. Il va s'installer avec son épouse à Sens, là où mon confrère l'archevêque Hugues de Toucy commence à élever une grande cathédrale qui sera la première bâtie dans le Parisis. Il m'a montré un dessin qui s'inspire de Saint-Denis. Il n'a évidemment pas assisté pour rien à la dédicace de notre basilique !

— Merci, monsieur l'abbé. Pour Renaud, c'est un magnifique succès professionnel. Pour son maître, un grand sujet de fierté. Quant au fait que d'autres s'inspirent de nos travaux, nous ne pouvons, nous, bâtisseurs, que nous en réjouir.

— Mais oui, c'est mon vœu le plus cher qu'on nous copie ou, mieux, que les maîtres des générations suivantes perfectionnent nos initiatives et fassent mieux que nous. Dieu ne m'a-t-il pas souvent soufflé, lorsque je doutais, que les futures cathédrales seraient les héritières de Saint-Denis[1] ?

— Cela est votre œuvre, monsieur l'abbé !

— Oh ! Ne pêchons pas par orgueil ! Je n'ai fait, avec votre aide, qu'organiser, sublimer, endiguer l'immense élan créateur qui marque notre temps aussi bien dans le Midi, le Poitou ou la Bourgogne qu'en Parisis. La croisée d'ogives, l'arc brisé ont été utilisés

---

1. Saint-Denis sera aussi, on s'en rendra compte plus tard, le berceau de l'art gothique.

avant nous, à Saint-Germer par le père de Renaud et en Normandie, par exemple. Mais il ne s'agissait que d'essais séparés. Notre mérite a été de les combiner, de les associer pour en former une vraie architecture... Mais je me laisse aller. Reparlons de Renaud. À Sens, il sera parlier ou maître d'œuvre sous les ordres de l'architecte Guillaume.

— N'est-il pas un peu jeune pour assumer de telles responsabilités ?

— Non. Je l'en crois tout à fait capable. Il l'a montré à Saint-Denis.

— Puis-je l'appeler, monsieur l'abbé ? C'est de vous qu'il doit apprendre cette heureuse nouvelle.

— Naturellement. Je lui dirai aussi que, pour le remercier de son travail, je vais lui offrir trois chevaux qui pourront le mener avec sa femme jusqu'à sa nouvelle maison. Ils pourront ainsi venir vous voir.

*

* *

Renaud ne croyait pas qu'un tel bonheur fût possible. Il avait toujours pensé qu'il ferait un bon compagnon, qu'un jour peut-être il serait désigné maître par la corporation. Et voilà qu'il était appelé à jouer un rôle majeur dans la construction de la première grande cathédrale, celle qui devait, en utilisant les techniques nouvelles mises au jour à Saint-Denis, servir de modèle à toutes les cités qui rêvaient de dresser vers le ciel à la place de leurs vieilles églises usées par le temps un fuseau mystique de pierre blanche.

— En somme, lui avait dit Suger en le bénissant, tu es le maître d'œuvre qui va ouvrir le siècle des cathédrales. C'est pour un jeune homme la plus exaltante des destinées. Mais n'oublie jamais que c'est Dieu qui guidera ta main lorsque tu ouvriras le compas, que c'est Dieu qui te soufflera la science des nombres lorsqu'il te faudra calculer l'équilibre d'une voûte. Tu m'as cent fois entendu dire que si le Très-Haut ne m'était constamment venu en aide, Saint-Denis n'aurait pas existé. Je vais prier pour qu'il t'assiste dans l'œuvre de la cathédrale Saint-Étienne de Sens.

Le soir de l'heureuse nouvelle, le souper fut animé chez le maître d'œuvre Simon. Non pas que l'on fît bombance car c'était un jour maigre et l'on n'avait faim que de paroles. Renaud dut répéter pour Pierre et Marguerite les mots de l'abbé. Et Alice demanda au moins trois fois s'il avait bien dit « maître d'œuvre ». Le maître, lui, mâchait son plaisir avec la tartine de sa soupe, se contentant de certifier les termes qu'avait utilisés Suger pour annoncer le prodigieux événement. Quant à Louisette, elle restait pâle d'émotion et ne s'intéressait qu'à la maison où ils vivraient.

— Est-elle assez grande ? s'enquit-elle avec insistance.

— Sûrement bien assez pour nous deux ! dit Renaud.

— C'est que nous serons peut-être trois. Je voulais attendre un peu pour être sûre mais puisque c'est le jour des surprises : je crois bien que j'attends un enfant...

D'un coup c'en fut fini de Sens, des maîtres d'œuvre et des bienfaits de l'abbé Suger. Chacun se leva, cria, invoqua le ciel, et Louisette fut entourée, embrassée, presque étouffée par la famille.

Alice, pratique, dit qu'on allait dès le lendemain voir la Brambèche, l'excellente femme de la rue Piqueverte qui connaissait le mieux à Saint-Denis l'art de préparer les femmes à l'accouchement et, le moment venu, d'y aider[1].

Louisette se récria, disant que cela était prématuré et porterait malheur.

— Bon, nous attendrons. Mais, j'y pense, tu vas mettre au monde à Sens et je ne serai pas là !

— Je t'en supplie, mère, cesse de prévoir ce qui se passera dans neuf mois !

— Sens n'est pas le bout du royaume ! dit Simon. Surtout qu'il y aura les chevaux.

— Quels chevaux ? demanda Louisette. Nous n'avons pas de chevaux !

— Si, c'est la dernière surprise, dit Renaud. L'abbé Suger nous en offre trois. Pour le voyage et pour que l'on puisse ensuite venir voir la famille. N'est-ce pas magnifique ?

— Trop beau ! dit Alice. Cela me fait craindre un retour du sort. Le Diable n'aime pas les grands bonheurs !

— Tu dis des bêtises, ma femme ! conclut Simon. La journée a été mémorable et épuisante. Allons nous coucher !

Quand ils furent dans leur chambre, Renaud enlaça Louisette ;

— Pourquoi ne m'as-tu rien dit ? J'aurais aimé être le premier à entendre la nouvelle plutôt que l'apprendre en même temps que tout le monde !

— C'est à cause de la maison, des chevaux... Oh, et puis laisse-moi tranquille. L'essentiel est tout de même que nous ayons un enfant !

— Je te pardonne. Viens achever dans mes bras ce jour glorieux. Ne serait-ce que pour faire la nique à Satan !

---

1. Les premières sages-femmes, appelées « ventrières », sont encore très peu nombreuses à Paris à la fin du XIIe siècle.

Satan y était-il pour quelque chose ? Le fait est que Renaud dormit mal. Son esprit méthodique, rompu à la monotone exactitude des nombres et aux immuables vérités de la pierre, avait du mal à assimiler cette avalanche de nouvelles qui allaient bouleverser sa vie si calme jusque-là. Au matin, il s'aperçut que tout le monde avait partagé ses appréhensions. Alice était oppressée à l'idée de voir s'éloigner sa fille enceinte, Simon cachait mal la peine que lui causait le départ de son élève devenu son alter ego, Marguerite voulait à tout prix partir pour Sens afin de s'occuper du bébé et Pierre se demandait comment il allait vivre le chantier sans l'affectueuse présence de Renaud devenu pour lui un modèle.

Au vu de sa famille désemparée, le maître Simon Lesourd eut l'idée qui convenait :

— Ma femme, mes enfants, il nous faut remercier Dieu et le prier de continuer à nous aider. Allez chercher dans les coffres vos plus beaux habits et allons tous ensemble à la basilique suivre la messe du père Antoine qui officie le samedi à neuf heures. Puis nous nous recueillerons devant les saintes reliques.

— J'avais eu la même idée, dit Renaud. Allons nous apprêter.

Mais le maître, délivré, dit encore :

— Pour moi, prier dans la blancheur du nouveau chœur est un bonheur ineffable. Où pourrais-je me sentir mieux qu'entre ces murs où chaque pierre a « sa » place, celle que Dieu a désignée à l'abbé qui me l'a indiquée et que j'ai montrée au maître maçon. Cette chaîne des bâtisseurs a plusieurs siècles d'existence derrière elle. Depuis Salomon, depuis la lointaine Égypte, combien de pierres ont été extraites, taillées, sculptées, maçonnées ? C'est à toutes ces choses que je vais penser tout à l'heure en priant. Ah !

Nous implorerons aussi le ciel pour que notre bienfaiteur, l'abbé Suger, aujourd'hui régent de France, puisse accomplir sereinement sa tâche au service du royaume.

*

* *

— Le départ pour la croisade n'a pas demandé autant de préparation ! dit en riant Alice qui enfouissait dans des sacs des piles de linge et des vêtements qui, selon elle, seraient indispensables à Louisette.

— N'oublie pas, maman, que nous n'aurons qu'un cheval pour transporter les bagages ! Et Sens est une ville. Elle n'abrite pas une grande foire comme celle du Lendit mais nous pourrons y trouver le nécessaire.

À l'abbaye, le père Éloi avait fait préparer les trois chevaux promis par l'abbé. Il aimait bien Renaud à qui il demandait, chaque fois qu'il le rencontrait, s'il se rappelait le jour où il lui avait remis sa première paye. Attention délicate, il avait choisi les bêtes qui avaient accompli avec la famille le voyage à Saint-Germer :

— Ce sont de bonnes montures et vous les connaissez déjà. Elles vous seront fidèles. Le frère Joseph vous accompagnera jusqu'à Sens pour s'occuper de la bête de somme et vous aider à l'étape.

Comme Renaud le remerciait, le père Éloi dit simplement :

— Je fais avec plaisir ce que m'a recommandé monsieur l'abbé. Il m'a fait promettre de vous aider et de satisfaire vos désirs. J'appelle toujours Mgr Suger monsieur l'abbé... Je ne peux pas me faire à l'idée qu'il est le régent !

Le jour du départ, enfin, arriva. Dès l'aurore il y eut affluence devant la maison Lesourd. Les voisines étaient toutes venues dire au revoir à Louisette et les membres de la grande famille des bâtisseurs passaient les uns après les autres souhaiter bonne chance à Renaud avant de rejoindre le chantier. Dans le brouhaha, le frère Joseph arrimait les paquets sur la mule de somme. Quand celle-ci fut chargée au-delà du raisonnable, il restait trois balluchons :

— Impossible de les emporter, dit Joseph. Ou ils se décrocheront avant deux lieues ou la bête crèvera sous le poids !

Au grand dam d'Alice, les hommes convinrent qu'il n'y avait pas d'autre solution que de laisser les paquets.

— Nous les prendrons quand nous reviendrons vous voir ! dit Louisette.

— Mais vous n'aurez jamais assez de serviettes et de draps. Mon Dieu, comment vas-tu te débrouiller...

— Allez, il faut partir ! dit Renaud, que les jérémiades de la pauvre Alice commençaient à irriter. Viens, Louisette, que je t'aide à grimper sur ta pouliche.

Derniers baisers, derniers sanglots, et le frère Joseph, flanqué de la mule qu'il tenait en lisière, prit avec autorité la tête de la troupe. Renaud, lui, ne quittait pas des yeux Louisette à qui il prodiguait maintes recommandations :

— Comment te sens-tu ? Ne te penche pas autant en avant. Surtout ne laisse pas ton cheval s'engager au trot. Les secousses sont mauvaises pour l'enfant.

Elle riait et répondait :

— Ne sois pas bête. L'enfant, on en reparlera dans quelques mois. Pour le moment il peut supporter les fantaisies de sa mère !

Et elle fit trotter sa monture en criant à Renaud qui pestait contre l'inconséquence des femmes :

— Me trouves-tu toujours aussi jolie que la reine Aliénor ?

— Oui mais, hélas ! ma belle, tu as aussi son caractère.

Ils rirent et Renaud se rapprocha de Louisette pour l'embrasser, au risque de choir dans la poussière de la route d'où l'on apercevait maintenant dans le ciel du matin les collines bleuissantes de Paris. Ils ne traversèrent pas la ville mais gagnèrent par des petits chemins la route de Corbeil. Le frère Joseph connaissait, disait le père Éloi, toutes les routes du royaume. Il était l'un des chevaucheurs de l'abbaye et assurait avec deux autres frères une liaison quasi permanente avec les autres grands établissements religieux.

— Si j'étais en course j'aurais ce soir dépassé Melun, mais cette première journée de voyage est fatigante pour des cavaliers novices et il faudra s'arrêter avant. Rassurez-vous, abbayes et monastères ne manquent pas sur la route de la Bourgogne, et les protégés de Mgr Suger seront bien accueillis.

Sur la route du Sud la circulation était dense. Chariots de marchands brinquebalants, charrettes de fermes chargées de foin ou de sacs, cavaliers aux couleurs des châtelains voisins galopant furieusement entre les piétons, les attelages et les mules tranquilles des paysans, déroulaient un spectacle incessant et renouvelé qui étonnait Louisette et lui faisait oublier la fatigue du voyage.

Sur un signe du chevaucheur, à trois lieues de Corbeil, Renaud et Louisette avaient quitté la route pour gagner un bosquet où un ruisseau entretenait quelques perches de verdure. Une aubaine pour les chevaux. Quant aux voyageurs, ils puisèrent dans l'une des sacoches suspendues à la selle de Renaud. Alice y avait entassé assez de provisions pour soutenir un siège. Frère Joseph remercia Dieu pour cette abondance de bienfaits et fit honneur au flacon de vin des vignes de l'abbaye glissé au dernier moment par Simon Lesourd dans les bagages.

Quand on se fut restauré, Louisette et Renaud eurent du mal à remonter à cheval. Le dos moulu, les membres courbatus, ils seraient bien restés encore un peu allongés dans l'herbe fraîche. Mais il fallait repartir :

— Les moines de Saint-Guéneau vont nous assurer gîte et couvert à Corbeil. Le prieur a été longtemps à Saint-Denis. C'est un homme aussi aimable que pieux qui, j'en suis sûr, va vous poser mille questions sur la nouvelle basilique !

Le frère Joseph avait raison. Quand il sut que Renaud avait œuvré sous les ordres directs de l'abbé Suger, il lui fallut tout savoir sur le chœur et les vitraux dont on vantait la beauté et les couleurs dans tout le royaume.

— Est-il vrai que Mgr Suger envisage de peindre les murs, les chapiteaux et les sculptures à l'exemple des vieilles églises et cathédrales de France ?

— Il est vrai qu'il en a parlé mais il ne commencera pas cette décoration avant que la basilique ne soit complètement achevée. Or la nouvelle nef est loin d'être finie. Si vous voulez m'en croire, mon père, Mgr Suger n'a pas envie de voir colorer son œuvre dont la blancheur met si bien en valeur l'architecture et les vitraux. Je pense qu'il laissera ce soin à son successeur.

— Ainsi, vous allez bâtir à Sens la première de ces nouvelles cathédrales dont rêvent tous les évêques. Quelle noble tâche ! Peut-on mieux servir Dieu qu'en élevant vers le ciel ces merveilles de pierres taillées dans le cœur du royaume ? Parlez-moi de votre métier, de cette fraternité qui, dit-on, unit en Jésus-Christ tous les ouvriers bâtisseurs.

Renaud aimait parler de la pierre. Il décrivit au prieur le chantier, cette ruche mystique où la technique des maîtres combattait la pesanteur comme les moines le péché. Il raconta comment un jeune apprenti trouve dans la communauté la force et les moyens d'apprendre durant de longues années à maîtriser les gestes qui feront de lui, s'il persévère dans son désir de connaissance, un compagnon et, pourquoi pas, un maître.

Le lendemain, frère Joseph réveilla les Pasquier dont les membres étaient encore endoloris par la chevauchée de la veille :

— Mon frère, ma sœur, il faut vous lever pour assister à la messe qui sera dite par les prieurs.

L'église de Saint-Guéneau était modeste, comme le couvent lui-même, mais il y flottait une atmosphère de ferveur, de piété, qui baignait les voûtes où des traces de polychromie jetaient des éclairs sur la robe blanche des moines égrenant avec une infinie douceur les notes d'un motet.

Après la messe que Renaud et Louisette suivirent avec allégresse car Dieu tout-puissant protégeait leur bonheur, le prieur salua ses hôtes qui se rendaient à Sens pour servir le Seigneur. Il les bénit et les reconduisit lui-même jusqu'à la porte du monastère.

— Je vous envie, dit-il. J'aimerais comme vous toucher la pierre et participer à la construction d'une cathédrale ! Mais c'est Dieu qui désigne ses ouvriers et confie à chacun la tâche qui lui convient. Que le Tout-Puissant vous protège !

À Melun, à Montereau, à Pont-sur-Yonne, les voyageurs trouvèrent grâce à Joseph des âmes aimables et charitables pour les accueillir. Le troisième jour, ils avaient quitté depuis quelques heures le lieu de leur dernière étape, l'abbaye de Chanloup, et chevauchaient gaiement vers Sens, quand Renaud aperçut un lourd charroi de pierres qui venait d'un sentier de traverse et allait s'engager sur la route. Le jeune maître regarda plus attentivement vers la droite et s'écria :

— Une carrière ! Ces belles pierres blanches prennent sûrement le chemin de la cathédrale. Allons voir d'où elles viennent.

Ils arrivèrent peu après au bord d'un immense cratère où s'activait une armée d'ouvriers. Certains sciaient des blocs de pierre extraits de la carrière dont on apercevait au fond le haut mur. D'autres dégrossissaient des blocs au marteau-pioche, à la bretture ou au grain d'orge dans un cliquetis d'où émergeaient parfois des stridences qui agaçaient l'oreille.

Allant d'un groupe à l'autre, un homme vêtu de la même blouse de grosse toile que les autres compagnons tenait en main la *virgula geometrica* [1], outil et symbole de sa charge.

— Il s'agit sans doute du chef carrier, dit Renaud à Louisette. Je vais aller lui parler.

Le maître des pierres venait d'ailleurs à la rencontre des cavaliers qu'il avait du mal à distinguer dans l'amoncellement des paquets et des balluchons entassés sur les montures. Il marqua son étonnement en voyant descendre de cheval une gracieuse jeune femme et se présenta :

— Je suis Richard, je dirige la carrière qui produit, ce qui est rare, de la pierre tendre et de la pierre dure. Il faut des deux pour construire une cathédrale !

---

1. Règle graduée.

— Je m'appelle Renaud Pasquier. J'arrive de Saint-Denis avec ma femme et le frère Joseph qui nous guide. Je suis maître maçon, un peu géomètre, un peu sculpteur et je me rends à Sens où je dois me mettre à la disposition du maître d'œuvre Guillaume. Vous le connaissez ?

— Naturellement. Nous œuvrons, chacun à notre place, pour offrir au Tout-Puissant la plus belle église qui ait jamais été construite.

— Les travaux sont-ils déjà avancés ?

— Elle est en cours de construction depuis que l'archevêque Henri le Sanglier a décidé de doter la métropole sénonaise d'une cathédrale digne d'elle. C'était il y a douze ans.

— Mais il est mort. J'ai une lettre d'introduction pour son successeur Hugues de Toucy.

— Un saint homme féru d'architecture, grand admirateur de l'abbé Suger et qui veut appliquer ses principes en couvrant la cathédrale de croisées d'ogives. Vous savez de quoi il s'agit ?

Renaud sourit :

— C'est, je crois, la formule que j'ai le plus souvent entendu répéter depuis mon apprentissage. Mon père Jehan Pasquier en a été l'un des créateurs et j'ai travaillé huit ans à Saint-Denis sous la direction de l'abbé Suger !

Le maître carrier ne cacha pas son étonnement.

— Vous êtes si jeune, dit-il, que je n'aurais jamais imaginé que vous puissiez connaître cette novation dans l'art de bâtir aussi bien, peut-être même mieux que notre maître d'œuvre Guillaume. Mais j'y pense. Peut-être allez-vous remplacer le parlier Savinien qui, malade, quitte le chantier. Maître d'œuvre en second de la première nouvelle grande cathédrale du royaume... À votre âge, ce serait prodigieux ! Je vous félicite et vous souhaite bonne chance.

— Hé, là, mon ami, n'allez pas si vite ! Je ne sais pas quelle sera ma fonction. Mais dites-moi, où en sont les travaux ?

— Vous allez trouver le chantier en pleine activité, prêt pour commencer à monter les voûtes sur croisées. Vous voyez, on n'attend que vous !

Ils se serrèrent chaleureusement la main et, sous le regard curieux des gens de la pierre, les voyageurs reprirent le chemin de Sens où ils arrivèrent au début de l'après-midi.

Dès qu'il avait eu connaissance de son départ, Renaud s'était renseigné, auprès des moines les plus érudits de l'abbaye, sur Sens dont il ignorait à peu près tout. Il avait appris avec étonnement que cette petite ville tenait un rôle très important dans la vie religieuse du royaume et jouissait de larges prérogatives. Ses archevêques étaient reconnus « primats des Gaules et de Germanie » et leur juridiction s'étendait aux évêchés de Paris, Chartres, Auxerre, Orléans, Troyes, Meaux et Nevers. Ils jouaient un rôle diplomatique capital dans les rapports de l'Église de France avec le Saint-Siège et cette puissance expliquait le désir de doter leur diocèse d'une cathédrale capable de rivaliser avec la basilique royale ou la vieille et trop petite cathédrale de Paris.

Sens était un gros bourg et Renaud n'eut aucun mal à trouver le chantier, bien dégagé des ruelles avoisinantes, d'où émergeaient les piliers qui délimitaient le contour de l'église dont les dimensions s'annonçaient gigantesques.

C'était le spectacle habituel d'un grand chantier avec le va-et-vient des brancards chargés de sable ou de pierres, le déchargement des chariots venus de la carrière, la confection du mortier que des manœuvres remuaient à l'aide de longues raclettes, les cris des hommes qui, du haut des échafaudages, demandaient qu'on leur hisse à l'aide d'une corde la pierre qui manquait au blocage d'une colonne.

— J'aimerais tout de même bien savoir où nous allons dormir ce soir ! dit Renaud en mettant pied à terre. J'espère que notre arrivée ne va pas surprendre tout le monde.

Il demanda à un tailleur, qui regardait avec respect la pierre qu'il allait devoir mettre à la forme, si le maître Guillaume de Sens était sur le chantier.

— Dame, où voulez-vous qu'il soit ! Premier arrivé, dernier parti. Il est veuf et ne vit que pour ses plans, ses pierres et ses charpentes. Vous le trouverez sûrement dans la loge, l'équerre dans une main, le compas dans l'autre, en train de dessiner le futur portail.

En poussant la porte de la loge qui lui parut bien plus grande que celle de Saint-Denis, Renaud ne vit d'abord qu'un dos un peu voûté sur lequel tombait une abondante chevelure argentée. Quand l'architecte se retourna, Renaud découvrit un regard plein d'intelligence dans un visage à peine ridé au sourire un peu triste.

Renaud allait se présenter mais Guillaume de Sens ne lui en laissa pas le temps. Il se leva et dit d'une voix douce :

— Je présume que vous êtes Renaud Pasquier ! Je vous attendais. Soyez le bienvenu à Sens. Vous qui avez eu le bonheur de travailler avec l'abbé Suger et avec Simon Lesourd que j'ai connu autrefois, vous allez vite vous rendre indispensable. L'archevêque, qui a assisté à la dédicace de Saint-Denis, veut une cathédrale entièrement inspirée de la basilique, tout en voûtes de croisées d'ogives, technique que vous connaissez mieux que personne. Je vous montrerai les plans demain et nous en discuterons avec Mgr de Toucy qui, vous le verrez, sans atteindre au génie de l'abbé Suger, sait de quoi il parle lorsqu'il donne ses directives. Son esprit, ses préoccupations sont autant ceux d'un architecte que d'un archevêque.

Guillaume de Sens aurait bien continué de discourir sur les croisées d'ogives mais Renaud profita d'un moment où il reprenait son souffle pour l'interrompre :

— Maître, pardonnez-moi, mais ma femme attend dehors et elle est fatiguée par le voyage. Puis-je vous demander si un logement a été prévu pour nous et nos chevaux ?

— Oh, pardon ! Où ai-je la tête ! J'ai prévu que vous repreniez la maison qu'occupait le maître Savinien que vous allez remplacer. C'était mon parlier, mon alter ego, qui, fatigué, est retourné dans son village du Beauvaisis. C'est une chaumière agréable située non loin de chez moi à l'entrée de la ville. J'ai demandé qu'elle soit nettoyée et préparée avec un minimum de mobilier. Votre femme l'arrangera naturellement à son goût. Mais je l'aperçois qui attend. J'ai hâte de faire sa connaissance.

Guillaume de Sens était un charmeur. Il plut d'emblée à Louisette qui le trouva seulement bien bavard à l'heure où elle n'aspirait qu'à découvrir sa nouvelle maison.

— Ce soir, vous viendrez souper chez moi, dit Guillaume. Nous pourrons ainsi faire plus ample connaissance. J'ai malheureusement perdu ma femme l'an passé et c'est ma vieille mère, Marie, qui tient la maison. Elle sera heureuse d'ajouter quelque viande dans la marmite ! En attendant, un compagnon va vous conduire jusqu'à votre nouvelle maison.

Construite en bon pisé et couverte de chaume neuf dans son entourage de bouleaux, celle-ci parut avenante à Louisette qui constata seulement qu'elle était plus petite que la maison familiale mais, ajouta-t-elle, bien assez vaste pour vivre à deux avec des enfants.

— Combien d'enfants ? demanda Renaud en riant.

— Comment veux-tu que je le sache ? Allons plutôt aider Joseph à décharger nos pauvres chevaux. À propos, est-ce qu'il y a une écurie ?

— Oui, avec une bonne réserve de paille ! répondit Renaud qui avait découvert sur l'arrière un deuxième bâtiment.

Louisette était déjà dans la salle commune où trônait une grande cheminée de pierre garnie, louable attention, de bois sec et de quelques bûches. Elle battit le briquet et de joyeuses flammes éclairèrent la pièce aux murs fraîchement passés à la chaux. Un lit large et bas entouré de courtines, une table de chêne, deux bancs et un coffre permettaient une installation sommaire.

— Renaud, dit Louisette. Je crois que nous allons être heureux dans cette maison.

— Oui, ma femme. Mais je crois que nous pourrions être heureux n'importe où ! Cela dit, il va falloir tout de même organiser notre vie d'une manière convenable et nous procurer à la ville ce qui nous manque.

Le souper chez le maître Guillaume fut ce qu'il promettait : agréable et utile. La mère avait ajouté au bouillon une grosse tranche de jambon. En garnissant de légumes et de viande les tranches de pain coupées devant chaque convive, elle entourait Louisette de mille attentions.

— Vous tombez bien, c'est demain jour de foire et je vous accompagnerai si vous le voulez chez les meilleurs marchands. Ce sont tous des filous mais il y en a de moins malhonnêtes que d'autres. J'ai vu qu'il n'y avait qu'un coffre dans votre demeure mais il est inutile d'en acheter. La maison en est pleine et je vous prêterai ce qu'il vous faut.

La vieille était aussi bavarde que son fils et elle était visiblement contente d'avoir quelqu'un à qui parler. Guillaume, lui, était intarissable sur sa cathédrale en gestation. Il en parlait comme d'un enfant dont il surveillait la croissance et questionnait Renaud qui présentait à ses yeux l'incomparable mérite d'avoir assisté son beau-père et l'abbé Suger dans la construction de Saint-Denis, « cet exemple unique, modèle universel, patron reconnu de la nouvelle architecture religieuse ».

— J'essaie, dit-il à Renaud, de simplifier les étages, mon but étant d'arriver jusqu'à l'évidement du mur supérieur. J'attends avec impatience de connaître votre opinion sur cette innovation.

Renaud, gêné de se voir attribuer une importance qu'il ne devait qu'à ses maîtres, tentait de minimiser sa jeune expérience :

— Je crains, monsieur Guillaume, que vous n'attendiez de moi plus que ce que je peux vous offrir. Il est vrai que j'ai appris beaucoup au contact de l'abbé Suger, mais je suis bien trop jeune pour prétendre conseiller un architecte de votre renommée et de votre expérience. C'est vous qui allez continuer de m'apprendre le beau métier de la pierre.

— Mais non, mon ami, je sais très bien ce que vous pouvez m'apporter : l'œil neuf de la jeunesse ! Vous ne vous en êtes pas rendu compte mais c'est cet œil qu'interrogeaient sûrement parfois votre père et l'abbé. Je suis sûr que vous allez m'être d'un grand secours. Il est temps que quelqu'un d'avisé regarde autrement l'église à laquelle je ne cesse de penser depuis si longtemps et dont je finis par mêler dans mon esprit l'alternance des piles fortes et faibles. Je vis dans la crainte qu'une erreur de calcul ou la faute d'un poseur n'entraîne un écroulement dévastateur. En fait, tu vois, Renaud, j'ai besoin qu'on me rassure, ce que ne faisait plus depuis longtemps mon parlier qui, vieillissant, avait plus peur que moi ! Demain, à six heures, je te montrerai ton nouveau chantier !

Renaud remarqua que maître Guillaume l'avait tutoyé. Dans les usages du métier, c'était un adoubement.

CHAPITRE V

LA PASSION CATHÉDRALE

La vie avait bien changé chez les Lesourd. Privé de Renaud son bras droit, éloigné de Suger son cerveau qui ne faisait plus que de brèves et rares apparitions sur le chantier, sans cette fièvre, sans ce souffle qui soulevait les voûtes, sans cet attrait de l'impossible, Simon Lesourd poursuivait, désenchanté, la finition de la nef. Malgré ses efforts et le souci de mener à bien un projet soumis à sa seule responsabilité, il lui manquait l'enthousiasme qu'entretenait la foi radieuse de l'abbé Suger.

Pierre l'aidait de son mieux mais il était encore bien jeune, et s'il s'apprêtait à devenir dans quelques jours un bon compagnon, son père savait qu'il n'atteindrait jamais le niveau professionnel de Renaud. Il restait Hugues, qui venait de commencer son apprentissage et qui montrait de bonnes dispositions à la taille. Malheureusement, il ne mordait pas à l'enseignement des moines ni aux leçons de géométrie du père, ce qui limitait ses aspirations.

Marguerite grandissait auprès de sa mère affligée elle aussi par le départ de sa fille aînée mais qui avait la force d'entretenir la bonne humeur dans le foyer et de réconforter le père quand celui-ci revenait pensif du chantier.

— Si au moins nous avions des nouvelles ! disait-il. Mais nous ne savons rien de la manière dont ils vivent, rien de la façon dont se passe la grossesse de Louisette, rien de ce que fait Renaud sur le chantier de Guillaume de Sens. Ils devraient bien nous faire une visite puisqu'ils ont des chevaux !

Il n'y eut pas de visite mais, une semaine plus tard, le frère Joseph fit une entrée bruyante dans la cour. Alice arriva pour voir le chevaucheur de l'abbaye brandir un pli en criant :

— Des nouvelles ! J'ai vu la famille avant-hier. Elle va très bien !

Alice se mit à pleurer dans les plis de son tablier et appela Marguerite :

— Apporte à boire à frère Joseph qui arrive de Sens !

Le religieux, couvert de poussière et ruisselant de sueur, enleva son gros manteau de voyage et se laissa tomber sur le banc adossé à la maison. Il avala en deux gorgées le pichet de vin tendu par Marguerite et dit :

— Ouf ! J'ai avalé les lieues pour vous rassurer au plus vite.

— Allez, mon frère, ne nous laissez pas languir.

— Je vais tout vous raconter. Désigné comme « brevetier », je viens de galoper durant des semaines d'un monastère à l'autre pour faire circuler le « rouleau des morts[1] ». Je suis ainsi passé à Juilly, à Chelles,

---

1. Rouleau de parchemin par lequel, dans une pieuse pensée, les religieux échangeaient d'un monastère à l'autre les faire-part des décès survenus dans leur communauté. Il s'agissait de rappeler les mérites des défunts et de créer autour d'eux une vague de prières. À une époque où les messageries n'existaient sporadiquement que pour le service de quelques rois puissants, du pape et

chez les jacobins de Paris, à Saint-Germain-des-Prés, Étampes, Melun, Corbeil et enfin Sens où j'ai eu le bonheur de faire étape chez vos enfants.

— Alors ? Comment vont-ils ? Sont-ils bien installés ? demanda Alice, pressée de savoir si sa fille se débrouillait sans elle.

— Mais oui ! Louisette s'arrondit gentiment. Ils habitent une jolie maison et Renaud est le premier aide du maître d'œuvre Guillaume de Sens. Il m'a prié de vous dire qu'il était le parlier, que vous comprendriez. Des compagnons que j'ai questionnés m'ont assuré qu'il a la haute main sur tout le chantier. Et qu'il sait se faire obéir ! D'ailleurs, Renaud m'a remis une lettre. La voici.

Le frère tira de sa sacoche un rollet qu'Alice prit avec précaution et regarda, sans l'ouvrir, gênée de ne pas savoir la déchiffrer.

— Merci, frère Joseph, le père la lira ce soir. Je ne sais comment vous dire combien nous sommes heureux ! Vous allez nous raconter tout cela durant le souper. Marguerite, cours vite au chantier prévenir le maître qu'il ne tarde pas à rentrer car Joseph nous apporte des nouvelles de Renaud et de Louisette.

Ce soir-là, la joie qui avait déserté la maison régna jusque fort tard chez les Lesourd. Le frère Joseph, qui ne rechignait pas devant quelques pintes de bon vin, eut beaucoup de mal, le lendemain matin, à remonter en selle pour aller informer les prélats, les moines et les curés de Beauvais et ceux de Sainte-Catherine du Val-des-Écoliers que l'illustre chevalier Guillaume des Barres, après avoir combattu tous les ennemis et les adversaires du royaume et servi Dieu

---

de quelques confréries de commerçants, le « rouleau des morts » était aussi prétexte, au gré des courriers, à transmettre d'autres nouvelles, personnelles et familiales.

au monastère des Fontaines, venait de quitter le troupeau de l'Église universelle. Il était le dernier dont le nom figurât sur le rouleau des morts mais la liste s'allongerait au cours de la chevauchée funèbre.

*
* *

Les nouvelles circulaient moins rarement et plus vite lorsqu'il s'agissait du roi. Ainsi plusieurs courriers assuraient régulièrement la liaison entre la croisade et le palais royal. Par ces récits, le régent suivait, avec retard et souvent avec inquiétude, l'avancée hasardeuse de la procession armée de Louis VII vers les Lieux saints. Il n'avait pas en revanche de nouvelles de l'armée croisée allemande commandée par l'empereur Conrad qui devait précéder de quelques semaines les troupes françaises sur le chemin de Constantinople où un regroupement était prévu.

Non sans difficultés, la croisade avait passé le Rhin à Worms puis gagné Ratisbonne d'où, sur la rive gauche du Danube, elle suivit la route empruntée trois semaines auparavant par les troupes impériales.

« Nous sommes ainsi arrivés à travers la Hongrie jusqu'aux frontières de l'Empire byzantin, écrivait Eudes de Deuil. Puis suivant le cours de la Morava, le roi a établi le camp au cœur de la Bulgarie, une région naguère riche mais qui a été honteusement pillée par nos peu recommandables alliés. À Philippopolis, nous avons trouvé les rues détruites par l'incendie allumé par eux un soir de beuverie. »

Il était difficile de suivre à Paris les interminables négociations entre l'armée franque et les dignitaires byzantins. Après bien des tergiversations à propos du droit de passage et des conditions de ravitaillement, le 4 octobre 1147, les croisés arrivèrent enfin en vue de Constantinople. À une journée de marche, les envoyés de l'empereur Manuel Comnène attendaient le couple royal pour lui souhaiter la bienvenue. Il n'était pas question de laisser pénétrer l'armée dans l'enceinte de la ville gardée non sans raison comme un trésor. Accompagnés seulement d'une petite escorte de feudataires commandée par Robert du Perche, le frère du roi, Louis VII et la reine Aliénor furent conduits solennellement jusqu'au château de Blachernes L'empereur les reçut avec un cérémonial grandiose qui fit une profonde impression sur l'entourage royal. Pour Aliénor, habituée à l'étiquette vague de la cour d'Aquitaine et à l'austérité de la royauté franque, la féerie byzantine avec ses marbres, ses colonnes couvertes d'or, ses tapis somptueux et ses mosaïques éclatantes était une révélation. L'empereur Manuel en était une autre. Loin de l'image des satrapes gras et parfumés qu'on se faisait en France des princes orientaux, Manuel Comnène était un bel homme, dont la prestance ne pouvait que toucher la sensualité d'Aliénor.

— Dieu que cet homme est séduisant ! glissa-t-elle à l'oreille de sa dame d'honneur, Constance de Ventadour.

Elle ne pouvait s'empêcher de comparer cette allure, ce visage fin au teint légèrement basané, ce sourire charmeur à la tristesse qu'exprimait la personne du roi son mari, amaigri par cinq mois de voyage épuisant.

Une question intriguait Aliénor. « Qu'est-ce qui a pu pousser le séduisant empereur dans les bras de cette Allemande aux traits lourds, coiffée comme une femme de charge et qui ne sait pas se farder ? » se demandait-elle lors du banquet impérial offert aux visiteurs francs. Manuel Comnène avait épousé l'année précédente Berthe de Sulzbach, belle-sœur de l'empereur Conrad, et formait avec elle un couple dont la disparité n'échappait pas à l'œil critique d'Aliénor. Cet œil n'ignorait pas non plus le regard caressant dont il couvrait sa nièce, la belle Théodora. « Ceux-là vont mieux ensemble », murmura-t-elle encore à Constance de Ventadour[1].

De parties de chasse en banquets, les fêtes se succédèrent. L'originalité et la qualité des mets surprenaient les Français. Si le roi, qui continuait, même en voyage, à faire abstinence, restait insensible au goût raffiné du caviar et du chevreau farci, Aliénor se rattrapait sans vergogne des privations endurées sur la route et trouvait pratiques les fourchettes à deux dents dont l'usage en Occident était inconnu à l'époque. Elle serait bien restée encore quelques semaines à la cour du beau Manuel qui ne lui ménageait pas les compliments et la couvrait de cadeaux, mais le roi supportait mal la subtilité souvent ridicule de l'étiquette byzantine et confondait les titres pompeux dont se paraient les dignitaires. Il n'arrivait pas en particulier à distinguer le protosébaste illustrissime et le panhypersébaste, deux personnages obséquieux qui ne s'adressaient à lui qu'en termes fleuris sous lesquels il ne pouvait s'empêcher de flairer une certaine ironie. Comme par ailleurs des bruits étranges circulaient sur des pourparlers de l'empereur avec des émissaires turcs, Louis VII décida de presser le départ.

En souhaitant bonne chance à la croisade franque, Manuel Comnène annonça à son hôte une bonne nouvelle :

---

1. Manuel Comnène affichera bientôt avec elle une liaison scandaleuse.

— Selon mes informateurs, l'empereur Conrad que vous allez rejoindre près de Nicée vient de remporter une éclatante victoire sur vos ennemis les Turcs qui auraient perdu plus de dix mille hommes.

La longue caravane des barons, des chevaliers, des hommes à pied et de chariots transportant les vivres, les grandes dames de la cour et leurs suivantes reprit donc la route. À trois étapes de Constantinople, les Francs rejoignirent, surpris, l'arrière-garde de l'armée germanique en pleine déroute. Fourvoyées par les guides byzantins dans des défilés contrôlés par les Turcs, les troupes de Conrad avaient subi des pertes considérables. Manuel Comnène s'était joué des Germains comme des Français, laissant la croisade exsangue et sans vivres dans les déserts d'Anatolie. L'armée de Louis VII restait quasiment intacte mais une grave erreur de Geoffroy de Rancon, un des Aquitains favoris de la reine, qui commandait l'avant-garde, faillit le lendemain causer sa perte. Par légèreté, en dépit des consignes, il avait perdu le contact avec le gros de l'armée, abandonnant celle-ci à la merci des Turcs. Dans un acte de bravoure digne des chansons de geste, Louis VII avait su se conduire en chef. Isolé par les cavaliers ennemis, il résista seul à leur assaut et ne dut la vie qu'au fait de n'avoir pas été reconnu. Simple au combat comme dans la vie, le roi, heureusement vêtu ce jour-là d'une banale cotte de mailles, ne portait aucun insigne qui le distinguât de ses hommes. Il réussit à se dégager et à rassembler les groupes épars du convoi.

Il apparut alors combien était difficilement réalisable le projet de rallier la Terre sainte par la route de terre. Louis dépêcha des messagers pour obtenir des vaisseaux et réussit à prendre la mer vers la Syrie avec la plupart des chevaliers, laissant attendre au port, faute de bateaux, une moitié de l'armée.

La croisade fit halte à Antioche, cité alliée puisque le prince en était Raymond de Poitiers, l'oncle d'Aliénor, devenu souverain de la province par son mariage avec la princesse Constance. C'était le lieu idéal pour attendre les soldats francs qui n'avaient pu embarquer en même temps que le roi, et aussi Conrad qui, après avoir failli renoncer, avait tant bien que mal regroupé ce qui restait de son armée.

Aliénor appréciait la douceur du climat. Les terrasses fleuries et les bois d'oliviers lui rappelaient son Aquitaine et lui faisaient découvrir, mieux que les splendeurs outrancières de Constantinople, le charme du monde oriental. Et puis, la reine retrouvait à Antioche son jeune oncle Raymond de Poitiers, qui n'était pas pour rien le fils cadet du Troubadour, son turbulent grand-père. « Mieux fait de corps et plus beau qu'aucun de ses contemporains, il les dépassait tous au métier des armes et en science de chevalerie », écrivait un chroniqueur qui ne lui voyait qu'un rival, Manuel Comnène.

Raymond aimait la poésie, la vie courtoise et savait comme son père se jouer des aléas de l'existence. Pour l'instant, il ne songeait qu'au plaisir de vivre l'amitié qui s'était nouée d'emblée entre le jeune oncle séduisant et la nièce lassée d'un mari confit en dévotion et inquiet de la tournure hasardeuse que prenait sa croisade.

Le roi ne pouvait qu'être agacé de voir s'épanouir sa femme dans une gaieté retrouvée, et jaloux de se sentir à l'écart des tendres entretiens qui réunissaient Aliénor et Raymond dans cette langue d'oc qu'il ne comprenait pas. Vite il détesta cet homme qui connaissait la région mieux que personne et lui donnait des conseils de prudence, l'engageant à ne pas s'aventurer vers Jérusalem avant d'avoir au moins reconquis Édesse dont la perte avait déclenché la croisade. Malgré l'insistance de son entourage, Louis s'opposa au projet de l'oncle d'Aliénor et décida que rien ne le détournerait de sa volonté de marcher d'abord vers les Lieux saints, seul but de son pèlerinage sacré.

Outre le fait que la perte d'Édesse mettait les terres chrétiennes d'Antioche en péril, cette expédition présentait à cette période de l'année des dangers que la croisade affaiblie n'était pas capable d'assumer.

C'est alors qu'intervint Aliénor qui, prenant le parti de son oncle, entendait défendre les intérêts du duché dont elle était l'héritière. Osant s'opposer au roi, elle lui annonça devant Raymond que si on lui refusait l'aide de la croisade pour assurer la sécurité du fief de sa famille en reprenant Édesse, elle, Aliénor d'Aquitaine, resterait à Antioche avec ses vassaux !

— Parlons-en de vos vassaux ! s'écria le roi. Étourdis, indisciplinés, ils sont cause de la perte d'une partie de l'armée ! Quant à votre idée d'abandonner la croisade, sachez que je suis prêt à user de mes droits d'époux et à vous obliger à quitter par la force le territoire d'Antioche !

Aliénor pâlit et, loin de se plier à la volonté royale, répliqua :

— Vos droits d'époux sont discutables, sire. Réfléchissez qu'aux yeux de l'Église notre mariage est nul car nous sommes parents à un degré prohibé par le droit canonique !

C'était une déclaration de guerre. Mais la guerre n'eut pas lieu au paradis d'Antioche. Quelques jours plus tard, l'armée franque quittait la cité avec, bon gré mal gré, la reine Aliénor dans son bagage.

L'union du royaume franc et de l'Aquitaine n'en était pas moins atteinte, comme était condamnée la croisade du roi Louis VII.

Raymond de Poitiers, hélas ! avait eu raison de prédire la déroute sur le chemin de Jérusalem. L'expédition s'enlisa dans les sables au bout de quelques mois. L'empereur Conrad reprit la mer avec ce qu'il lui restait de chevaliers. Le roi mit un peu plus longtemps à reconnaître sa défaite et ne quitta l'Orient qu'au moment des fêtes de Pâques 1149. Triste retour que marquait pour l'histoire un double échec : celui de sa croisade et celui de son mariage !

C'est à bord d'un convoi sicilien, sur deux navires séparés, que le roi et Aliénor prirent le chemin de Palerme. Voyage mouvementé puisque, au large des côtes du Péloponnèse, le navire qui transportait Aliénor fut attaqué et capturé par des pirates byzantins. Aliénor, la duchesse d'Aquitaine, la reine de France, otage ! L'événement aurait bouleversé le monde si les Normands de Sicile ne l'avaient tirée de ce mauvais pas. Fatiguée, épuisée, Aliénor retrouva enfin à Potenza son époux débarqué quinze jours plus tôt dans un port de Calabre. Là, ils furent reçus avec beaucoup d'honneurs par le roi de Sicile qui leur apprit la mort de Raymond de Poitiers. La nouvelle ne fit pas grande peine au roi Louis VII mais plongea Aliénor dans le désespoir. Le 29 juin, deux mois après le départ d'Antioche, le beau chevalier avait été tué à Maaratha dans un combat contre le Turc Noured-din. Sa tête aux longs cheveux blonds avait été envoyée par le vainqueur au calife de Bagdad !

Il ne fallait pas moins que la sollicitude d'un pape pour enlever cette affreuse image des pensées d'Aliénor. Eugène III, qui avait eu connaissance des vicissitudes de l'armée croisée et du passage en Italie du couple royal, reçut celui-ci avec bonté dans sa résidence de Tusculum. Il n'eut qu'une idée durant leur séjour : les réconcilier et les aider à retrouver en France une vie commune harmonieuse vouée au bonheur de leur peuple.

À ce moment arriva un courrier de Paris, porteur d'un long message de Suger. L'abbé, tenu au courant de la fin lamentable de la croisade et de la mésentente grave qui régnait entre le roi et Aliénor, renouvelait à Louis les conseils de sagesse qu'il n'avait cessé de lui prodiguer ces derniers mois :

« Ne différez pas votre retour. Les perturbateurs du royaume sont revenus, et vous, qui devriez être là pour le défendre, vous restez comme prisonnier en exil. Vous livrez les brebis au loup et l'État aux ravisseurs. Je suis déjà sur le déclin de l'âge, tous ces soucis ont encore avancé ma vieillesse mais j'y aurais volontiers consumé toutes mes forces, non par ambition mais sans autre motif que l'amour de Dieu et l'amour de vous. »

À la lettre était ajouté en post-scriptum, sans doute pour mieux en marquer l'importance :

« N'obéissez pas à votre ressentiment à l'égard de la reine et ne prenez aucune décision la concernant avant votre retour. »

À cause de cette dernière recommandation, il ne montra pas la lettre à Aliénor, et le pape, au moment où ils quittaient Tusculum, put penser qu'il avait réussi dans sa mission de réconciliation : la chambre somptueuse qu'il leur avait réservée n'avait qu'un seul lit et le roi et la reine avaient paru s'en accommoder.

Au cours de leurs conversations, Eugène III n'avait cessé de montrer au roi combien l'abbé Suger avait servi sa cause :

— L'abbé de Saint-Denis a dû ces temps derniers s'opposer à une campagne de dénigrement menée par quelques-uns de vos vassaux, ceux qui justement ne vous ont pas suivi en Terre sainte. À travers le régent c'est vous qui étiez critiqué. L'abbé, soutenu par l'Église, a réussi à maintenir votre royaume en paix mais les trublions sont toujours là ! Je vous conseille vivement de vous entretenir avec lui, seul à seul, avant votre retour à Paris.

Un courrier partit dès le lendemain pour ordonner à Suger de venir à sa rencontre dans le plus grand secret.

*

* *

Secret, vraiment ? On pouvait en douter depuis que l'arrivée du cortège royal en Bourgogne avait été annoncée par l'évêque d'Auxerre et que l'archevêque de Sens, Hugues de Toucy, avait, dit-on, laissé entendre que le roi et la reine dormiraient à Cluny. Il n'était question que de cela sur le chantier de la cathédrale et chez les Pasquier où le maître Guillaume de Sens venait chaque soir commenter avec Louisette et son mari les bruits qui circulaient dans l'entourage de l'archevêché.

— Notre enfant va naître juste à temps pour fêter le retour du roi, dit ce jour-là Louisette. Dommage que nous ne soyons pas à Saint-Denis, l'abbé Suger aurait peut-être accepté de le baptiser. Au fait, libéré du poids de la régence, il va pouvoir reprendre en main les travaux de la basilique.

— Ce n'est pas sûr, dit Guillaume. J'ai engagé ce matin deux mortelliers qui viennent de Saint-Denis et qui m'ont dit que le chantier était interrompu.

Depuis que l'abbé n'a plus le temps de rassembler des fonds, l'argent paraît-il commence à manquer et les ouvriers partent chercher de l'embauche là où s'annonce la construction de nouvelles églises.

— Mais que va devenir le père ? s'écria Louisette.

— Rassure-toi, dit Renaud en l'enlaçant tendrement. Le chantier sera peut-être ralenti mais ne sera pas abandonné. Faisons confiance à l'abbé.

— Qui semble-t-il est épuisé, continua Guillaume. Et qui va devoir faire face, après le retour du roi, à tous les problèmes que pose l'Église en désarroi après les résultats décevants de la croisade. N'oubliez pas qu'il demeure dans les Gaules le représentant du Saint-Père !

— À l'heure où il va traverser Sens, et peut-être s'y arrêter, je vais prier pour lui, dit Louisette.

La rencontre eut-elle lieu à Cluny ? Son abbé assura le contraire et il est fort probable que le couple royal s'arrêta au palais de l'archevêché où l'attendait Suger. Quelques jours plus tard, l'abbé rendait le pouvoir au roi.

Ce n'est que trois semaines après que Louisette mit son enfant au monde. C'était un garçon. On l'appela Simon, du nom de son grand-père, le maître d'œuvre de la basilique qui servait de modèle à toutes les cathédrales que le siècle ébauchait dans le ciel du royaume.

Renaud, s'il jouissait de la confiance de Guillaume, s'il était devenu en quelques mois un rouage essentiel de l'énorme entreprise que constituait le chantier, n'avait pratiquement pas de rapports avec l'archevêque, entrepreneur moral et financier de la construction. Mgr de Toucy venait rarement sur le chantier et, lorsque cela lui arrivait, c'était le plus souvent pour montrer à un visiteur de marque l'œuvre grandiose qu'il bâtissait pour l'honneur de Dieu et de sa ville. Il ignorait le jeune homme dont le maître Guillaume lui avait pourtant souvent dit combien son aide était précieuse. Renaud avait bénéficié à Saint-Denis, en la personne de l'abbé Suger, d'une exceptionnelle bienveillance de l'autorité religieuse et il lui fallait bien reconnaître qu'il ne retrouverait jamais ce climat de confiance et cette affection qui avaient tellement facilité sa réussite professionnelle. Malgré tout, comme il le confiait à Louisette, il aurait parfois aimé déceler un signe affable dans le regard froid du prélat.

Guillaume de Sens lui disait que l'archevêque était comme cela avec tout le monde et qu'il avait fallu des années pour qu'il lui témoignât quelque intérêt personnel.

— Il a heureusement une qualité, fort utile et même indispensable à l'achèvement de la cathédrale : il assure avec une efficacité incomparable le financement des travaux. Et ce n'est pas à toi que j'apprendrai combien coûtent cher les matériaux et tous les maîtres et compagnons qui œuvrent à l'édification de notre église ! L'archevêque, s'il ne comprend pas grand-chose à l'élévation du plan, n'a pas son pareil pour récolter de l'argent. Il a obtenu du pape je ne sais combien de bulles l'autorisant à distribuer les indulgences les plus précieuses, celles du Saint-Père, à ceux qui savent se montrer généreux. Il multiplie les quêtes, fait voyager les reliques du bienheureux saint Étienne, le patron de la ville, et recueille ainsi des oboles dans tout le diocèse.

— Et cela rapporte beaucoup ?

— Oui. Chaque année plus de cent marcs d'argent auxquels il faut ajouter les dons des seigneurs et ceux des riches bourgeois. Je dois dire que Mgr de Toucy ajoute aux libéralités d'autrui une bonne part de ses propres ressources, c'est-à-dire des revenus de la mense épiscopale qui, il est vrai, sont considérables dans l'évêché le plus important du royaume. Lorsque la caisse se vide, les chanoines, dont certains sont fort riches, mettent la main à leur bourse... Mais Suger savait aussi financer les travaux de sa basilique !

— Oui. Elle n'est pas pour rien la basilique des rois. Mais ce sont surtout les revenus de l'abbaye, habilement gérés, qui, avec l'ostention des reliques des saints martyrs, a permis à l'abbé de mener à bien ses travaux.

*
* *

La vie familiale s'écoulait paisiblement dans la chaumière de Sens que Louisette avait aménagée avec amour. Le petit Simon avait maintenant six mois. C'était un beau bébé dont son père disait : « Regardez ses mains, ce sont celles d'un tailleur de pierre. Dire que dans une dizaine d'années il m'accompagnera au chantier et commencera son apprentissage ! » Ils parlaient souvent de faire le voyage de Saint-Denis pour aller montrer la petite merveille à ses grands-parents dont on n'avait, hélas, pas de nouvelles. Ils en venaient à souhaiter le décès d'un prélat qui mettrait sur les routes le frère Joseph avec son rouleau des morts dans sa gibecière, lequel, entre ses visites de monastères, passerait leur dire que tout allait bien dans la famille.

— Mais surtout qu'il ne vienne pas nous annoncer le trépas de l'abbé Suger ! dit Renaud. Que Dieu prête encore longue vie à celui qui l'a si bien honoré ! Je vais demain prier pour lui dans le chœur qui n'est pas terminé mais dont les hautes ouvertures diffusent déjà la lumière et les ombres du Plus-Haut !

Par sa bienveillance et sa compétence, Renaud avait gagné l'estime de tous les compagnons. Les maîtres, qui l'avaient vu avec méfiance prendre une place convoitée, reconnaissaient maintenant son savoir-faire et appréciaient la manière ferme mais fraternelle dont il enseignait le métier aux plus jeunes. Il aimait réunir son petit monde dans la loge dont il assumait la direction sur délégation de l'architecte Guillaume de Sens. Il avait sa place à l'est, un siège où nul autre que lui ne pouvait se tenir. De là il veillait à l'observation des statuts et contrôlait la soumission à la coutume. Il comprenait enfin les rites du compagnonnage qui l'avaient tant intrigué lors des premières années de son apprentissage. La règle était la même que sur le chantier de Saint-Denis. Les compagnons étaient liés par des prescriptions librement acceptées, les unes religieuses, d'autres morales telles que l'interdiction de fréquenter des femmes de mauvaise vie ou de se livrer avec excès au jeu, certaines enfin professionnelles, d'obéissance au maître, de conservation des secrets du métier et du salut rituel, du paiement d'amendes en cas de transgression.

Une seule déception dans cette vie laborieuse mais passionnante organisée autour du métier : la présence sur le chantier d'un maître qui se prétendait être le parlier alors que ce titre convenait mieux aux responsabilités de Renaud. Cela n'aurait pas dérangé ce dernier si le personnage en question n'était intervenu à tout propos dans l'organisation de la loge où il acceptait mal de n'être qu'un second. Ce maître maçon s'appelait Constant, il était un ami d'apprentissage de Guillaume de Sens qui n'avait pas le courage de remettre à sa place le vieux compagnon de ses débuts à qui il avait préféré le jeune Renaud rompu aux techniques de l'abbé Suger. Lorsque sa malveillance et ses propos désobligeants dépassaient les bornes, Renaud se chargeait lui-même de tancer le bonhomme, le menaçant d'une cuisante bastonnade. Il n'était bien sûr jamais allé jusque-là mais il devait reconnaître que les agissements de maître Constant lui gâchaient un peu l'existence.

— Il est jaloux mais il n'est pas méchant, disait Guillaume de Sens. Souris de ses sottises auxquelles personne n'attache d'importance et dis-toi que tu as toute ma confiance ! Que veux-tu, les meilleures compagnies ont leur canard boiteux !

Cela calmait Renaud pour un temps mais ne l'empêchait pas de penser qu'un jour, sa patience à bout, il aurait plaisir à envoyer l'irascible parlier médire dans une auge de mortier.

*

* *

Deux jours avant le roi, Suger était de retour à Paris. Il retrouva, grouillants dans le triste et vieux palais, les croisés revenus de l'Orient. Les premiers rentrés racontaient leur aventure en l'enjolivant comme si elle s'était soldée par une victoire. À eux se joignaient chaque jour de nouveaux arrivants fourbus, blessés et impatients d'accueillir le souverain. Tous ne cachaient pas leur plaisir de voir s'en aller de la cour le vieux moine dont l'exigence et le sérieux leur déplaisaient.

Suger, durant ces deux journées où l'approche du roi l'éloignait à chaque heure un peu plus du pouvoir, se sentit bien seul. Au prix de sa santé, il avait accompli son devoir envers le royaume. Il lui restait à servir

Dieu selon les directives pontificales puisque le Saint-Père lui laissait la mission de régenter le clergé de France. Il devait ainsi consacrer ses dernières forces à régler les affaires qui divisaient l'Église de France, en particulier celle de Fontevrault où l'évêque Gilbert de La Porrée persécutait les moniales de l'abbaye et refusait de bénir leur nouvelle abbesse, Mathilde d'Anjou. En attendant l'arrivée du roi, il écrivit au pape pour lui demander justice et conclut sa longue lettre en évoquant le temps où, étudiant dans la région, il avait assisté à la naissance d'une communauté qui comptait maintenant plus de quatre mille membres.

La mise en sommeil du chantier de la basilique lui était insupportable et, lorsqu'il en avait fini avec ses devoirs temporels, c'est le cœur meurtri qu'il venait en compagnie de Simon Lesourd, lui aussi dans le chagrin, fouler les dalles de sa chère église. Au moins avait-il le réconfort de constater que les fidèles s'y pressaient nombreux. Même non achevée, la basilique était le plus magnifique lieu de prières de l'Île-de-France et l'on y venait de loin pour s'agenouiller sur les pavés de l'abbé Suger.

Lors de leurs rondes désenchantées, le moine et le bâtisseur échangeaient des souvenirs plus empreints de fierté que de tristesse.

— Vous rappelez-vous, maître Simon, le jour où vous êtes monté sur l'échafaudage pour sceller la clef de voûte de la première croisée d'ogives ? Tenez, c'est celle-là, au-dessus de nous ! Ce fut un grand moment de notre aventure. Je me souviens de m'être jeté à terre pour remercier le Seigneur tandis que tous les ouvriers, maîtres, compagnons et apprentis battaient des mains. Certains pleuraient. Vous-même, maître Simon, qu'avez-vous éprouvé en glissant la pierre dans son logement ?

— Une grande joie, mais aussi une crainte. Toute notre combinaison n'allait-elle pas s'écrouler lorsque nous retirerions les étais de bois ? Mais j'étais confiant. Jehan Pasquier, le père de Renaud, avait déjà réussi ce montage à Saint-Germer-de-Fly.

— Au fait, que devient notre protégé devenu votre gendre ? Est-il toujours à Sens ? J'ai appris que la cathédrale de Mgr de Toucy prenait du volume.

— Nous n'avons, hélas ! pas de nouvelles. La dernière lettre, apportée par un marchand de grains, remonte à plusieurs mois. Elle nous apprenait que ma fille Louisette avait eu un garçon qu'ils ont nommé Simon.

— Je prierai pour Simon, dit l'abbé. J'aime beaucoup Renaud qui nous a donné tant de satisfaction.

— Saviez-vous, monseigneur, qu'il est le parlier du chantier !

— Je savais qu'il ferait un grand bâtisseur. Et vous verrez qu'il n'a pas fini de nous étonner ! Ne manquez pas de me donner des nouvelles quand vous en recevrez.

Des nouvelles, l'abbé Suger en reçut peut-être au ciel. Pas à Saint-Denis où sa vie s'acheva dans une pieuse souffrance. Un pèlerinage qu'il décida d'entreprendre au cours de sa soixante-dixième année hâta sa fin. Il voulut, malgré les conseils de ses proches, aller prier à Tours sur le tombeau de saint Martin, le père des moines d'Occident. Ne disait-on pas que le saint évêque intercédait en faveur des pécheurs qui avaient trop fait la guerre et des religieux qui s'étaient trop impliqués dans les affaires profanes ? C'était, pensait-il, son cas. Il avait été mêlé aux contingences du siècle, il avait fait la guerre, des taches de sang marquaient ses mains. Ces péchés étaient sa hantise. Il partit donc pour Châteauneuflès-Tours prier sur les reliques de saint Martin, persuadé qu'il mourrait en chemin. Dieu lui accorda la grâce de revenir vivant à Saint-Denis. Vivant, mais épuisé, malade, au bord de l'agonie. Il trouva tout de même la force de dicter des lettres, de réformer Sainte-Corneille de Compiègne, de pourvoir aux évêchés d'Arras et de Laon, là où une nouvelle cathédrale était sur le point de sortir du sol.

Bientôt, l'abbé dut se résoudre à garder le lit. Il reçut alors une longue lettre de Bernard, l'adversaire devenu ami, en compagnie de qui il avait accompli son voyage terrestre. Il lut et relut le parchemin couvert de l'écriture fine mais bien lisible de l'abbé de Clairvaux, en particulier ce passage : « Je ne saurais vous perdre puisque nos cœurs sont unis d'un amour éternel. Vous ne faites que me devancer afin que je vous suive et que je vous revoie bientôt. Souvenez-vous de moi comme je me souviendrai sans cesse de vous malgré notre séparation. Après tout, je ne désespère pas que Dieu, sensible à nos besoins, ne vous conserve et ne vous rende la santé[1]. »

Noël approchait. Suger se voyait mourir et il accomplit son dernier devoir : il dicta pour le roi ses dernières recommandations, répétant les conseils de sagesse qu'il n'avait cessé de lui prodiguer au long de sa vie.

— Je vais mourir, disait-il à ses familiers, mais je ne tremble pas car des choses meilleures m'attendent après mon trépas.

Un autre jour, il dit :

— Il me souvient que Pierre, l'abbé de Cluny, m'a avoué qu'il demandait au ciel la grâce de mourir le jour anniversaire de la naissance du Christ. Moi, mes

1. Félibien, *Lettres de saint Bernard*. Cité par Michel Bur (*Suger*, éditions Perrin).

amis, cette idée d'endeuiller le jour de Noël me gêne et je supplie le Seigneur de différer ma mort après les fêtes.

L'abbé Suger fut exaucé. Il reprit quelques forces et passa le cap de la nouvelle année. Dans les premiers jours de janvier, sentant sa fin prochaine, il se fit porter au chapitre, et là, dans son église illuminée par un soleil éclatant, plongé dans cette lumière qu'il avait si bien maîtrisée, il demanda à ses frères l'assistance de leurs prières et se livra à leur jugement.

Reconduit dans sa chambre de l'abbaye, il fit appeler ses amis les évêques de Soissons, de Noyon et de Senlis, et leur abandonna son âme et son corps. Les trois prélats se relayèrent durant deux semaines à son chevet et le préparèrent à son passage vers la Jérusalem céleste. Le 11 janvier 1151, à l'heure de l'office de prime, alors que ses frères récitaient dans les couloirs et jusque sur le pas de sa porte l'oraison dominicale, l'abbé Suger mourut apaisé dans la soixante-dixième année de son âge et la vingt-neuvième de sa charge abbatiale. L'évêque de Soissons lui lia les pieds avec une bandelette, le prélat de Noyon lui serra la mâchoire avec un foulard et celui de Senlis lui ferma les yeux.

Un groupe de moines choisis parmi les plus âgés fut aussitôt délégué au palais afin de prévenir le roi, et des courriers, prêts depuis plusieurs jours à enfourcher leur monture, s'élancèrent pour annoncer le décès de Suger aux prieurés du royaume. Le frère Joseph s'était réservé la route des monastères menant vers la Bourgogne afin de s'arrêter à Sens chez Renaud et Louisette, sûrement plus affectés que l'évêque par la mort de leur protecteur.

Le bruit de la maladie de l'abbé courait depuis des semaines dans les évêchés et Louisette comprit tout de suite, en voyant arriver Joseph, que le frère allait leur annoncer la disparition du père des cathédrales. Dès qu'il eut mis pied à terre, Louisette se précipita et demanda :

— L'abbé est mort, n'est-ce pas ?

— Oui, ma sœur, vous avez deviné que j'apportais une triste nouvelle. Monseigneur est décédé il y a deux jours. Avec trois autres frères et un moine, nous avons aussitôt galopé dans toutes les directions de la rose des vents pour prévenir la chrétienté que l'abbé de Saint-Denis, représentant de Sa Sainteté le pape dans le royaume, avait quitté le monde des vivants. Nous n'avons même pas attendu, pour partir, la copie d'un acte officiel. Le message est oral. Pas besoin pour l'abbé Suger d'un rouleau : il n'est pas un prêtre, un moine, un curé, qui ne sache qui il est.

— Renaud va bientôt rentrer du chantier. Vous passerez naturellement la nuit à la maison.

— Je ne dis pas non. Il faut que le cheval mange et se repose.

— Le cavalier aussi, mon bon Joseph ! Vous savez où se trouvent l'écurie, la paille et l'avoine.

— À propos, comment vont vos chevaux ?

— Ils ne sortent pas assez. Nous projetons de faire le voyage à Saint-Denis pour voir la famille mais il y a toujours une pierre, un chapiteau ou une colonne qui n'est pas d'aplomb et dont il faut s'occuper. Et puis, l'enfant est encore bien petit. Mais vous m'apportez peut-être une lettre ?

— Oui. Je l'ai depuis plusieurs jours dans ma besace. Je savais que le départ serait précipité et que je n'aurais pas le temps de passer chez vous.

— Vous êtes un véritable ami, frère Joseph. Que Dieu vous ait en sa sauvegarde.

— Merci, dame Louisette. Si l'abbé Suger n'est plus, vous savez que vous avez toujours quelqu'un qui vous aime à l'abbaye.

Frère Joseph avait apporté de bonnes nouvelles de Saint-Denis. Maître Simon, affligé par l'abandon du chantier, s'était remis et travaillait avec quelques-uns de ses plus vieux compagnons à la restauration de bâtiments de l'abbaye. Il parlait de sa peine lorsqu'il avait fallu démonter les échafaudages de la tour qui, par grand vent, auraient pu s'effondrer, et disait que Pierre, le cadet, son apprentissage terminé, ne rêvait que de rejoindre Renaud à Sens. « Cela sera un nouveau tourment pour sa mère mais accueille-le comme je t'ai accueilli », ajoutait-il. Il demandait aussi des détails sur la vie à Sens et sur le chantier de la cathédrale.

Quand il eut lu la lettre de Simon, Renaud dit à Louisette :

— Je vais ce soir écrire un mot que Joseph emportera pour dire que nous irons le mois prochain à Saint-Denis, avec le petit Simon, et que nous ramènerons Pierre. Es-tu contente ?

— Comment ne le serais-je pas, mon mari ? Viens que je t'embrasse.

Durant le souper, Joseph raconta les dernières semaines de l'abbé et dit que tout le monde s'étonnait que dans un corps aussi menu eût subsisté un esprit aussi vif et aussi énergique.

— Lui fera-t-on au moins des funérailles dignes de son génie ? demanda Renaud. Je me rappelle le jour où il a dit au maître Simon, qui aura été je crois avec le fidèle secrétaire Guillaume son ami le plus proche : « Je veux que le jour de mes obsèques on expose tous les objets précieux que j'aurai rassemblés pour remercier Dieu de ses bienfaits. »

— Lorsque je suis parti, on décorait la basilique de riches tentures, on remplissait les lampes d'huile et l'on changeait les cierges pour observer à la lettre les recommandations de son testament.

— Le roi sera-t-il présent ?

— Il semble difficile que Louis n'assiste pas à l'ensevelissement de celui qui a tant fait pour la couronne. D'un côté Suger va lui manquer, d'un autre il ne sera pas mécontent de devenir, enfin, seul maître du royaume.

— Frère Joseph, dit Renaud, vous dites des choses intelligentes d'une façon que devraient vous envier bien des chanoines !

— Oh ! Je n'ai pas cette prétention ! Je n'ai pas étudié les livres sacrés, c'est à peine si je comprends le latin et je n'ai qu'un souci : servir mon Dieu avec humilité.

Le lendemain, le frère Joseph endossa son manteau de voyage sur sa robe de bure, salua une dernière fois ses amis et, au petit trot pour échauffer son cheval, partit annoncer aux provinces de la foi la mort de l'abbé Suger, le grand Suger, l'embellisseur de Saint-Denis, le roi sans couronne durant deux années, qui venait de prendre une autre fonction, dont on ne saurait jamais rien, dans le royaume des Cieux.

Chapitre VI

Renaud maître d'œuvre

Louisette devait se rappeler toute sa vie le dimanche où elle découvrit, alors que Renaud dormait encore à côté d'elle, que la belle chevelure brune de son mari était parsemée de quelques cheveux blancs. Cela lui fit une drôle d'impression. Pour elle, bien que la famille se fût augmentée de jumeaux âgés maintenant de cinq ans, Renaud était toujours le jeune compagnon débarqué un beau matin dans la vie de la famille Lesourd et dont elle était aussitôt tombée amoureuse. « Serions-nous donc déjà vieux ? » se demanda-t-elle en sautant de son lit pour aller se regarder dans le grand miroir que Renaud avait acheté à un marchand vénitien lors de la dernière foire de Sens. Elle dénoua la longue chevelure serrée sur sa nuque pour la nuit et la peigna de ses doigts dans le rayon de soleil qui perçait par la fente du volet. Elle n'y remarqua aucun fil blanc et se recoucha silencieusement pour ne pas réveiller Renaud qu'elle regarda avec émotion, en songeant que cela faisait maintenant plus de dix ans que l'abbé Suger les avait mariés dans l'ombre et la lumière du chœur de la basilique.

Grâce à un marchand d'étoffes ambulant qui, d'Auxerre, montait plusieurs fois dans l'année à Paris et jusqu'à Saint-Denis, Renaud et Louisette pouvaient correspondre plus souvent avec les parents. Il ne leur en coûtait que d'acheter des pièces de drap et de la toile plus qu'ils n'en avaient l'usage, ce qui faisait sourire Louisette : « Maman qui avait toujours peur que nous ne manquions de linge peut être tranquille ! »

Les Pasquier n'étaient pas seulement pour cette raison les mieux habillés de la cité. Depuis longtemps Renaud avait délaissé l'habit de grosse toile des tailleurs de pierre et, à l'exemple de son père et de Simon Lesourd, s'habillait d'un bliaud de drap l'hiver, de toile légère l'été. Après avoir rempli avec succès durant plusieurs années la fonction de parlier et être ainsi devenu l'architecte en second du chantier, Renaud avait éprouvé beaucoup de fierté lorsque maître Simon lui avait dit qu'il pouvait désormais porter les gants et la canne de mesure sur le chantier. Les gants, il les abandonnait souvent car il avait un besoin charnel de toucher la pierre, d'en caresser de la paume le poli ou le fin granité. Quant à la canne que le charpentier lui avait extraite d'une bille de poirier, il la promenait partout. Elle lui servait, en dehors du contrôle des mesures, à montrer les ouvrages haut placés. Elle aurait pu servir, d'après la règle, à corriger un apprenti négligent, mais Renaud n'en usait jamais à cet effet. Très exigeant lorsqu'il s'agissait d'engager un jeune néophyte qu'il questionnait longuement pour juger de ses aptitudes, il veillait ensuite avec une grande patience sur sa formation. « Tout le monde, disait-il, ne peut avoir la chance d'être comme moi le fils d'un maître d'œuvre, alors je m'efforce d'aider les jeunes qui ont choisi le beau métier de tailleur de pierre. Si l'un d'entre eux peut devenir un grand maçon ou, pourquoi pas, un architecte, j'en serai fier et heureux ! »

*
* *

C'est alors que se confirma un bruit colporté depuis quelque temps par des voyageurs : le roi était décidé à se séparer de son épouse Aliénor. Un jeune moine, courrier du diocèse de Paris, que Joseph protégeait, apporta des nouvelles incroyables. Il raconta que Louis VII avait convoqué à Beaugency un concile chargé de se prononcer sur la grave question de la légitimité de son mariage. L'archevêque de Sens l'avait présidé mais n'avait soufflé mot à personne de la décision, acquise à l'avance : la consanguinité reconnue entraînait *de facto* la nullité du mariage.

Dès qu'elle avait eu connaissance de cette décision, et sans attendre le retour de Louis, Aliénor était partie avec ses chevaliers vers sa terre d'Aquitaine. Le voyage, racontait le moine avec gourmandise à Guillaume et Renaud, ne s'était pas passé sans encombre. À Blois, Aliénor avait dû repousser les avances du jeune comte de Blois-Champagne et avait failli un peu plus loin se faire enlever par un autre prétendant, Geoffroy d'Anjou. Et c'est à Poitiers qu'elle retrouva le frère de ce dernier, le duc Henri Plantagenêt, qu'elle devait épouser dans les plus brefs délais.

— Il ne manquerait plus qu'Aliénor, qui n'a pu assurer la succession du roi de France, se fasse faire un ou des garçons par le Plantagenêt ! dit Guillaume en riant[1].

Le train des choses aurait pu ainsi durer longtemps car la cathédrale était loin d'être finie. Renaud trouvait même que les travaux traînaient en longueur. Il

1. De fait, Aliénor, après seize ans d'une relative stérilité, deviendra la plus féconde des reines d'Angleterre. Elle ne donnera pas moins de neuf enfants, dont six fils, à son second époux.

était vrai que Mgr de Toucy, vieillissant, avait perdu de sa passion constructive et n'avait pas l'allant de l'abbé Suger qui, de son lit de malade, avait continué de s'intéresser à sa basilique. L'archevêque ne s'acharnait plus comme par le passé à trouver de l'argent pour satisfaire la gloutonnerie du géant de pierre. Il se peut aussi que les Sensois, qui avaient beaucoup donné, se montrassent moins généreux. Le fait est que lorsqu'il s'agissait d'engager un nouveau compagnon, Guillaume de Sens levait les bras au ciel et répondait à Renaud :

— Je sais que faute de main-d'œuvre le chantier n'avance pas comme il le devrait, mais l'argent manque. Il faut se contenter de bâtir selon nos moyens en attendant des temps meilleurs.

Renaud avait pourtant réussi à faire embaucher Roger Santi, un sculpteur que Suger avait naguère chargé de réaliser de grandes statues.

— Ne le laissons pas partir, avait dit Renaud à Guillaume. Santi est un maître incomparable qui nous fera un saint Étienne magnifique pour décorer le trumeau du futur portail. La cathédrale, même inachevée, doit offrir aux fidèles la belle figure de leur patron, enfant du pays, grand prêtre des Gaules au début du christianisme. Mgr de Toucy a les moyens personnels de permettre ce geste qui attachera encore plus les habitants de la ville à leur cathédrale. Peut-être même que saint Étienne les engagera à ouvrir leur bourse !

— Bon ! avait répondu Guillaume de Sens en riant. Je vais convaincre l'archevêque comme tu m'as convaincu. Engage ton Santi. Mais attention ! S'il ne réalise pas un chef-d'œuvre, je l'inviterai dans l'instant à quitter les lieux.

— La reconnaissance de l'abbé Suger, qui ne s'est jamais trompé, doit vous rassurer. Notre saint Étienne comblera vos désirs et je suis sûr que vous voudrez garder Roger Santi pour sculpter les autres statues du portail.

Santi fit le chef-d'œuvre promis. Mgr de Toucy vint en personne inaugurer la statue posée sur un socle devant la façade en construction. Ce fut comme si la cathédrale tout entière, neuve et blanche, se dressait déjà vers le ciel. De partout on vint admirer et toucher ce saint Étienne au pur et juvénile visage, aux bras disposés comme des parenthèses et à la robe harmonieusement plissée.

— C'est une statue comme on n'en a jamais vu ! dit Guillaume à Mgr de Toucy. Sans vouloir jouer les prophètes, je crois qu'elle est l'image de l'art qui crée les nouvelles cathédrales.

L'archevêque demanda qu'on lui présente l'auteur du chef-d'œuvre, ce qui n'était pas son habitude. Comme Guillaume dit qu'on devait la statue à l'initiative de son parlier Renaud Pasquier, celui-ci eut droit à un regard et à ce qui lui parut être un sourire[1].

Saint Étienne tenait sa place à Sens depuis près d'une année quand l'archevêque prévint Guillaume qu'un chanoine de haut rang envoyé par la cathédrale anglaise de Canterbury viendrait visiter le chantier. Les passages de prélats étrangers étaient courants à Sens en raison de sa situation géographique aux portes de la Bourgogne et de son statut de primatie des Gaules. Le fait que le chanoine vînt de

1. Seule rescapée d'un incendie en 1268 et de la rage dévastatrice de 1793, la statue de saint Étienne demeure aujourd'hui à sa place au centre de la façade souvent endommagée et refaite au cours des siècles. Les révolutionnaires n'ont pas osé détruire l'image du patron de leur ville, se contentant de la coiffer d'un bonnet phrygien.

Canterbury donnait à la visite un intérêt particulier. En effet, tout le haut clergé était au courant d'un drame survenu dans la cathédrale du premier archevêché établi au VIIe siècle pendant la mission de saint Augustin en Angleterre : le meurtre, au pied de l'autel où il allait officier, de l'archevêque Thomas Becket. Avant de se vouer à l'état ecclésiastique, celui-ci avait étudié à Paris au temps où Abélard dispensait son savoir sur la montagne Sainte-Geneviève. Il lui en était resté une grande influence chez les clercs de France que l'annonce de sa mort tragique avait désolés.

Le chanoine Gervase était donc attendu avec curiosité à Sens où il arriva une fin d'après-midi de juin, à l'heure où le soleil déjà bas éclairait doucement les murs ajourés des fenêtres en ogive et les colonnades de la cathédrale encore privée de couverture. L'archevêque, qui le conduisait, s'arrêta devant la statue de Roger Santi.

— Voici le patron de notre bonne ville. La cathédrale lui sera dédiée. Pour le moment, saint Étienne veille sur le bon déroulement des travaux.

— Votre cathédrale sera magnifique. L'architecte s'est, je crois, beaucoup inspiré de la basilique de l'abbé Suger.

Mgr de Toucy n'aimait pas qu'on lui rappelle cette parenté et il répondit, un peu piqué :

— Certains procédés techniques, comme celui des croisées d'ogives, sont certes repris par M. Guillaume de Sens, mais la cathédrale que j'ai l'honneur de bâtir, la première de ce style qu'on peut appeler ogival, encore que l'ogive, comme vous le savez, existait déjà dans les arcs brisés cisterciens, eh bien, elle sera la cathédrale de Sens et sa taille comme son originalité ne devront rien à personne !

— Mais je l'entends bien ainsi, monsieur l'archevêque ! Sinon je ne serais pas ici sur l'ordre de mon roi Henri II.

Ils s'étaient assis sur un banc apporté par un apprenti et regardaient les compagnons travailler avec une ardeur stimulée par la présence de l'archevêque et du visiteur.

— C'est beau, n'est-ce pas, mon cher frère, un chantier où le geste de chaque ouvrier n'a qu'un but : servir la gloire de Dieu ? dit Mgr de Toucy. Mais vous n'avez pas passé la mer pour m'entendre vanter les mérites de notre projet. Pourquoi Sa Majesté Henri vous a-t-elle envoyé vers nous ?

— Vous ne l'avez peut-être pas su, mais la vieille cathédrale de Canterbury, déjà fort affectée par l'assassinat de notre archevêque Thomas Becket, vient de brûler. Et l'incendie, qui ne laisse que des ruines sur les anciennes fondations, n'a rien de fortuit. L'ordre du roi est formel : il faut très vite reconstruire une nouvelle cathédrale.

— C'est une louable décision, et si notre expérience peut vous être utile, n'hésitez pas à questionner M. Guillaume, un architecte de grand talent, que je vais vous présenter.

— C'est un peu plus que des conseils qu'attend de lui le roi Henri. Il veut que Guillaume se rende à Canterbury, qu'il fasse le plan de la nouvelle cathédrale et qu'il en dirige les premiers travaux.

L'archevêque sursauta :

— Vous me demandez l'impossible, mon frère. Notre chantier ne peut se passer de son architecte qui, d'ailleurs, n'a probablement aucune envie de quitter son œuvre et de s'expatrier. Je pense que je dois informer le Saint-Père des désirs du roi Henri II.

— C'est inutile, monsieur l'archevêque. Comme le roi, Sa Sainteté souhaite que l'archevêché de Canterbury retrouve au plus vite un sanctuaire digne du successeur de Thomas Becket, primat et premier pair du royaume. Il a entendu parler de Guillaume de Sens et le prie, avec votre assentiment, de prendre en charge la construction de la première église du royaume d'Angleterre.

Mgr de Toucy ne dissimula pas sa colère mais il ne pouvait s'opposer ouvertement à la demande d'Henri II et du pape.

— Fort bien, dit-il sèchement. Puisqu'il en est ainsi, je vais prévenir mon architecte et lui dire que vous allez l'entretenir des propositions qui lui sont faites. Mais vous savez que les maçons, compagnons et maîtres, sont des ouvriers libres et qu'ils peuvent mettre leur art au service de Dieu là où bon leur semble. Si messire Guillaume ne veut pas quitter sa fonction auprès de moi, je n'aurai aucun moyen de l'obliger à aller travailler en Angleterre.

C'était bien ce refus qu'espérait l'archevêque. Or Guillaume, qui supportait mal la mort récente de sa mère et sa solitude, sauta sur l'offre flatteuse venue d'outre-Manche. L'idée de changer sa vie lui convenait.

— Je vais donc te laisser le chantier de Sens, dit-il à Renaud. En tout cas, j'essaierai de persuader l'archevêque que tu es le plus apte à me succéder. Je ne te cache pas que la morgue de Mgr de Toucy et son piètre sens de l'humain m'ont poussé à partir et à quitter la seule famille qui m'est chère, la tienne, mon cher Renaud. Louisette et les enfants vont me manquer !

— Moi ? Vous succéder ? Mais l'archevêque ne m'aime pas. Je ne suis même pas sûr qu'il me connaisse et je n'ai aucune envie de travailler sous son autorité. J'aurais sacrifié ma vie pour l'abbé Suger. Pour Mgr de Toucy, je ne donnerai pas une goutte de ma sueur. Si ce n'était la foi, l'amour du métier et mon attachement à l'œuvre à laquelle vous m'avez paternellement associé, je serais parti depuis longtemps sur un autre chantier.

Il respira, regarda Guillaume et ajouta :

— On dit que la décision est prise de bâtir une grande cathédrale à Paris, la plus belle du royaume...

— Je te comprends. Mais il faut peser le pour et le contre. Tu occupes à Sens une position à laquelle tous les jeunes maîtres rêvent d'accéder. Et si l'archevêque retient mon avis, tu seras l'architecte de la première grande cathédrale de style ogival. Ce n'est pas rien ! Quant à Paris, oui, il paraît que l'on y dresse les plans d'une vaste église dédiée à Notre Dame. Mais quelle fonction serait la tienne ? Veux-tu redevenir un simple maître maçon ?

Soudain Renaud demanda :

— Maître, pourquoi ne m'emmenez-vous pas à Canterbury ? Vous savez que je pourrais vous être utile. Mon seul souhait, c'est de rester avec vous !

Ému, Guillaume de Sens renifla et dit :

— Tu crois que je n'y ai pas pensé ? Notre séparation m'est autant pénible qu'à toi. Mais ce serait un mauvais service à te rendre. Il faut saisir la chance qui t'est offerte. Et puis, songe à ta famille. Tu te vois partir vers l'inconnu avec femme et enfants ? Ou, pire, les laisser pour aller courir l'aventure ? Moi, c'est différent. Je suis seul, je supporte mal la froideur de l'archevêque, et je ne me supporte plus moi-même. Un changement ne peut que m'être salutaire. Enfin, réaliser le plus grand projet architectural jamais envisagé en Angleterre me tente beaucoup !

— Je comprends, maître Guillaume. Je vais réfléchir à tout cela en attendant de savoir si Mgr de Toucy m'estime capable de continuer votre œuvre. Ce dont je ne suis pas sûr du tout !

— C'est bien, Renaud ! Pense aux tiens. J'espère que tu as conscience de la chance que tu as de vivre au sein d'une vraie famille. Ma pauvre femme, malade, n'a pas pu me donner d'enfants, et je me retrouve avec pour seule compagne une cathédrale inachevée. Je bénis chaque jour l'arrivée de ta famille dans ma vie solitaire ! Allons, assez pleuré sur un sort que tant de gens m'envient. Je vais m'habiller pour aller informer l'archevêque que j'ai choisi d'aller servir Dieu en Angleterre. Je dois avouer qu'il ne me déplaît pas de lui annoncer que je le quitte. Je vais bien entendu lui parler de toi !

— Merci, mon maître. Mais tout cela me trouble. J'ai besoin de vous parler, de vous demander conseil. Venez donc ce soir partager notre souper. Vous nous relaterez votre entrevue !

— Avec plaisir, Renaud. Je dois aussi rencontrer le moine Gervase à qui je vais poser mes conditions. Il n'est pas question que je m'embarque dans cette histoire sans garanties. Je n'ai pas beaucoup voyagé dans ma vie et ce départ me perturbe. Je tiens à ce qu'une escorte vienne me chercher et m'amène à pied d'œuvre. Je vais aussi exiger un bon contrat sur parchemin. Tu vois, Renaud, il y a peu de métiers, je crois même qu'il n'en existe pas, qui nous donnent la liberté de choisir notre lieu de travail et notre employeur. Le maçon, certes, n'est ni noble, ni clerc, ni lettré, mais il est un homme respecté !

— C'est vrai, mais pourquoi ? Je me pose souvent la question.

— D'abord parce qu'on a besoin de maîtres et de compagnons qualifiés pour édifier les nouvelles cathédrales dont chaque diocèse veut aujourd'hui se doter. Ensuite parce que les tailleurs de pierre et les membres des métiers, charpentiers, forgerons, sculpteurs, vitriers, savent faire reconnaître leurs talents et garder comme un trésor les secrets d'un savoir-faire patiemment élaboré sur les chantiers. Mais je radote, tout cela tu le sais aussi bien que moi !

— Oui, mais j'aime, mon maître, vous entendre parler des cathédrales et de leurs bâtisseurs.

— Eh bien ! nous sommes respectés parce que nous sommes unis par les mêmes liens. Tiens, je suis sûr que je vais trouver à Canterbury des compagnons ressemblant comme des frères à ceux qui travaillent sur les chantiers de France. Ils ont leurs loges, leurs rites, leurs règles qui sont identiques aux nôtres. Certains d'entre eux d'ailleurs comprennent la langue d'oïl qu'ils ont apprise sur les chantiers de la Normandie et du Nord.

Guillaume partit se changer. Renaud songeait au singulier métier qui consistait à projeter toujours plus haut dans le ciel des rêves insensés, quand il fut appelé par le maître Benoît Bouquet, le meilleur tailleur du chantier. *Virgula geometrica* en main, il vérifiait le chargement d'un chariot qui venait d'arriver de la carrière et pestait contre les gens censés assurer sur place le dégrossissage des pierres aux dimensions précisées.

— Regarde, Renaud ! cria-t-il. Ces imbéciles ont enlevé trop de matière sur la moitié des pierres du chargement. On ne pourra pas les utiliser comme prévu pour achever les arcs-boutants. Cela va tout retarder !

— Ce n'est pas la première fois qu'un tel incident se produit, dit le parlier. Il faut envoyer dès demain à la carrière deux bons tailleurs qui surveilleront le dégrossissage. Et tu ne manqueras pas de sanctionner par des amendes les ouvriers fautifs.

Comme la croisée d'ogives l'avait été à Saint-Denis, l'arc-boutant était la grande affaire du chantier de Sens. C'était une trouvaille de Guillaume, un trait de génie qui allait marquer l'architecture des cathédrales que, quatre siècles plus tard, on appellerait « gothique ». Il s'agissait d'une structure destinée à contenir les poussées que la hauteur des voûtes en croisées d'ogives rendait de plus en plus dangereuses. L'arc-boutant remplaçait le contrefort disgracieux et, grâce à sa légèreté, n'empêchait pas la lumière d'entrer par les verrières.

Cette invention, qui permettait de multiplier les fenêtres et de leur donner de la hauteur, modifiait beaucoup de paramètres découverts empiriquement au cours des années et appliqués par les maîtres d'œuvre. Guillaume et Renaud avaient passé des nuits entières pour trouver des solutions techniques aux problèmes posés par cette innovation. Comment par exemple faire résister au vent ces fines et élégantes jambes de pierre arquées sur les flancs de la cathédrale ?

*

* *

Guillaume, émoustillé par l'idée d'aller inventer une nouvelle cathédrale chez les Anglais, fier que la réputation des bâtisseurs français, la sienne en particulier, soit reconnue en pays étranger, préparait son voyage avec l'attention qu'il portait à tous ses actes professionnels. Il avait fait relier un cahier de parchemin sur lequel il notait les consignes destinées à Renaud, les mesures à prendre si un événement imprévisible venait troubler la sérénité du chantier et aussi des conseils pour maintenir un bon esprit chez les compagnons. Parfois il ajoutait un dessin pour expliquer une idée qu'il n'avait pas exploitée mais dont Renaud pourrait tirer profit.

— Ces griffonnages ne serviront sans doute à rien, disait-il à son protégé. Tu en sais autant que ton maître sur le métier mais cela me conforte de laisser un peu de moi dans la poussière de ce chantier que j'ai ouvert il y a bien des années.

Renaud se récriait :

— Je suis loin, très loin, d'atteindre le niveau de votre savoir. Je sais que je ne serai jamais l'architecte génial que souhaitent s'attacher tous les évêques. Je vais garder comme une précieuse relique votre carnet de recommandations qui m'aidera là où j'irai. Car Mgr de Toucy ne m'a toujours pas fait connaître sa décision

— Je le sais et j'en suis contrarié. Je t'ai dit ce qu'il m'a répondu, du bout des lèvres, lorsque je lui ai parlé de toi pour assurer ma succession : « Ah oui ! Ce jeune maçon que vous portez aux nues ! » Il faut dire que ma décision de le quitter ne l'avait pas mis de bonne humeur et qu'il n'avait pas envie de m'être agréable. Mais c'est un homme intelligent qui, j'en suis sûr, agira en fin de compte pour le bien de sa cathédrale.

— Que Dieu vous entende, mon maître. J'ai compris que si la possibilité m'en est offerte, je dois rester à Sens afin de poursuivre votre œuvre. En suis-je capable ? C'est toute la question !

— Tu en seras capable si tu le veux. Je te connais assez pour affirmer que tu peux continuer à diriger les travaux selon les plans établis. Un vieux maçon, qui m'a beaucoup appris, disait : « Lorsque l'église est sortie de terre, elle se bâtit toute seule sous l'œil de Dieu ! » Et puis, je ne vais pas rester toute ma vie chez les Anglais...

Il sourit et ajouta :

— N'oublie pas que tu as à ta disposition des ouvriers exceptionnels. Tous les maîtres et compagnons de la loge ont une grande expérience que tu devras savoir utiliser. Si tu as un doute, n'hésite pas à demander l'avis de Deloir, Feneste ou Georges. Je le fais moi-même souvent. Tu ne dois jamais oublier qu'une construction aussi colossale qu'une cathédrale ne saurait être l'œuvre d'un seul, fût-il Suger, Jehan Pasquier ou Simon Lesourd. Elle est le résultat des efforts et des talents de tous ceux qui peinent à leur place pour que montent dans le ciel les élans de la foi.

Renaud écoutait religieusement le maître et, petit à petit, se faisait à l'idée qu'il allait peut-être devenir le conducteur de cette formidable machine à bâtir qu'est un chantier de cathédrale.

Dans cette période de doute, Renaud avait au moins un sujet de satisfaction. Pierre, son beau-frère, qui avait rejoint Sens et le chantier de la cathédrale, n'avait pas pour rien été formé à l'école de son père, l'architecte de Suger. C'était un être attachant dont le visage doux surprenait un peu sur son corps de colosse. Il ne se passionnait pas, comme Renaud, toujours à la recherche de la complémentarité harmonieuse des métiers bâtisseurs. Il ignorait les subtilités de la géométrie qui permettent les plus grandes audaces architecturales, mais quel admirable tailleur ! Son domaine était la pierre. Il aimait sa structure variée, ses stries, son grain rugueux qui titillait sa peau lorsqu'il flattait de la paume cette masse brute et lourde qu'il allait tailler, lisser, galber pour en faire un élément de voûte, un fût de colonne ou un gisant de roi.

L'adresse et la force tranquille de Pierre étonnaient tout le monde. Souvent, lorsqu'il attaquait un roc fraîchement extrait de la carrière, les apprentis et les jeunes compagnons faisaient cercle et regardaient, fascinés par la précision et la rapidité du geste, les éclats de pierre se détacher et s'envoler, laissant une surface si plane qu'elle rendait presque inutile une finition au marteau grain d'orge.

Pierre avait trouvé tout de suite sa place sur le chantier, lieu de vérité où l'on ne jugeait l'autre que sur ses qualités, et encore plus facilement au sein de la famille Pasquier, sienne à plus d'un titre. Il y retrouvait sa sœur Louisette, complice de toute sa jeunesse, et Renaud, qui avait guidé ses premiers pas d'apprenti sur le chantier historique de Saint-Denis.

Renaud était heureux de pouvoir parler avec son beau-frère du métier, de l'avancée des travaux et des événements de la journée. Le soir à la veillée, lorsque Louisette et les enfants étaient couchés, Renaud s'ouvrait à Pierre de l'angoisse que lui causaient le prochain départ de Guillaume et l'incertitude de son sort. Le virtuose du marteau le rassurait en deux coups de bon sens et lui expliquait que, loin d'être funeste, le voyage de Guillaume de Sens à Canterbury était une chance inespérée :

— Te rends-tu compte que tu vas devenir le maître d'œuvre de la première nouvelle grande cathédrale ?

— Et si je ne suis pas capable d'assumer une telle charge ? J'ai toujours eu jusqu'à maintenant des maîtres, et quels maîtres ! pour me conseiller, me protéger. Être seul responsable devant l'archevêque et le chapitre de grosses sommes d'argent et de la continuité des travaux entrepris par Guillaume, quelle prétention !

— Prétentieux, mon bon Renaud, tu ne l'es pas assez ! Prends confiance en toi. Le moment est venu de marcher dans les pas de ton père Jehan, le premier et le meilleur de tous, de Simon, l'homme de Suger, et de Guillaume, l'inventeur de l'arc-boutant ! Qui, ayant eu la chance d'avoir pour maîtres ces trois génies, pourrait se dérober devant la sollicitation du métier ? Et puis, si un problème grave et imprévisible se présentait, Saint-Denis n'est pas le bout du monde ! Rien ne t'empêcherait d'aller chercher Simon qui serait heureux de venir t'aider.

*

* *

L'attente devenait insupportable. Tout le monde était au courant du départ prochain de l'architecte, et le travail se désorganisait lors des discussions incessantes qui regroupaient les ouvriers inquiets. Tous, même le maître maçon Constant, toujours plein d'animosité envers Renaud, souhaitaient que leur parlier restât à la tête du chantier.

Enfin, à la fin de l'été, Mgr de Toucy annonça sa visite et demanda que l'architecte Guillaume et Renaud veuillent bien le recevoir dans la loge afin de parler de l'avenir. C'était l'usage, l'archevêque lui-même ne pouvait pénétrer dans le domaine des maîtres et des compagnons sans leur autorisation. Pour la deuxième fois en quinze ans, le prélat passa donc la porte de la loge. Il refusa d'un geste le fauteuil du maître que

Renaud lui proposait et s'assit discrètement sur le banc tapissé de velours entre Guillaume et le parlier. Ce respect ostentatoire de la règle était de bon augure. C'est détendu, sinon souriant, que Mgr de Toucy entama la conversation :

— Messieurs, un émissaire de Mgr Arlay, le nouvel archevêque de Canterbury, vient de m'informer qu'une escorte de cinq hommes commandés par un chevalier du royaume viendra sous peu chercher messire Guillaume de Sens pour lui faire traverser la mer et le conduire jusqu'à son nouveau chantier. À charge pour ce chevalier d'acquérir les chevaux nécessaires au transport de M. l'architecte et du matériel que celui-ci souhaitera emporter. Êtes-vous toujours d'accord, messire Guillaume, pour quitter la cathédrale de Sens et effectuer ce voyage en Angleterre ?

— Oui, monseigneur. En vous faisant le serment de revenir dès que cela me sera possible.

Un signe d'agacement passa dans le regard de l'archevêque, qui se leva et dit :

— Pour l'instant, il est question de votre départ et de votre remplacement. À ce sujet, j'ai retenu votre proposition qui correspond au choix qui est le mien. Je suis fixé depuis longtemps sur le savoir de messire Renaud Pasquier. Monsieur l'abbé Suger m'avait écrit pour me dire tout le bien qu'il en pensait lorsqu'il vous a été envoyé par l'architecte de Saint-Denis.

Renaud n'en croyait pas ses oreilles. Ainsi, Mgr de Toucy le connaissait et semblait même apprécier sa présence sur le chantier de sa cathédrale !

L'archevêque, visiblement content de la surprise que suscitaient ses propos, continua :

— Ici comme ailleurs, j'ai l'habitude de ne traiter qu'avec le chef responsable. Je n'ai donc pas eu l'occasion de vous entretenir, messire Renaud, mais je sais ce que vous faites et, comme je le disais, je connais vos capacités. C'est donc vous qui serez maintenant mon interlocuteur. Je suis sûr que nous ferons du bon travail. Messire Guillaume vous a mis, je pense, au courant des travaux en cours et des projets ?

C'est l'architecte qui répondit :

— Renaud sait aussi bien que moi comment doit se poursuivre l'édification de la cathédrale. Je vous remercie respectueusement, monseigneur, d'avoir bien voulu tenir compte de ma suggestion et d'accorder votre confiance à celui qui est aujourd'hui, je le dis, l'un des meilleurs maîtres d'œuvre de la chrétienté.

Renaud, soulagé, surpris aussi par l'inattendue bienveillance de Mgr de Toucy, était troublé. Il essayait de rassembler ses idées pour formuler une réponse cohérente mais sa pensée éclatée le ramenait aux mêmes images brouillées, celles de son père fier d'avoir réussi une première croisée d'ogives, de sa mère Marie si bonne et si douce, de l'abbé Suger discutant avec Simon Lesourd devant un nouveau vitrail et du camail violet de l'archevêque.

Enfin, il se ressaisit, et dit les quelques mots qu'il fallait avant de s'agenouiller devant le prélat et de baiser son anneau en signe d'allégeance. Renaud Jehan Robert Pasquier, l'apprenti de Saint-Germer, le compagnon de Saint-Denis, le parlier de Sens, avait du mal à réaliser qu'il était officiellement sacré maître d'œuvre de cathédrale, car pour l'aristocratie des tailleurs de pierre, c'était bien d'un sacre qu'il s'agissait.

*

*   *

Mgr de Toucy parti, tout le chantier se réunit devant la loge. Après avoir applaudi Renaud, maître et compagnons obéirent au rituel, prièrent ensemble le Seigneur et entonnèrent le chant des compagnons.

Guillaume, qui avait participé au chœur, ne laissa pas languir l'assemblée :

— Vous savez tous que je vais quitter le chantier de Sens pour aller bâtir en Angleterre la nouvelle cathédrale de Canterbury. Je suis à la fois fier de cette offre et malheureux de vous quitter. Cette peine est pourtant allégée par le fait que je laisse le chantier en bonnes mains, les vôtres bien sûr, et celles du maître Renaud Pasquier qui va prendre ma place.

Un murmure venu des premiers rangs emplit bientôt la loge. C'était un bourdonnement continu qui se mit progressivement à l'unisson pour devenir une longue note d'allégresse. Par ce rituel, les tailleurs de pierre manifestaient quand il en était besoin leur assentiment. Cette fois, l'hommage était rendu à Renaud qui, debout devant son fauteuil, écoutait maintenant, bouleversé, les compagnons de la pierre lui jurer fidélité et dévouement.

Chapitre VII

L'aventure de Canterbury

Guillaume de Sens se mit en route alors que l'automne noyait dans la brume les paysages dorés du Sénonais. Trois palefrois étaient partis en avance vers Harfleur. Ils étaient chargés de matériel, particulièrement des moles, patrons que Guillaume avait fait copier afin de ne pas devoir redessiner les profils dont il aurait besoin. Ceux de Sens étaient trop bien réussis, qu'il s'agisse de voûtes ou d'arcs-boutants, pour ne pas s'en servir à Canterbury. Ses adieux au chantier avaient été émouvants. Des apprentis aux maîtres, tous les corps de métiers s'étaient alignés devant la statue de saint Étienne. Chacun d'eux avait désigné le plus jeune et le plus ancien compagnon pour venir donner l'accolade au maître d'œuvre avant qu'il n'enfourche le cheval qui allait le mener jusqu'à l'océan, cette mer que la plupart des maçons, des charpentiers, des tailleurs n'avaient jamais vue. Puis, c'est Renaud qui vint étreindre Guillaume et qui l'aida à se mettre en selle.

— Priez pour moi, mon maître, afin que Dieu me donne les moyens de me montrer digne de continuer votre œuvre.

— Et toi pour qu'il me permette de bâtir une cathédrale qui fasse honneur au génie des bâtisseurs français.

Guillaume de Sens, bouleversé, se dressa sur ses éperons et cria à ceux du chantier : « Que Dieu vous garde, mes frères ! »

Tous répétèrent d'une même voix : « Que Dieu vous garde ! » et le chevalier Reynold, commandant de l'escorte, donna le signal du départ.

Quand la troupe eut disparu au détour de la route, il ne demeura, autour du squelette géant qui dessinait dans l'espace les contours de la future cathédrale, qu'un silence que personne n'avait envie de rompre. Renaud, seul, s'en fut entre les colonnes qui délimitaient maintenant le chœur et s'agenouilla sur une pierre. Longtemps il pria et remercia Dieu de sa protection. Le soleil tâtonnant dissipa soudain la brume et un de ses rayons, libéré, vint effleurer son visage. Renaud se dit que c'était de bon augure pour la nouvelle vie qui l'attendait et retourna sur le chantier donner ses premiers ordres d'architecte-maître d'œuvre.

Alors qu'il se dirigeait vers l'échafaudage installé pour monter un arc-boutant entre un pilier et son contrefort, il fut rejoint par Constant, le maître maçon qui lui avait manifesté tant d'hostilité. Renaud s'arrêta, prêt à entendre quelque nouvelle invective. À son grand étonnement, l'homme lui tendit la main :

— Je te souhaite bonne chance. J'ai compris que tu étais le plus apte à remplacer Guillaume et à poursuivre sa tâche. Alors, sache que tu peux compter sur moi. Je t'aiderai autant que je le pourrai et tu sais que je ne suis pas un mauvais ouvrier...

— Merci, Constant. Sincèrement, je préfère t'entendre parler ainsi. Je vais avoir besoin de l'aide de tous, de la tienne en particulier. Tu es le meilleur maçon du chantier et je ne vois pas pourquoi je me passerais de ton talent. Tiens, viens donc avec moi voir comment le jeune Renard se débrouille avec son arc-boutant.

*

* *

Le voyage vers Le Havre parut bien long à Guillaume de Sens. L'architecte n'était pas habitué aux longues chevauchées et la compagnie des soldats, gens frustes et grossiers, lui était fort déplaisante. Leur chef, Reynold, avait du mal à cacher qu'il jugeait indigne d'un chevalier la mission qui lui avait été confiée et, s'il restait poli, il ne mettait aucun empressement à venir aider Guillaume lorsque celui-ci était distancé et peinait loin derrière le peloton des cavaliers censés le protéger. Le soir, à l'étape, les hommes se contentaient d'un campement de fortune et buvaient en chantant des chansons obscènes. Plusieurs fois, l'architecte eut envie d'abandonner Reynold et ses soudards et de revenir à Sens reprendre tranquillement l'équerre et le compas dans sa chère cathédrale, mais il s'évita le ridicule d'un tel renoncement et continua courageusement le voyage.

Tout a une fin, même les tribulations douloureuses. La troupe du chevalier Reynold arriva enfin à Harfleur où Guillaume retrouva ses précieux moles dont il dirigea l'embarquement sur la nef anglaise qui attendait au port. Le chevalier prit congé de Guillaume, et comme il lui demandait, par sottise ou impertinence, s'il était content du voyage, il s'attira une cinglante réponse :

— Chevalier, vos hommes se sont montrés odieux. Vous-même n'avez guère eu d'égards pour moi. Vous ne vous étonnerez donc pas si l'architecte invité par votre roi pour construire la cathédrale de Canterbury vous assure de son profond mépris.

Reynold en resta coi et Guillaume, dans sa dignité retrouvée depuis qu'il n'avait plus pour un bout de temps à monter à cheval, franchit la passerelle de la nef où le capitaine John, habillé comme un corsaire mais coiffé d'un majestueux tricorne orné de plumes, l'accueillit avec le respect dû à sa personne. Par bonheur, la mer était calme et la traversée se déroula sans incident. C'est un maître d'œuvre heureux qui débarqua à Douvres.

Il fallut bien sûr reprendre la route mais cette fois l'escorte était composée de bons moines venus de Canterbury qui connaissaient les abbayes les plus accueillantes. Guillaume se prit même d'amitié pour son cheval, un sympathique genet du Yorkshire qu'il demanda à conserver pour son usage personnel.

*

* *

La cathédrale est une longue patience. Guillaume, comme Renaud, savait qu'il ne verrait pas son œuvre achevée, que plusieurs générations de tailleurs de pierre, d'appareilleurs, de charpentiers devraient se succéder sur les échafaudages pour monter une à une, au ciel de Dieu, chaque pierre extraite de la terre et travaillée avec amour. Saint-Denis, que la foi et l'ardeur de l'infatigable Suger avaient pourtant réussi à faire progresser à un rythme particulièrement rapide, était loin d'être terminée. Au moins Guillaume pouvait-il se dire qu'il était à l'origine ouvrière de Saint-

Étienne de Sens, qu'il en avait dressé les plans et que ce qui se ferait après lui resterait marqué de son esprit créatif. Les ouvriers non plus ne connaîtraient jamais la fin de la grande aventure, pas plus que les habitants de Sens qui vivaient, certains depuis toujours, dans la familiarité du chantier de Dieu. Personne, même ceux qui l'avaient imaginé et dessiné, ne pouvait se représenter ce que serait le grand ouvrage lorsque le dernier échafaudage disparaîtrait. « La cathédrale, disait Simon Lesourd, est un miracle qui n'en finit pas de se réaliser. »

C'était là le genre de réflexions dont se faisaient part Guillaume et le chanoine Gervase quand ils se retrouvaient le soir à l'abbaye où l'architecte avait trouvé refuge en attendant que la maison qu'on lui réservait fût prête. Le chanoine était l'âme de l'entreprise. C'est lui qui, avec l'archevêque et l'abbé Percin, prieur de l'abbaye, gérait le financement de la nouvelle cathédrale. Porte-parole du chapitre, il était chargé d'étudier avec Guillaume de Sens la création du nouveau chantier. C'était heureusement un homme avisé et de bonne compagnie. Il comprenait et parlait la langue d'oïl. Sans son concours la mission du Français eût été impossible. La tâche en effet était immense. Pendant que Guillaume réfléchissait, mesurait, sondait le sol, faisait dégager les fondations et les parties restées debout après l'incendie, le chanoine commençait à recruter les premiers compagnons et cherchait autour de Canterbury des carrières susceptibles d'alimenter le chantier. Hélas, la pierre y était de mauvaise qualité et le maître d'œuvre déclara qu'il n'entreprendrait jamais les travaux avec de tels matériaux :

— Comment, monsieur le chanoine, pourrait-on tirer des colonnes, des composants de voûte, des fenestrages d'un rocher qui s'effrite comme une mauvaise galette ? Si nous ne trouvons pas ici ce qui convient, je sais où il faut aller chercher des bonnes pierres.

— Alors allons-y ! Où sont vos carrières ?

— Loin, hélas ! À Caen, sur la côte normande.

Le chanoine regarda Guillaume, effaré :

— Mais le transport va coûter une fortune ! Avez-vous pensé aux carrières de Chelaston qui sont proches ?

— Oui, mais ce sont des carrières d'albâtre. Nous en userons plus tard. Ne soyez pas effrayé par le transport. C'est le plus économique. Les chargements, à bord de nefs, nous parviendront par voie d'eau presque au pied du chantier. Songez que pour les colonnes du cloître de Cluny, le marbre a été convoyé depuis les Alpes par la Durance et le Rhône !

— Bien, je vais consulter le prieur. Qui ira traiter avec le carrier ?

— Moi, mon frère ! Je veux choisir mes pierres. Je pense que je devrai engager sur place des tailleurs qui, d'après mes moles, prépareront les pierres aux bonnes dimensions. Nous abaisserons ainsi le prix du transport. Mais cela est pour plus tard. Nous avons heureusement sur place les pierres de l'ancienne cathédrale que nous réutiliserons.

La préparation du chantier demandait du temps, un temps que le prieur, pressé de voir commencer les travaux, trouvait bien long. Chaque semaine, l'abbé Percin se rendait sur les lieux et rencontrait Guillaume qui dessinait dans la loge. La loge était la seule construction entreprise depuis son arrivée. Il l'avait voulue grande et en bonnes pierres. « Les compagnons vont s'y reposer et travailler durant des dizaines d'années, ils doivent être à l'aise, comme moi qui vais y passer une bonne partie de ma vie ! » disait-il. Pour l'heure, il couvrait de traits les parchemins qu'il avait fait venir. Il voulait pouvoir présenter rapidement au chapitre un projet méticuleusement dessiné afin que les commanditaires puissent se faire une idée de ce que serait la cathédrale achevée.

Au début, les moines, cédant à la tradition anglaise, entendaient conserver tout ce qu'il était possible de sauver des ruines incendiées. Les murs encore debout devaient demeurer. C'était possible pour certains d'entre eux, utopique pour d'autres. Guillaume sut les convaincre en leur démontrant que les innovations qu'ils souhaitaient étaient incompatibles avec le sauvetage systématique des ruines. Finalement, il avait été convenu que l'on commencerait les travaux par le chœur, qui devait être intégralement reconstruit. En revanche, on conserverait la crypte qui remontait aux premiers âges de la cathédrale, même si cela devait compliquer la construction de la nef.

Guillaume, dans une lettre confiée à un marchand fournisseur de l'abbaye, avait écrit à Renaud qu'il comptait bien réaliser, malgré certaines exigences des Anglais, « une cathédrale française dans l'esprit de Sens et de Saint-Denis ».

Le marchand, qui se rendait dans le Lyonnais, passa à Sens deux mois plus tard et vint remettre lui-même le message à Renaud qui languissait de savoir comment vivait Guillaume dans ce comté de Kent qui leur semblait toucher les confins du monde. Les Pasquier accueillirent chaleureusement l'homme qui venait d'accompagner un convoi de ses marchandises en Angleterre et s'en retournait à Gênes fréter une nef pour rejoindre un mois plus tard les ports du Danemark. Il avait connu Guillaume par hasard un jour où il était venu à l'abbaye porter des semences offertes à la communauté de Canterbury par les moines d'Avignon. Ce n'était pas là une pratique habituelle mais Robert Pantelot était pieux et aimait rendre service. C'était sa manière de s'acquitter de sa dette envers Dieu qui lui avait permis de faire fortune dans le négoce. Le marchand avait naguère fourni en chaux et en métal le chantier de Saint-Denis. Il y avait croisé l'abbé Suger qui l'avait séduit, au point de lui faire abandonner son bénéfice au profit de la reconstruction de la basilique. Depuis, il se passionnait pour les nouvelles églises et, au hasard de son existence errante, ne manquait pas, lorsque l'occasion lui en était offerte, de se mêler durant quelques heures au peuple des bâtisseurs. L'invitation de Renaud à souper et à dormir chez lui l'enchantait : il allait pouvoir questionner à sa guise l'un de ceux qu'il admirait, les pères des grandes cathédrales.

Messire Pantelot était accompagné de trois serviteurs qui faisaient aussi office de gardes durant ses voyages. Ils trouvèrent à l'écurie de quoi nourrir les chevaux et de la bonne paille pour se reposer après avoir mangé deux écuelles de soupe. Le négociant, lui, prit place à la table familiale avec Renaud et Pierre tandis que Louisette découpait de larges tranches dans un jambon, reste du cochon tué au début de l'année.

Robert Pantelot était bavard comme tous ceux de sa profession :

— Voyez-vous, disait-il, rien ne semble rapprocher nos métiers. Je suis un « pied poudreux », comme nous appellent les Anglais, mais les compagnons aussi changent souvent de chantier. Cette mobilité, il faut le dire, est mieux admise par l'Église chez vous que chez nous. Le clergé est en effet défavorable aux marchands dont ils considèrent l'activité comme une forme d'usure. Les bâtisseurs, eux, travaillent pour Dieu et méritent le respect...

— Peut-être, mais, croyez-moi, beaucoup de clercs nous méprisent car nous sommes des manuels, nous n'avons pas le savoir des livres et nous ignorons le latin. Pourtant, il y a tant de choses que nous connaissons et qu'ils ignorent !

— Une autre chose nous est commune, continua le marchand dont la conversation surprenante captivait Renaud. Nous occupons dans la société une place singulière que nous devons encore à notre mobilité : partout nous sommes des étrangers. Nous ne sommes pas attachés à une terre, nous ne relevons pas d'un seigneur, nous sommes libres, même si, comme c'est le cas, mon père était un serf.

— Tous les marchands sont-ils aussi heureux que vous ?

— Non, bien sûr. Comme dans tous les métiers il y a ceux qui réussissent à force de courage et parce qu'ils sont doués, et ceux qui demeurent toute leur vie des colporteurs, marchands de pacotille. Tenez, vous me conterez l'une des belles histoires, propres au noble métier des tailleurs de pierre, et moi, je vais vous rapporter celle de saint Godric de Finchale, vénéré patron des marchands.

— Nous sommes impatients de vous écouter, dit Renaud en remplissant les gobelets du meilleur vin de la proche Bourgogne.

— L'histoire de Godric n'est pas très ancienne, commença Pantelot, puisqu'il naquit à la fin du siècle passé. Comme beaucoup de miséreux, il dut dès l'enfance trouver des moyens de vivre. Il fut d'abord batteur de grèves, à la recherche d'épaves rejetées par la mer. Peut-être à la suite d'une trouvaille monnayable il commença à parcourir la région, traînant son sac rempli de quelques verreries. La route est dure sous le soleil comme sous la pluie mais Godric a de la volonté, il marche, vend sa pauvre marchandise et réussit à amasser quelques sous qu'il cache dans un pli de son manteau. En chemin, il fait la connaissance d'une troupe de marchands qui l'acceptent parmi eux. Il va ainsi de foire en foire et révèle à ses nouveaux amis des dons de vendeur exceptionnels.

« Godric, en leur compagnie, réalise des bénéfices, arrondit son magot et leur propose de fréter en commun un navire pour commercer le long des côtes d'Angleterre, d'Écosse et du Danemark. Il s'agit d'y transporter des marchandises qui manquent dans ces régions et de revenir le bateau chargé de denrées demandées dans les ports où il fait escale. Acheter bon marché et revendre cher, Godric sait mieux que personne pratiquer la règle première du commerce. Au point de devenir après des années de dur labeur un homme riche, très riche !

— Mais vous l'avez appelé saint Godric. Peut-on devenir un saint en accumulant des richesses ? A-t-il été vraiment consacré ? demanda Pierre.

— Oui ! C'est ce qui est arrivé à Godric de Finchale, canonisé par Sa Sainteté Calixte II ! Je vois, mes amis, que vous voudriez savoir comment une telle chose a été possible. Eh bien, voilà ! Quand il fut devenu très riche, riche au point de posséder une véritable flotte et de prêter de l'argent au royaume d'Angleterre, un miracle se produisit : Godric touché par la grâce abandonna sa fortune aux pauvres et se fit ermite.

— L'histoire est belle et édifiante, dit Renaud.

— Oui, mais elle démontre aussi qu'un homme pauvre a pu en un temps relativement court devenir très riche.

— Il a eu de la chance, remarqua Pierre.

— Il a surtout bénéficié d'une nature entreprenante. Je crois que depuis toujours certains hommes sont doués d'un sens du négoce.

— Mais combien d'entre eux gagnent la sainteté ? demanda Renaud.

— Je n'en connais pas d'autre, conclut Pantelot en riant.

*

* *

À Canterbury, Guillaume de Sens s'était fait à la vie anglaise. La maison que l'archevêché avait mise à sa disposition était bien trop grande pour lui mais il avait pu ainsi transformer une pièce qui avait dû servir de salle de réception au prélat qui l'avait occupée avant lui en salle des traits, ce qui lui permettait de travailler chez lui tranquillement, quand il le souhaitait, à l'abri des importuns qui trouvaient toujours une bonne raison de venir le déranger lorsqu'il dessinait dans la loge. Tout le monde dans la ville, les riches bourgeois donateurs comme les moines et le menu peuple, était en effet curieux d'apprendre à quoi ressemblerait la nouvelle cathédrale dont l'architecte français dressait les plans et les élévations sur des feuilles de parchemin, projets et épures qu'un de ses serviteurs grattait le plus souvent afin de pouvoir réutiliser les coûteuses peaux de chevreau. Ceux qu'il jugeait bons, Guillaume les enserrait dans une armoire dont il était seul à posséder la clef.

Il avait fallu plusieurs mois pour engager des manœuvres et démolir le chœur endommagé par l'incendie. Puis les premiers compagnons étaient arrivés sur le chantier pour mettre en état les pierres sauvées de l'ancienne église et les retailler aux mesures. Guillaume avait décidé de les employer à bâtir les six premiers piliers. Entre-temps, l'architecte avait dû s'occuper de l'approvisionnement des matériaux et de la recherche des maîtres de métiers qui auraient la lourde charge de diriger les maçons que les Anglais partageaient en *hevers* (tailleurs) et en *layers* (poseurs), les charpentiers, les forgerons, les verriers... Guillaume n'avait donc pas le temps de s'ennuyer ni de souffrir de sa solitude. Quand il avait un instant de libre, il l'employait à apprendre la langue anglaise avec le moine Coople qui lui servait aussi de secrétaire. Il reconnaissait qu'il était mieux traité, mieux considéré qu'à Sens. Le chanoine Gervase ne manquait jamais une occasion de lui être agréable et lui faisait envoyer des viandes, des volailles et du vin qui, hélas ! n'était pas aussi bon que le bourgogne. Il avait deux serviteurs à sa disposition et un palefrenier qui l'accompagnait lorsqu'il devait se déplacer pour aller visiter une carrière ou acheter du bois. Il était aussi mieux payé et lorsque, le soir, il se couchait épuisé, il se disait qu'il ne lui manquait qu'une chose : des amis à qui il aurait pu faire partager son aisance. Mais où aurait-il trouvé le temps de se faire des amis ?

*

* *

Guillaume en avait maintenant terminé avec son projet de façade amoureusement dessiné et coloré sur un immense parchemin. Le plan avait été étudié, trait par trait, par le chapitre. Seul un vieux chanoine à moitié aveugle avait déclaré qu'il fallait reconstruire la cathédrale comme elle était avant l'incendie sous peine de subir la colère de Dieu.

On rit de cette prédiction et l'archevêque, conquis par la beauté et l'élégance du triple portail, des hautes fenêtres ogivales et de la taille du grand vitrail circulaire, félicita Guillaume en lui disant que son dessin lui rappelait la basilique de Saint-Denis qu'il avait naguère visitée sous la conduite de l'abbé Suger :

— J'étais alors un simple abbé et j'accompagnais Mgr Thomas Becket. J'avais surtout été ébloui par le chœur et ses chapelles rayonnantes. Le nôtre lui ressemblera-t-il ?

— Monseigneur, je compte m'en inspirer comme je l'ai fait pour la cathédrale de Sens. J'ai d'ailleurs déjà tracé une épure et vous ferai porter le parchemin dès que j'aurai reporté correctement les traits.

— Très bien, monsieur l'architecte, du ciel de Notre Père, je suis sûr que saint Thomas Becket suit vos travaux avec un grand bonheur.

Le plus difficile était maintenant de réunir l'ensemble des ouvriers qui assureraient le fonctionnement normal du chantier. Afin de ne pas mettre Renaud dans l'embarras, Guillaume n'avait pas voulu, comme c'était l'habitude quand un architecte changeait de chantier, se faire accompagner par quelques-uns de ses meilleurs compagnons. Dès son arrivée, il s'était rendu compte qu'il ne pourrait pas compter sur la main-d'œuvre locale. Il avait bien essayé de recruter à Norwich, à Oxford, à York, mais ces petites villes, tout comme Canterbury, n'abritaient que quelques maçons qui ne voulaient pas quitter leur famille. Heureusement, un système de communication efficace s'était développé au cours du siècle entre les confréries de bâtisseurs. La nouvelle de l'ouverture d'un nouveau chantier se trouvait mystérieusement propagée jusque dans les pays voisins, et les maçons, en quête de travail ou désireux de changer d'air, se mettaient en route, souvent sous la conduite d'un maître, et venaient proposer leurs services là où l'on avait besoin de bâtisseurs.

Des petits groupes d'ouvriers étrangers arrivèrent ainsi à Canterbury. Les Français étaient les plus nombreux et Guillaume put engager plusieurs compagnons qu'il avait connus au temps de sa jeunesse. D'autres avaient travaillé à Saint-Denis, certains avaient ouvert le chantier de Sens. Il recruta aussi des Allemands, dont un sculpteur renommé, des Italiens, excellents maçons, des Flamands et même un charpentier espagnol qui rêvait de travailler en Angleterre.

Guillaume, maintenant, ne quittait plus le chantier qui s'animait dès le lever du soleil dans un grand bruit de marteaux et de scies. Il lui restait pourtant encore à trouver un maître compétent dans la charpente, un technicien habile en géométrie et un homme de confiance, un parlier capable de le seconder et de le remplacer s'il tombait malade ou s'il était obligé de s'absenter. Il pensait évidemment à Renaud qui lui manquait cruellement. Il s'était si bien habitué à le consulter, à surveiller avec lui les travaux délicats, à partager son enthousiasme lorsque, les cintres enlevés, une nouvelle croisée d'ogives apparaissait, blanche comme un grand lis, qu'il lui arrivait de l'appeler de sa voix grave, comme s'il était derrière lui occupé à une autre tâche.

Constituer un ensemble ouvrier capable et cohérent est une tâche difficile, il fallait aussi les loger et les nourrir. Une fois encore le chanoine Gervase, à qui la cathédrale de Canterbury devrait décidément beaucoup, réussit à créer en quelques mois un abri collectif où les compagnons pouvaient prendre leurs repas et se reposer. Cette sorte d'hôtel était un progrès sur la situation précaire des ouvriers en France, qui devaient eux-mêmes chercher un logement, souvent misérable, à louer dans une ferme perdue.

Les conditions de travail, aussi, étaient meilleures à Canterbury. La journée était de huit heures trois quarts en hiver et de douze heures en été. Le règlement prévoyait un arrêt d'une heure pour le dîner et une pause d'un quart d'heure l'après-midi pour se désaltérer, pause renouvelée en période de chaleur. On se reposait naturellement le dimanche et les jours fériés, de même que le samedi après-midi[1].

Comme une mécanique bien réglée, le chantier prenait jour après jour son rythme régulier. Guillaume n'avait pas eu besoin d'aller chercher lui-même des pierres de l'autre côté de la Manche. Deux moines partis sur l'ordre de Gervase fouiller la campagne avaient retrouvé une carrière oubliée depuis plus d'un siècle. Remise en exploitation, elle ravitaillait le chantier grâce à vingt-six jougs de bœufs qui peinaient jour et nuit sur les mauvaises routes du Kent.

En dehors de son savoir, de sa puissance de création et de son sens artistique, Guillaume possédait le don de faire régner l'harmonie dans son cercle de labeur. Il savait que c'est dès les premiers jours qu'un groupe composé de gens ne se connaissant pas peut devenir une fraternité ou un nid d'hostilités, et il veillait, par sa présence cordiale, à ce qu'aucun différend ne dégénérât en conflit. Surtout, il s'intéressait aux hommes et à leur confort. Comme il l'avait dit souvent à Renaud, « des gens heureux font un meil-

---

1. Ce qui semblerait indiquer que la « semaine anglaise » existait déjà au Moyen Âge !

leur travail, essayons donc, dans la mesure du possible, de les rendre heureux[1] ».

Le chanoine Gervase l'aidait beaucoup dans cette tâche. C'était un homme encore jeune que Thomas Becket avait remarqué dès son oblation et qu'il avait poussé à s'instruire. Le jeune moine était plus tenté par les sciences et les arts que par la théologie et son maître l'avait laissé sacrifier un peu de celle-ci au profit de connaissances portées vers le siècle, en particulier la géométrie et l'architecture.

C'est donc tout naturellement que Gervase s'était investi dans la reconstruction de la cathédrale, qu'il avait insisté pour faire venir Guillaume de Sens à Canterbury et qu'il trouvait plaisir à accompagner ses travaux. Il avait aussi pris conscience de la solitude que l'architecte français tentait d'oublier dans l'exercice de son métier et essayait de l'aider par des attentions qui faisaient naître une vraie amitié.

Le moine habitait, dans une dépendance de l'épiscopat, un logement où il invitait souvent Guillaume. Servi par un frère convers, il menait une vie confortable et, tout en accomplissant scrupuleusement ses devoirs religieux, aimait rire et bien vivre. Quiconque aurait connu l'abbé de Saint-Denis au début de son élection, avant que saint Bernard, par ses remontrances, ne le persuade de modifier sa vie, aurait pu remarquer une certaine ressemblance entre le chanoine et l'abbé Suger. Comme lui, Gervase trouvait que la demeure de Dieu n'était jamais assez belle ni assez riche. Il disait souvent à Guillaume que la cathédrale de Canterbury, lorsqu'elle serait achevée, devait resplendir de foi comme la basilique de Saint-

1. Beaucoup d'auteurs, dont l'Allemand Beissel, estiment que la condition matérielle d'un maçon du Moyen Âge était supérieure à celle d'un ouvrier à la fin du XIXe siècle.

Denis et que c'était aimer et servir le Seigneur que de parer sa maison de richesses.

L'architecte français avait entendu dire que Gervase, à l'exemple de maints religieux, observait assez librement le vœu de chasteté. Il n'en était pas offusqué et ne s'étonna pas lorsqu'un jour où ils se félicitaient de voir installée l'une des dernières voûtes du chœur, le chanoine lui dit :

— Mon cher frère, il faut fêter cet événement ! Si vous m'enseignez comment on élève un pinacle à partir du simple dessin d'un carré, je vous prie demain à partager le lièvre qu'un de mes bons moines a tué à l'orée des bois de Staam. J'ai aussi invité une dame que je confesse et qui n'a d'autre péché à se faire pardonner que de désirer vous connaître. Ma cousine Béatrice sera là aussi.

Il scruta le visage de Guillaume pour voir sa réaction et continua :

— Vous avez l'air inquiet. Rassurez-vous, il ne vous arrivera rien. Et puis même... La croisade des cathédrales à laquelle vous participez avec tant de ferveur vous vaut sans conteste toutes les indulgences promises à ceux qui partent pour les Lieux saints.

— Si vous le dites, monsieur le chanoine... Mais je n'ai pas grand-chose à me faire pardonner depuis que je suis parmi vous ! Je mène, vous le savez, une vie de...

— ... de moine ! Admettez-le.

Les ouvriers qui travaillaient non loin regardèrent, étonnés, l'architecte et le chanoine rire aux éclats en se tapant sur l'épaule.

Lorsque Guillaume arriva le lendemain chez Gervase qui habitait l'étage d'une belle maison de pierre, deux dames de mise recherchée mais discrète se réchauffaient devant la cheminée. Assis à leurs pieds,

Gervase, souriant, semblait les entretenir de plaisante façon puisqu'un rire fusa de leurs lèvres lorsque Guillaume s'approcha. Le frère convers qui avait introduit celui-ci parti, le chanoine présenta l'architecte :

— Voici mon ami français, Guillaume de Sens, dont le monde se dispute le génie et qui a choisi de servir Dieu à Canterbury dont il reconstruit la cathédrale. Et laissez-moi, mon cher Guillaume, vous présenter les deux plus belles dames de notre ville : Mme de Guigues, qui a perdu son époux, un grand tournoyeur embroché l'an dernier lors d'un combat par un lancier maladroit. Dieu ait son âme, bien que l'Église, qui préfère voir les chevaliers se battre en Terre sainte, réprouve les mêlées sauvages des tournois.

— Je m'appelle Ide, dit la dame en fixant Guillaume de ses grands yeux noirs. Ne plaignez pas trop la veuve. Mon mari était une brute pour laquelle je comptais moins que ses chevaux !

— Et moi, je suis Béatrice, la cousine de ce monsieur qui veut nous faire manger du lièvre ! dit l'autre.

Plus jeune que Mme de Guigues, Béatrice, dans son pelisson de petit-gris ajusté sur son corps souple, était belle à damner le plus dévot des prélats. C'est la première idée qui traversa l'esprit de Guillaume, mais tous les hommes devaient ressentir le même choc en découvrant cette perfection. Et il se demanda si le chanoine... Mais celui-ci, impénétrable, ne laissa percer aucune émotion lorsqu'il reprit :

— Ma chère cousine a failli l'an dernier prendre le voile à Fontevrault. Elle eût été la plus divine des moniales mais puisqu'elle a choisi de vivre dans le monde, profitons de sa grâce. Quant au lièvre, rassurez-vous, nous avons aussi un gros poisson pêché hier à Douvres.

Le souper fut gai. D'abord peu à l'aise, Guillaume trouva bientôt le moyen de charmer ses voisines de table en répondant aux questions qu'elles lui posaient sur les nouvelles cathédrales, les rites mystérieux en usage chez les maîtres et les compagnons et ces fameuses croisées d'ogives qui devaient transformer les anciennes cathédrales massives et sombres en vaisseaux élancés et lumineux. C'était naturellement un sujet où excellait l'architecte qui devenait lyrique quand il parlait de pierre taillée.

On ne pouvait parler toute la soirée de fenêtres en plein cintre et d'ouvertures ogivales et personne n'avait envie de faire œuvre de courtoisie et de transformer le logement du chanoine en cour d'amour, ce jeu de société si à la mode chez Aliénor. C'est pourtant de la duchesse d'Aquitaine dont il fut question.

— Que pense-t-on d'Aliénor à la cour de France ? demanda naïvement la jeune Béatrice.

— Je n'en sais rien, mademoiselle, répondit Guillaume en riant. Mais je puis vous affirmer qu'on parlait beaucoup d'elle lorsque j'ai quitté la France. L'archevêque de Sens a été en effet étroitement mêlé au divorce du roi Louis VII et de la reine Aliénor. On a dit qu'elle avait quitté quasi secrètement le palais royal et qu'elle avait eu bien des difficultés à rejoindre sa chère ville de Poitiers. On murmurait encore qu'elle allait épouser ou qu'elle avait épousé le fils de Geoffroy Plantagenêt. Mais au fait, qui est cet Henri Plantagenêt qu'on dit fort instruit, qui parle plusieurs langues dont le latin et la langue d'oc, et qui a été élevé en Angleterre par les meilleurs précepteurs ?

— Eh bien, ici aussi on suit passionnément les amours de la duchesse de Guyenne, dit Gervase. Son nouveau mari, comme son père, n'a-t-il pas des visées sur le trône de notre vieux pays ? Imaginez Aliénor reine d'Angleterre !

— Est-elle toujours la bouillante fille de son Midi, provocante et frivole ?

— Je ne crois pas. Aliénor, qui ajoute maintenant à son titre de duchesse d'Aquitaine celui de duchesse de Normandie et de comtesse d'Anjou, est âgée de trente ans et se montre plutôt une maîtresse femme décidée à jouer son rôle dans la politique des hommes !

Les chandelles commençaient à fumer dans la pièce et le feu s'éteignait. Les dames demandèrent si Gervase voulait bien les raccompagner et Guillaume dit qu'il ferait escorte avec son ami. Heureusement, le temps était sec et la lune éclairait le chemin quand le chanoine se mit en route avec ses invités.

L'architecte fut agréablement troublé lorsque les deux belles lui prirent le bras et se serrèrent contre lui en disant qu'il faisait froid. Il se rappela, alors qu'ils étaient à table, l'effleurement de son genou par celui d'Ide, frôlement si fugitif qu'il l'avait à peine ressenti. C'était bien peu. La morale n'avait vraiment pas eu à souffrir au cours du dîner.

Bien que la rue fût déserte à cette heure, Gervase, prudent, marchait devant. Parfois il se retournait et, comme s'il était content d'avoir réussi son coup, lançait un regard amusé vers le trio.

Les dames reconduites à leur porte, le chanoine et l'architecte s'en retournèrent vers la maison de Guillaume en devisant :

— Alors, comment avez-vous trouvé mes invitées ? demanda Gervase.

— Votre cousine est une beauté comme on en rencontre peu. Elle est sûrement fort courtisée ?

— En effet, la famille n'aura pas de mal à la marier. Mais je veille à ce qu'elle ne tombe pas sur un fat grossier. C'est une princesse, il lui faut un seigneur. Malheureusement, elle n'est ni noble ni riche. Je me dois de la protéger.

Il n'en dit pas plus et Guillaume se demanda jusqu'où allait cette protection.

— Et Mme de Guigues ? N'est-elle pas belle et charmante ? Si vous en avez assez de vivre comme un ermite et de tremper votre soupe tout seul, le soir, devant des cendres que vous n'avez pas le courage de ranimer, dites-le. Je sais que vous lui avez fait forte impression.

— Vous allez vite en besogne, monsieur le chanoine ! Il est vrai que la solitude me pèse et que cette dame est séduisante mais je ne la connais que pour l'avoir entrevue le temps d'une soirée. Ai-je vraiment envie de faire entrer une femme dans ma vie ? Laissez-moi un peu de temps pour réfléchir.

— Bien entendu. Sachez seulement que Mme de Guigues serait ravie que vous lui fassiez l'honneur de votre chantier !

On se quitta sur ces mots et Guillaume dormit mal cette nuit-là. Il mit son insomnie sur le compte de la digestion difficile du lièvre.

*
* *

Louisette disait souvent à son mari qui la rabrouait :

— J'ai peur, nous avons trop de bonheur, nous allons devoir le payer ! J'ai beau prier, je n'arrive pas à m'enlever de l'idée que Dieu se lassera et qu'il cessera un jour de nous protéger.

— Arrête de te rendre malheureuse ! Dieu ne fait pas pour chacun le compte de ses bienfaits et il n'y a pas de raison pour qu'il permette au destin d'accabler la famille de celui qui lui construit une cathédrale dont tout le monde vante la beauté.

— Puisses-tu dire vrai, mon mari, mais j'ai un mauvais pressentiment !

Rien dans les mois qui suivirent ne confirma ce présage. Et puis, un jour d'automne où le ciel était chargé de méchants nuages, les jumeaux, qui jouaient entre les flaques d'eau, firent irruption dans la maison où Louisette cousait en compagnie de sa belle-sœur.

— Maman, un cavalier arrive qui presse son cheval !

— Eh bien, laisse-le venir. C'est sans doute un marchand.

Elle sortit tout de même et, de loin, reconnut frère Joseph qui avait une manière bien à lui d'écarter les deux bras sur la bride. Tout de suite, elle pensa que celui qui si souvent avait été le messager de la joie était cette fois porteur de sombres nouvelles.

— Il y a bien longtemps, frère Joseph, que nous vous avons vu. Mais vous avez changé de cheval ?

— Janvier est mort il y a un mois et la route sans lui paraît bien longue, dit-il en sautant à terre.

Il regarda Louisette et poursuivit :

— Surtout quand on n'apporte pas le bonheur dans sa sacoche !

— Je le savais, dit-elle d'une voix blanche. Dieu a rappelé à lui quelqu'un de la famille ? À Saint-Denis ou à Saint-Germer ?

— Aux deux, ma sœur. Le père de Renaud est mort il y a un mois et votre mère a été inhumée la semaine dernière. À vrai dire, le rouleau des morts était encore maigre et je n'avais rien à faire sur les routes mais j'ai tenu à venir vous apprendre le décès de vos proches et à vous dire que je prie pour le repos de leur âme.

— Merci, frère Joseph, pour votre fidélité et votre bonté. Je suis bien triste mais votre visite ne me surprend pas trop car j'ai fait ces derniers temps de mauvais rêves. Je savais qu'il allait falloir payer tous ces bienfaits que Dieu nous a prodigués.

— Ne parlez pas ainsi, ma sœur. Le Seigneur ne fait pas payer les joies qu'il dispense. Mais nos âmes lui appartiennent et il en dispose comme il l'entend !

— Oui, vous avez raison : il ne faut pas regimber mais prier ! Je vais faire prévenir mon époux. Mais vous devez être épuisé, mon frère. Il faut vous rafraîchir et vous reposer. Il y aura un petit changement pour la nuit. Mon frère Pierre habite maintenant chez nous avec sa femme et vous dormirez dans la chambre des enfants.

— Je ne veux pas déranger. La grange fera mon affaire.

— Nenni, frère Joseph. Vous dormirez dans la maison et, avant de nous coucher, nous dirons ensemble la prière des morts.

Louisette, qui était restée très calme jusque-là, s'assit et se mit à pleurer la bonne Alice, mère parfaite, épouse admirable. Puis elle appela Simon, l'aîné des fils, à qui elle annonça la nouvelle et demanda de courir jusqu'au chantier pour dire à Renaud que son père Jehan avait rejoint la demeure de Dieu et qu'il rentre sans attendre.

Le gamin, qui ne connaissait Jehan Pasquier qu'à travers l'image souvent évoquée par Renaud, se demanda comment il allait apprendre à celui-ci la triste nouvelle.

— Que vais-je dire au père ? demanda-t-il à Louisette. Il va avoir mal et je ne veux pas lui faire du mal...

Elle l'attira contre elle et l'embrassa :

— Simon, à neuf ans tu es un grand garçon. Bientôt tu seras apprenti. Tu sauras si tu le veux trouver les mots qui allégeront sa peine ! Va maintenant !

Lui qui était toujours si heureux de venir au chantier, il demanda avec appréhension au maître charpentier qui inspectait un arrivage de bois où se trouvait son père.

— Dans la loge, je crois. Mais tu as l'air angoissé, que se passe-t-il ?

— Le grand-père, Jehan Pasquier, est mort !

— L'homme de Saint-Germer que ton père vénérait ! Ce sont tous les chantiers de France et d'ailleurs qui vont porter le deuil !

Simon trouva dans la salle des traits Renaud penché sur le cahier de parchemin où Guillaume avait consigné l'essentiel de son savoir et qu'il consultait chaque fois qu'il hésitait sur un choix.

— Qu'y a-t-il, mon fils ? demanda-t-il.

Simon se raidit et regarda son père en retenant ses larmes :

— Père, frère Joseph vient d'arriver et il nous apporte...

— Qui ? coupa Renaud qui avait compris.

— Le grand-père Jehan Pasquier.

— Ah !

Renaud se recueillit, la tête entre les mains, et ne dit rien d'autre durant un temps qui sembla interminable à Simon. Puis il dit :

— Tu n'as, je crois, jamais rencontré ton grand-père. Comme je le regrette aujourd'hui ! Il a été un précurseur, un génie plein de modestie, venu à un moment où les maîtres d'œuvre n'étaient pas honorés comme aujourd'hui. Mais nous tous, les bâtisseurs de cathédrales, nous lui devons beaucoup. Moi je lui dois tout puisqu'il a été à la fois mon père et mon maître.

— Maman a demandé que tu rentres le plus tôt possible, dit l'enfant. Elle pleure parce que la grand-mère Alice est morte elle aussi.

— Alice, la douce Alice... C'est beaucoup de malheur ! Viens, Simon, nous rentrons !

En quittant la loge, ils découvrirent, surpris, les apprentis, maîtres et compagnons alignés devant la statue de saint Étienne. Regnault, le charpentier, avait prévenu le chantier et tous manifestaient, selon le rite du deuil, leur affection pour celui qui était dans la peine. Alexis, le doyen des tailleurs de pierre, s'avança d'un pas et annonça :

— Nous allons chanter la chanson des frères disparus en hommage au grand bâtisseur que fut Jehan Pasquier, père de notre cher maître d'œuvre.

Une émouvante complainte s'éleva sur le chantier silencieux. Renaud chanta lui aussi en serrant la main de son garçon.

Le souper et la veillée, d'ordinaire si gais quand frère Joseph était de passage, furent ce soir-là bien tristes. Renaud parla de son père avec des sanglots dans la voix et dit soudain :

— La mère et Simon ne peuvent rester seuls à Saint-Germer et à Saint-Denis. Je vais aller les chercher et ils habiteront avec nous.

— Si vous le souhaitez, je vous aiderai pour le voyage qui ne sera pas une mince affaire, dit Joseph. Il faudra prévoir un chariot car je ne vois pas votre mère à cheval. Et il y a toutes leurs affaires qu'ils voudront emporter...

— Simon, qui est maintenant bien vieux, ne pourra lui non plus monter. J'accepte votre concours, frère Joseph. Mais votre tâche à l'abbaye...

— Je voudrais bien voir qu'on m'empêche de reconduire chez son fils celui qui, avec le grand Suger, a bâti Saint-Denis !

La décision de Renaud fut accueillie avec ferveur par toute la famille. Il restait cependant à régler un problème de place. Pierre venait d'épouser Judith, la fille de Joseph Villar, un maçon de formation qui était un dessinateur remarquable et qui travaillait la plupart du temps dans la salle des traits aux côtés de Renaud.

— Nous allons chercher à nous loger ailleurs, dit Pierre, et nous serons partis lorsque Simon et Marie arriveront.

— Non, dit Renaud. Plus que jamais la famille doit rester unie. Tu vas simplement, avec deux compagnons maçons, agrandir la maison de deux nouvelles pièces en façade. Je vais faire un plan et je veux que tout soit prêt quand nous reviendrons ! Moi je repartirai avec frère Joseph quand il le souhaitera.

— Demain matin, mon frère, dit Joseph. Nous irons d'abord à Saint-Denis pour préparer les chevaux et le chariot, nous filerons ensuite vers Saint-Germer chercher votre mère et rentrerons par Saint-Denis pour prendre maître Simon.

— Merci, frère Joseph. Sans vous, je ne sais pas comment nous aurions fait.

— Cela est bien normal. Disons que Dieu m'a chargé de vous montrer qu'il ne vous abandonne pas.

Le voyage aurait été une partie de plaisir si sa cause ne l'avait endeuillé. Malgré les circonstances, c'est avec bonheur que Renaud retrouva son maître qui prenait le frais, assis sur le banc de pierre devant la maison. Simon Lesourd, en le voyant, leva les bras au ciel et s'écria :

— Tu es venu ! Tu es venu ! Je n'attendais personne. C'est un bienfait parce que la vie est trop triste depuis que les enfants sont partis et que la bonne Alice m'a quitté. Comment va Louisette ? Et les petits ?

— Louisette va bien et les jumeaux grandissent, mais vous allez bientôt les voir car nous venons vous chercher, frère Joseph et moi.

— Que dis-tu ? Tu m'emmènes ?

— Oui, vous allez venir vivre à la maison de Sens, ainsi que ma mère, Marie, qui vient de perdre son mari et qui se retrouve aussi bien seule.

— Comment ? Ton père Jehan Pasquier est mort ?

— Hélas ! Mais vous me parlerez de lui, de son talent.

— Bien sûr. Et tu vas pouvoir enfin me montrer ce chantier que l'on dit magnifique. Peut-être que tu me confieras quelques travaux. Tu sais, je dessine encore très bien et ma tête sait toujours calculer. Ici, je ne fais pratiquement plus rien. Je vais parfois au chantier de la basilique qui a repris un peu d'activité mais un nouveau maître d'œuvre a été nommé par le chapitre pour reprendre les travaux et je sens que je suis de trop, que je ne dois me mêler de rien.

— Les ingrats ! Ce n'est pas l'abbé Suger qui aurait agi comme cela. Qui est ce remplaçant ?

— Pierre de Montreuil. Un jeune architecte qui ne manque pas de qualités mais qui a un peu tendance à croire qu'il sait tout du métier, alors que moi, après une vie passée à bâtir, je me rends compte que j'ai encore tant de choses à apprendre ! Mais, tu sais, je lui ai passé la main sans amertume. Je sens bien que je ne suis plus assez fort pour assumer la responsabilité d'un chantier. En revanche, t'aider, te donner un conseil par-ci par-là, ça, je peux. À condition que tu le souhaites, naturellement.

— Vous retrouver me cause une telle joie, mon maître ! Bien sûr que j'aurai besoin de vos conseils ! C'est que je suis seul depuis que Guillaume de Sens est parti en Angleterre reconstruire la cathédrale de Canterbury.

— Tu es donc le maître d'œuvre ? L'architecte de cette énorme cathédrale ? Mon Dieu, si on m'avait dit cela lorsque tu es arrivé à Saint-Denis pour décrocher ton titre de compagnon !

*
* *

À Saint-Germer, deuxième étape de son pèlerinage, Renaud pénétra dans la maison qui avait été sienne durant toute sa jeunesse. Rien n'avait changé. Dans la haute cheminée chauffait le chaudron d'eau ; la grande table de chêne était à sa place et il y retrouva avec émotion les traces de brûlures causées un jour par un plat de terre trop chaud ; le lit où le père et la mère dormaient lorsque l'hiver devenait glacial était toujours là, blotti dans son coin, les coffres à linge aussi. Renaud observa que la maison avait conservé son odeur, toutes les maisons ont une odeur, celle de Marie sentait la cire et la cendre. Mais voilà, la vérité sauta soudain aux yeux embués de Renaud : le père n'était plus là, la maison avait perdu son âme !

La mère, qui tricotait dans sa chambre où le soleil de l'après-midi pénétrait timidement, se mit à sangloter en voyant Renaud :

— Mon fils ! J'ai rêvé l'autre nuit que tu venais me surprendre, et te voilà ! Je t'aurai donc revu avant de partir rejoindre ton pauvre père ! Que Dieu soit béni de me donner cette dernière marque de miséricorde !

— Mais maman, Dieu ne borne pas là ses bienfaits. Il te reste à vivre bien d'autres joies avec tes petits-enfants qui t'attendent à la maison.

— Quelle maison ? La mienne est vide et mes petits-enfants sont loin. D'ailleurs je ne les connais pas. Que me racontes-tu là ?

— Que je vais t'emmener à Sens vivre avec nous !

— Est-ce possible ? Ne fais pas des promesses que tu ne tiendras pas. Un tel voyage, à mon âge !

— Viens regarder dehors. Tu verras que tout est arrangé pour que tu quittes le désert de cette maison où tu n'as plus envie de vivre. Nous partirons demain matin lorsque tu auras rassemblé ce que tu veux emporter. Je vais t'aider avec frère Joseph qui m'accompagne. Tu te souviens de Joseph, le messager de Saint-Denis qui est venu quelquefois te porter de nos nouvelles ?

Le frère avait fait remettre en état le vieux chariot à deux chevaux de l'abbaye qui n'avait pas servi depuis le fameux voyage dans le Midi, lorsque le prince de France était parti avec l'abbé Suger, sa cohorte de chevaliers et une délégation d'évêques chercher sa femme la jeune duchesse d'Aquitaine.

— Vous serez bien, allongée sur les fourrures de la reine, dit Joseph en saluant la vieille dame d'une prière marmonnée dans sa barbe. Elles ont été nettoyées et les couvertures sont neuves ; et puis, après Saint-Denis, vous aurez de la compagnie.

— Qui donc ? demanda Marie, méfiante.

— Simon Lesourd, mon beau-père, qui a perdu sa femme et que nous allons aussi ramener à la maison.

— Ah ! Lui aussi... C'était un vieil ami du père qui parlait souvent de lui comme d'un grand maître d'œuvre.

Les femmes, c'est connu, résistent mieux que les hommes aux drames de la vie. La mort de Jehan avait naturellement touché Marie mais Renaud eut l'impression que sa mère, malgré ses plaintes, aurait vaillamment supporté sa solitude à Saint-Germer s'il n'était pas venu la chercher.

Il en coûta à Marie Pasquier d'abandonner sa maison et d'y laisser tant de choses qu'elle pria les moines de Saint-Germer de partager entre les pauvres, mais lorsque l'heure du départ arriva, elle monta allégrement dans le chariot qui avait ramené Aliénor à Paris. Elle avait été comme cela toute sa vie, Marie. Elle s'était réjoui des bonheurs et, dans les jours sombres, avait toujours su s'arranger avec l'inévitable.

Le voyage fut tout de même lent et fatigant mais les vieux, bousculés, cahotés, brisés, supportèrent bravement l'épreuve. Ils furent récompensés en arrivant devant la maison de Sens. Renaud, parti en avant, avait prévenu la famille qui, bien rangée, une fleur à la main, accueillit les anciens en chantant. Il y eut des larmes et des rires et finalement une douce sensation de paix gagna les deux familles réunies.

Renaud, ému, dit à Louisette qui se serrait contre lui :

— Il n'y a je crois que chez les maçons qu'on peut voir une chose pareille... Demain nous irons tous prier dans le chœur de la cathédrale qui est presque achevé. Cela rappellera bien des souvenirs à ton père. Saint-Denis était dans cet état le jour où Suger nous a invités à venir nous recueillir sous les voûtes du nouveau chœur. Espérons que le soleil qui dorait ce matin-là les ogives neuves sera encore de la partie.

— Tu vois, mon Renaud, notre vie est déjà pleine de souvenirs. C'est un signe ?

— Le signe que les ans passent, bien sûr. Mais vieillir a ses joies. Si tu savais combien je suis heureux de retrouver mon maître, Simon Lesourd, sur mon chantier. J'appréhende pourtant la réaction de ton père. Va-t-il être satisfait du travail de son élève ? Et il me manquera toujours le jugement de Suger. Peut-être va-t-il, lui, l'homme des miracles, nous transmettre du ciel un message d'encouragement...

Le soir, au cours du souper, ni Marie ni Simon montrèrent un signe de fatigue. Oubliés les aléas de la route ! Elle avait retrouvé sa fille et lui le bonheur d'être à nouveau plongé dans l'animation d'un chantier, d'y respirer l'odeur de la pierre, d'y entendre les martèlements des tailleurs, les crissements de la scie et les cris des compagnons. Tout le monde était déjà au lit quand Simon et Renaud, verre de prunelle en main, continuaient à discuter de l'intérêt de peindre les statues de pierre et, pourquoi pas, certains pinacles et colonnades.

Peindre les cathédrales, c'était une vieille idée. Guillaume de Sens avait souvent parlé à Renaud de relever l'architecture de l'église par de riches couleurs, d'illustrer de rouge, de bleu et de jaune le livre blanc qu'ils ouvraient pour les fidèles du Seigneur. C'est cette nuit-là qu'il fut décidé de peindre la statue de saint Étienne, le patron de la ville, qui attendait toujours que fût achevé le grand portail pour trouver sa place d'où ni les guerres ni les révolutions ne le délogeraient.

*

* *

Pendant que Renaud, aidé maintenant par le vieux maître d'œuvre de Saint-Denis, continuait à hisser ses épures vers le ciel, Guillaume de Sens, « exilé par et pour Dieu », comme il disait, poursuivait la construction de la cathédrale de Canterbury. Il s'était acclimaté à la vie anglaise et, accaparé par son œuvre, ne regrettait pas de s'être engagé dans l'aventure. Le chanoine Gervase, devenu un intime, et, surtout, la séduisante Mme de Guigues l'avaient, il est vrai, aidé à se familiariser avec les habitudes un peu bizarres des Anglais. Il parlait maintenant correctement la langue du pays et avait même, cela faisait rire Gervase, décidé d'apprendre à jouer de la cornemuse.

La belle veuve avait pris une place importante dans sa vie. Deux ou trois fois dans la semaine, il la retrouvait discrètement dans sa maison quand elle ne se rendait pas chez lui. Était-ce l'amour ? Plusieurs fois, le chanoine leur avait dit :

— Mariez-vous donc au lieu de vivre ainsi dans la clandestinité. Et dans le péché !

— Que celui qui n'a jamais péché me jette la première pierre ! répondait Guillaume en riant.

En fait, pour des raisons de succession, peut-être aussi afin de garder à leur liaison l'épice du secret, Ide n'avait nulle envie de convoler. Quant à Guillaume, il rechignait à s'engager dans une vie commune qui le priverait de sa liberté.

Ainsi allait la vie à Canterbury entre l'amitié, l'amour tranquille sinon béni et le travail qui occupait la majeure partie de la vie de l'architecte. Cela aurait pu continuer, non pas jusqu'à l'achèvement des travaux car une cathédrale exige plusieurs vies qui se repassent le flambeau avant qu'elle ne soit couronnée de son dernier pinacle, mais jusqu'à la vieillesse et le retour en France du maître d'œuvre. À moins qu'un événement imprévu ne vienne troubler le cours paisible des choses.

*
* *

C'est ce qui se produisit à Canterbury un matin où le printemps annonçait une belle journée. Comme à son habitude, Guillaume avait quitté sa maison dès le lever du jour. Il aimait arriver sur le chantier au moment où les premiers rayons du soleil doraient les murs blancs du chœur. Il faisait le tour de son église en échangeant quelques mots avec les compagnons déjà au travail, faisait un signe de croix en passant devant l'endroit où une dalle de marbre indiquait la place du maître-autel dont il avait déjà conçu le plan et auquel travaillait depuis Pâques le sculpteur allemand Friedmann.

Dans la nef que délimitaient les colonnes déjà en place et dont les murs du soubassement commençaient à s'élever jusqu'à une bonne demi-toise, Guillaume, hélé par Benoît, le maître maçon, s'arrêta et lui demanda ce qu'il se passait :

— Nous avons des ennuis avec une colonne qui penche dangereusement vers l'extérieur. Ne faudrait-il pas un arc-boutant pour la soutenir ? Je vous ai entendu dire que vous comptiez en installer tout autour de la cathédrale.

Guillaume sourit :

— Tu rêves, Benoît. Les arcs-boutants sont destinés à contrebalancer les forces d'écartement des voûtes, pas à redresser une colonne ! Il faut contenir celle-ci par des pièces de bois en attendant que les pierres de murs la stabilisent. Va me chercher le maître charpentier !

Le maître charpentier Robert, un vieux des chantiers de Normandie, arriva de son pas lent, un peu chaloupé, d'homme d'expérience qui sait que la précipitation est l'ennemie d'un travail fait pour durer des siècles.

— Regarde cette colonne, dit Guillaume. Il convient de l'étayer au plus tôt avant d'en vérifier le soubassement.

Robert, qui ne circulait jamais sur le chantier sans son équerre pendue à la ceinture et son fil à plomb enfoui dans une poche de sa blouse, s'activa tout de suite à mesurer l'inclinaison de la colonne. Il émit un grognement. Tous ceux qui le connaissaient comprirent que la chose était sérieuse.

— C'est un miracle que cette colonne soit encore debout, déclara-t-il enfin. Je vais chercher deux compagnons, des échelles et des étais de bois.

En attendant, Guillaume, les yeux au ciel, fixait le haut de la colonne, à hauteur du chapiteau qui venait d'être épannelé. Il y avait remarqué une fissure due sans doute au dévoiement du fût.

On entendit alors une sorte de craquement. C'était le chapiteau qui se détachait. Benoît, le maçon, poussa un cri mais Guillaume n'eut pas le temps de se dégager et la pierre lourde d'au moins trois cents livres rasa sa tête et lui fracassa l'épaule. Il s'affaissa sans un cri dans la poussière du chantier.

Aussitôt on se précipita. Benoît s'agenouilla, se pencha sur le corps inerte de l'architecte pour voir si un souffle de vie filtrait de ses lèvres.

— Que s'est-il passé ? demanda Robert épouvanté en arrivant avec ses compagnons. C'est le maître qui est là, allongé... Ne me dites pas qu'il est mort !

— Non, dit Benoît d'une voix blanche. Il respire mais semble bien touché. Il faut aller chercher le brancard.

Les accidents n'étaient pas rares sur le chantier et deux brancards construits par les charpentiers étaient par précaution rangés à l'entrée de la loge.

Maintenant, Guillaume gémissait, le visage crispé de douleur. Soudain, Robert s'écria en se signant :

— Emportez notre maître, et que personne ne reste auprès de la colonne. Celle-ci peut s'écrouler d'un instant à l'autre.

Tandis qu'on allongeait le blessé sur un banc de la loge, les maîtres et les ouvriers, en fait tous ceux présents sur le chantier, agglutinés autour de la maison commune, sursautèrent lorsqu'un bruit tout proche, semblable à un violent coup de tonnerre, ébranla l'air.

— C'est la colonne ! dirent ensemble Robert et Benoît.

Un instant les regards quittèrent le corps du malheureux Guillaume et se portèrent sur le chantier d'où montait un nuage de poussière.

— Attention ! ajouta Robert. Que personne ne s'approche de la colonne qui a pu, en s'écrasant, déstabiliser l'ensemble. Nous irons voir cela après nous être occupés de Guillaume. Qu'un apprenti aille en courant chercher le chirurgien Debar. Je n'ai pas grande confiance dans le pouvoir de soigner de ces barbiers qui se disent aujourd'hui chirurgiens mais il arrivera peut-être à soulager la douleur.

— Envoyons le jeune Pierre, dit Benoît, c'est le plus débrouillard et le plus sérieux. Il faut qu'il explique bien à Debar ce qu'il s'est passé afin qu'il apporte les remèdes nécessaires. On peut aussi alerter un médecin mais comme il ne faut pas toucher le blessé, je ne vois pas en quoi il sera utile.

— Peut-être devrions-nous prévenir le chanoine, hasarda Renaud Barbedette, l'appareilleur que Guillaume appréciait et qui semblait bouleversé par l'accident.

— Naturellement, qu'il faut le prévenir, répondit Benoît. C'est à lui de prendre les dispositions qui conviennent. Que quelqu'un courre jusqu'à l'abbaye. Maintenant, nous allons essayer de dégager Guillaume de son bliaud qui est tout taché de sang. Allez chercher un rasoir ou une lame bien tranchante qui puisse couper l'étoffe. Car s'il a l'épaule cassée, comme je le crains, il ne faut pas le bouger.

Gervase arriva en même temps que le chirurgien. Tous deux se penchèrent sur le visage de Guillaume qui n'avait jusque-là ouvert la bouche que pour gémir. En croisant le regard de son ami, il murmura en hachant ses mots :

— Je ne me souviens pas. Je crois que je saigne. Veillez, mon ami, à ce que le barbier ne me maltraite pas. Et priez pour moi !

— Mais oui, mon ami. Et ce n'est pas moi seulement qui vais prier. Renaud Barbedette, que vous aimez bien et qui vous admire, m'a demandé d'organiser une prière collective dans la nef. Quand on vous aura ramené chez vous, tous les hommes du chantier vont implorer le Seigneur de vous rendre la santé et de vous permettre de poursuivre votre œuvre. Je vous avoue que cette ferveur m'émeut. Je me sens chaque jour plus proche des tailleurs de pierre !

— Merci. Prévenez Mme de Guigues. Il ne faut pas qu'elle s'inquiète.

Sur ces mots, à peine audibles, Guillaume de Sens s'endormit sous l'effet de la mixture que le chirurgien venait de lui administrer.

Debar était un praticien habile. S'il était vrai qu'il avait commencé par raser les barbes des bourgeois de Canterbury, il avait appris de son père l'art de manier la lancette, de saigner et de panser. Il s'était aussi procuré à prix d'or une copie de la traduction du *Régime du corps* de maître Aldebrandin de Sienne et plusieurs ouvrages à l'esprit scientifique incertain mais utiles par leurs conseils et la description de manipulations courantes. Et puis il y avait l'habileté, l'adresse, l'agilité des mains qui ne s'apprennent pas mais qui s'améliorent avec la pratique. Debar s'était ainsi forgé une bonne réputation en réussissant à opérer une fistule dont souffrait l'abbé Jansen, le prieur de l'abbaye.

Après avoir examiné l'épaule de Guillaume, Debar dit qu'il fallait soigner la plaie avant de remettre en place l'épaule qui était déboîtée. Il demanda un drap qu'il fit découper en bandes et envoya chercher chez l'apothicaire une quantité d'huiles, d'onguents et de poudres. Le soir, le chanoine pouvait faire reconduire chez lui, dans une charrette de l'abbaye, l'architecte enserré dans les bandelettes du chirurgien et assommé par l'opium et autres médications ordonnées par le docteur Meschinot. Celui-ci, finalement appelé, n'avait effleuré de sa main que le poignet de Guillaume pour lui prendre le pouls et avait consulté, comme un moine l'aurait fait de la Bible, la copie du « canon » d'Avicenne[1] qui constituait avec l'herbier de Platearius la somme des médicaments connus[2].

Guillaume de Sens se remit assez vite de sa blessure. Au bout de deux semaines on lui ôta son pansement et on aurait pu le croire guéri si Debar avait réussi à soigner aussi son épaule. Hélas ! Des

---

1. Avicenne, médecin philosophe d'origine iranienne. Son « canon de la médecine » était la base des études médicales, en Occident comme en Orient.

2. Matheus Platearius, médecin de l'école de Salerne, célèbre au Moyen Âge.

manipulations répétées qui lui arrachaient des cris ne firent qu'aggraver son état.

— L'articulation est brisée, dit enfin le barbier-chirurgien. Je ne peux qu'apaiser la douleur de monsieur l'architecte par des drogues.

— Peut-il espérer guérir ? demanda le chanoine.

— C'est possible mais on ne peut compter que sur la miséricorde divine. Prions pour que le Seigneur, dans sa grande bonté, permette à son serviteur de recouvrer l'usage de son bras. Parfois, au prix de bien des souffrances, les os se ressoudent.

— Nous prierons, mon frère. Tous les jours. Avec les maçons, les charpentiers, les tailleurs de pierre qui, mieux que les autres, sont désignés pour intercéder en faveur de l'architecte de Dieu !

La souffrance ne quitta plus Guillaume. C'est lui qui s'habitua à elle, allongé sur son lit ou installé sur un siège rembourré fabriqué par Robert. Les maîtres de métiers venaient le consulter chaque fois qu'un problème se posait et il s'en posait souvent. Pour faciliter ce va-et-vient, Guillaume avait prêté ses chevaux. Ces dispositions ne pouvaient être que temporaires. Deux fois déjà, les chanoines, réunis par l'archevêque, avaient discuté des mesures à prendre. Quelques-uns d'entre eux, qui s'étaient opposés à la venue de Guillaume, avaient même demandé qu'on le remplace sans attendre, ce à quoi Gervase s'était opposé avec véhémence :

— Sans parler de l'inélégance du procédé envers un maître d'œuvre incomparable qui a failli laisser sa vie sur le chantier de Canterbury, on remplace plus facilement un vieux chanoine atrabilaire qu'un architecte. Je défie quiconque de trouver rapidement un maître d'œuvre capable de prendre en charge le chantier de notre cathédrale !

Les deux chanoines mis en cause pâlirent, les autres sourirent et l'archevêque pria le chapitre d'user de termes plus mesurés avant de conclure :

— Notre frère, le chanoine Gervase, travaille depuis le début avec M. Guillaume de Sens auquel il porte une grande admiration. Je me suis même laissé dire, Gervase, qu'une vraie amitié vous lie. Je pense donc que vous êtes tout désigné pour assumer sur place, tant qu'il sera contraint à garder la chambre, la responsabilité des travaux.

C'était une bonne solution, la seule possible, et l'activité du chantier ne faiblit pas. Tous ceux qui œuvraient à l'édification de la nouvelle cathédrale voulaient témoigner de leur fidélité au maître souffrant et de leur volonté de poursuivre son projet.

Pierre après pierre, les ogives s'installaient sur leurs piliers et les colonnes de marbre commençaient à habiter les intervalles, les premiers arcs-boutants dépliaient leurs ailes autour du chœur, l'œuvre avançait au rythme de la gestuelle tranquille et efficace des bâtisseurs selon les plans dressés par Guillaume quatre ans auparavant. Parfois, lorsque le temps était clément et que son état le lui permettait, l'architecte se faisait conduire sur le brancard jusqu'au chantier et mesurait du regard l'avancée des travaux. Il avait pu ainsi assister à la pose de la clef de voûte du chœur, un événement majeur que les bâtisseurs saluèrent du chant traditionnel des maçons avant d'entourer le maître et de s'agenouiller pour prier avec lui.

Gervase, qui était à son côté, retint une larme en regardant le visage émacié de son ami qui scrutait la cathédrale sous tous ses angles, comme pour en graver dans sa mémoire les moindres détails.

Le chanoine, qui depuis les premiers jours tenait le journal du chantier, écrivit ce soir-là sur son rouleau de parchemin :

« Aujourd'hui, huitième jour avant les ides de septembre, vers la sixième heure, eut lieu une éclipse de soleil alors que le maître d'ouvrage, mon cher Guillaume de Sens, était porté vers son logis. Il m'a dit : "Cher Gervase, c'est un signe. Je crois que je ne verrai jamais plus mon église[1]." »

Les astres n'avaient pas menti. Dès le lendemain de l'éclipse, l'état de Guillaume empira. Ses souffrances, dont il ne réussissait plus à cacher la cruauté, lui interdisaient tout déplacement, même jusqu'au fauteuil. Les visites lui devenaient insupportables. Il refusait de se montrer dans son état de grabataire et il avait fait demander à Mme de Guigues de ne plus venir le voir. Il ne recevait que le chanoine et les deux principaux maîtres de métiers Benoît et Robert qui avaient de plus en plus de difficultés à l'intéresser au déroulement des travaux.

Le médecin et le chirurgien passaient chaque jour mais ne pouvaient que constater leur impuissance. Ils avaient arrêté les saignées qui affaiblissaient trop le malade et se bornaient à dire que le pouls était bon. Et puis, un jour où le temps pourtant était maussade, Guillaume dit à son serviteur qu'il se sentait mieux et qu'il voulait voir le chanoine Gervase. Celui-ci, inquiet de cet appel, ne tarda pas à arriver et fut surpris de trouver l'architecte installé dans le fauteuil, en train d'avaler une écuelle de soupe.

— Comment vous portez-vous aujourd'hui, monsieur l'architecte ? Vous m'avez fait peur en me mandant d'aussi bonne heure !

---

1. Le moine Gervase a heureusement pris soin de noter minutieusement dans son journal (écrit en latin) toutes les péripéties de la reconstruction de la cathédrale de Canterbury. C'est l'un des rares témoignages qui nous sont parvenus sur la vie d'un grand chantier.

— Eh bien, mon ami, je me sens mieux ce matin. J'espère même avoir la force de me faire porter jusqu'au chantier pour voir une dernière fois ma cathédrale et dire adieu à tous ceux qui ont contribué à en entreprendre la construction.

— Leur dire adieu ? Mais si vous vous rétablissez, comme votre état aujourd'hui permet de l'espérer, vous allez bientôt pouvoir les retrouver chaque matin que Dieu fera !

— Je ne le pense pas. J'ai parlé à Dieu ce matin en me réveillant et il m'a dit avec beaucoup de douceur et de miséricorde que j'avais bien travaillé pour lui à Sens comme à Canterbury et que j'avais mérité de pouvoir laisser à d'autres le soin de continuer l'œuvre entreprise. « Tu sais bien, Guillaume, a-t-il ajouté, qu'aucun de ceux qui peinent sur ton chantier ne verra la cathédrale achevée. Pour eux comme pour tous ceux qui vivent aujourd'hui dans la cité, la cathédrale restera à l'état de rêve. Le divin Suger lui-même a dû abandonner Saint-Denis ! »

Guillaume s'épongea le front et continua :

— Dieu m'a dit encore : « Tu es trop las pour reprendre l'équerre et le compas. Aujourd'hui, tes prières ont eu raison de tes souffrances. Le temps est venu pour toi, si tu le veux, de t'en retourner dans ton pays. Et d'y attendre que je te fasse signe de venir me rejoindre au ciel des bâtisseurs. »

Le chanoine hocha la tête et prit la main de son ami. Il essayait de comprendre ce qui se passait derrière ce front dégarni, lisse comme une pierre bien taillée. Guillaume perdait-il la raison ? À part quelques saints, qui avait parlé à Dieu ? Et puis il songea aux miracles de Suger que Renaud lui avait décrits. Après tout, il était possible que Dieu entretienne des liens privilégiés avec ces ouvriers admirables qui lui bâtissaient des églises, des monastères et, maintenant, des cathédrales qui annonçaient un monde nouveau de foi et d'espérance ! Oui, pourquoi Guillaume n'aurait-il pas été touché par la parole de Dieu ?

Il se signa, commença à prier, et c'est l'architecte qui le regardait maintenant en souriant.

— Mon ami, je lis dans vos pensées. Vous n'avez d'abord pas cru à mon rétablissement et à l'intervention du Père, puis la foi vous a remis sur mon chemin et vous savez maintenant que je suivrai les paroles divines. Ici, je resterai un estropié inutile. Je vais donc, si vous voulez bien m'y aider, m'en retourner chez moi. Le voyage, je le sais, sera pénible mais Dieu m'aidera !

Le voyage fut pénible, surtout durant la traversée où une tempête malmena son épaule au point de le faire défaillir. Enfin, la charrette que Renaud lui avait envoyée au port de Calais, avec trois robustes compagnons pour le porter quand il le fallait, arriva jusqu'à Sens.

— Passez d'abord par la cathédrale, avait dit Guillaume. Je veux voir ce que l'on a fait durant toutes ces années. Et à cette heure du jour, c'est là que je trouverai Renaud.

De loin, il aperçut de hauts murs et l'une des tours qui dominait déjà la cité.

— Je n'aurais pas cru qu'ils iraient aussi loin, murmura-t-il en reconnaissant ses épures dans les arcs brisés des hautes fenêtres.

Captivé par le spectacle de son imagination incarnée dans la pierre, il oubliait sa douleur et eut envie de crier « Renaud ! ». Mais celui-ci, prévenu par un gâcheur de mortier, arrivait. Il trouva son maître agenouillé dans la poussière au pied de la statue d'Étienne, le saint patron de la ville.

Renaud voulut le relever pour le serrer dans ses bras mais son geste était à peine ébauché que Guillaume poussa un cri et tomba au pied de sa cathédrale. Renaud, en soulevant le pauvre corps au visage émacié, constata qu'il était sans vie. Il essaya en vain de le ranimer et lui ferma les yeux en pleurant :

— Guillaume de Sens est mort, dit-il aux compagnons accourus. Comme le maître a dû lutter et souffrir pour revoir une dernière fois sa cathédrale ! Et je n'ai même pas pu l'entendre dire qu'il était content de nous...

Chapitre VIII

L'adieu à Sens

Le temps balayait le royaume sans changer grand-chose aux démêlés du roi avec ses éternels et turbulents vassaux, les comtes de Blois et de Champagne. D'escarmouches en escarmouches, de « paix de Dieu » en « paix de Dieu », les chevaliers s'affrontaient sans trop de dommages dans les campagnes quand ils ne se rencontraient pas au hasard des foires dans des tournois débonnaires. On n'était plus au temps où la famille Pasquier pouvait imaginer à Saint-Denis les heurs et malheurs de Louis VII à travers les confidences de l'abbé Suger. Le chantier de Sens demeurait pourtant, par l'éveil aux choses de l'esprit des gens de la pierre et le contact permanent des clercs, un lieu laïc d'échanges d'idées et d'informations, le seul d'ailleurs de la ville où le pape Alexandre III, fuyant l'Italie et les antipapistes de l'empereur germain Frédéric, avait décidé de fixer sa résidence, en août 1163.

Le pape à deux pas du chantier ! Il y avait de quoi aiguiser le fil de la conversation chez le maître d'œuvre où la vie avait bien changé depuis le jour tragique où Guillaume de Sens était revenu mourir au pied de sa cathédrale. Ainsi, le soir à la veillée, il était à nouveau question d'Aliénor. Il courait bien des bruits sur l'ancienne reine de France devenue l'épouse d'Henri Plantagenêt, le roi d'Angleterre qui avait aussi la haute main sur la Normandie, l'Anjou, le Maine et le duché d'Aliénor qui régnait à Poitiers, cité favorite des ducs d'Aquitaine, sur sa cour de vassaux et de poètes.

*

* *

À quarante-quatre ans, Renaud avait gardé sa silhouette longue et mince.

— Le métier d'architecte conserve mieux que la rude tâche des maçons et des tailleurs de pierre, disait-il à son fils Simon en regardant les plus vieux de ses compagnons hisser leur dos voûté sur les échafaudages. Cela est injuste !

— Il est bien vrai que l'on use moins son organisme en réfléchissant et en dessinant qu'en martelant à la brette dix heures par jour un bloc de granit ! répondait Simon qui venait de peiner pendant des années pour mériter le grade de compagnon.

— Il faut souffrir un patient labeur, mon fils, pour avoir un jour le privilège de porter des gants sur le chantier. Crois-moi que ton grand-père Simon, dont tu portes le nom, ne m'a pas ménagé à Saint-Denis ! Cela entendu, si tu veux pouvoir me succéder un jour, tu vas devoir laisser un peu ton marteau et ton ciseau pour prendre la règle et le compas. Tu n'es pas mauvais en géométrie mais ton dessin patauge dans l'à-peu-près. Je veux te voir tous les après-midi à la loge dans la salle des traits où Joseph Villar t'apprendra à tenir la plume. N'aie pas peur de gâcher du parchemin : tu sais que tu peux le gratter au moins cinq fois !

— Merci, père. Je mesure ma chance d'être ton fils.

— Cette chance n'est pas tout. C'est toi qui en feras une réussite, et toi seul ! Le jour où nous quitterons Sens, je veux pouvoir compter sur toi.

— Nous allons quitter Sens ? Tu n'as jamais parlé de cela.

— Fais comme si je ne t'avais rien dit. Ce n'est qu'un projet qui ne se réalisera peut-être jamais.

— Mais je veux savoir ! Si je quitte Sens, ma vie...

— Tu vas, je le sais, me parler de cette fille avec qui tu sors le dimanche. Ta mère t'a aperçu en sa compagnie, il paraît qu'elle est jolie. Je regrette que son père ne soit pas un homme de la pierre car les mariages entre familles du métier sont les plus heureux ! Mais on ne part pas demain ! Tu as le temps de la mieux connaître. Ou de renoncer à elle ! Du reste, que fait son père ? Je le connais ?

— Oui, c'est Riffard, le tailleur, celui qui t'a fait ta longue tunique de camelin ornée de tes emblèmes et que tu portes dans les grandes occasions. Il est renommé dans sa profession, et ses filles, il en a trois, seront bien dotées.

— Ce n'est pas là l'essentiel. Si tu as le courage de te hausser rapidement jusqu'à la maîtrise afin de pouvoir devenir encore jeune un parlier ou, pourquoi pas, un architecte, tu gagneras de quoi faire vivre très bien ta famille. Quant à ce Riffard, je préfère que ce soit un manuel plutôt qu'un marchand drapier. Dans le fond, tailler un beau vêtement dans une pièce de serge ou de futaine, c'est comme tailler la pierre d'une cathédrale. Enfin, ne précipite pas ton choix. Tu es encore bien jeune !

La première chose que fit Simon en rentrant à la maison fut de demander à sa mère ce qu'il en était de ce projet de quitter Sens. Louisette tomba des nues et prit une belle colère. Dès que les écuelles furent remplies de soupe, ce soir-là une porée blanche faite de blancs de poireaux accompagnés d'échine, elle apostropha son mari :

— Alors, on fait des cachotteries à sa femme ? Qu'est-ce que c'est que cette histoire de départ ? Tu n'es pas bien dans ton chantier ? Je sais bien que depuis la mort de Mgr de Toucy tu es en chicane avec le nouvel archevêque mais, tout de même, tu pourrais me prévenir de tes projets !

Renaud se sentait mal à l'aise. Il n'avait rien dit à Louisette, en réalité il ne savait pas trop pourquoi, et il fit amende honorable :

— Tu as raison. Mais cette idée ne date que d'hier. Je voulais vous demander ce soir votre avis, après avoir dit cet après-midi à Simon...

— Mais, père, tu ne m'as rien dit, sauf cette phrase sibylline : « Le jour où nous quitterons Sens... »

— Eh bien, je n'ai jamais dit que je voulais mourir à Sens ! Et maintenant que Marie et Simon, à qui je n'aurais jamais voulu imposer un nouveau déménagement, nous ont quittés, il est possible de réfléchir à l'avenir.

— Bon, mais je te connais, tu n'es pas un de ces compagnons qui ne tiennent pas en place et trimbalent leur sac de chantier en chantier. Que se passe-t-il ?

— Le chanoine Bonaventure, le doyen du chapitre, m'a prévenu que les fonds qui couvrent les dépenses des travaux étaient si bas qu'il fallait envisager de se séparer d'une grande partie des compagnons et ouvriers. Il faut malheureusement s'attendre à ce que le chantier soit mis en sommeil, sinon arrêté. Mgr Dachery, le nouvel archevêque, attend que je lui rédige un mémoire sur l'état des travaux.

— Cela ne serait jamais arrivé du temps de Mgr de Toucy, dit Louisette.

— Je n'en suis pas sûr. Mgr de Toucy possédait l'art de trouver de l'argent mais le dévouement des fidèles s'est refroidi, les dons se font rares et l'arrêt des travaux d'une abbaye ou d'une église est un aléa courant. Même Saint-Denis, la basilique des rois, n'a pas échappé, après la mort de Suger, à l'interruption de sa construction.

— Mais toi, l'architecte, on ne va pas te renvoyer ! dit Victor, l'aîné des jumeaux qui poursuivait son apprentissage alors que son frère Denis se préparait à la vie monastique à l'abbaye de Saint-Denis.

— Sans doute, mais je ne me vois pas devenir le gardien de pierres abandonnées dans un chantier en sommeil. Et puis, si mes plus vieux compagnons partent...

— Alors, quels sont tes projets ? coupa Louisette. Dis-nous enfin ce que tu as dans la tête !

— Eh bien, des cathédrales sortent de terre à Noyon et à Laon. Des basiliques, des grands monastères sont en train de s'édifier un peu partout dans le royaume. Qu'il soit compagnon ou architecte, l'homme de la pierre doit aller là où l'on a besoin de lui !

— Mais ces travaux ont déjà leur maître d'œuvre, dit Victor.

— Une cathédrale n'en a pas encore, et il s'agit de la plus belle, de la plus riche, de la plus grande, celle de Paris !

— Après Saint-Denis et Sens, Paris ! Quel palmarès pour un architecte ! s'exclama Simon. Comme je serais heureux pour toi, et pour nous, père, si tu obtenais cette charge.

— Tu as reçu des propositions ? demanda Louisette.

— Mais Paris n'a-t-il pas déjà une cathédrale ? s'enquit Victor que l'idée d'aller vivre à Paris excitait visiblement.

— Si. Paris en possède même deux, l'une presque en ruine, et l'autre, reconstruite après sa destruction par les Normands, qui est beaucoup trop petite pour cette ville, berceau de la royauté. Ces deux églises, qu'il faudra sans doute démolir, se trouvent dans l'île de la Cité, non loin du palais royal.

— Père, dit Simon, puis-je vous demander une faveur, celle de m'emmener avec vous lorsque vous irez à Paris ? Il vous faudra quelqu'un pour s'occuper des chevaux...

— C'était mon intention. Si tu dois un jour me succéder, il me semble bon que tu suives de bout en bout cette aventure. Mais ne nous leurrons pas : rien ne dit que l'on va m'en confier la responsabilité. Depuis trente ans, nombre de maîtres d'œuvre et de parliers ont acquis de l'expérience sur les chantiers du royaume.

— Mais qui vas-tu voir à Paris ? demanda Louisette. Le chantier n'est pas ouvert et tu ne connais personne.

— Ma chance est que l'on me connaisse. Et je ne pense pas que Mgr de Sully demeurera insensible lorsque je lui parlerai de Saint-Denis et de Sens.

— Tu comptes rencontrer l'évêque ? questionna Victor, admiratif.

— Cela ne sera peut-être pas facile mais il le faudra car c'est lui qui décide de tout. Mais, d'abord, il faut savoir où nous logerons dans ce Paris où se pressent les escholiers qui occupent paraît-il toutes les chambres vacantes. Si seulement frère Joseph, notre ange gardien, était encore de ce monde ! J'aurais été le voir à Saint-Denis et il nous aurait arrangé notre affaire.

Comme chaque fois que dans la famille on évoquait le nom de frère Joseph, un voile de tristesse flotta dans la pièce :

— Je ne l'ai pas souvent rencontré, dit Victor, mais je le vois encore me raconter des histoires tellement drôles que je pouffais de rire.

— Ce soir, chacun de nous priera pour lui, décida Louisette. Mais c'est vrai, où allez-vous loger ?

— Je vais demander conseil au chanoine Pierre Bonaventure, qui m'aime bien et pour lequel j'ai un profond respect. Il regrettera mon départ, si je pars, mais comprendra que je ne veuille pas rester un inutile dans la cathédrale endormie.

Le lendemain, Renaud rentra rassuré à la maison.

— J'ai vu le chanoine, dit-il à Louisette. Il va me donner une lettre pour le secrétaire de Mgr de Sully qui a été son camarade d'études chez les moines de Cluny puis à Saint-Denis. Il va aussi me donner sa recommandation pour un confrère de l'abbaye de Saint-Germain-des-Prés où s'achève la construction du nouveau chœur de l'église abbatiale. L'autel doit être consacré l'an prochain par Sa Sainteté Alexandre III. Bref, tout va bien. Il ne me reste plus qu'à persuader l'évêque qu'il ne peut trouver meilleur architecte que moi pour édifier Notre-Dame à la place de la vétuste cathédrale.

Le maître éclata de rire et chacun l'imita. Les enfants se voyaient déjà promener leur bliaud du dimanche sur les sentiers des vignes de Sainte-Geneviève, Pierre se disait que sa femme Judith accoucherait peut-être de son premier enfant sur les bords de la Seine et Simon imaginait sa vie lorsqu'il marquerait de la pointe de son compas le centre d'une pierre à tailler. Seule Louisette montrait quelques réticences :

— Je souhaite que tout se passe comme vous l'espérez, mais vous ne vous rendez pas compte de ce que représentera le déménagement de toute notre famille !

— Nous ne partirons que contraints par les événements. Si la moitié d'entre nous ne peut plus gagner sa vie à Sens, il faudra malheureusement quitter une ville qui nous a été très favorable et que nous aimons, dit Renaud. Seule la perspective de Notre-Dame de Paris nous fait espérer de pouvoir rester réunis !

— Je sais, je sais, dit Louisette, mais ce sera difficile. Plus pour Judith et moi que pour vous qui rentrerez fatigués dès le premier soir et direz que vous avez faim ! Cela n'est rien, nous avons l'habitude de faire bouillir la marmite quoi qu'il arrive mais avez-vous pensé qu'il nous faudra trouver une grande maison pour nous loger tous ? C'est difficile à Sens, alors à Paris !

— Tu as raison, Louisette, ce sera la grande difficulté, dit Pierre. Dès que Renaud sera engagé, et nous avec lui, il faudra se mettre en quête d'un logis. L'appui de l'archevêché nous aidera peut-être.

Renaud, redevenu grave, interrompit cette conversation :

— Arrêtons de rêver et de chercher des raisons de nous inquiéter. Rien ne prouve pour le moment que ma candidature sera retenue ! Alors, allons dormir. C'est encore sur le chantier de Sens que, dès six heures, nous devons travailler. Rappelez-vous qu'un nouveau croisillon doit prendre sa place demain dans la nef !

*

* *

Les prévisions du chanoine Bonaventure devaient, hélas ! se concrétiser rapidement. Renaud avait été reçu par l'évêque qui lui avait dit clairement que le trésor capitulaire était épuisé et que, malgré ses dons personnels, l'abandon par les évêques et les abbés d'une partie de leurs bénéfices commendataires, le chantier de la cathédrale allait être mis en sommeil pour une durée indéterminée :

— C'est la mort dans l'âme que je prends une telle décision mais il est inconcevable de continuer à employer des ouvriers si l'on sait que l'on ne pourra pas les payer. Le chantier naturellement doit être sauvegardé durant cette inactivité et je vous propose de garder avec vous à cet effet un petit nombre de maçons et de charpentiers.

Renaud remercia le prélat, dit que pour lui l'arrêt des travaux était un drame et qu'il ne pouvait rester à Sens :

— La présence d'un maître d'œuvre me semble coûteuse et inutile puisqu'il n'y aura plus d'œuvre. Je crois, monseigneur, qu'il est préférable que je cherche ailleurs la possibilité de continuer à bâtir pour Dieu, mission qui est ma raison de vivre.

L'évêque Dachery hocha la tête et dit qu'il comprenait :

— Si Sens est obligé de renoncer pour un temps, d'autres villes mettent en chantier de nouvelles cathédrales. Avec votre talent et la richesse de votre passé professionnel, vous trouverez facilement un autre emploi. À Laon ou à Noyon, par exemple.

— À Paris, les travaux n'ont pas encore commencé et je vais tenter ma chance.

— Mgr Maurice de Sully est un homme remarquable. C'est un théologien en même temps qu'un grand administrateur, et s'il a décidé de construire une grande cathédrale à Paris, il y parviendra. Je vous donnerai à son attention une lettre d'introduction. Sens vous est redevable et doit se faire pardonner son inconséquence financière.

Sans repasser par le chantier, Renaud rentra tristement. Louisette et Judith qui cousaient sur le banc de bois, devant la maison, s'étonnèrent de le voir arriver si tôt.

— Je ne viens pas du chantier mais de l'archevêché où Mgr Dachery m'a confirmé l'arrêt des travaux. Abandonner une cathédrale qui est en train de gravir avec tant de grâce et fierté les marches du ciel, c'est comme couper les ailes à un aiglon royal ! Je m'attendais à cette décision mais le coup est tout de même pénible. Enfin, il faut, comme disait Simon Lesourd, coopérer avec l'inévitable. Demain, j'apprendrai la nouvelle à mes compagnons et partirai le jour d'après pour Paris avec Simon. L'évêque m'a promis une lettre pour Mgr de Sully mais je fais plus confiance à la recommandation du chanoine Bonaventure.

L'excitation des premiers jours était tombée et le souper fut morose. Louisette ne pensait qu'au branle-bas du déménagement et les hommes à l'incertitude du lendemain. Tous étaient conscients que leur destin était maintenant entre les mains de Renaud. C'est Simon qui, regardant son père songeur, dit ce que chacun pensait :

— Père, tu nous as tout donné. Aujourd'hui, au moment où tu as du chagrin, l'avenir de la famille repose encore sur toi, toi qui as le savoir, qui as le génie. Sache que nous t'aimons et que nous t'aiderons tous de notre mieux.

Pour un peu tout le monde aurait pleuré mais c'est le bon rire de Renaud qui l'emporta :

— Allons, si des maçons ne savent pas reconstruire leur maison lorsque celle-ci s'écroule, je ne sais qui y parviendra. Dieu nous a toujours soutenus et il continuera de le faire si nous le prions avec dévotion. C'est ce que je vais essayer de dire à tous les compagnons demain matin.

Seuls quelques jeunes et de nouveaux arrivés furent surpris par le discours ému de leur maître d'œuvre. Les vieux de la pierre et de la charpente avaient compris depuis longtemps que le chantier était en difficulté. Benoît Bouquet, le meilleur des tailleurs, avec Pierre, répondit au nom de tous :

— C'est le lot des bâtisseurs. Nous sommes libres de quitter un chantier quand bon nous semble et il faut accepter de partir quand l'argent manque pour nous payer. Le plus pénible sera de nous séparer, nous qui avons apprécié le plaisir de travailler ensemble sous ta tutelle bienveillante. Nous savons que, là où tu iras, il y aura une place pour les compagnons de Sens. Reste la cathédrale commencée et abandonnée. Cela serre le cœur. Certains d'entre nous travaillent ici pour le Seigneur depuis le jour où le grand architecte Guillaume de Sens a ouvert ce chantier. Commencer une cathédrale c'est aussi grand que de la terminer. Eh bien, avec toi, si Dieu le veut ou ailleurs, nous irons poser les premières pierres de cathédrales que nous ne verrons jamais achevées ! Quant à celle de Sens qui nous est chère, personne n'imagine qu'elle demeurera longtemps abandonnée ! Qu'il nous soit pourtant permis de nous étonner que sa construction s'arrête au moment où le pape vient loger dans la ville !

Un long silence suivit cette planche[1], puis des conciliabules se formèrent autour de la loge. Jusqu'à la

---

1. Ainsi les compagnons appelaient-ils les discours prononcés selon le rituel des tailleurs de pierre.

pause de midi personne ne se remit à l'ouvrage. Les esprits étaient trop occupés à décider où ils iraient chercher du travail lorsque le chantier fermerait. Partout dans les groupes revenaient les noms de Noyon et de Laon. Renaud ne parla de Paris à personne mais c'est la Vierge, à laquelle la nouvelle cathédrale serait dédiée, comme l'étaient les précédentes, qu'il pria en s'agenouillant dans le chœur où filtrait un rayon de lumière complice.

*

* *

Renaud et Simon prirent la route le lendemain à l'aube sous les yeux embués de toute la famille. Pierre avait demandé, en vain, à son beau-frère de l'accompagner. Renaud, catégorique, lui avait répondu :

— Non, en mon absence ta place est ici avec les femmes et les enfants. Tu es le chef de la famille !

Le père et le fils ne partaient pas à l'aveuglette. Le chanoine les avait bardés de lettres comme s'ils avaient été des ambassadeurs. L'une d'entre elles était destinée au prieur de Saint-Victor, une des dernières abbayes fondées à Paris par le roi Louis VI. « Vous y serez reçus mais moins bien logés qu'à Saint-Germain-des-Prés », avait dit le bien nommé Bonaventure.

L'air était frais, le chemin de Paris encore peu encombré à cette heure et la chevauchée finalement agréable malgré la gravité de l'enjeu qui la motivait. Après quatre heures de route, ils s'arrêtèrent dans un bosquet et Simon déballa les victuailles dont Louisette avait rempli les sacoches.

— Eh bien, nous ne mourrons pas de faim ! s'exclama le fils en brandissant un demi-jambon. Si nos moines de Saint-Germain jeûnent comme saint Célestin trois fois par semaine, nous piocherons dans les réserves de la mère !

— Cesse de blasphémer et de te moquer des ascètes ! dit Renaud en se taillant une large tranche de jambon. Passe-moi plutôt la gourde de vin !

Ils s'apprêtaient à ranger leurs provisions et à reprendre la route en quête d'une ferme où ils trouveraient à manger et à se loger moyennant quelques deniers, quand deux religieux arrêtèrent leurs mulets à l'ombre d'un châtaignier voisin. C'étaient des bénédictins reconnaissables à leur froc noir et au chapelet pendu au côté. Ils vinrent tout de suite saluer les Pasquier et acceptèrent sans façon le pain et le jambon que ceux-ci leur offrirent.

— Où que vous alliez, mes frères, dit le plus âgé, que le Seigneur protège votre chemin. Nous, nous venons de Cluny porter des messages aux monastères voisins.

— Et nous nous allons à Paris où doit s'élever bientôt une nouvelle église épiscopale, précisa Simon qui aimait se prévaloir de son noble métier. Nous sommes des bâtisseurs de cathédrales ! ajouta-t-il d'un ton un peu emphatique qui fit sourire son père.

Les deux moines montrèrent leur étonnement admiratif par un hochement de tête et, trop heureux de rencontrer des artistes qui servaient Dieu d'une manière aussi prestigieuse, demandèrent des explications :

— L'église de Cluny est la plus vaste du monde[1] avec ses fenêtres en ogives et ses trois clochers carrés, mais on construit paraît-il à Sens une cathédrale magnifique. La connaissez-vous ?

1. Elle le restera jusqu'à la construction de Saint-Pierre de Rome.

— Nous en venons, mes frères. Mon père en est l'architecte et j'y travaille depuis que je suis en âge de manier la masse et le ciseau des tailleurs de pierre.

Les moines, qui semblaient avoir l'éternité devant eux, auraient bien écouté encore longtemps Simon que son père laissait conter le métier en souriant, mais Renaud ne voulait pas perdre de temps :

— Nous devons, mes frères, être après-demain à Paris et il nous faut trouver un gîte pour la nuit. Permettez-nous de continuer notre voyage.

Les moines s'excusèrent de retenir par leur bavardage des artistes aussi importants et bénirent les ouvriers de Dieu. Pour se faire pardonner, ils leur offrirent pour la route un flacon de vin des vignes de l'abbaye :

— C'est du bon « sans empirement [1] », précisèrent-ils. Celui du prieur que le cellérier nous a passé sous le manteau à notre départ. Dieu nous pardonne cette petite entorse à la règle.

Les deux compères se signèrent et marmonnèrent quelques mots latins qui devaient sans doute les absoudre. Renaud et Simon se retinrent pour ne pas éclater de rire et enfourchèrent leur monture tandis que les moines, pas avares de bénédictions, se répandaient en pieuses faveurs avant de retourner sous leur arbre boire leur pinton.

*

* *

---

1. Dans les monastères, le vin était normalement coupé d'eau mais il y avait des exceptions, et les habitudes, comme pour la nourriture, variaient selon les règles et les régions. La formule « sans empirement » signifie assez drôlement dans le langage des monastères que le vin est pur.

Deux jours plus tard, les maîtres maçons de Sens entraient à Paris et décidaient de reconnaître au petit pas les rues de la ville. Ils passèrent ainsi le Grand Pont[1], érigé par Louis VI au début de son règne, prirent dans l'île de la Cité la rue de la Barillerie et arrivèrent devant le palais :

— Toujours sinistre ! dit Renaud. Le roi devrait bien songer à se faire bâtir une demeure digne du royaume ! Tiens, c'est un projet auquel il me plairait de participer...

Ils continuèrent par la rue de la Juiverie et arrivèrent à la maison où logeait jadis Suger lorsqu'il devait assister aux conseils. Renaud la connaissait car il était venu à la demande de l'abbé inspecter la solidité des plafonds. Il désigna à Simon la porte garnie de ferronneries rouillées :

— Cela m'émeut de revoir cette maison. Je revois l'abbé, tout menu, perdu dans sa robe de bure, me disant : « Voyez, mon ami, cette maison va m'épargner des trajets épuisants entre Saint-Denis et le palais, mais combien je préfère ma cellule de l'abbaye et le petit bureau où j'écris l'histoire de la basilique en étudiant vos plans ! »

— Elle a l'air abandonnée, remarqua Simon. Je vais aller soulever le heurtoir et verrai bien si l'on répond.

— Et si l'on t'ouvre, tu diras quoi ?

— Oh, j'improviserai !

Mais personne ne répondit et Simon remonta à cheval.

— Il serait bon, dit Renaud, d'aller jeter un regard sur la vieille cathédrale, celle que, je l'espère, nous devrons démolir pour bâtir à sa place la nouvelle église. Après, il sera temps d'aller montrer nos recom-

1. Pont-au-Change.

mandations aux moines de Saint-Germain-des-Prés et de les prier de nous accueillir.

Au bout d'un dédale de ruelles étroites, ils découvrirent avec étonnement, en place du monument vétuste et à demi croulant qu'on leur avait décrit, un vaisseau d'une longueur d'au moins soixante mètres, curieusement bâti à l'aide de matériaux disparates anciens où Renaud remarqua des éléments d'architecture antique.

— Je veux qu'on me pende si ce ne sont pas les restes d'un temple romain ! dit-il à Simon. Et ils n'ont pas fini de servir : nous allons, si Dieu le veut, réutiliser ces pierres qui ont entendu tant de prières et qui en entendront encore durant des siècles. J'aime cette éternité du roc sacré venu des entrailles de la terre !

Ils entrèrent par le portail, orné de statues-colonnes, consacré à la Vierge, et furent surpris par l'obscurité qui régnait dans la nef. Étouffée entre ses murs épais, parcimonieusement éclairée par les rais qui filtraient de fenêtres étroites et rares, il fallait un moment pour que les yeux s'habituent à sa ténébreuse ambiance. La seule clarté venait du chœur, dispensée par une admirable verrière représentant le triomphe de la Vierge. Un marguillier, qui cirait les stalles, leur expliqua qu'il s'agissait d'un don de l'abbé Suger.

— J'imagine la désolation de l'abbé qui ne songeait qu'à inonder sa basilique de lumière lorsqu'il pénétrait dans la cathédrale de Paris ! Eh bien, si nous reconstruisons celle-ci, nous n'oublierons pas ses leçons !

— Comme vous avez eu de la chance, père, de travailler aux côtés d'un si grand homme, dit Simon.

— C'est vrai, mais ce qu'il m'a appris et ce que m'a appris ton grand-père, je te l'enseigne. Et ce que je t'apprends, tu l'enseigneras à tes enfants. Cela s'appelle le métier. Cela s'appelle la famille !

À travers les encombrements qui rendaient difficile le cheminement dans les ruelles de la Cité, Renaud et Simon gagnèrent la rive gauche où ils empruntèrent la route heureusement dégagée qui menait à Saint-Germain-des-Prés. Bientôt, l'église abbatiale leur apparut, massive et bicolore, la nef noircie par le temps et le chœur tout neuf, tout blanc sur un fond de forêt.

— Je tire la poignée de la cloche ? demanda Simon lorsqu'ils descendirent de cheval devant la porte de l'abbaye.

— Tu es un peu ému, dit le père. Moi aussi. Je sens que nous vivons un moment important. C'est la porte de notre destin que va nous ouvrir le frère bénédictin dont j'entends les sandales fouler le gravier. Demain, ou après-demain, nous saurons si nous avons fait preuve de présomption en nous estimant capables de mener à bien la construction de la nouvelle cathédrale. Ou même de seconder le maître d'œuvre qui sans doute est déjà choisi. Tu vois, le poste de parlier me conviendrait très bien.

Le chanoine Bonaventure devait être en odeur de sainteté à Saint-Germain car sa lettre de recommandation leur valut un accueil chaleureux. Le tourier, après avoir fait mener les chevaux à l'écurie, conduisit Renaud et Simon à leurs chambres qui étaient en réalité deux cellules attachées au couloir qui formait l'hôtellerie.

— L'abbé vous invite ce soir à souper avec lui. C'est un passionné d'architecture et le fait que vous ayez travaillé avec l'abbé Suger et succédé à Guillaume de Sens vous hisse à un rang élevé dans son univers. La *cena* sera servie après les vêpres dans la résidence de l'abbé.

— Nous assisterons aux vêpres, dit Renaud en remerciant le tourier pour son obligeance.

— Que Dieu vous bénisse. Vous êtes chez vous dans l'abbaye et je vous engage à aller visiter le nouveau chœur où l'autel doit être consacré le mois prochain par Sa Sainteté Alexandre III.

— C'était notre intention, mon père. Après, nous attendrons les vêpres en priant.

L'église reflétait à l'intérieur ce que promettaient ses vieux murs battus par la pluie depuis près de deux siècles. La nef était sombre et la lumière n'y fusait que par les vitraux de l'abside, tout simples dans leur grisaille, dans l'espérance sans doute qu'une verrière inspirée par Suger vînt les remplacer. Mais le chevet était réussi, avec des croisées d'ogives que n'aurait pas reniées Simon Lesourd.

Quand ils eurent fait le tour de l'église, ils s'agenouillèrent derrière le chœur et implorèrent Dieu, qui avait toujours protégé la famille, de les aider à conquérir le chantier de Notre-Dame de Paris.

Évrard de Deuil, l'abbé de Saint-Germain-des-Prés, était un homme important, autant par sa taille que par le pouvoir que lui conférait la charge d'une des plus influentes abbayes du royaume. Il avait été élu quatre ans auparavant et assumait son rôle de vicaire du Christ, de père du monastère, de maître de la vie conventuelle, avec l'autorité bienveillante que lui conférait sa noblesse. Aîné d'une grande famille, il avait appris très jeune à commander, et ses frères ne s'en trouvaient pas mal qui lui obéissaient de bon gré. Il reçut avec affabilité les Pasquier à sa table dressée avec goût sur une nappe blanche.

— Saint-Germain, leur dit-il en souriant, n'a pas le renom de Cluny pour l'abondance et l'excellence de la chère mais personne ne se plaint du cuisinier qui accommode avec beaucoup de soin un *prandium*[1] qu'envient les moines des autres ordres. Ce soir, exceptionnellement car nous nous contentons habituellement d'un souper frugal, j'ai fait préparer des rôties au fromage et un poisson, c'est je crois une grosse truite pêchée dans notre rivière. Je vous recommande notre pain qui est blanc et que nous mangeons chaud, depuis le début de l'an mille, lorsque l'abbé Morand a commencé à reconstruire l'abbaye. *Bonum vinum*, vous boirez le meilleur du Parisis que notre cellérier Antoine achète et met en cave avec bonheur. Il est goûteux avec le fromage que nous envoient les moines de Porchefontaine !

L'abbé de Deuil n'était pas un ascète. Cela se voyait à sa forte corpulence et aux plis roses qui bordaient son cou. Sans doute surprit-il un signe dans le regard de Simon car il arrêta le discours gourmand dans lequel il s'était laissé emporter et précisa :

— Je vous parle du souper de ce soir destiné à vous honorer. Si vous étiez venus un jour de carême, vous auriez dû vous contenter, comme moi et comme tous les religieux de Saint-Germain, d'un potage de laitage et de quelques fèves. Maintenant, en attendant que le semainier nous serve, parlons de construction. Je suis féru d'architecture, et si un jour il plaît à Dieu de me donner un évêché, mon premier souci sera d'élever une cathédrale ou, si mes prédé-

---

1. Le *prandium* est le repas de midi, le plus important de la longue journée au cours de laquelle les moines recevaient aussi le *mixtum* après l'office du matin. La *collation*, repas léger – un quignon de pain et un verre de vin, par exemple –, était réservée aux jours de jeûne.

cesseurs l'ont commencée, de poursuivre leurs travaux. Bâtisseurs pour le Seigneur de nefs grandioses, de portails admirables, de tours dressées vers le ciel, vous exercez le plus beau des métiers !

— Nous en sommes conscients, monsieur l'abbé. Notre tâche est noble, elle nous convient et nous ne la changerions pas contre un royaume.

C'était là une déclaration toute gratuite car qui aurait l'idée de proposer un royaume à un maçon ? Mgr de Deuil ne la releva pas, parla de Suger avec dévotion et demanda :

— Au fait, messieurs les bâtisseurs, pourquoi êtes-vous ici ? Le chanoine Bonaventure ne le dit pas dans sa lettre.

Il était dans l'intention de Renaud de ne rien cacher au prélat de son projet puisque, l'affabilité de l'abbé aidant, il comptait lui demander son appui.

L'abbé de Deuil hocha la tête :

— Voici, certes, un dessein intéressant. Il est vrai que Mgr Maurice de Sully s'occupe activement de faire dresser les plans d'une nouvelle cathédrale plus belle, plus vaste, plus digne de Paris que l'ancienne église. Mais il ne m'est pas possible de vous aider pour la raison que je ne peux rien lui demander. Tous les moines de Saint-Germain, du prieur au plus jeune des frères convers, sont derrière moi pour s'opposer à l'ingérence du pouvoir épiscopal dans nos affaires. Le bourg Saint-Germain, qui compte déjà plusieurs paroisses, ne saurait dépendre de Paris. Vous savez peut-être que Sa Sainteté Alexandre III doit incessamment consacrer le chœur de notre église. Eh bien, si Mgr de Sully se présente pour concélébrer la cérémonie, nous lui refuserons l'entrée[1] !

---

1. C'est ce qui se produisit. Les moines de l'abbaye s'opposèrent à l'entrée de l'évêque.

— J'ai aussi une recommandation pour le secrétaire de l'évêque. J'espère qu'il pourra me ménager une audience.

— Le secrétaire est l'abbé Pèlerin. Je l'ai connu avec Bonaventure à Saint-Denis. C'est un prud'homme que j'estime. Vous pourrez lui parler de moi.

Les complies étaient passées depuis longtemps, sans que l'abbé y porte attention, lorsqu'il se leva et souhaita une bonne nuit à ses hôtes :

— Faites-moi connaître les résultats de votre démarche, dit-il en les bénissant.

Le père et le fils regagnèrent leur cellule en commentant le souper peu ordinaire de l'abbé.

— Je m'attendais à un frugal repas et voilà que nous avons mangé et bu plus que de raison. Je ne m'étonne pas que l'abbaye de Saint-Germain-des-Prés jouisse d'une bonne renommée dans le monde monastique ! dit Simon.

— Oui, mais ne t'y trompe pas. Tous les religieux ne mangent pas comme leur abbé, qui ne fait d'ailleurs sûrement pas un repas comme celui-là tous les jours. Je pense qu'il observe scrupuleusement les jeûnes prescrits par la règle.

— Que Dieu protège ce saint homme ! dit Simon. Dommage qu'il soit à couteaux tirés avec Sully. Tout de même, refuser l'entrée d'un monastère à l'évêque de Paris, ce n'est pas banal !

— Tu ne trouves pas, mon fils, que depuis quelque temps rien n'est banal, à commencer par l'arrêt du chantier de Sens, le plus actif du royaume, au moment où le pape vient loger dans la ville ?

— Et Guillaume revenu mourir en prières au pied de sa cathédrale.

— Et la reine Aliénor incapable de donner un fils au roi de France et qui en fait trois au Plantagenêt !

— Au risque de paraître irrespectueux, je ne peux m'empêcher de penser que Dieu doit s'amuser en regardant du haut de son trône céleste les hommes faire tant de sottises.

— Souhaitons que notre souper l'ait vraiment amusé et que, demain, il souffle à Mgr de Sully qu'il aurait tort de ne pas prendre Pasquier à son service.

Après une nuit agitée – le vin du cellérier Antoine y était pour quelque chose –, Renaud et Simon furent réveillés à la pointe du jour par les matines sonnées à toute volée. Ils se rendormirent jusqu'à prime et, là, se levèrent :

— C'est le grand jour, dit le père qui revêtit la tunique de camelin que Louisette avait soigneusement pliée dans sa gibecière.

L'équerre et le compas brodés en fil d'or sur la poitrine étaient du plus bel effet et Simon le dit à son père :

— Voilà, dit-il, des armes qui valent bien celles de beaucoup de nobles.

— Elles sont moins banales, c'est vrai. Quand tu seras maître depuis un temps, tu pourras toi aussi porter fièrement les insignes des bâtisseurs.

Simon, lui, enfila son bliaud de serge noire qui faisait flamboyer ses longues mèches blondes.

Le père et le fils avaient laissé les chevaux à l'abbaye, préférant aller à pied jusqu'à la demeure de l'évêque qui se trouvait derrière le chevet de la cathédrale.

— Il fait un temps bien agréable, dit Renaud.

— C'est bon signe, mon père.

Ce fut à peu près tout ce qu'ils se dirent au cours de la marche, leur pensée étant accaparée par un futur qui ne dépendait plus d'eux.

Il était trop tôt pour se présenter au secrétaire de l'évêque et, sans se consulter, ils entrèrent dans la cathédrale. Le soleil était davantage présent que la veille et la nef leur parut plus accueillante. Le vitrail de Suger, mieux éclairé, illuminait le chœur, et Simon dit que la vieille église avait son charme et qu'elle ne paraissait pas en mauvais état :

— C'est presque dommage de démolir ces superbes colonnes et leurs chapiteaux sculptés voilà plus de quatre ou cinq siècles.

— Tu as raison. Si c'est à nous qu'incombe ce travail, nous aurons quelques regrets en voyant s'effondrer ce vénérable temple. Mais la pierre ne sera pas perdue. Nous la ferons revivre par une création digne de ce Paris qui prend une importance de plus en plus considérable dans le royaume. Jusqu'au jour où le travail des bâtisseurs d'aujourd'hui sera sacrifié à la mode de l'époque[1] !

Ils s'agenouillèrent devant l'autel ennobli par l'âge et prièrent.

— Ne demandons pour nous rien au Seigneur. Ce serait faire injure à celui qui a toujours été si bon à notre égard. Prions plutôt pour Suger, Guillaume de Sens et tous les compagnons qui ont laissé leur vie sur les chantiers de Dieu.

Quand un moine arriva suivi de ses acolytes pour célébrer sa messe matutinale, il était bientôt l'heure d'aller au palais épiscopal rencontrer l'abbé Raymond Pèlerin.

Avant de soulever le marteau de bronze dont la ciselure – était-ce un présage ? – représentait l'ange por-

---

1. Comment auraient-ils pu savoir que Notre-Dame de Paris, comme les autres cathédrales du XIIe et XIIIe siècles, survivrait à l'usure du temps, aux dévastations de la guerre et au mauvais goût des architectes ?

teur de la bonne nouvelle, Simon demanda une nouvelle fois :

— Ne pensez-vous pas, père, que vous devriez aller seul voir l'abbé et peut-être l'évêque ? Je ne suis qu'un compagnon et n'ai rien à faire dans votre démarche.

— Tu es mon fils, celui sur qui je compte pour m'aider à accomplir la nouvelle tâche que Dieu voudra bien me confier. Ta présence à mes côtés me donne du courage. Va, fais dire à l'ange que nous voulons entrer !

Ce n'est pas un tourier mais un valet vêtu de vert, la couleur de Mgr de Sully, qui vint ouvrir et prit les lettres d'introduction, celle du chanoine Bonaventure et l'autre portant le sceau de l'évêché de Sens.

— Je souhaiterais rencontrer l'abbé Pèlerin, précisa Renaud.

Le valet les fit attendre dans une pièce austère et sombre où un banc de chêne faisait face à un grand crucifix. On ne pouvait que se taire ou murmurer dans un tel cadre et les Pasquier se turent. Ils restèrent ainsi longtemps, une heure, peut-être plus, à guetter le porte par laquelle ils étaient entrés et que le valet avait refermée.

Enfin l'huis grinça et un sourire détendit l'atmosphère. C'était celui d'un abbé vêtu d'une longue tunique noire bordée d'un parement de lin blanc qui tenait à la main les deux lettres.

Renaud s'inclina et présenta son fils qui allait incessamment passer maître :

— Il est digne de son ascendance, ajouta-t-il, et il fera un bon bâtisseur.

— Dieu vous ait en sa sainte garde, dit l'arrivant. Je suis l'abbé Pèlerin, un vieil ami du chanoine Bonaventure qui vous a adressés à moi. Votre réputation, maître Pasquier, vous a précédé et tous ceux qui s'intéressent à l'art de bâtir savent que vous avez, avec votre père, travaillé pour l'abbé Suger à Saint-Denis. Je sais aussi que vous avez repris la responsabilité du chantier de Sens après le départ pour l'Angleterre de l'architecte Guillaume. C'est ainsi que votre nom a été plusieurs fois prononcé lorsque l'évêque de Paris, Mgr de Sully, entretenait le chapitre de l'aménagement du domaine épiscopal de Paris. Si j'ai bien compris, ces projets vous intéressent ?

Ces mots, prononcés d'une voix douce, agirent comme un baume sur l'anxiété qui tourmentait Renaud et Simon. Tous deux se regardèrent à la dérobée et se comprirent : rien n'était fait mais tout était possible, la conversation en tout cas s'engagerait sous de bons auspices.

— Oui, monsieur l'abbé, répondit Renaud. Je suis libre de tout engagement puisque le chantier de Sens va cesser son activité en raison de difficultés financières.

— J'ai en effet entendu dire cela mais je n'y croyais pas. Je sais que d'autres travaux ont dû être ainsi arrêtés mais Sens est une ville chrétienne capitale. C'est une cité riche qui, de plus, abrite en ce moment le pape !

— Mgr de Toucy savait toujours trouver l'argent qu'il fallait mais il en a beaucoup dépensé. Il faudra un peu de temps à son successeur, Mgr Dachery, pour s'habituer à assumer le financement des travaux. D'autant que le chapitre a perdu son *operarius* [1] en la personne du chanoine Gontran décédé peu de temps après l'évêque.

---

1. Chanoine qui tenait de l'évêque la charge d'administrer la construction de la cathédrale. On disait aussi chanoine ouvrier.

— Et vous ne souhaitez pas attendre la réouverture de votre chantier ? Car on n'interrompra pas longtemps la construction de la cathédrale de Sens !

— Moi, je pourrais attendre mais pas mes fils, ni les membres de la famille qui travaillent avec moi et doivent faire vivre leur famille. Et puis, j'avoue que je serais très fier d'apporter ma pierre à l'édification de la cathédrale de Paris.

— Bon. Suivez-moi. Il faut que Mgr de Sully vous connaisse. Il ne va certes rien décider sur l'instant mais vous pourriez peut-être avoir une place dans l'entreprise architecturale qu'il est en train de mettre sur pied. Votre fils peut attendre ici.

Quelques instants plus tard, Renaud était en face de l'archevêque de Paris. Le prélat tendit son anneau pastoral que le maître d'œuvre effleura de ses lèvres. Le maître était ému, frappé par l'intensité d'un regard qui ne le quittait pas depuis son entrée. Renaud avait eu des contacts difficiles avec Mgr de Toucy, il avait entretenu des rapports parfois tendus avec Mgr Dachery, mais ni l'un ni l'autre ne l'avaient intimidé. Maurice de Sully, c'était autre chose. N'eussent été sa haute stature et son habillement recherché, il aurait fait penser à l'abbé Suger. L'œil était le même, étincelant, curieux, pénétrant. Mgr de Sully était aussi un théologien et il avait la réputation d'être un grand administrateur. « Pourrais-je revivre avec l'évêque de Paris les grandes heures passées près de l'abbé de Saint-Denis ? » se demanda Renaud.

Justement, Mgr de Sully engagea la conversation en parlant de Suger, en des termes que Renaud avait souvent entendus :

— Vous avez eu de la chance, mon ami (le maître de Sens apprécia d'être ainsi nommé), d'avoir fait vos premiers pas dans l'art de bâtir au côté de l'abbé

Suger. Je l'ai connu alors que j'étais chanoine puis archidiacre de Paris. Passons sur son sens politique toujours mis au service du royaume, c'était un grand théologien, un administrateur hors pair et un magnifique bâtisseur. Vous, qui l'avez vu à l'œuvre, était-il si loin du rôle d'architecte tel qu'on l'entend aujourd'hui ? Parlez-moi donc de lui.

— Mon beau-père, qui fut son maître d'œuvre à Saint-Denis, disait que ses idées en architecture tenaient du prodige. Il maîtrisait de A à Z la création de sa basilique. Il n'avait certes jamais manié le marteau et le ciseau, n'avait pas sculpté de chapiteaux ni façonné de vitrail mais il savait d'un coup d'œil découvrir la moindre erreur survenue dans l'élévation d'un pinacle ou la construction d'une voûte. Quant à l'équerre et au compas, il s'en servait mieux que n'importe quel maître de métier. Simon Lesourd disait que ses innovations avaient changé la façon de bâtir. Enfin, vous connaissez, monseigneur, ses réussites dans l'administration de l'État et les miracles qu'il a accomplis pour trouver les ressources nécessaires à l'accomplissement de son œuvre divine.

— Vous parlez avec enthousiasme et admiration de l'abbé Suger, c'est bien ! dit Mgr de Sully. Moi aussi j'admire son génie et, sans oser me comparer à lui, je veux m'inspirer de son exemple en donnant à Paris une cathédrale digne de son importance. Au fait, l'abbé Pèlerin m'a dit que vous souhaitiez participer à cette construction. C'est une chose envisageable, encore que deux architectes ont déjà travaillé sur le projet. Venez, je vais vous montrer où nous en sommes.

L'évêque l'entraîna vers une table où étaient empilés des parchemins couverts de dessins. Le plus grand était un projet de façade assez conventionnelle avec trois porches garnis de statues. Un autre, le plan surface d'un vaisseau et du chœur qui paraissaient immenses à en juger par le nombre des piliers et des colonnes indiqués en coupe. Renaud ne put que regarder hâtivement les parchemins car Mgr de Sully demeurait à ses côtés, immobile et visiblement impatient.

— Monseigneur, dit le maître, si vous souhaitez connaître mon avis, il faudrait que je puisse étudier ces projets en détail. Mais il y a toujours loin du projet à la réalisation finale. Tout l'art consiste à tirer l'élévation d'un plan qui subit au cours de la construction d'innombrables modifications. Sans aller chercher un secret de maçons, il faut sur le chantier faire confiance à l'expérience du maître d'œuvre et des maîtres de métiers. Ce sont eux qui donneront aux ouvriers, pierre après pierre, les directives pour réaliser le projet que vous aurez conçu avec l'architecte.

— Merci, mon ami. Cela, je le sais. Mais il faut bien convenir que tous ces parchemins, s'ils sont méticuleusement dessinés, ne me donnent pas satisfaction. Tenez, je vous donne votre chance. Pensez à cette cathédrale qui doit être la plus grande et la plus belle et apportez-moi votre propre projet.

— Je suis comblé, monseigneur, et vais me mettre tout de suite au travail. Donnez-moi seulement, s'il vous plaît, les dimensions approximatives que vous souhaitez donner à votre cathédrale.

— Disons entre trois cent cinquante et quatre cents pieds de longueur, cent de largeur dont une bonne moitié pour le vaisseau central. Et la hauteur en proportion. Comme toujours les travaux commenceront par le chœur.

L'évêque le bénit du crucifix d'argent qui pendait sur son camail rouge, se tourna vers l'abbé Pèlerin qui avait assisté à l'entretien sans dire un mot et lui fit signe de rester :

— Vous rejoindrez un peu plus tard maître Pasquier qui peut aller retrouver son fils.

Simon attendait, assis sur le banc, dans le cabinet d'entrée. Ses mains, qu'il frottait l'une contre l'autre dans un mouvement fébrile, trahissaient son anxiété. Il sursauta lorsque son père entra et se leva :

— Alors, père ? demanda-t-il seulement.

— Alors, nos affaires sont en bonne voie. Mgr de Sully m'a reçu avec bonté et m'a demandé de lui présenter un projet. Je ne suis pas sûr qu'il me signera un contrat de maître d'œuvre mais il me proposera, je crois, de prendre une responsabilité importante dans l'élévation de sa cathédrale. Cela en grande partie parce que j'ai appris le métier dans l'ombre de Suger !

— Bien au-delà de la mort, dit Simon, l'abbé continue de nous combler de bienfaits.

— Oui, avec la grâce de Dieu, répondit Renaud en se signant.

L'abbé Pèlerin ne tarda pas à les rejoindre :

— Eh bien, maître, vous avez fait une excellente impression à l'évêque. Monseigneur a aimé ce que vous lui avez dit au sujet des plans. Les maîtres qui ont travaillé avant vous sur le projet l'ont irrité en faisant défiler sous ses yeux un cortège de parchemins auxquels il ne comprenait pas grand-chose. Un bon dessin d'ensemble, une peinture à fresque, un modèle sculpté dans la cire peut-être, comme on en fait en Italie, lui parleront plus que ces emplacements de piliers disposés en jolis dessins géométriques qu'affectionnent les architectes. Monseigneur n'est pas un savant féru de science, de technique, c'est un homme de pensée. Faites-le rêver et vous aurez une chance d'emporter le contrat ! Revenez le plus vite possible. On vous attend !

Père et fils, le cœur léger, quittèrent le palais épiscopal et retrouvèrent les embarras d'un Paris boueux, sale mais débordant d'activité. Ils gagnèrent le clos de Sainte-Geneviève où derrière des haies on cultivait les légumes, comme dans le clos voisin du mont Cétard[1] ou celui du Chardonnet. Ils achetèrent du pain et du lard à un marchand ambulant qui vendait aussi de l'eau fraîche.

Silencieux le matin, ils n'arrêtaient pas de parler. Simon voulait savoir par le détail tout ce qu'avait dit l'évêque et faisait répéter à son père ses réponses au prélat. Renaud, ne se faisait pas prier et rajoutait à chaque fois quelque nouveau propos qu'il regrettait de n'avoir pas tenu devant Mgr de Sully. Bref, les deux Pasquier n'étaient pas loin du septième ciel quand ils poussèrent le portail de l'abbaye de Saint-Germain-des-Prés qu'ils avaient décidé de quitter le lendemain à l'aube pour regagner Sens.

Après s'être rafraîchis, ils demandèrent par l'entremise du père hôtelier audience à l'abbé de Deuil afin de le tenir au courant, comme il l'avait souhaité, de leur démarche du matin. L'abbé les reçut avec amitié après les vêpres, se dit heureux de savoir leur affaire en bonne voie mais ne les retint pas à souper. Ils durent se contenter du repas destiné aux moines : une soupe, deux légumes, du pain, une pomme et de la bière servis dans le réfectoire où une table était réservée aux visiteurs.

Cela changeait avec le festin de la veille mais il en allait ainsi dans les monastères où les moines mangeaient trop ou pas assez, se bourraient de farineux et de légumineuses, abusant souvent de la bière distribuée en grande quantité. Mais ils se plièrent avec politesse à la règle, attendirent debout derrière leur siège, dans un silence absolu, l'arrivée du prieur

1. Mouffetard.

et ne s'assirent que lorsqu'il eut prononcé la prière et dit le *De verbo Dei* qui donnait le signal du repas.

Contrairement aux religieux qui, par principe, devaient tenir les yeux baissés sur leur assiette, Renaud et Simon regardèrent autour d'eux, avec curiosité, la communauté réussir à beaucoup manger sans faire le moindre bruit qui eût pu troubler la lecture du passage de l'Écriture. Après ce repas frugal, libérés surtout de leur angoisse, ils passèrent une nuit reposante que les matines interrompirent comme la veille. Les moines ne prenant pas de repas avant midi, Renaud et Simon enfourchèrent leur monture à six heures, le ventre vide, se proposant de s'arrêter le plus tôt possible au bord de la route pour trancher le jambon de Louisette.

Pourtant, avant de quitter la ville, Renaud dit qu'il voulait revoir la maison de l'abbé Suger. L'idée parut curieuse à Simon mais il suivit le père sans faire de remarque. La bâtisse de pierre couverte de tuiles, qui montraient son usage bourgeois ou aristocratique, était close comme l'avant-veille.

— Frappe toujours ! dit le père. On ne sait jamais.

— Mais que voulez-vous ? C'est une maison vide.

— Je voudrais savoir, si c'est possible, à qui elle appartient. À l'abbaye de Saint-Denis, à l'évêché, à la couronne ou, ce qui est peu probable, à un particulier ? Je n'oublie pas que nous allons devoir bientôt chercher à loger la famille !

— Et vous pensez sérieusement, mon père, à la maison Suger ?

— Pourquoi pas. Même si cela semble fou, je veux essayer. Après tout, l'abbé, qui aurait pu choisir un riche hôtel, a acheté une maison certes vaste mais sans apparat. Tu sais qu'il n'acceptait le faste que pour sa basilique.

Au grand étonnement de Simon, une vieille femme répondit au bruit sourd du marteau. Vite, Renaud sauta à bas de cheval et vint parler à celle qui entrouvrait péniblement la porte grinçante :

— Bonne dame, dit-il, j'ai été l'architecte de l'abbé Suger, avec lui j'ai reconstruit la basilique de Saint-Denis et j'ai réparé cette maison avant qu'il ne l'habite durant ses séjours à Paris. Pour le souvenir de ce saint homme, voulez-vous me laisser entrer ?

— Mais c'est vide, monsieur ! Je n'y viens qu'une fois de temps en temps pour aérer et ôter la poussière. Je suis servante à l'évêché.

— Ah ! la maison appartient à l'évêché ?

— Oui. On a souvent parlé d'y loger des prélats ou je ne sais quels fonctionnaires du palais épiscopal mais cela ne s'est jamais fait et c'est misère de voir cette solide maison tomber en ruine !

Renaud et Simon découvrirent au rez-de-chaussée de grandes pièces carrelées garnies de fenêtres à meneaux fermées à l'intérieur par d'épais volets. Au premier étage d'autres chambres, fort délabrées, parquetées de planches mal jointes, donnaient une encore plus vive impression d'abandon :

— On comprend que les prélats, comme dit la dame, ne veuillent point habiter ce grand poulailler ! dit Simon.

— Oui, mais c'est une chance pour nous. Je me fais fort, avec toi, ton oncle et deux compagnons charpentiers de remettre la maison Suger en état. C'est aussi une chance qu'elle appartienne à l'épiscopat. Si je signe le contrat, l'abbé Pèlerin devrait pouvoir obtenir facilement l'autorisation de nous y loger. Allons, tout cela semble devoir s'arranger au mieux. Rentrons à Sens pour apporter la bonne nouvelle à la famille !

— Et travailler, s'exclama Simon. Pour Sens où le chantier n'est pas encore arrêté et pour Paris dont la cathédrale n'est pas encore commencée !

*

* *

Comme souvent après une longue période d'attente, les événements se précipitèrent. Il n'avait fallu que quelques jours à Renaud pour tracer sur la plus belle feuille de parchemin qu'il pût trouver la vue en perspective d'une cathédrale à la fois élégante, monumentale et homogène qui tenait de Saint-Denis et de Sens mais qui laissait paraître dans sa monumentalité – ne devait-elle pas être la plus vaste du monde ? – tous les signes de la nouvelle architecture.

Ce n'était évidemment que la transcription sommaire d'une idée qui serait maintes fois remodelée et modifiée au gré de l'évêque-entrepreneur et du maître d'œuvre. Renaud avait aussi dessiné un plan représentant la nef et le chœur avec le tracé des bases de colonnes alignées comme à la parade. Surtout, il avait rédigé un court mémoire destiné à Mgr de Sully dans lequel il exposait ses intentions, les variantes possibles et soulignait l'originalité de ses propositions.

— C'est par ces arguments plus que par les plans que j'espère convaincre l'évêque, dit-il à Simon et à Pierre après leur avoir montré les parchemins qu'il venait d'achever après deux nuits de veille.

Après le souper, Louisette puis Victor en avaient aussi pris connaissance et le maître demanda :

— Alors ? Qu'en dites-vous ? Pensez-vous que nous avons une chance d'emporter le contrat ?

Louisette dit la première :

— La vue générale fait rêver. On a envie de voir la cathédrale achevée et de pouvoir aller y prier.

— Tu ne la verras pas terminée, ma belle, mais j'espère que tu pourras aller prier dans le chœur.

— Ce sera un grand jour. Laisse-moi aussi te dire combien j'aime ton écriture. Je regrette que tu ne l'aies pas utilisée parfois pour m'écrire des mots d'amour ou simplement me recopier en belles lettres de couleurs un poème de Marie de France.

— Tu as raison. Je n'ai utilisé mon talent de plume que dans des buts professionnels. Il m'a beaucoup aidé à monter les marches de l'échelle du maçon. J'aurais dû le faire parler d'amour mais tu sais que tu n'as pas épousé un troubadour !

— Où avez-vous appris à manier si bien la plume ? demanda Victor qui lisait convenablement, comprenait un peu le latin et écrivait fort mal.

— J'ai appris enfant, lorsque, grâce à la bonté du prieur de l'abbaye de Saint-Germer, les moines m'ont permis d'assister aux cours qu'ils donnaient aux jeunes promis à l'oblation. Je dois tout à ces clercs qui voulaient me garder dans la religion. Mon père Jehan m'a laissé choisir et j'ai préféré servir Dieu en lui construisant des églises. Quant à mon écriture qui semble tant vous intéresser, j'ai appris très tôt à former bien régulièrement les petites lettres « à la caroline » en usage dans les monastères comme dans les actes civils. Tout le monde peut y arriver.

Simon était aussi instruit mais sans atteindre le niveau de son père à qui il dit son admiration lorsqu'il eut lu le mémoire :

— Comme je voudrais être capable, mon père, de pouvoir concevoir un tel projet puis de l'écrire d'une façon aussi parfaite !

— Tu peux y arriver en travaillant, en cherchant à comprendre le pourquoi des opérations géométriques que les bons maçons appliquent d'instinct. Tu dois apprendre, apprendre encore, si tu veux pouvoir m'aider dans la tâche difficile qui, je l'espère, va m'être confiée. Mais, tout de suite, c'est une autre besogne qui t'attend. Tu vas galoper dès demain jusqu'à Paris pour porter à l'abbé Pèlerin les plans et le mémoire.

— Je ferai le voyage seul ?

— Oui. Il faut que j'organise la mise en sommeil du chantier, que je parle aux compagnons... Mais tu mèneras facilement ton affaire. Je te fais confiance.

— J'essaierai de la mériter, mon père. Devrai-je attendre la réponse de l'évêque ?

— Sans doute. On ne va pas passer notre vie sur les routes ! Le mieux, avec l'aide de Dieu on peut y croire, serait que tu reviennes le plus tôt possible avec la promesse du contrat et la permission d'occuper la maison Suger. Je vais pendant ce temps faire construire une charrette que nous chargerons de matériel et que vous conduirez Pierre et toi, peut-être aussi Victor à qui un peu d'aventure fera du bien, jusqu'à la maison où vous commencerez les travaux. Ce ne sera pas encore le chantier de la cathédrale mais il faut commencer par là afin que nous puissions nous installer.

— En attendant, Pierre ne peut-il pas m'accompagner ? Il pourra ainsi voir la maison et se rendre compte de tout ce que nous devrons emporter.

— J'aurai sûrement besoin de lui mais tu as raison. Il est préférable de ne pas voyager seul. Que les femmes préparent vos besaces, avec un peu plus de provisions car vous risquez de devoir demeurer plusieurs jours à Paris et les repas des moines de Saint-Germain manquent de variété.

Chapitre IX

Notre-Dame de Paris

Simon adorait son oncle Pierre, le colosse qui l'avait porté sur ses épaules quand il était petit, qui lui avait raconté plus tard la belle histoire des « couronnés », ces quatre maçons secrètement chrétiens, condamnés au martyre sous Dioclétien et devenus les patrons des tailleurs de pierre. Il lui avait plus tard appris à frapper juste le ciseau et à manier la brette. Aujourd'hui, Simon ne cachait pas son plaisir de chevaucher vers Paris en sa compagnie. Il avait aimé le voyage avec le père mais il était plus libre avec Pierre.

Le frère de Louisette était l'être le plus gentil qui soit. Il avait apporté à la famille Pasquier la fantaisie qui manquait à Renaud dont l'esprit était accaparé par ses pesantes responsabilités. Son mariage avec Judith, la fille de Joseph Villar que Renaud considérait comme le meilleur dessinateur du temps, avait été un bonheur. Il l'était toujours malgré les deux bébés que le couple avait perdus à la naissance et l'accident survenu lors d'un troisième accouchement qui avait failli coûter la vie à la mère. Pierre et Judith n'auraient donc pas d'enfants et c'était l'une de ces tragédies cachées qui assombrissent la vie des familles.

Pour l'heure, l'oncle et le neveu filaient vers l'abbaye de Saint-Germain-des-Prés où ils pensaient trouver refuge comme lors du précédent voyage :

— Tu verras, disait Simon, l'accueil des moines est chaleureux et je crois que nous avons la chance de ne pas tomber dans une période de jeûne.

— L'abbé est-il intéressé par la construction de la cathédrale ? Je crois qu'il vous a aidé dans vos démarches.

— Pas du tout. Il est en mauvais termes avec l'évêque. Il nous a néanmoins reçus à souper mais nous t'avons tout conté de ce repas mémorable.

— Et l'évêque ?

— Le père m'a dit qu'il était un peu sec mais qu'il l'avait écouté avec beaucoup d'attention. Moi, je ne l'ai pas vu, il m'a fait dire d'attendre dans l'antichambre. Cette fois, il sera bien forcé de me recevoir puisque je lui apporte le projet de son maître d'œuvre.

— Son maître d'œuvre... Tu ne vas pas un peu vite ?

— La déception serait si grande si le père n'obtenait pas le contrat que je me refuse à envisager cette hypothèse.

Le père hôtelier les reçut comme de vieux amis et s'excusa de devoir grouper leurs deux lits dans la même chambre car l'hôtellerie était entièrement occupée par un groupe de pénitents se rendant à Compostelle. Les chevaux confiés au frère chargé de l'écurie, Simon et Pierre firent leur toilette et s'habillèrent pour se rendre à l'archevêché où Simon comptait rencontrer l'abbé Pèlerin afin de le tenir au courant du travail de son père et de demander audience pour le lendemain à Mgr de Sully.

— J'aurais aimé que nous allions d'abord prier dans la vieille cathédrale, celle que nous devrons démolir, mais il est déjà tard et le maître, a-t-il dit, attend de nous célérité et exactitude. J'avoue d'ailleurs que je suis aussi pressé que lui de connaître le sort de la famille.

Pierre ne répondit pas tout de suite puis dit :

— Notre famille de maçons, avec toute la science et le goût de son chef, est la plus unie du Parisis. Elle mérite d'être choisie pour bâtir la cathédrale royale.

Ils se retrouvèrent un peu plus tard dans le cabinet au crucifix que Simon connaissait bien. Le père Pèlerin vint les y rejoindre.

— Le maître Renaud Pasquier n'est pas là ? s'enquit-il.

— Non, il est trop occupé par le renvoi des ouvriers du chantier de Sens mais j'apporte les plans qu'il a dressés et le mémoire qu'il a rédigé à l'intention de monseigneur. Il m'a chargé de vous dire qu'il souhaite avoir une proche réponse car, si elle est positive, il retiendra pour les emmener avec lui à Paris les meilleurs maîtres et compagnons qui travaillent à ses côtés depuis longtemps.

Le père Pèlerin déroula les plans, jeta un coup d'œil au rouleau manuscrit et hocha la tête, se gardant bien de formuler toute appréciation personnelle :

— Très bien. L'évêque va être agréablement surpris car il n'espérait pas une réponse aussi prompte. Voulez-vous revenir demain à la même heure ? Ah ! Êtes-vous habilité à répondre aux demandes d'explication que pourrait formuler monseigneur ?

— Je le pense, monsieur l'abbé. Mon oncle Pierre Lesourd qui a assisté son père pour la construction de Saint-Denis m'y aidera si besoin est. Et, bien entendu, le maître Renaud Pasquier viendra apporter à Mgr de Sully tous renseignements qu'il jugera utiles. Ma mission est aujourd'hui celle d'un simple messager.

La journée du lendemain leur aurait paru bien longue si Pierre n'avait pas eu la bonne idée d'aller rendre visite à Denis dans son monastère. Saint-Denis n'était pas loin et le carillon chantait les tierces[1] quand ils se présentèrent à la porte. Lorsqu'ils eurent décliné leur identité et demandé s'il était possible de voir l'oblat Lesourd, le tourier les fit entrer dans le jardin, leur indiqua où attacher les chevaux et les pria de s'asseoir sur un banc de marbre posé dans l'ombrage accueillant d'un grand chêne.

— Après tierce, c'est l'heure des cours, prévint le frère tourier. Je vais transmettre votre demande mais il vous faudra sans doute attendre.

Ils n'attendirent pas longtemps et Simon eut du mal à reconnaître son cadet dans la silhouette filiforme du moine qui s'avançait d'un pas vif en faisant voleter sa robe de bure. Il ne l'avait pas revu depuis son entrée dans l'école de l'abbaye mais, dès qu'il s'approcha, la ressemblance avec son jumeau Victor éclata et les deux frères s'étreignirent.

Ils avaient tant de choses à se dire qu'ils demeurèrent muets un moment puis Denis demanda :

— Pourquoi n'êtes-vous pas venus me voir plus tôt ?

— C'est loin, Sens, mais nous allons, je l'espère, pouvoir maintenant nous rencontrer souvent.

— Si Renaud obtient le contrat du chantier de la nouvelle cathédrale de Paris ! coupa Pierre.

— Qu'est-ce que c'est que cette histoire ? demanda Denis.

---

1. Entre neuf et dix heures.

Simon sourit et conta par le menu comment la famille du maître allait peut-être déménager et résider à Paris. Quand il en vint au démantèlement du chantier de Sens, Denis essuya une larme :

— Que le père doit être malheureux ! Je vais prier pour lui.

— Prie aussi pour que l'évêque retienne le projet du père ! Nous allons tout à l'heure au palais épiscopal pour le lui remettre.

— Mes frères qui comme moi ne désespèrent jamais de la miséricorde divine prieront avec moi. Mais, avant que ne sonne none qui me dira de vous quitter pour rentrer au monastère, donnez-moi des nouvelles de la mère et de Victor, mon jumeau, qui ne quitte pas mes pensées.

— Notre mère va bien. L'idée de changer de vie ne l'enchante pas mais elle sera heureuse de se rapprocher de son petit moine. Quant à Victor, il poursuit studieusement son apprentissage et rêve non pas de devenir tailleur de pierre ou maçon mais forgeron. Il est vrai qu'il n'y en a pas dans la famille !

Un peu anxieux, Pierre et Simon reprirent le chemin de Paris et confièrent leur monture à un gardien installé devant la cathédrale. Il leur restait assez de temps pour entrer et implorer Dieu de venir encore une fois en aide à la famille qui l'avait si bien servi depuis déjà quatre générations. Ils chantèrent avec un augustin déchaussé de passage, dont la voix puissante faisait trembler les chandelles des candélabres.

— Je ne sais pas, dit Simon à son oncle, si nous serons capables de donner une si magnifique sonorité à la nouvelle nef.

Pierre, qui découvrait la cathédrale, répondit :

— Cela me fera mal de réduire en poussière ce vénérable temple.

— Il est trop petit pour Paris. Et puis celui que construira maître Pasquier sera tellement plus beau !

Quand ils franchirent l'arpent de cailloux qui les séparait du portail de l'archevêché, leur cœur battait la chamade. Le temps des espoirs, des supputations, des controverses était fini : encore quelques minutes d'attente et ils sauraient si l'avenir allait s'illuminer ou s'obscurcir chez les Pasquier.

Cette fois, l'abbé Pèlerin ne les fit pas attendre et ils surent tout de suite, à son sourire, que l'avis de Mgr de Sully était favorable :

— Tout va bien pour votre père, dit-il en baissant la voix, comme s'il s'agissait d'un secret que des oreilles indiscrètes pouvaient surprendre. Les intentions professées par le maître Renaud ont convaincu monseigneur qui veut pourtant s'entretenir avec lui avant de s'engager définitivement et de signer un contrat. D'ailleurs il va vous recevoir et vous dira exactement ce que vous devez rapporter à votre père. Que celui-ci ne tarde pas à venir car Mgr de Sully est impatient de régler cette affaire et d'entamer le processus de la construction.

— Puis-je, monsieur l'abbé, vous poser une question ?

— Naturellement, mon fils.

— Arriver à Paris, engager des compagnons, ouvrir le chantier, c'est bien, mais il va falloir se loger. Le maître ne va pas laisser sa famille à Sens. Avez-vous une maison à nous proposer ?

— Non, mais je vais y penser.

— Nous en connaissons une qui n'est pas en bon état mais que nous pourrions réparer. Il s'agit de la demeure qu'a occupée jadis l'abbé Suger lorsqu'il venait à Paris pour assister aux conseils du roi. Elle appartient, nous le savons, à l'archevêché. Pouvez-vous nous donner l'autorisation de nous y installer ?

— Je vois bien cette maison qui est proche de la place qu'occupera le chantier. Mais, vous le dites vous-même, elle est en mauvais état. Enfin, si elle vous convient, je peux faire le nécessaire pour qu'elle vous soit vendue à un prix très modique ou, si vous le préférez, simplement prêtée.

— Vous exaucez, monsieur l'abbé, le souhait de mon père qui se fera accompagner ces jours prochains, lorsqu'il viendra conclure l'accord, des compagnons qui commenceront tout de suite à travailler dans la maison. Il faut que la famille puisse y loger le plus tôt possible. Dois-je en parler à monseigneur ?

— Non. Ne l'ennuyez pas avec cela. Je vais régler l'affaire avec le chapitre. La maison est vôtre. Nous verrons plus tard dans quelles conditions. Maintenant suivez-moi, monseigneur vous attend. Votre oncle peut vous accompagner.

Grand, mince, ses longs cheveux retombant en vagues blanches sur son camail, Maurice de Sully portait bien ses soixante ans consacrés à la prêtrise, à l'enseignement et au service du chapitre de Bourges. Depuis trois ans qu'il avait reçu la crosse et la mitre et que le pape l'avait nommé évêque de Paris, l'une des dignités les plus convoitées du monde catholique, il faisait preuve d'une activité qui épuisait les prélats du diocèse.

Après avoir réorganisé l'administration de la mense épiscopale et fait l'inventaire des biens de l'évêché, qui étaient considérables, Maurice de Sully avait décidé d'entamer ce qui serait l'œuvre de sa vie : la construction d'une nouvelle cathédrale.

Il reçut avec simplicité les Pasquier, intimidés, surtout Pierre, de se trouver en face d'un personnage aussi important.

— J'ai, dit-il, une grande admiration pour les bâtisseurs. Tout ce qui se fait de beau et de grand en notre temps passe par vos mains. Saint-Denis, Sens et maintenant Laon poursuivent leur escalade dans les nuages. Paris se doit de suivre leur exemple et j'ai choisi, comme l'abbé Pèlerin a dû vous le dire, Renaud Pasquier pour m'aider dans cette sainte et difficile entreprise. Dites donc à votre père que je l'attends avec impatience pour lui parler de mon projet. Dites-lui aussi que j'ai décidé de conserver en activité l'ancienne cathédrale jusqu'à ce que la célébration du culte soit possible dans la nouvelle église. Nous allons seulement démolir l'église Saint-Étienne qui tombe en ruine et certaines maisons voisines. Mais j'expliquerai tout cela à maître Renaud. Surtout, qu'il n'ait pas peur de voir se reproduire le navrant arrêt des travaux de Sens. Paris et le chapitre disposent de tout l'argent nécessaire – je sais qu'il en faudra beaucoup – à la construction de la plus grande cathédrale du royaume. Quand pensez-vous que votre père pourra venir s'installer à Paris ?

— Monseigneur, je vous promets que dans une semaine il sera dans votre cabinet.

— Fort bien. Rentrez vite à Sens pour lui dire que je l'attends. Que Dieu vous garde.

L'oncle et le neveu s'agenouillèrent et Mgr de Sully les bénit.

Quand ils retrouvèrent leurs chevaux, il faisait presque nuit :

— Je me demande, dit Pierre, pourquoi Renaud n'est pas venu. Cela aurait fait gagner du temps.

— Il avait beaucoup à faire sur le chantier. Et puis, je crois qu'après avoir fait les premiers pas il voulait se faire désirer et que ce soit Mgr de Sully qui le prie de venir.

*
* *

Tout se passa comme Renaud l'avait prévu, l'évêque exauça la plupart de ses vœux. Dès le retour à Sens de ses mandataires, le maître annonça qu'il convenait de préparer le départ sans plus attendre.

— Ne va pas trop vite en besogne ! s'écria Louisette. Tu ne te rends pas compte de ce que représente un déménagement !

— Si. Mais il faut nous installer le plus tôt possible. Avant en tout cas que l'évêque Dachery n'annonce que le chantier de Sens peut reprendre son activité. Je sais qu'il est sur le point de trouver l'argent nécessaire. Le pape, le roi, et même, c'est assez drôle, Mgr de Sully, se sont émus et vont faire les dons nécessaires. J'ai tiré un trait sur Sens et ne veux pas laisser passer l'occasion qui m'est offerte d'être celui qui a commencé de bâtir la nouvelle cathédrale Notre-Dame de Paris.

— Je sais que si tu as décidé de partir, rien ne pourra te faire changer d'idée, mais tout de même, nous sommes si bien habitués...

— Trop habitués. Bouger va nous rajeunir. Je suis sûr que les enfants sont d'accord là-dessus !

— Oui, père, répondirent ensemble Simon et Victor. Et nous habiterons tout près de l'abbaye de Saint-Denis.

— C'est vrai, dit Louisette. J'ai tellement envie de revoir mon petit !

Dès le surlendemain, Simon, Pierre et Victor se mettaient en branle vers Paris avec un chariot plein d'outils, de planches de bois et de poudre de chaux destinés à réparer la maison de Suger. Quelques jours plus tard, Renaud partait à son tour avec Louisette qui tenait les rênes d'une seconde charrette bourrée de linge, de couvertures et d'ustensiles de cuisine. Le chemin passait devant la cathédrale dont une première tour commençait à s'élever au-dessus de toutes les maisons.

— Adieu Sens, à nous Paris ! s'exclama Renaud en se signant devant la statue de saint Étienne qui avait enfin trouvé sa place entre les deux ouvertures du portail.

*

* *

Les jeunes et Pierre avaient bien travaillé. Si les travaux n'étaient pas entièrement terminés, la maison Suger s'était réveillée et était tout à fait habitable.

Louisette, un peu effrayée par l'agitation de la rue, convint que la maison elle-même était belle et bien assez grande pour la famille. Elle décida qu'elle habiterait avec Renaud le rez-de-chaussée où se trouvait la chambre chaude avec la grande cheminée sur le manteau de laquelle on distinguait encore l'écu sang et or portant les armes de l'abbé Suger. « Pierre et Judith logeront à l'étage avec les enfants », ajouta-t-elle. Et personne ne vint la contredire, surtout pas Renaud, soulagé de constater que sa femme s'était faite à l'idée de vivre une autre vie dans ce Paris déroutant.

Dès le lendemain de son arrivée, Renaud se présenta à l'abbé Raymond Pèlerin dont il apprit à l'occasion que son titre officiel était : premier clerc de l'office de la secrétairerie.

— Vous êtes attendu, maître Pasquier. Il ne se passe pas de jour sans que monseigneur me demande si vous êtes arrivé. J'ai su que des membres de votre famille travaillaient à remettre en état la maison Suger. Heureusement ! Car s'il avait fallu passer par l'office des bâtiments qui est géré par un vieil officier pointilleux, vous ne seriez pas près d'emménager ! À propos, dans votre contrat, demandez votre autonomie, ne laissez pas les fonctionnaires épiscopaux se mêler de vos affaires.

Renaud remercia l'abbé pour l'aide qu'il n'avait cessé de lui apporter et reprit la place qu'il connaissait bien dans le salon d'attente. Une attente brève car il fut aussitôt introduit dans le cabinet de Mgr de Sully qui lui fit compliment de sa ponctualité et le pria de s'asseoir de l'autre côté de la table qui les séparait. Celle-ci était presque entièrement couverte par des parchemins collés sur lesquels il reconnut le plan, agrandi, qu'il avait fait parvenir au prélat.

— Voici donc le dessin approximatif de notre cathédrale, dit Mgr de Sully. Oublions-le car pour l'instant seule nous intéresse la surface que couvrira l'édifice. Celui-ci, je vous l'ai dit, sera construit en place de la cathédrale actuelle et de l'église voisine, Saint-Étienne, qui n'est plus que ruines. Il ne peut être question de démolir la vieille cathédrale avant que la nouvelle soit en état d'abriter la célébration du culte. Nous la laisserons donc en place et commencerons par construire le nouveau chœur sur le champ laissé libre par la disparition de Saint-Étienne et des maisons voisines que le chapitre a rachetées. Le chœur achevé, nous reconstruirons peu à peu la nef. C'est le plan que j'ai arrêté après avoir beaucoup réfléchi. Qu'en pensez-vous, monsieur le maître d'œuvre ?

— Ce projet me paraît tout à fait réalisable et sage. Quand devons-nous commencer la démolition ?

— L'office des bâtiments s'en charge, comme du percement d'une nouvelle rue d'est en ouest qui partira du parvis et se raccordera à la grand-route qui traverse Paris en passant par les deux ponts de la Cité. Cette rue s'appellera rue Neuve-Notre-Dame. Elle dégagera le centre de la ville et servira dans l'immédiat à l'acheminement des matériaux nécessaires au chantier. Ces travaux préliminaires débuteront dès demain.

— Me voilà, monseigneur, dégagé d'une tâche fastidieuse et je vous en remercie. Je pense que je devrai, durant ce temps, recruter les maîtres et les compagnons qui œuvreront à la construction de la cathédrale ?

— Naturellement. Et aussi dresser le plan complet et détaillé du chœur puisque c'est par là que nous commencerons. Sa Sainteté doit séjourner à Paris à l'occasion de fêtes de Pâques [1] et je voudrais qu'elle pose la première pierre. Serez-vous prêt ?

— Oui, monseigneur.

— Fort bien. Ah ! Je voulais vous dire que vous ne dépendrez que de moi. Je ne saurais assumer la technique de sa construction mais je sais ce que je veux faire. À vous de réaliser mes idées et de me dire ce qui est possible et ce qui ne l'est pas. J'ai confiance en vous, maître Pasquier, et je suis sûr que nous allons bâtir ensemble une magnifique cathédrale.

— Merci, monseigneur. C'est un peu comme cela que l'abbé Suger a reconstruit la basilique de Saint-Denis avec Simon Lesourd, mon maître et mon beau-père.

— Non. L'abbé Suger était un vrai bâtisseur qui maîtrisait toutes les étapes de la construction, qui savait calculer l'équilibre et la résistance des matériaux, et qui, surtout, était un précurseur. Je ne saurais en faire autant mais vous m'aiderez, vous serez mon bras bâtisseur !

— J'espère mériter l'honneur que vous me faites, monseigneur ! Mais il reste à régler la question admi-

---

1. 1163.

nistrative, la gestion financière du chantier, la paye des maîtres et des ouvriers que je n'aurai ni le temps ni la compétence d'assurer.

— Rassurez-vous. L'office de la chambre [1] comprend assez de fonctionnaires pour remplir ces tâches. Et je choisirai parmi les membres du chapitre, puisque c'est le chapitre qui est responsable de l'administration de la cathédrale, le ou les chanoines *operarius* qui s'occuperont de la gestion des fonds avec la directive de vous aider, au privilège de la construction. Il faudra aussi parler de votre contrat. Vous n'avez pas soulevé ce problème personnel, faisant passer en priorité la passion de l'œuvre. Je vous en sais gré mais c'est l'abbé Pèlerin qui réglera cela avec vous. Une dernière chose : le chantier de la cathédrale de Sens va reprendre son activité et le trésor épiscopal parisien participera à ce sauvetage.

— Je sais cela, monseigneur.

— Et vous préférez rester à Paris ?

— Oui, monseigneur. L'honneur de bâtir Notre-Dame de Paris n'a pas d'égal pour un maître maçon !

*

* *

Après les mois intenses passés à se décider à quitter Sens, à traiter avec l'évêché de Paris, à restaurer la vieille maison de l'abbé Suger et à s'y installer, la famille pouvait enfin respirer, encore que les travaux de démolition répandissent de gros nuages de poussière sur la Cité.

Renaud, aidé par Pierre et Simon, partageait son temps entre la mise au net du projet de chœur et la création du nouveau chantier. Heureusement, une

---

1. La trésorerie épiscopale dirigée par un officier appelé chambrier ou cubiculaire.

vingtaine de maîtres et de compagnons avaient décidé de quitter Sens et de le suivre à Paris. Parmi eux se trouvaient tout naturellement les vieux amis du maître d'œuvre qui étaient aussi les meilleurs de leur spécialité. Renaud retrouvait ainsi avec joie et soulagement Benoît Bouquet, le maître qui traçait avec une précision extraordinaire le contour des pierres à tailler et savait obtenir le meilleur des tailleurs et des asseyeurs. Il accueillit aussi dans sa nouvelle famille laborieuse Renaud Barbedette, l'appareilleur dont il envisageait de faire son parlier, et Roger Santi, le sculpteur de la statue de saint Étienne qui avait quitté Sens pour le chantier de Laon et qui, apprenant que Renaud recrutait à Paris, avait décidé de le rejoindre. Le maître charpentier Roger Badin était annoncé ainsi que le forgeron Hans Maurer, un Allemand revenu depuis peu du chantier de Canterbury que Renaud ne connaissait pas mais qui jouissait dans le métier d'une excellente réputation.

Ces nouveaux arrivés, qui allaient devenir l'ossature du chantier de Notre-Dame, il fallait les doter d'un contrat et les loger. Le chapitre de Paris disposait heureusement de locaux inoccupés, vétustes mais suffisamment vastes pour abriter des compagnons qui n'étaient pas manchots et pouvaient les mettre rapidement en état. Renaud réglait ces questions administratives, qui, disait-il, lui mangeaient le temps, avec le chanoine Arsène désigné par l'évêque pour gérer les finances du chantier. C'était un moine âgé d'une soixantaine d'années, passé comme beaucoup de religieux du Parisis par Saint-Victor et Saint-Denis. Il avait approché l'abbé Suger et participé au cérémonial de son enterrement. Il avait vécu une part de la reconstruction de la basilique et se félicitait maintenant d'être associé à la naissance de Notre-Dame. Renaud sut tout de suite qu'il avait un allié en la personne du chanoine, ce qui était important car il ne pouvait ignorer que sa nomination à un poste si proche de l'évêque suscitait méfiance et inimitié chez de nombreux prélats. C'est lui qui avait rédigé, avec l'abbé Pèlerin, le contrat de Renaud et qui l'avait fait accepter par l'évêque.

C'était un bon contrat, meilleur que celui consenti à Renaud par l'évêque de Sens, non seulement par la somme mensuelle qui lui était allouée mais également par les avantages liés à la fonction. La maison Suger lui était prêtée gratuitement avec un droit de pleine propriété après les deux premières années passées à diriger les travaux de la cathédrale. Le maître d'œuvre avait aussi droit à deux chevaux et à leur entretien ainsi qu'à un serviteur. Des indemnités de nourriture et d'habillement, la fourniture de bois de chauffage, le don chaque année de deux barriques de vin ainsi que d'autres menus avantages représentaient un revenu au moins trois fois supérieur à celui d'un maître appareilleur. Enfin, le contrat du *magister lathomus* Renaud Pasquier de Sens précisait qu'il pouvait se faire rétribuer pour des expertises et qu'il serait indemnisé pour les voyages effectués dans l'intérêt de la cathédrale, en particulier ceux destinés à la recherche et à l'achat de matériaux. De quoi combler la famille Pasquier qui n'avait jamais aussi bien vécu, même au temps de l'abbé Suger, qui était près de ses sous lorsqu'il ne s'agissait pas d'acquérir un nouvel et coûteux ornement pour sa basilique.

Mgr de Sully montrait qu'il entendait être en toute occasion le patron de sa cathédrale et s'intéressait aux travaux préparatoires comme il se passionnerait plus tard pour la construction. Il avait demandé à Renaud de le tenir au courant, au moins deux fois la semaine, de l'avancée des travaux du chœur et de la formation hiérarchique du chantier.

— Êtes-vous sûr des gens que vous engagez ? Les connaissez-vous personnellement ?

Un jour, il demanda de rencontrer le maître Barbedette en qui Renaud voyait un parlier possible.

— Votre second, celui qui vous remplacerait en cas de besoin, m'intéresse, avait-il dit. Je veux le connaître puisque je peux un jour avoir affaire à lui.

L'essentiel était le plan[1]. L'évêque avait laissé Renaud libre d'interpréter ses désirs mais ses désirs étaient de plus en plus nettement définis. Ce jour-là, alors que le maître d'œuvre lui apportait un plan déjà très élaboré, il le questionna :

— Nous avons déterminé l'occupation approximative de l'édifice sur le sol. Et la hauteur ?

— Une centaine de pieds, monseigneur. Cela ne vous paraît pas énorme ?

— Si, mais c'est comme cela que je vois ma cathédrale : audacieuse, certains diront gigantesque. Elle doit, je vous l'ai dit, être l'édifice religieux le plus grand du monde occidental ! À vous de faire tenir debout ses trois ou quatre niveaux avec leurs arcades, leurs tribunes, leurs hautes fenêtres ! Je sais que je serai critiqué. Mon confrère Pierre le Chantre[2], qui ne cesse d'écrire contre la somptuosité des édifices religieux et blâme le luxe que déploie l'architecture, ne va pas tarder à reprendre à mon égard les critiques que saint Bernard formulait envers l'abbé Suger.

— J'étais jeune mais je me rappelle que l'abbé était touché par ces attaques violentes auxquelles il ne céda

---

1. Un plan d'époque sur parchemin du chœur de Notre-Dame est conservé (et visible) à Strasbourg (Musée de l'œuvre de Notre-Dame).

2. Le plus célèbre théologien de l'époque.

pas. Il continua d'enrichir Saint-Denis des objets précieux offerts à la gloire de Dieu.

— Nous verrons bien comment sera reçue Notre-Dame qui par son étendue et sa hauteur va différer tellement des autres églises du Parisis et d'ailleurs. Je gage que l'admiration supplantera la critique !

— Monseigneur, c'est dans l'enthousiasme et la foi que vos maçons, vos charpentiers et vos tailleurs commenceront les travaux du chœur dès que le terrain sera libéré. Nous trions déjà les pierres de la vieille église qui serviront pour les fondations.

— Mais les nouveaux matériaux ? Il va en falloir d'énormes quantités ?

— C'est avec la main-d'œuvre ce qui vous coûtera le plus cher, monseigneur. Pas tellement la pierre elle-même mais son transport. Je pense que nous ne trouverons pas de carrières plus proches que celles de Creil et de Pontoise. C'est là que Suger s'est approvisionné. Il y a aussi Berchères d'où l'on extrait une excellente roche et du liais, un calcaire à grain fin qui présente des petits trous sur un fond blanc-ocre. Mais c'est loin... Il faut que la pierre arrive par eau. Heureusement la Seine passe au pied du chantier.

Renaud était sans doute l'un des hommes les plus occupés de Paris. Entre l'engagement des compagnons, les visites fréquentes à l'évêque, la préparation des plans d'exécution (épures assorties de consignes destinées à ceux qui auraient mission d'élever les premiers murs et les premières colonnes), les commandes de matériaux et la surveillance des travaux de démolition dont il n'était pas responsable mais sur lesquels il devait garder un œil afin d'éviter que les pierres descellées ne soient endommagées, il restait peu de temps au maître d'œuvre à consacrer à la famille.

Personne ne le lui reprochait. Au contraire, toute la maison, que l'on continuait à appeler par habitude et par respect la maison Suger, se mettait au service du maître et de la tâche qu'il avait à assumer. La cathédrale était l'affaire de tous et il n'était pas rare qu'à la fin du souper la famille s'unisse dans une prière pour demander à la Vierge d'aider ceux qui allaient lui bâtir la plus belle église du royaume.

Pour l'heure, les manœuvres et les apprentis aidaient les ouvriers de l'office des bâtiments à nettoyer la surface libérée par la démolition de la vieille église Saint-Étienne, à consolider les fondations mérovingiennes qui resteraient en place pour supporter la construction nouvelle. Et à recouvrir les dalles d'une couche de plâtre sur laquelle Renaud, aidé par l'appareilleur, dessinerait les contours du chœur, l'emplacement des colonnes et des piliers. Ces quelques arpents de Paris se présentaient comme une aire de théâtre en cours d'installation. C'est là, à l'ombre de l'ancienne cathédrale demeurée intacte, que le pape Alexandre III devait poser la première pierre de l'église nouvelle.

La cérémonie eut lieu comme prévu au lendemain des fêtes de Pâques. Une tribune avait été dressée pour accueillir les personnalités religieuses et laïques et une foule innombrable descendue des collines de Montmartre, de Sainte-Geneviève et de toutes les paroisses de Paris était venue assister à ce grand moment. Tous ces gens, bourgeois bien vêtus, miséreux en guenilles, valets, marchands, étaient maintenus à distance par les archers tandis que les officiers du pape faisaient la haie de chaque côté du tapis déployé sur le sol où le saint-père, précédé de l'évêque Maurice et suivi par ses prélats et les prieurs des grands monastères, avançait posément ses mules blanches.

Le cortège s'arrêta devant le premier soubassement maçonné la veille. Renaud, vêtu des ornements de sa charge, et Barbedette, l'appareilleur, lui tendirent, l'un une petite pelle d'argent que l'évêque avait fait ciseler pour la circonstance et l'autre un récipient de terre cuite contenant du mortier. Le pape déposa un peu de ce mortier sur le soubassement, et deux solides tailleurs, dont Pierre Lesourd, déposèrent dessus une pierre finement taillée portant gravée au burin la mention. : « Commencement du chœur de la cathédrale Notre-Dame par Sa Sainteté Alexandre III, en présence de Mgr l'évêque de Paris Maurice de Sully, le 25 mars de l'an 1163. »

Le pape bénit ensuite sa pierre, les deux tailleurs, Renaud, l'évêque, sa suite et finalement tous les présents. « La grande aventure de Notre-Dame de Paris peut commencer ! » se dit Renaud en jetant un regard vers Louisette perdue parmi les invités de la tribune.

À ce moment, un rayon de soleil inattendu perça la couche des nuages qui assombrissaient le ciel depuis la veille. Tout le monde leva la tête en même temps, même le pape, peut-être dans l'espoir que le clin d'œil du soleil annonçait un vrai miracle. Mais la Sainte Vierge ne se montra pas.

*

* *

Deux semaines plus tard, le chantier grouillait comme l'entrée d'une ruche. Un bruit confus d'où émergeaient des cris, des appels, des martèlements couvrait maintenant une bonne partie de l'île de la Cité. L'embauche était à peu près terminée, la loge, construite en bois pour l'instant, offrait un abri aux compagnons et à la salle des traits où Renaud se tenait presque en permanence, penché sur ses parchemins. Chacun avait trouvé sa place dans l'ensemble complexe du chantier où, cependant, quelques corporations comme celles des sculpteurs, des couvreurs, des vitriers, n'intervenaient pas encore. Pour l'instant, le gros du travail revenait aux transporteurs de pierres, aux tailleurs, aux maçons. Le plein emploi des charpentiers viendrait plus tard, lorsqu'il faudrait commencer à construire les moles et les gabarits qui soutiendraient les voûtes durant l'empierrement, mais ceux qui étaient présents ne manquaient pas de travail, comme les forgerons chargés de fabriquer et d'affûter les outils.

À propos d'outils, le maître charpentier Roger Badin travaillait dans son coin, sans révéler ce qu'il faisait. On devinait seulement qu'il s'activait à la construction de ce qui ressemblait à une caisse. Un jour, Pierre, qui cherchait une barre de bois pour aider au maniement d'une pierre volumineuse, le surprit en train d'ajuster une roue :

— Que faites-vous donc, maître Roger ? Nous sommes nombreux à nous poser la question.

— Chut ! fit le charpentier en posant l'index sur ses lèvres. C'est encore un secret mais, si cela marche comme je l'espère, vous serez bientôt fixé. Sinon, il faudra mettre tous ces morceaux de bois au feu !

Pierre n'insista pas mais, curieux, continua de surveiller du coin de l'œil Roger Badin. Il le surprit ainsi en train d'adapter à sa caisse deux barres de bois qui semblaient être des brancards. « Bon, se dit-il, la surprise ne sera pas grande : le maître est en train d'assembler un coffre à porteurs pour charrier le mortier, mais pourquoi diable se cache-t-il ? Et pourquoi la roue ? »

Durant le souper, alors que, selon une habitude qui remontait au temps de Saint-Denis, on se remémorait les faits marquants de la journée, Pierre fit part des curieuses manières du maître charpentier.

Renaud sourit :

— Si Roger fait des mystères c'est qu'il a une autre idée en tête que de fabriquer une auge, un travail d'apprenti. Mais vous le connaissez, il a toujours un projet qui lui trotte sous la tignasse. En général cela n'aboutit à rien mais on ne sait jamais. Attendons !

Le lendemain, le maître d'œuvre, qui dessinait les fenêtres qui un jour éclaireraient le chœur, fut distrait de son travail par des exclamations. Il sortit pour voir ce qui se passait et joignit ses applaudissements à ceux du chantier qui regardaient, ébahis, Roger pousser fièrement devant lui son chariot à une roue qu'il soutenait par les brancards. Il posa sa caisse roulante devant Renaud en expliquant :

— J'ai entendu dire l'année dernière par Lembrach, tu sais, l'appareilleur qui venait de Cologne, que l'on commençait à utiliser là-bas un engin à une roue qui permet à un homme de faire facilement le travail de deux manœuvres. Je me suis fait expliquer l'affaire, j'ai esquissé quelques dessins et tout oublié jusqu'au jour où, la semaine dernière, n'ayant pas grand-chose à faire, j'ai essayé de construire la caisse roulante.

— Montre que je l'essaie, dit Renaud qui empoigna les deux brancards et s'exclama : C'est très bien, il faut en faire d'autres. Bravo, Roger !

— Oh, je n'ai rien inventé mais je serais content si mon auge à roulette pouvait servir à quelque chose[1].

---

1. Il s'agit de la brouette, invention longtemps attribuée à Pascal, que l'on a découverte en action dans plusieurs miniatures de la fin du XIIe siècle, preuve qu'elle a été utilisée sur les chantiers des cathédrales.

*
* *

Jamais un édifice religieux n'avait été entrepris avec une telle rapidité. Sans porter atteinte à la vieille cathédrale dont les murs du chevet touchaient presque le chantier et où les saints offices continuaient de se dérouler normalement, le nouveau chœur s'élevait un peu plus chaque mois.

L'hiver même avait été doux et s'était montré complice des bâtisseurs. Sur le quai de Seine voisin, les pierres déjà dégrossies à la carrière arrivaient par barges et étaient transportées sans discontinuer, parfois même la nuit, sur des chariots tirés par des bœufs. Cette noria distrayait les Parisiens qui encourageaient les bêtes et leurs conducteurs. Naturellement, la foule se pressait aussi autour du chantier et il fallait souvent faire appel aux gardes du palais épiscopal pour faire reculer les curieux. C'est que la cathédrale Notre-Dame, née dans l'esprit de l'évêque Maurice, devenue un impératif familial chez les Pasquier, était maintenant l'affaire du peuple de Paris tout entier qui voyait avec fierté la maison de Dieu se dresser dans son ciel. Un événement considérable vint en l'année 1165 distraire le peuple de sa passion pour le chantier de la Cité. Le roi avait déjà quarante-cinq ans et il en était à sa troisième femme[1], quand Alix de Champagne, le samedi de l'octave de l'Ascension de la Bienheureuse Vierge Marie, alors que l'on célébrait l'office de matines, accoucha à Gonesse d'un héritier mâle espéré et attendu depuis trente ans.

Le roi fut prévenu à Étampes où il couchait cette nuit-là. Le pieux monarque se prosterna, pria, invo-

1. Après Aliénor et Constance de Castille qui ne lui avaient donné que quatre filles.

qua le Seigneur, Dieu d'Israël, qui avait visité son peuple et assuré la succession royale. Aux seigneurs qui le félicitaient il ne cacha pas sa pensée profonde : « J'étais effrayé, dit-il, du nombre de mes filles et je rends grâce à Dieu de m'avoir accordé, ainsi qu'à mon peuple, un enfant appartenant à un sexe plus noble. » Une appréciation peu flatteuse pour les femmes qui furent pourtant les premières à célébrer la naissance de l'enfant du miracle et à crier leur joie dans les rues de la Cité. Les cris réveillèrent la maison Suger où Simon ouvrit les volets et demanda ce qui se passait. Un groupe d'étudiants lui répondit : « C'est un mâle ! La France a un petit prince ! »

L'émotion passée, l'attention revint vers le chantier qui s'avérait être un géant glouton. Sans jamais protester, le chanoine Arsène, son grand argentier, réglait les dépenses engagées par Renaud. N'empêche qu'en dépit de l'importance de la mense épiscopale et de la participation personnelle de l'évêque, le chapitre, dont les dignitaires savaient aussi être généreux, devait compter sur l'appoint des donations et des offrandes des fidèles.

Ces offrandes, outre le revenu des quêtes organisées dans le diocèse, venaient très souvent de l'adoration des reliques, principalement celles de saint Denis conservées dans la vieille cathédrale.

Il existait aussi les offrandes extraordinaires de l'autel. Ainsi, à l'occasion des solennités du Lendit, la famille Pasquier au complet assista à la messe célébrée par l'évêque. Cela permit de constater une nouvelle fois que la vieille cathédrale était trop petite. Arrivés de bonne heure, les Pasquier n'étaient pas trop loin de l'autel mais, derrière, la foule se pressait tellement nombreuse que l'on dut évacuer des fidèles au bord de l'étouffement. Enfin, on ferma le portail après avoir fait sortir une centaine de personnes qui se mêlèrent à tous ceux qui n'avaient pu entrer.

La messe dite, les marguilliers étalèrent devant l'autel un grand voile blanc, le « surceint », sur lequel chacun put déposer son offrande. Beaucoup de femmes se défirent de leurs bijoux. Louisette abandonna ainsi sur le voile la bague ornée d'une améthyste qui lui venait de sa mère, les hommes, à l'exemple de Renaud, firent tomber de leurs poches une pluie de deniers parisis, leur paye de la semaine, puis tout le monde communia devant les moines de Saint-Victor qui avaient pris place aux quatre coins de l'église.

— Il est temps que nous la bâtissions cette grande cathédrale ! dit Renaud tandis que la famille regagnait la maison Suger où les femmes se mirent aussitôt en cuisine pour préparer le repas dominical.

Judith s'était levée tôt pour se rendre au marché, près de Grand Pont, où sur la « pierre aux poissonniers » étaient étalés sur des algues ou des herbes des saumons, des pourpois, des raies, des merlans et surtout des harengs, mieux conservés dans le sel et d'un prix plus abordable. Elle avait acheté la moitié d'un beau saumon, de quoi garnir copieusement les quatre écuelles du repas[1]. C'était un plat cher mais il convenait de fêter le Lendit et, surtout, la première colonne du chœur, élevée la veille dans la joie de tous les travailleurs.

Hier, on avait prié en commun, chanté quelques-uns des refrains traditionnels de la grande famille des bâtisseurs. On avait aussi vidé une demi-douzaine de dames-jeannes de vin de Suresnes en mangeant du fromage de brebis. C'était la première fête

---

1. À table, au Moyen Âge, les convives partageaient une écuelle à deux.

du chantier de la cathédrale. Notre-Dame n'était plus un rêve. Il restait à la hisser vers le ciel.

— Heureux ceux qui commencent ce pieux travail ! Heureux ceux qui l'achèveront dans un autre siècle ! avait dit Renaud en levant un dernier gobelet sous les acclamations des maçons du Bon Dieu.

En famille, la fête fut moins bruyante mais tout aussi chaleureuse. Comble de bonheur, l'oblat avait eu la permission de venir partager le repas de Lendit dans la famille. L'abbé de Saint-Denis, qui avait un grand respect pour les bâtisseurs et vénérait Suger, son illustre prédécesseur, avait même autorisé Denis à utiliser une mule des écuries de l'abbaye.

L'après-midi, les jumeaux partirent ensemble faire une promenade dans la ville en fête tandis que Renaud, épuisé par une semaine de labeur et la longue station debout dans l'église torride et saturée d'encens, s'endormait devant son verre de genièvre. Pierre et Judith sortirent à leur tour, et Louisette poussa un ouf ! de soulagement. « Enfin un peu de tranquillité ! » se dit-elle en se réfugiant au frais dans la chambre.

Lorsque le moine, qui devait être rentré au monastère pour les complies, se remit en selle, sa mère essuya une larme puis sourit en regardant la robe brune disparaître au bout de la rue :

— Quel beau dimanche ! dit-elle à Renaud en se serrant contre lui.

— Oui, cela a été un beau dimanche, répondit-il en élevant son regard vers le ciel.

Louisette connaissait bien son mari, elle comprit qu'il était déjà au lendemain et pensait à son chantier, peut-être au chargement de marbres blancs et rouges qui devait arriver du Sud et dont il lui avait parlé... Elle lui prit la main et l'entraîna :

— Viens, rentrons. Il fait trop chaud. Tiens, nous allons un peu bavarder avec Victor qui est attristé par le retour de son frère au monastère.

— Plutôt avec moi, dit Simon, car Victor vient de partir se promener avec le fils des voisins !

L'aîné des fils Pasquier, assommé par la chaleur, était allé dormir dans la petite grange située au fond de la cour. Par la grâce d'un noyer qui la protégeait du soleil, c'était l'un des rares endroits frais de la maison. Simon aimait s'y isoler et parfois y passer la nuit durant les périodes de canicule.

Depuis que la famille avait quitté Sens, il n'avait jamais fait allusion à Lucie, la fille du tailleur Riffard à qui il semblait pourtant tenir. Il ne sortait pas et consacrait tout son temps au travail.

Il est vrai qu'il y en avait eu du travail depuis que Renaud avait été désigné maître d'œuvre du chantier de Notre-Dame ! Certes, il se félicitait de l'ardeur du fils, bien dans la tradition des Pasquier, mais pensait que Simon, à vingt et un ans passés, devrait un peu oublier le chantier et songer à se marier.

En cette soirée dominicale où ils se retrouvaient seuls, l'occasion était belle pour que Renaud évoque le sujet :

— Simon, as-tu renoncé à la fille du tailleur de Sens ? Tu ne nous en as jamais reparlé et nous avons respecté ton silence. Il serait temps pourtant que tu songes à fonder une famille. Tu viens de passer maître, ce qui à ton âge est exceptionnel, tu as un bon trait et tu commences à comprendre les mystères de la géométrie. Bref, tu as les atouts en main pour devenir, d'ici à une dizaine d'années, appareilleur ou parlier sur un chantier de cathédrale.

— Grâce à vous, mon père, qui m'avez fait brûler les étapes.

— C'est vrai, mais tu as mordu aux lignes que je te tendais. Si tu n'avais pas suivi, je n'aurais pas pu t'aider, tu serais resté compagnon pour finir dans la peau d'un bon maçon, ce qui n'est pas déshonorant. Cela pour te dire que ta mère et moi te pressons de trouver une épouse qui te donnera de beaux enfants et t'aidera à réussir ta carrière.

— Je le sais bien. Mais on ne trouve pas une femme comme une ceinture brodée à la foire du Lendit. Quant à Lucie, j'ai appris que peu de temps après notre départ elle avait épousé un employé de son père.

— Ah ! Eh bien, je te le redis : si tu pouvais marier la fille d'un bâtisseur, une gentille fille qui aurait été élevée dans la religion de la pierre, ce serait mieux pour ton bonheur et pour ton avenir.

On en resta là, et le soir, en se couchant, Louisette dit à Renaud :

— Tu as eu raison de parler à Simon comme tu l'as fait, mais n'as-tu pas une idée derrière la tête quand tu lui conseilles de choisir une fille de bâtisseur ? Tu penses à quelqu'un ?

— Peut-être. Maintenant il faut dormir : le chantier de l'évêque ouvre demain à six heures.

*

* *

Son chantier, l'évêque Maurice ne s'en lassait pas. Mieux, sa passion pour son œuvre augmentait à mesure que de nouvelles rangées de pierres prenaient leur place. En cela il se montrait fidèle à son modèle, le grand Suger. Habilement, Renaud ne manquait jamais une occasion de rappeler au prélat ses points de ressemblance avec l'abbé. Flatté mais modeste, l'évêque répondait qu'il n'aurait jamais l'outrecuidance de se comparer au père de la nouvelle architecture.

Des dizaines de parchemins, maintes fois grattés, avaient été utilisés à dresser le plan du chœur. Finalement l'évêque s'était arrêté sur un projet d'une rangée circulaire d'arcades assortie d'une galerie, un *triforium*, au-dessus de laquelle s'élevaient de hautes fenêtres[1]. Cela impliquait de prévoir une hauteur monumentale de la nef. Renaud, inquiet de ce gigantisme, avait du mal à freiner les ardeurs de son patron qui riait :

— Vous construisez, monsieur l'architecte, moi je ne vois que ce que Dieu me demande depuis le ciel et je vous assure que la nef de Notre-Dame de Paris, comme son chœur, sera sublime. Cela dit, arrêtez-moi si vous pensez que mes rêves risquent de mettre en cause la solidité de l'ouvrage.

— Bien des églises se sont écroulées au cours de leur construction. Saint-Denis elle-même a failli être détruite en partie au cours d'un orage. Il est sûr qu'aujourd'hui on peut s'attendre à voir s'effondrer des cathédrales aux tailles démesurées.

— Pourquoi, messire Renaud ?

— Il y a bien des causes possibles à ces catastrophes en dehors de la hauteur excessive des tours et de certaines voûtes. Par exemple une erreur de l'architecte ou de l'appareilleur, voire celle d'un maçon qui aura mal posé sa pierre. « Pour construire une flèche, disait le maître Lesourd, il faut regarder le ciel en conservant les pieds sur terre. »

---

1. L'architecture du chœur retenue par Mgr de Sully ne différait pas beaucoup de ce qu'elle est aujourd'hui. Les arcades sont restées ce qu'elles étaient, avec leurs supports massifs.

Cette confiance entre deux êtres tellement différents mais intelligents et mus par la même passion portait ses fruits : le chœur s'élevait harmonieusement selon le plan choisi, modifié parfois pour tenir compte des leçons de la pratique. Les travaux avançaient si bien que Renaud commençait à penser aux vitraux des fenêtres, aux sculptures du maître-autel et même aux statues dont il faudrait un jour orner la nef. Le maître, dans ses réflexions, envisageait même les détails du triple portail tout en sachant qu'il ne serait plus là pour achever sur un point d'orgue la cathédrale de Paris.

*
* *

La demoiselle Maurer, la fille aînée du maître forgeron, avait la fraîcheur de ses dix-huit ans et une grâce robuste. Les Pasquier avaient rencontré Berthe, qui accompagnait ses parents, à une fête de quartier comme il y en avait souvent dans la Cité. Le soir, Louisette et Renaud avaient parlé ensemble de la jeune fille et étaient tombés d'accord pour penser qu'elle ferait une épouse convenable pour Simon. À condition bien sûr qu'elle lui plaise car, s'il paraissait normal d'arranger le mariage des enfants, il n'était pas question de le leur imposer.

Maître Hans, auprès de qui Pierre, qu'on appelait « Fortis », n'était qu'un gringalet, plaisait à Renaud pour son habileté à l'enclume, sa vaillance d'homme de l'Est et ses souvenirs de Canterbury où il avait travaillé durant deux années sur le chantier de Guillaume de Sens. Pasquier découvrait, à travers les récits qu'il lui faisait, un personnage différent de celui qui avait été à Sens son maître et son bienfaiteur.

Plus Renaud en apprenait sur Guillaume, plus celui-ci lui paraissait digne de son admiration.

Renaud et Louisette décidèrent donc d'inviter les Maurer et leurs deux filles à partager le repas du prochain dimanche. Il était courant que, les jours de fête, les compagnons du chantier se retrouvent lors d'agapes familiales, mais exceptionnel que le maître d'œuvre invite l'un de ses hommes, fût-il maître de métier, à sa table. Cela afin d'éviter les jalousies que la fraternité proverbiale des maçons et bâtisseurs n'évitait pas toujours.

Simon en fut prévenu avec ménagement par le père, qui savait que son fils ne serait pas dupe du motif de cette invitation et qui craignait un refus. À son grand étonnement, le jeune Pasquier éclata de rire :

— Père, ne vous donnez pas tant de peine. J'allais vous demander de voir les parents de Berthe.

— Comment, tu connais la fille de Hans Maurer ?

— Je l'ai rencontrée il y a un mois, un jour où elle était venue attendre son père au chantier. Nous nous sommes revus à la foire de Sainte-Lucie et nous nous sommes promenés plusieurs fois ensemble. Vous conviendrait-elle, par aventure, comme belle-fille ?

Renaud se retrouva, comme il le dit plus tard à Louisette, un peu bêta et il rit à son tour :

— Allons, le hasard fait parfois bien les choses ! Il est vrai, mon fils, qu'il s'agit d'une famille honorable. La jeune Berthe a été élevée dans le sérail du métier et, comme je te l'ai dit, c'est à tout point de vue préférable. Maurer dit que son séjour en Angleterre lui a ouvert l'esprit. Tant mieux, je sais que tu n'es pas homme à prendre une godiche pour épouse. Maintenant, puisque vous vous connaissez, le repas de dimanche n'a de sens que s'il s'agit d'une réunion de fiançailles. J'ai cru comprendre que tu l'entendais ainsi. Et elle ?

— Nous avons beaucoup parlé et nous nous sommes engagés. Berthe m'a dit que son père serait heureux et honoré par notre mariage.

— Il ne manquerait plus qu'il ne le soit pas ! Tu es un beau parti. Pas pour l'argent, il n'en reste jamais beaucoup quand un maître ou un compagnon remet à Dieu son compas et son équerre, mais à cause de ta carrière qui s'annonce brillante et l'assurance que tu pourras faire bien vivre ta femme et tes enfants.

Le ménage Maurer était surprenant. Lui, on l'a dit, était un géant doué d'une force peu commune qui lui valait le surnom de Vulcain, elle, Prudence, une femme toute menue. Les filles, Berthe et Rose, âgée de quatorze ans, n'avaient heureusement pas hérité de la stature de leur colosse de père et avaient gardé de leur mère une finesse de taille et de traits. Tous arrivèrent à la maison Suger comme convenu, après la troisième messe de la matinée.

Les femmes s'étaient habillées pour la circonstance. Louisette avait acheté justement le mois précédent un gipon[1] en soie bleue de Sicile et une jupe assortie, longue et plissée jusqu'au sol comme cela se faisait chez les nobles et les personnes aisées. « Plus on vieillit, disait-elle, plus il faut s'habiller avec soin. » Ce à quoi son mari lui répondait que l'âge apportait des moyens dont ne disposait pas la jeunesse. Renaud était vêtu d'une nouvelle tunique qui laissait apparaître les manches du chainse et sur laquelle Louisette venait de coudre les emblèmes de l'architecte, l'équerre et le compas, façon peut-être

---

1. Corsage confectionné dans un tissu souple, souvent gaufré, qui se lace dans le dos ou sur les côtés.

de montrer que, recevant un subalterne, même promis à entrer dans la famille, il restait le patron.

Les Maurer n'étaient pas en reste. Comme Pierre et Judith ils portaient des vêtements de qualité. Il était d'ailleurs de tradition dans la caste des bâtisseurs, toujours prête à se distinguer des autres professions manuelles, de s'habiller avec recherche et élégance. Quant aux héros de la journée, leur âge permettait une simplicité dans leur mise : bliauds en auqueton et en mollequin[1] soulignés, chez lui comme chez elle, d'une croix d'argent.

Les plus jeunes, Victor et Rose, firent connaissance au bout de la table, table de fête où, sur la nappe blanche pendant jusqu'au sol, Judith venait de répandre des quantités de pétales de rose. Renaud avait invité Mme Maurer à partager son écuelle que Blaise, le valet fourni par contrat au maître d'œuvre, vint emplir de cretonnée de pois nouveaux avant de servir de la même façon Hans Maurer qui dînait dans la même écuelle que Louisette. Il continua par les fiancés, Pierre et son épouse et enfin les jeunes Victor et Rose qui, en dépit de leur assiette commune, s'observaient sans échanger un mot.

Le repas débuta dans la gaieté. Hans parla des mets anglais au goût bizarre que l'on servait dans une annexe de la loge et auxquels il mit six mois à s'habituer.

— J'ai alors maigri d'au moins cinquante livres ! dit-il, tandis que sa femme le contredisait en riant :

— Ne mens pas, Hans. Tu es revenu de Canterbury plus gros que tu n'étais parti !

Renaud Pasquier évoqua Saint-Denis, expliqua Notre-Dame et parla des projets grandioses de l'évêque.

---

1. Auqueton : simple toile de coton. Mollequin : sorte de fine mousseline de coton.

Berthe, interrogée par Louisette, décrivit l'école des moines de Canterbury où elle avait appris un peu de latin et une langue d'oïl qui n'avait rien de commun avec celle que l'on parle dans le Parisis. Et Simon Lesourd raconta avec verve comment la famille avait réussi à occuper la maison Suger.

On avait déjà vidé beaucoup d'aiguières de vin de goutte, le meilleur des vignobles de Beaune, quand Blaise distribua les tranchoirs de pain bis destinés à recevoir les morceaux de cochon de lait farcis dorés à la broche avant d'être mis à cuire sur les braises.

On servit encore des petits pâtés d'alouettes puis une suite de fruits, de crèmes et de compotes avant d'apporter sur la table l'aiguière de vin herbé, une spécialité de Pierre qui passait des jours à préparer cette boisson divine. À des plantes aromatiques, myrte, sauge, absinthe, infusées dans du bon vin, il ajoutait du miel et des épices. Le vin herbé devenu nectar ou ambroisie était la boisson « souef[1] » par excellence, celle dont le poète de l'époque Gautier d'Arras se plaignait de ne pas posséder d'expressions dignes d'en célébrer le délicat velouté. Pierre n'était pas poète mais il savait en revanche confectionner ce nectar dont les convives de la maison Suger se délectèrent en buvant au bonheur de Berthe et de Simon.

Ainsi s'unirent deux enfants de la génération des cathédrales, celle qui devrait poursuivre l'œuvre entreprise par les maîtres fondateurs de cette architecture que les Allemands appelaient le « système français » et qui, en France, n'avait pas de nom. On savait seulement qu'avec ses voûtes d'ogives, ses arcs-boutants et l'éclat de ses vitraux la cathédrale nouvelle était diffé-

---

1. Exquise. Du latin *suavis*.

rente de toutes celles que les chrétiens avaient bâties jusqu'alors.

*

* *

Le temps passait dans les paroisses de la Cité. Sur la nef qui figure la petite île s'assemblaient les blocs de pierre blanche de Creil et les rochers ocrés de Berchères. Les habitants de Paris, en dehors de leurs soucis quotidiens, avaient deux sujets d'intérêt : la cathédrale à laquelle ils s'identifiaient de plus en plus à mesure que le chœur prenait de la hauteur, et les affaires du royaume devenues bien compliquées depuis que Louis VII et Aliénor s'étaient séparés. Le roi avait trouvé en la personne d'Henri – le fils d'Aliénor, devenu « roi-associé » d'Angleterre et que, des deux côtés de la Manche, on appelait « le jeune roi » – un adversaire audacieux avec lequel il était téméraire de conclure des traités de paix et d'échanger des serments. Prudent, il lui donna en mariage sa fille Marguerite, âgée de trois ans[1], se laissa prendre Nantes, le sud de la Bretagne et le Vexin normand pour maintenir tant bien que mal une coexistence pacifique avec Henri II Plantagenêt, le vrai roi d'Angleterre, et son fils Henri le jeune.

Le bon peuple ne comprenait pas grand-chose à cette confusion d'intérêts où les vassaux changeaient de camp comme de chainse, où le pape Alexandre III et l'empereur d'Allemagne Barberousse entendaient jouer leur rôle. En fait, les Parisiens s'intéressaient davantage à Aliénor dont ils n'avaient pas oublié la fantaisie et la gaieté. Elle était reine d'Angleterre mais

1. Fille de Louis VII et de sa seconde femme Constance d'Espagne.

vivait à Poitiers où la vie de cour s'écoulait joyeuse entre les fêtes et les tournois. On disait que ses préférences allaient à son second fils, Richard, qu'elle avait fait duc d'Aquitaine. Sans avoir le charme de son frère Henri, il était beau lui aussi, possédait de vrais dons poétiques et avait hérité des yeux gris et de la chevelure blonde des Angevins. Le Plantagenêt, Henri II, lui, n'apparaissait presque jamais sur le continent. L'assassinat de Thomas Becket dans sa cathédrale de Canterbury lui pesait comme un boulet. Pour rentrer en grâce auprès de l'Église, il avait fait une dure pénitence à Avranches, ce qui n'avait pas empêché son fils, le jeune roi, poussé par sa mère, d'entrer en rébellion et de revendiquer le trône.

Tout cela n'était su à Paris que par des récits de voyageurs ou de chroniqueurs répétés de maison à maison. Mais la rumeur devint vérité lorsqu'on apprit de source proche de l'évêché que la reine Aliénor, poursuivie avec son fils par le Plantagenêt dans son fief poitevin, avait été enlevée, déguisée en écuyer, au milieu d'un groupe de chevaliers qui protégeaient sa fuite. Elle était enfermée dans la tour de Chinon en attendant que son mari, finalement maître de la révolte de sa famille et d'une partie de ses vassaux anglais, la rapatrie pour l'enfermer dans le château d'Old Sarum.

Le peuple de Paris se moquait bien du Plantagenêt rival et adversaire du roi Louis mais il plaignait la pauvre captive entrée en rébellion contre un mari grossier et infidèle, cette voluptueuse Aliénor qui avait fait pénétrer dans le palais triste et gris du roi de France le chant de la flûte et la gaieté des troubadours.

*
* *

Des deux côtés des ponts de la Cité, on s'intéressait d'autant plus au prince héritier que des bruits couraient sur la mauvaise santé du roi. À quatorze ans, Philippe allait selon l'usage être associé à la couronne quand, au cours d'une chasse au sanglier dans la forêt de Compiègne, il se trouva soudain égaré. Il eut beau se retourner, appeler, il avait perdu les veneurs qui le suivaient et errait dans la nuit, cherchant vainement son chemin. Las, effrayé, il s'en était remis à Dieu, à la Très Sainte Vierge Marie et à Denis, protecteur des rois de France, lorsqu'il aperçut un charbonnier qui attisait son brasier. Philippe Dieudonné lui dit qui il était et, épuisé, tomba évanoui. L'homme, embarrassé, le porta dans sa hutte, se lava mains et visage et s'apprêtait à l'emmener comme il le pourrait jusqu'au village quand le jeune prince se réveilla.

— Je vais mieux, dit-il. Je vais remonter à cheval et vous me conduirez jusqu'au château où mon père vous témoignera sa reconnaissance.

Philippe fut un mois plus tard sacré à Reims comme « roi désigné ». Louis VII, malade, dut renoncer à faire le déplacement. Il se languit encore dix mois dans son palais de la Cité et trépassa[1]. Sa mort passa presque inaperçue car il était peu aimé, et Philippe, depuis son sacre, était le vrai roi de France. Il s'était rappelé qu'il était né un mois d'août et avait pris, par une charte à sceau pendant, le nom de Philippe Auguste qu'il trouvait plus viril que Dieudonné. Peu instruit, il était un redoutable homme de guerre. Sous son règne, le royaume ne connut jamais la paix

1. Une attaque l'emporta le 11 septembre 1180.

dont avait rêvé Suger. Les barons non plus, ni les voisins de la France. Prudent, il évita de se mêler à la guerre odieuse menée par l'Église contre les protestants mais envoya son fils se croiser contre les Albigeois. Il travailla pourtant à fonder l'unité française et à transformer Paris en élevant une nouvelle enceinte, en construisant le palais du Louvre et en faisant paver les places et les rues importantes. Enfin, Il continua de soutenir, comme son père, les travaux de la cathédrale.

*
* *

Le ménage de Simon « avait bien réussi », comme disait Louisette. Berthe s'était intégrée facilement dans le clan et deux enfants, un garçon et une fille, étaient venus agrandir la famille, pour le grand bonheur de la grand-mère et du grand-père Pasquier, lequel lisait dans les petites mains de René un glorieux avenir de bâtisseur. « Lui, affirmait-il, verra Notre-Dame achevée ! » Quant à la fille, Geneviève, tout le monde voyait en elle la femme superbe qui régnerait un jour sur la maison Suger.

Les années passèrent sur la Cité comme un rayon de soleil à travers la verrière du chœur. Durant toute cette période de travail et de joie intenses, le chantier avait complètement changé d'aspect. Alors que longtemps son activité s'était déployée à l'air libre, au vu et au su des Parisiens, maçons, charpentiers et sculpteurs œuvraient maintenant à l'intérieur des murs. Seuls les gâcheurs de mortier, les tailleurs de pierre et une partie des maçons travaillaient encore en dehors du chœur qui, dans sa blancheur liliale, laissait imaginer ce que serait la cathédrale une fois terminée. Les asseyeurs, sous les ordres de Barbedette, terminaient la pose des arcs-boutants qui, comme à Sens, épaulaient les murs dont la faible épaisseur avait permis le percement de baies en hauteur. Ni à Sens ni à l'abbatiale de Saint-Germain-des-Prés qui venait d'être achevée, les arcs-boutants n'avaient atteint une telle ampleur. Mieux, et cela restera l'un des prodiges de Notre-Dame, ces arcs-boutants imaginés dans un but utilitaire devenaient miraculeusement de grands appareils d'ornement qui, faisant corps avec la coquille du chœur, de son abside et de son double déambulatoire, lui donnaient l'allure d'un insecte géant posé entre les deux bras du fleuve.

Une nouvelle corporation s'était jointe aux premiers compagnons de Notre-Dame : les maîtres vitriers qui enluminaient les fenêtres. Renaud n'avait pas de connaissances approfondies de l'art du vitrail mais il avait gardé en mémoire les discours que Suger tenait à son père sur cet art qui le passionnait. Il se souvenait de Gottfried, l'alchimiste des couleurs, que l'abbé avait fait venir d'Allemagne pour orner le chœur de la basilique de verrières éclatantes. « Une cinquantaine, dont tous les sujets ont été dictés par Suger », disait Simon Lesourd.

Gottfried était mort mais il avait transmis son savoir à ceux qui avaient travaillé avec lui, et plusieurs ateliers parisiens étaient maintenant capables de retrouver la luminosité du fameux bleu coloré à l'oxyde de cobalt, ce bleu qui transcendait le vitrail offert naguère par Suger à la cathédrale de Paris et que Renaud avait fait transférer dans le nouveau chœur.

Chacun avait conscience qu'après vingt années, ou presque, de labeur acharné, la construction du lieu le plus mystique de la cathédrale, le chœur, arrivait à son terme. Tandis que Roger Santi, le magicien du ciseau et de la gouge, sculptait les stalles mises en place par les compagnons du maître charpentier Badin, on ne parlait sur le chantier que de l'inauguration au cours de laquelle serait consacré le maître-autel. C'était à la fois un soulagement et le sentiment confus de la promesse d'une nouvelle passion qu'allaient vivre les artisans de Dieu en poursuivant la tâche commencée. Certes, ils travaillaient pour gagner leur pain, mais ils se savaient exercer un métier pas comme les autres qui leur conférait honneur et noblesse, « la noblesse de la main », disait Jehan Pasquier à ses apprentis en leur rappelant qu'une fois passés maîtres, ils auraient pour devoir de ne jamais divulguer au dehors les secrets du métier et de ne rien transmettre qui pût servir à l'art de la guerre.

Le maître-autel consacré, la première messe dite devant ces arcades blanches et sous ces voûtes qui se croisaient dans les limbes des saints et des patriarches, cette messe tant attendue enfin chantée dans la douce lumière du vitrail de Suger, Renaud y pensait comme tous ceux qui avaient prêté leurs mains à la construction de la grande église de Paris.

Le chœur, il en avait tracé la première épure et il était lui-même surpris de voir qu'un monument de pierre et de marbre était né de ces lignes grattées d'une main fiévreuse sur un bout de parchemin. La veille, Mgr de Sully était venu voir où en était le rêve de sa vie. Ému, il se plaça près de son maître d'œuvre en avant du maître-autel et joignit ses fines mains qui contrastaient avec celles de Renaud, lesquelles avaient gardé des travaux de l'apprentissage et du compagnonnage les marques de la pierre et de l'outil.

— Nous arrivons, dit Renaud, au terme de la première phase de notre aventure. Permettez-moi, monseigneur, de prier avec vous pour implorer le ciel d'aider à l'achèvement de la cathédrale.

— C'est moi, mon fils, qui vais prier avec vous. Il existe, je crois, une prière des tailleurs de pierre. Dites-la, s'il vous plaît.

Renaud, d'une voix hachée par l'émotion, commença :

— Seigneur dont la puissance et la gloire sont infinies et la miséricorde immense, jette s'il te plaît un regard sur les frères réunis dans cette loge. Exerce envers nous et envers tous les maçons et tailleurs de pierre ta grande miséricorde et fais-nous accéder par l'intelligence de tes œuvres et le bon emploi de tes outils à la Connaissance, afin de reconstruire ton Saint Temple, parce qu'à toi appartiennent la gloire et l'honneur, maintenant et aux siècles des siècles[1].

— Amen, dit Maurice de Sully qui avait écouté, les yeux mi-clos.

Après un instant de silence troublé seulement par le crissement de l'herminette d'un charpentier qui posait l'une des dernières stalles, Renaud demanda :

— Le roi assistera-t-il à la dédicace du chœur ?

— Je l'espère. La cathédrale épiscopale de Paris est sous sa sauvegarde.

— Puis-je vous demander, monseigneur, comment se porte le chanoine Arsène qui m'a tant aidé dans l'accomplissement de ma mission. Je sais qu'il est gravement malade.

— Puisse Dieu lui permettre de vivre assez longtemps sur cette terre pour voir sanctifier le chœur de la cathédrale, je pourrais dire « sa cathédrale », tellement il s'est identifié à elle.

---

1. Citée par Jean-François Blondel (*Mystique des tailleurs de pierre*).

Ce soir-là, Renaud n'attendit ni ses fils ni Pierre pour quitter le chantier. Étonnée, Louisette lui demanda pourquoi il rentrait si tôt.

— Eh bien, ma bonne, j'ai eu une journée exténuante mais aussi très riche. L'évêque est venu visiter le chantier et m'a dit qu'il était plein d'admiration pour le travail accompli. Je crois qu'il est étonné par la beauté intérieure et extérieure de l'église car si notre travail n'est pas encore une cathédrale, c'est déjà une belle église. Il a été surtout frappé par l'audace et l'élégance des arcs-boutants. On n'ose à peine imaginer ce que sera Notre-Dame lorsque la nef, les deux tours et la flèche prendront leur place devant le chœur.

Louisette regarda son mari avec tendresse :

— Ta joie est la mienne. La cathédrale, c'est un peu notre grande fille. Je ne l'ai pas enfantée mais j'ai été sa nourrice !

— Sans toi je n'aurais jamais osé m'atteler à une tâche aussi difficile. L'évêque m'a dit un peu la même chose : « Sans vous et sans l'aide de Dieu je n'aurais pas pu accomplir ce rêve un peu insensé. » Comme après la visite je lui demandais de l'accompagner dans sa prière, sais-tu ce qu'il m'a répondu ? « C'est moi qui vais vous accompagner. Dites s'il vous plaît la prière des tailleurs de pierre. »

— C'est une belle récompense, mon Renaud. Je suis fière de toi ! Mais ne me disais-tu pas en arrivant que tu étais fatigué ?

— Oh, ce n'est rien, mais il est vrai que j'ai souvent du mal à respirer. Je crois que je ne supporte pas les nuages de poussière que soulèvent les polisseurs en grattant la pierre. Cette dernière toilette m'incommode. Comme si je ne voulais pas que le chœur fût terminé.

— Renaud, tu dis n'importe quoi. Mais il est bien vrai que tu tousses de plus en plus. Ne veux-tu pas consulter un médecin ? Mestre Thumas, de la rue aux Provoires, a bien soigné Judith quand elle a eu le mal Saint-Laurent.

— Il lui a fait boire des décoctions de mandragore qui ont failli la tuer ! Nous nous sommes passés jusqu'ici de ces charlatans et j'ai l'intention de continuer. Je n'ai pas besoin d'eux pour aller me faire saigner.

— Alors va à l'étuve. Un bon bain de vapeur et un bain chaud te dégageront la poitrine[1].

— C'est une bonne idée, j'irai demain rue du Pont. Mais ce soir je vais me coucher sans souper. Prépare-moi seulement un bouillon chaud.

Finalement, Renaud avait été voir l'herbier[2] Tierri rue de Gardins. Il en était ressorti avec le conseil d'acheter du sucre blanc chez l'apothicaire et de le mélanger à du bitume de Judée. Le sucre, c'était connu, guérissait de la toux, éclaircissait et faisait bonne voix. Le fait est que Renaud se sentit mieux et qu'à condition de s'écarter des brouillards de poudre de marbre qui enfumaient le chœur, il pouvait avec Joseph Villar, le père de Judith qui, à soixante-dix ans passés, restait le meilleur dessinateur d'architecture religieuse, penser à la future nef de Notre-Dame.

La date de la consécration du chœur et du maître-autel était fixée au mois de mai, quatre jours après la solennité de la Pentecôte[3]. Renaud comptait les jours

---

1. Dès la fin du XIIe siècle, l'habitude des étuves était régulière chez les gens aisés. Il en existait à peu près dans tous les quartiers.

2. Les « herbiers » prétendaient guérir avec des herbes, ce qui n'était pas insensé, mais ceux qui vendaient leurs plantes sur la place publique à grand renfort de hâbleries étaient souvent des charlatans.

3. 1182.

qui le séparaient de sa victoire. Victoire sur le temps, victoire sur la pierre, et surtout victoire sur lui-même. C'est cette dernière qu'il devait encore remporter. Renaud, toute la famille s'en rendait compte, s'affaiblissait un peu plus chaque jour. Il ne restait que quelques heures au chantier, quand ses forces lui permettaient de s'y rendre, dormait mal et refusait le plus souvent de se nourrir.

Louisette essayait bien de réconforter l'homme qui s'était montré durant tant d'années plus résistant que la pierre et qui, aujourd'hui, était plus faible qu'un enfant, mais elle n'obtenait en retour qu'un sourire affligé. Vers la mi-avril, un jour où le ciel gris exhalait la tristesse, il appela Simon qui venait de rentrer.

— Fils, assieds-toi et écoute-moi. Je sais que ni ta mère ni vous tous n'ignorez que les jours qui me séparent de la lumière de Dieu sont comptés. J'attends la mort avec sérénité. Au cours de ma vie si fertile, je me suis efforcé de ne pas offenser Dieu que j'ai servi de mes mains, de mon esprit et des dons qu'il avait bien voulu m'accorder. Mais j'ai peur ! Non pas de comparaître devant le Seigneur, mais de mourir avant la consécration du chœur où ma dépouille méritera, je pense, d'être reçue.

Simon se récria :

— Mais non, père, tu ne vas pas mourir et tu assisteras à la dédicace. Nombreux sont ceux qui vivent au-delà de soixante-cinq ans et tu parais plus jeune que ton âge, tout le monde le dit.

— Hélas, Simon, je sais ce que je ressens ! Alors il ne me reste qu'à implorer le Seigneur de retarder l'échéance de cette mort que je sens venir. Priez tous pour qu'il m'accorde ce dernier bienfait. Et je vais te demander une chose : va voir Mgr de Sully et dis-lui que je le prie, s'il m'en juge digne, d'intercéder pour moi auprès de la Vierge dont nous avons bâti ensemble la maison. La prière d'un évêque doit être plus efficace que celle d'une famille de maçons !

Simon se retint pour ne pas pleurer. La supplique du père était pathétique. Il n'avait jamais au cours de sa vie manifesté une piété excessive ni prêté aux dignitaires de l'Église un pouvoir particulier sur Dieu et ses saints. Il fallait qu'il soit vraiment au bout du désarroi pour alerter l'évêque sur son sort. Mais il fallait faire selon sa volonté. Simon lui prit la main et dit doucement :

— J'irai dès demain au palais épiscopal et ferai part à monseigneur de ta prière. Je suis sûr que Dieu l'entendra, que tu pourras assister à la cérémonie et même vivre encore longtemps pour continuer ton œuvre.

*

* *

La veille de la Pentecôte, Simon apprit que le chanoine Arsène venait de mourir. Il décida, en accord avec sa mère, de ne rien dire au père que cette nouvelle n'aurait pas manqué d'affecter, lui qui luttait de toutes ses forces pour assister à la remise solennelle de son église au Seigneur et à la Vierge Marie.

Renaud luttait. Et il vivait ! À mesure que la date de la dédicace approchait, il confiait à ses proches, en se forçant à sourire : « Ce serait trop bête de flancher maintenant. Voyez-vous, mes enfants, je crois que Dieu m'a entendu et qu'il va me donner la dernière joie que j'attends de lui. »

Il comptait les jours et l'idée qu'il allait remporter ce dernier combat lui rendait de la vigueur. Il lui arrivait même de plaisanter. Ainsi, il dit à son vieil ami

Joseph Villar qui était venu lui rendre visite avec le sculpteur Roger Santi :

— Vous savez pourquoi, mes amis, je veux tellement assister à la consécration du chœur ? C'est une question de politesse. Un maçon ne quitte jamais son chantier sans le quitus du patron !

Au matin du dimanche de la Pentecôte, il dit qu'il voulait assister à la messe, mais Louisette s'insurgea :

— Tu n'y penses pas ! Il faut garder tes forces pour la cérémonie de jeudi où tu auras, Simon s'en est occupé à l'évêché, une place assise près des stalles.

Dans l'après-midi, le maître eut une grande surprise. Ce ne fut pas la descente du Saint-Esprit mais Mgr de Sully en personne qui frappa à la porte de la maison Suger. Maurice dit à la famille, qui n'en finissait pas de baiser son anneau, qu'il ne venait pas aider un mourant mais conforter un malade qui, lui avait-on dit, se portait beaucoup mieux.

Renaud était allongé sur son lit, soutenu par deux oreillers. C'est vrai qu'il avait repris des couleurs et qu'il put converser normalement avec le prélat :

— Mon fils, mon ami, je n'ai jamais douté que vous seriez présent le jour où le cardinal-évêque d'Albano, légat du Saint-Siège, viendra consacrer notre maître-autel. Le roi qui se bat quelque part contre les Plantagenêts sera hélas ! absent mais la cérémonie sera digne de notre œuvre commune. À propos, il faudra que nous parlions de la manière dont nous allons poursuivre les travaux.

Renaud remercia en esquissant un sourire :

— Je suis touché, monseigneur, par votre miséricorde. Je voudrais bien mettre la main aux nouveaux travaux mais en serai-je capable ? Tant que Dieu me prêtera vie, mon âme sera avec mes compagnons. En tout cas, je vous mettrai au courant, si vous le souhaitez, de la façon dont je vois grandir la cathédrale.

— Dieu est tout-puissant, mon ami. Je ne désespère pas qu'il vous garde et ne vous rende à vos travaux.

L'évêque eut des mots simples et aimables pour Louisette et il bénit la maison Suger, laissant Renaud presque joyeux, en tout cas ragaillardi puisque le maître annonça qu'il allait se lever pour assister au souper.

Le matin de la consécration, le maître d'œuvre se réveilla, au grand soulagement de tous, prêt à affronter une journée qui s'annonçait chargée. Il demanda à la famille de s'unir à lui dans une prière pour remercier Dieu de lui permettre de jouir en la plénitude de son âme de ce jour de fête majeure.

Renaud dit qu'il se sentait assez fort pour aller à pied mais Louisette s'y opposa en disant qu'il devait garder son énergie pour supporter les fatigues de la cérémonie. La veille, Simon, Denis et Pierre avaient été chercher à l'épiscopat une charrette matelassée de tiretaine rouge que l'on gardait en réserve pour transporter l'évêque en cas de besoin. Il fut décidé que l'on n'attellerait pas et que les hommes de la famille tireraient au brancard. C'est dans cet appareil digne d'un roi mérovingien que Renaud, vêtu de sa chasuble de cérémonie marquée de l'équerre et du compas, fut porté sur les lieux de son triomphe, triomphe discret puisque le nom du maître d'œuvre ne fut prononcé par aucun des dignitaires de l'Église au cours de la cérémonie, ce dont personne ne s'offusqua chez les Pasquier car tel était l'usage [1].

---

1. À part Guillaume de Sens (parce que le chanoine anglais Gervase [Gervais] l'a cité dans son récit de la construction de Canterbury), aucun nom d'architecte ou de maître d'œuvre ayant commencé au XIIe siècle l'une des grandes cathédrales de France

L'hommage vint de la rue. Maître Renaud était connu des voisins et de nombreux Parisiens. Beaucoup savaient qu'il était malade et ils acclamèrent tout le long du chemin celui qui bâtissait leur cathédrale.

La cérémonie fut plus simple que celle qui avait marqué la dédicace de la basilique de Saint-Denis. D'abord Mgr de Sully n'était pas Suger, et ensuite, il s'agissait de la consécration du chœur et non de la cathédrale.

La place évidemment était réduite et même les prélats les plus importants, tels Mgr Dachery, l'archevêque de Sens, ou l'évêque de Beauvais, se retrouvèrent serrés entre deux colonnes. Seule de la famille, Louisette avait pu pénétrer dans le chœur mais se trouvait reléguée derrière le chapitre et ne pouvait à son grand désespoir veiller sur Renaud. Mgr de Sully avait tenu parole et fait placer son architecte près du chapitre à l'abri des bousculades. C'est Henri, le légat du pape, qui dit la messe, assisté par l'évêque de Paris. Puis, selon la coutume, les évêques et les prélats les plus éminents sortirent en procession pour faire le tour du chœur et asperger les murs. La cohue, que les gardes, trop peu nombreux, ne réussissaient pas à maîtriser, était à son comble lorsque les cloches de la vieille cathédrale sonnèrent à la volée pour annoncer la fin de la cérémonie.

Quand les Pasquier réussirent à pénétrer dans le chœur pour aller chercher Renaud, ils le trouvèrent à demi affaissé sur son banc. Louisette poussa un cri :

— Miséricorde, le maître est mort !

---

n'est parvenu jusqu'à nous. Seuls sont connus les noms des religieux-patrons, évêques, chanoines, abbés qui ont initié, patronné et administré les chantiers. Même Suger, qui a décrit par le menu les travaux de Saint-Denis, n'a pas cité le nom de ceux qui l'ont aidé à réaliser ses projets.

Il n'était qu'endormi. Le grand air le ranima et, tandis que les hommes le hissaient sur la charrette, il murmura :

— C'était quand même une belle cérémonie ! Mais, vous voyez, je préfère mon église nue dans sa blancheur, sans tous ces ornements et ces bannières dorées qui tuent la magie des vitraux !

Et il retomba dans un rêve où tout était couleur.

Renaud se réveilla un peu plus tard dans son lit. La famille, silencieuse, l'entourait. Même le moine Denis était là qui psalmodiait dans un coin. Personne ne le disait mais tous pensaient la même chose, terrible et inéluctable : le père allait mourir.

Déjà son teint avait blêmi et ses yeux ne s'ouvraient que pour se refermer aussitôt.

— Dis-nous encore quelque chose, mon mari ! supplia Louisette.

L'avait-il entendue ? Ses lèvres s'entrouvrirent et il prononça quelques mots inintelligibles puis, après un instant de silence, retrouva un filet de voix pour murmurer :

— Vous êtes tous là, c'est bien ! Le maçon a fait son travail jusqu'au bout et il peut maintenant se tourner vers la lumière de Dieu. Ne soyez pas tristes, mon passage sur terre a été une joie perpétuelle. Continuez, mes fils, à bâtir des cathédrales, et toi, ma douce Louisette, prie pour moi en attendant de venir me rejoindre là-haut où je vois déjà pointer, signe divin, la flèche de Notre-Dame que d'autres construiront pour moi.

Soudain sa poitrine se souleva et il lança un cri qui n'en finit pas de déchirer le silence de la maison. C'était l'adieu au monde des cathédrales de Renaud Pasquier, apprenti de Saint-Germer, compagnon de

Saint-Denis, parlier de Sens et maître d'œuvre de Notre-Dame de Paris.

*
* *

La Cité, ses deux ponts, la rue Neuve-Notre-Dame, la rue de la Juiverie, la rue de la Barillerie, le dédale des ruelles étroites, le marché Palu, l'Hôtel-Dieu formaient un village. La silhouette de Renaud, que l'on avait l'habitude de voir s'agiter entre les murs blancs du chœur et la loge dont les enfants, en passant, tentaient de percer le mystère, était connue de tous. Sa disparition du paysage citadin fut ressentie comme un deuil. Le Paris dont Philippe Auguste, entre deux incursions chez les Plantagenêt, était en train de faire une capitale digne du royaume de France, regrettait l'homme qui lui avait dessiné une église.

C'est évidemment dans la maison Suger que la mort du père laissait le plus grand vide. Celui qui, durant plus d'un demi-siècle, avait tout conçu, tout décidé, tout dirigé laissait en quittant la vie terrestre le foyer dans le désarroi. Et pourtant il fallait vivre, il fallait que les hommes continuent à tailler la pierre, à la marteler, à la travailler pour que les petits et les grands puissent manger, se vêtir et faire honneur à la vénérable famille des Pasquier.

La charge de chef de famille revenait naturellement à Simon qui était l'aîné et avait révélé tant de qualités en secondant son père lors de l'établissement du clan à Paris. Il n'était pourtant pas question qu'il prenne la direction du chantier. Renaud l'avait toujours dit : « Simon est un maître maçon remarquable mais il n'est pas un créateur. » C'est ce qu'il rappela à sa femme qui le voyait déjà enfiler les gants de l'architecte et porter sur son bliaud les insignes de la charge suprême :

— Non, ma femme. J'ai hérité de bien des qualités du père mais pas celle d'inventer des formes nouvelles de voûtes ou de pouvoir évaluer la force pesant sur un arc-boutant. Que Dieu me permette un jour de devenir parlier sur un bon chantier et je serai heureux de le bien servir.

— Mais qui va être désigné pour remplacer le maître ? demanda Berthe.

— C'est l'affaire de l'évêque. Il va sans doute demander pour un temps à Barbedette, l'appareilleur, de mener les ouvriers mais, à mon sens, il va chercher quelqu'un au-dehors. Il lui faut un novateur qui soit aussi un grand technicien. Les maîtres d'œuvre de Laon ou de Noyon, où l'on construit actuellement des cathédrales presque aussi vastes que Notre-Dame, se laisseront facilement séduire par l'offre de diriger le prestigieux chantier de Paris.

Simon se tut et devint soudain pensif. Berthe, qui l'aperçut essuyer une larme du revers de la main, demanda :

— Es-tu souffrant ? À quoi penses-tu ?

— Je songe que cela va être dur de voir un étranger occuper la place du maître ! J'en parlais tout à l'heure à ton père qui m'a dit : « Vois-tu, je me demande si l'on ne ferait pas mieux de faire nos paquets et d'aller travailler ailleurs ! » Peut-être a-t-il raison de vouloir partir !

Louisette, qui arrivait et avait entendu la fin de la conversation, s'insurgea :

— Crois-tu que cela ferait plaisir à Renaud de nous voir quitter son chantier et la maison Suger qui est devenue au fil du temps la maison Pasquier ? C'est là qu'il va nous chercher de là-haut. Et s'il ne nous trouve pas ?

L'argument était trop naïf pour convaincre Simon mais il prit sa mère dans ses bras et la calma :

— Rassure-toi. Il est bien sûr que nous n'allons pas déménager demain. Du reste, où irions-nous ? Il faut au contraire resserrer les liens qui nous unissent, bien entourer les enfants qui ont autant de peine que nous à maîtriser leur chagrin. Tiens, si tu es d'accord, nous allons demander à Hans et à Prudence Maurer de venir habiter avec nous. Je sais qu'ils sont en chicane avec le gantier dont ils sont locataires et qu'ils viendraient volontiers se joindre à nous. Ils font partie de la famille.

— Je n'y vois pas d'inconvénient. Cela rapprochera peut-être ton frère Victor de Rose. Tous deux ont manqué leur vie personnelle et ils sont encore dans l'âge de fonder un foyer.

— Toujours votre manie, mère, de vouloir marier les gens ! Mais si cela pouvait faire leur bonheur...

La famille du forgeron rejoignit donc la maison Suger et c'était bien ainsi. En rompant les habitudes, le changement apporté par cette arrivée aida à supporter le vide criant laissé par Renaud. L'idée de Louisette n'était pas mauvaise. De connivence avec Prudence Maurer, elle arrangea avec adresse le mariage de Rose et de Victor qui, pour être de raison, n'en fut pas moins heureux. Tous ces bouleversements nécessitèrent un agrandissement de l'étage, ce qui ne posa pas de problème à la famille des bâtisseurs. Les travaux au contraire leur permirent de s'accoutumer à la vie sans Renaud.

*

* *

Le maître d'œuvre remplaçant de Renaud ne vint ni de Laon ni de Noyon mais, le monde des cathédrales est petit, de Sens, le chantier de Guillaume dont Renaud avait repris la maîtrise. Pour Simon, Sens était au cœur de sa jeunesse, là où il avait grandi, là où il avait passé ses grades, là où il avait recueilli, année après année, l'enseignement paternel. Que l'architecte choisi par Mgr de Sully pour succéder à Renaud vienne de Sens ne pouvait que susciter sa curiosité. Son nom, Gaspard de Lieusaint, divulgué quelques jours avant sa venue, ne lui disait rien. Mais le séjour à Sens était déjà lointain et cela ne prouvait pas qu'il lui fût inconnu.

En fait, Gaspard de Lieusaint était le nom dont il se parait depuis qu'une ascension rapide l'avait fait parlier. Dès qu'il l'aperçut, Simon reconnut Gaspard Mignon qui venait de passer maître lorsque Renaud l'avait engagé peu de temps avant de quitter Sens.

La rencontre fut pleine de retenue. Gaspard était un peu gêné et Simon un peu jaloux. Mais le nouveau maître d'œuvre se montra habile et résolu à ménager la susceptibilité du fils de celui qui l'avait jadis accueilli.

— Je dois beaucoup à maître Renaud, dit-il. Le peu de temps que j'ai travaillé pour lui m'a laissé un grand souvenir. Je déplore sa mort récente qui est cause de mon arrivée sur un chantier que je ne connais pas et dont vous possédez tous les secrets. J'aurai besoin de votre expérience et de vos conseils. Si vous le voulez, nous serons amis.

C'était le langage qu'il fallait tenir à Simon qui lui tendit les deux mains :

— Il est vrai que cette cathédrale dont mon père a déjà construit le chœur représente beaucoup pour moi. Renaud Pasquier souhaitait que les travaux fussent continués dans l'esprit du projet établi sous l'autorité de monseigneur l'évêque. Je vous transmettrai tous les plans de mon père et m'engage à vous aider de mon mieux.

— Merci. Vous n'aviez pas d'autre titre que celui de maître maçon mais vous étiez l'aide précieux de votre père. Acceptez-vous de devenir le parlier du chantier ? Je ne vous cache pas que c'est Mgr de Sully qui m'a suggéré votre nom.

Simon cacha mal sa joie. C'était la situation qu'il souhaitait mais qu'il n'aurait jamais sollicitée.

— J'accepte, monsieur le maître d'œuvre, de devenir votre parlier. Vous pouvez compter sur mon dévouement.

— J'en suis heureux. Si vous le voulez bien, ne m'appelez plus monsieur le maître d'œuvre mais Gaspard. Et que Dieu nous aide à poursuivre ensemble la construction de la cathédrale pensée par votre père !

Ainsi s'établirent entre le nouvel architecte et la famille Pasquier des relations que chacun s'appliqua à rendre raisonnables. Il serait exagéré de dire qu'un commerce d'amitié s'établit mais le maître Gaspard avait besoin de Simon et Simon reconnaissait la loyauté du maître d'œuvre. Il lui arrivait de n'être pas d'accord sur les décisions prises mais il savait admettre que Gaspard de Lieusaint connaissait son affaire, qu'il savait travailler de l'équerre et du compas et venait à bout de difficultés géométriques qu'il aurait été incapable de résoudre.

Le principal désaccord entre les deux maîtres était né à propos d'une modification du plan élaboré par Renaud. Gaspard voulait dévier légèrement la nef par rapport au chœur. Les deux hommes discutèrent longtemps sur ce changement qui, pensait Simon, risquait de nuire à l'harmonie de l'édifice. Finalement,

Simon comprit la raison de ce choix surprenant. C'était le mysticisme qui avait poussé Gaspard de Lieusaint sur le chemin des bâtisseurs. Les ouvriers de Dieu, on le savait, cultivaient cette spiritualité quelquefois extrême qui accentuait leur différence et nimbait le métier d'un certain mystère.

— Notre-Dame, expliqua-t-il à Simon, n'est pas n'importe quelle église. Et c'est à elle qu'il faut appliquer la remarque de Pierre le Chantre qui assimile dans sa *Somme théologique* les chevets des églises à la tête du Christ. Il s'agit d'un symbole qui rappellera l'inclinaison de la tête du Christ mourant sur la croix [1]. N'êtes-vous pas sensible, Simon, à cette représentation ?

La nef de la cathédrale de Paris barra donc à gauche de quelques degrés, ce qui n'offusqua pas les rares Parisiens qui s'en aperçurent. Peu après, le maître d'œuvre proposa et soutint la candidature de Victor à la maîtrise, geste qui fut apprécié chez les Pasquier. La promotion d'un nouveau maître dans une famille de bâtisseurs était un événement important qui se fêtait traditionnellement à la maison et sur le chantier où tout le monde, des apprentis à l'architecte, était convié à le célébrer. Pour la maîtrise de Victor, on se rassembla dans le chœur car la loge était trop exiguë et la pluie menaçait.

Gaspard de Lieusaint profita de l'occasion pour honorer dans un beau discours ceux qui avaient bâti le chœur, l'évêque de Sully qui l'avait inspiré et l'architecte Renaud Pasquier qui en avait dressé les plans. Puis il appela Jean Pécoup, le dernier apprenti reçu, qui jura sur les Saints Évangiles de garder les

---

1. La déviation de la nef de Notre-Dame de Paris a donné lieu à d'autres interprétations. Mais ce symbolisme est aujourd'hui retenu.

secrets du métier. Enfin, le maître lut le début de la Constitution des tailleurs de pierre :

« Au nom de Dieu le Père, du Fils, du Saint-Esprit, de Sainte Marie mère de Dieu et des Quatre Saints couronnés de mémoire éternelle, nous avons le bonheur de recevoir dans notre fraternelle communauté le maître Victor Pasquier qui va jurer lui aussi de respecter les Devoirs de la corporation. Cela pour le bien et l'unité de tous les maîtres et compagnons du corps de métier des tailleurs de pierre, des charpentiers et des maçons. »

Pour la circonstance, le chevecier[1] et doyen du chapitre, le chanoine Barbedor, avait donné une généreuse gratification en vin et, dans le chœur même car au-dehors il pleuvait des élingues, on but selon la règle après avoir chanté en franche mesure le cantique des maçons. Mais le chœur et son chevet étaient déjà une vieille histoire. Depuis que les ouvriers de l'office des bâtiments démolissaient le chœur de la vieille église épiscopale et que, derrière eux, les maçons de Notre-Dame élevaient les premiers murs de la nouvelle nef, il n'était question que de l'avenir. Le peuple de Paris s'était habitué à sa « petite église blanche » où il s'entassait pour entendre la messe et s'émerveillait quand on lui disait que la nef ébauchée à son avant serait haute de plus de neuf cents pieds.

*
* *

La cathédrale s'élevait, la maison Suger changeait d'âme. Les anciens, Louisette et les Maurer, pre-

---

1. Le chevecier ou trésorier avait plus particulièrement la garde des fonds destinés à la cathédrale.

naient de l'âge et laissaient avec indulgence la vague de la jeune génération bousculer les usages. Entre les deux, les « grands », Simon et Pierre, gouvernaient la nef familiale avec fermeté.

L'autre nef, la vraie, prenait forme peu à peu sous la tutelle de moins en moins agissante de Mgr de Sully qui, à plus de quatre-vingt-douze ans, régnait encore sur le diocèse. Mais que l'avancée était longue sur le sol parisien et dans le ciel de Dieu ! La foi et la passion de la pierre animaient toujours les bâtisseurs mais on était arrivé à un stade où la construction relevait moins de l'invention, de l'imagination, de la subtilité géométrique que d'une technique éprouvée qui ne demandait que du temps pour faire grandir pouce par pouce le vaisseau de pierre. Ces répétitions de travées ne changeaient pas grand-chose pour les compagnons habitués depuis l'apprentissage à accomplir quotidiennement les mêmes gestes, mais Simon, qui avait toujours vécu au contact d'hommes exceptionnels, de découvreurs, d'artistes passionnés, s'ennuyait de n'avoir plus pour tâche que de veiller à ce que ces mêmes gestes soient exactement reproduits. De plus en plus souvent, il se confiait à Berthe :

— J'ai quarante-cinq ans, je sais que lorsque j'abandonnerai le chantier dans une dizaine d'années, si Dieu me prête vie jusque-là, la nef ne sera pas encore achevée. Le père a eu une grande chance de pouvoir, avant d'expirer, assister à l'inauguration du chœur, l'œuvre de sa vie. Il a été au terme de son ouvrage. Moi je devrai m'arrêter à une travée semblable à celle que nous terminons. Elle sera plus avancée dans l'espace et dans le temps mais je ne connaîtrai pas l'après...

— En dehors de ces travaux de maçons et de charpentiers, il y a les verrières, les statues...

— Lorsque je dis à Gaspard qu'il serait sage de s'en occuper, de ranimer l'atelier de vitrerie qu'avait créé Renaud pour clore toutes les ouvertures du chœur et de commencer à penser aux statues, il me répond qu'il est trop tôt et qu'il faut consacrer à la construction de la nef les fonds disponibles. Le chanoine Barbedor lui a dit, paraît-il, que les deniers rentraient mal dans le trésor du chapitre et que l'âge de Mgr de Sully y était pour quelque chose.

L'évêque de Paris, vaincu par le poids des ans, rendit son âme à Dieu le jour de la Chandeleur de 1196. Cette disparition affecta Simon qui n'avait pas oublié l'accueil bienveillant du prélat qui laissait une œuvre immense, la cathédrale, bien sûr, mais aussi, en bordure de Seine, le nouvel Hôtel-Dieu destiné aux pèlerins et aux malades, avec sa chapelle qui ferait face au portail de la grande église et la salle dite « salle Saint-Denis », la plus vaste de tous les établissements hospitaliers. Maurice de Sully avait pu aussi achever sur la rive sud de l'île le nouveau palais épiscopal et sa tour carrée, symbole du pouvoir spirituel et temporel de l'évêque de Paris. Enfin, il avait assuré la réorganisation paroissiale de la Cité.

Simon aurait sans doute surmonté ses désillusions si la mort de Maurice de Sully n'avait pas été suivie une semaine plus tard par celle de Gaspard de Lieusaint. Le maître d'œuvre était décédé subitement, à moins de cinquante ans, dans le logement que le chapitre avait mis à sa disposition et où il vivait seul, avec un valet, consacrant tous les instants de sa vie au développement de la cathédrale. Simon n'avait pas entretenu de liens étroits avec lui mais il respectait son talent et appréciait sa loyauté. Ils avaient formé durant tant d'années un duo si dévoué à l'ouvrage que lorsque l'on parlait de l'architecte de Notre-Dame, on le nommait souvent Simon Gaspard.

Le chantier pouvait continuer à vivre malgré cette double disparition. Il vécut en effet normalement sous la responsabilité de Simon jusqu'à la nomination du nouvel évêque qui s'appelait curieusement lui aussi Sully bien qu'aucun lien de parenté n'existât entre les deux prélats. Maurice tenait son nom de la ville où il était né dans une famille pauvre, Eudes de Sully portait celui de sa famille. Il était né trente-deux ans auparavant dans cette puissante lignée féodale alliée par le sang ou le mariage aux maisons royales de France et d'Angleterre ainsi qu'aux comtes de Champagne.

Le choix des chanoines de Paris en faveur de celui que les chroniqueurs de l'époque surnommaient déjà le « cousin des rois » surprit tout le diocèse. Le peuple, qui avait admiré la simplicité de Maurice, fut choqué par le train de vie fastueux mené par Eudes et ses mœurs si différentes de celles de son prédécesseur. Cela n'aurait pas dû avoir de conséquence pour le chantier mais Eudes venait de Bourges dont son frère était l'archevêque et où lui-même occupait les fonctions de préchantre de la cathédrale, en pleine reconstruction sous l'influence de la nouvelle architecture française, celle de Saint-Denis, de Sens, de Notre-Dame de Paris. Simon nourrit beaucoup d'espoirs de cette désignation mais fut vite désabusé. Eudes, apprenant que le maître Gaspard de Lieusaint était mort, ne manifesta pas le désir de rencontrer Simon et nomma comme maître d'œuvre un nommé Gallien, parlier du chantier de Bourges.

C'en était trop pour Simon Pasquier qui aurait quitté sa fonction sur-le-champ si la famille n'était pas intervenue :

— Il ne faut rien faire sous l'empire de la colère, dit sa mère. Ton grand-père Simon, le bâtisseur de Saint-Denis, le répétait tout le temps.

— Pense aux enfants ! ajouta Berthe. Tu ne peux pas comme cela nous jeter tous sur la route.

— Nous te comprenons, dit encore Hans, le forgeron. On pourra certes continuer de vivre hors de la Cité mais il faut réfléchir, penser, chercher où nous irons.

Simon était conscient de la nécessité de préparer calmement un changement aussi radical.

— Vous avez raison, dit-il, ne brusquons rien, acceptons de travailler sous les ordres de ces jeunes gens, l'évêque et le parlier de Bourges, et préparons une reconversion qui sera pour nous tous une nouvelle jeunesse ! Après tout, Renaud avait mon âge quand nous avons quitté Sens pour nous installer à Paris !

Tout le monde, à commencer par les enfants, se fit à l'idée d'un changement de vie. Sauf Louisette que la perspective d'un déménagement rendait malade. Quitter Sens avait été une épreuve, abandonner Paris et la maison Suger qui leur appartenait et où Renaud était mort serait une souffrance qu'elle se voyait mal endurer à son âge.

Elle en parlait à Berthe qui n'avait pas les mêmes raisons de craindre un changement qui serait peut-être profitable à son mari et apporterait de l'animation dans une vie devenue pesante. Berthe, qui aimait bien sa belle-mère, tentait de la rassurer mais ne faisait qu'accroître son inquiétude :

— Vous n'avez pas à vous faire de souci. S'il faut partir nous nous occuperons de tout.

— Et je devrai faire le voyage à cheval ?

— Mais non. Simon m'a dit qu'il faisait fabriquer une charrette par Roger Badin.

— S'il fait faire un chariot c'est qu'il est décidé à quitter Paris sans attendre. Et ce serait pour aller où ?

— Il m'a parlé d'un chantier qui vient de s'ouvrir à Chartres.

— Ah, Chartres ! Il était déjà question au temps de Suger de la cathédrale que l'évêque projetait de bâtir. Mais c'est loin, Chartres !

— Une vingtaine de lieues de Paris. Ce n'est pas le bout du monde !

— Non, mais vous verrez, ma petite, quand vous aurez mon âge, combien les lieues sont longues !

— Allons, ne vous tracassez pas, mère. Le départ n'est pas pour demain. Si nous partons, car il faut encore que la venue de la famille Pasquier soit souhaitée à Chartres.

— Cela me donnera peut-être le temps de quitter Paris pour rejoindre au ciel mon Renaud !

— Vous êtes cruelle, mère ! s'écria Berthe en pleurant. Je ne vous ai jamais connue comme cela.

Louisette eut honte et prit sa belle-fille dans ses bras :

— Pardonne-moi. Je dis n'importe quoi. S'il faut partir je partirai. Simon le sait mais il pourrait au moins me parler ! Pourquoi ne m'a-t-il rien dit à propos de Chartres ?

— Vous avez raison. Simon devrait vous tenir au courant de ses projets. Pas seulement vous, d'ailleurs. C'est toute la famille qui est concernée. Chacun doit pouvoir donner son avis et dire s'il veut ou non suivre le maître !

Le soir, Louisette apostropha son fils alors qu'il rentrait :

— Dis donc, Simon, il faut que ce soit ta femme qui me dise que tu comptes aller t'installer à Chartres ?

— Mère, je me suis tu parce que je ne me sens pas sûr de moi. Vous devez bien vous rendre compte que les jours me pèsent au chantier alors que je me trouve responsable de toute la famille qui compte sur moi, et sur moi seul !

— Eh bien, mon fils, c'est justement quand l'esprit vacille qu'il faut se tourner vers les siens. La famille est faite pour cela !

CHAPITRE X

LE MAÎTRE DES COULEURS

Simon était un homme de tradition. La quarantaine passée, il aimait calquer sa vie sur celle des grands maîtres qu'avaient été son grand-père et son père. Comme Renaud l'avait emmené avec lui à Paris pour reconnaître les lieux, c'est avec René, son garçon, qu'il décida de partir pour Chartres. Mais l'aventure s'avérait plus compliquée. Renaud avait quitté Sens bardé de recommandations pour entreprendre l'élévation d'une cathédrale qui n'était pas commencée, lui partait muni d'une simple lettre du chanoine Albert, successeur du doyen Barbedor, qui recommandait sa famille au chapitre chargé de gérer un chantier ouvert depuis près de trois ans. Quant à l'architecte de l'œuvre, il ne le connaissait pas. Il savait seulement qu'il s'appelait Geoffroy et qu'il avait participé à la construction de la cathédrale de Laon commencée trois ans avant celle de Paris.

René, qui allait sur ses dix-sept ans, était un jeune homme mince mais large d'épaules. Il avait hérité de sa mère un visage aux traits fins et un sourire joliment moqueur qui plaisait aux damoiselles et agaçait les garçons. Ce voyage d'initiation récompensait un apprentissage brillant. Son âge ne lui permettait pas d'accéder au grade de compagnon mais il avait profité pleinement des leçons paternelles et était capable d'assumer des tâches bien plus difficiles que celles demandées traditionnellement aux apprentis. Pour l'heure, il était fier de chevaucher à côté de Simon qui, lui, était ému de retrouver son fils dans la situation qu'il avait occupée vingt-cinq années auparavant.

Comme ils s'étaient arrêtés pour manger quelques-unes des bonnes choses que Berthe leur avait préparées, René demanda :

— Père, tranquillisez-moi. Serai-je capable de vous aider dans votre mission ? Qu'attendez-vous de moi ?

Simon sourit :

— Tu seras bien étonné si je te dis que je t'ai emmené afin de me rassurer. J'aurai besoin de ton avis, pas seulement parce que tu es intelligent mais parce que tu représentes la génération qui bientôt succédera aux gens de mon âge. C'est par sa spontanéité, sa fraîcheur, que ton jugement me sera précieux.

— Quel bonheur ! Mais êtes-vous certain de trouver à Chartres des emplois pour toute la famille ?

— Non. Et c'est ma propre situation qui sera la plus difficile à négocier.

— Mais la recommandation du chanoine Albert vous aidera.

— Pas beaucoup. Notre chance, c'est notre nom. Pasquier, Lesourd, cela résonne aux oreilles des maîtres de l'équerre et du compas comme à celles des compagnons des chantiers du Nord à la Bourgogne. Quand toutes les cathédrales seront finies, nos noms seront oubliés, mais aujourd'hui ils incarnent ceux qui ont inventé cette « architecture française » dont commencent à s'inspirer les Anglais, les Allemands et même les Italiens. Il nous reste à espérer que ce Geoffroy de Laon est sensible aux traditions. Géniat, l'appareilleur que nous avons engagé le mois dernier et qui l'a connu jadis sur le chantier de Noyon, m'en a dit le plus grand bien.

— Vous réussirez, mon père ! Vous réussirez parce que vous saurez trouver les mots qui convaincront le maître d'œuvre de Chartres. Et parce que la famille compte sur vous !

— C'est bien cette confiance aveugle qui me fait peur !

— Mais, père, vous avez vous-même eu confiance en Renaud. Il est normal que la famille compte sur vous !

Simon rit de bon cœur :

— Tu as raison, fils ! Avec l'aide de Dieu, nous gagnerons le droit de vivre à Chartres dans la foi de la nouvelle œuvre à construire.

*
* *

La fraternité des maîtres d'œuvre, comme celle des maçons et des charpentiers, n'était pas un vain mot. Geoffroy de Laon reçut Simon Pasquier avec toute la distinction due à un pair. C'était un homme encore jeune mais dont les cheveux, déjà tout blancs, retombaient en cascade sur son bliaud de velours noir. Une équerre pendait à sa taille. En parlant, il agitait d'un geste large les gants qu'il tenait dans sa main gauche.

— Mon cher maître, la loge du chantier de Chartres est la vôtre, dit-il. Veuillez y prendre place. Mais ce jeune homme...

— ... est mon fils !

— Est-il du noble métier ?

— Oui. Et il est promis à un bel avenir.

— Alors il peut entrer avec vous. Mais que me vaut l'honneur de la visite de l'un des maîtres les plus réputés de Paris ?

— Vous me flattez. C'est mon père, Renaud, le bâtisseur de Sens et du chœur de Notre-Dame de Paris, qui était un grand artiste !

— Oh, je connais les mérites de votre famille ! Qui dans notre confrérie pourrait ignorer le nom de Renaud Pasquier ? Et celui de Simon Lesourd, le maître d'œuvre du grand Suger ?

René, qui se tenait bien sagement à l'extrémité du banc, lança un regard vers son père, comme pour lui dire qu'il était fier d'appartenir à une famille aussi illustre.

Simon, qui avait préparé son discours, fit le récit des événements survenus dans l'Église de Paris et exposa leur répercussion sur les travaux de la cathédrale. Il dit pour terminer son désir de s'établir dans une ville où un chantier important serait disposé à accueillir la famille d'un parlier et de deux maîtres de grand savoir.

Geoffroy de Laon l'avait écouté en silence. Maintenant, il paraissait réfléchir et Simon devait faire des efforts pour ne pas paraître appréhender sa réponse. Enfin, l'architecte prit la parole de sa voix un peu enrouée mais agréable :

— Je pense, mon cher confrère, que lorsque vous parlez d'un chantier important vous faites référence à Chartres. Votre proposition est intéressante. L'expérience que vous avez acquise à Sens et à Paris peut naturellement nous être utile. Cependant, mon parlier est en place depuis l'ouverture du chantier. C'est un vieil ami qui est venu avec moi de Laon et qui restera ici tant qu'il le voudra. Il est toutefois fatigué et je sais qu'il envisage de s'arrêter pour rejoindre sa famille à

Saint-Quentin. Mais c'est lui qui décidera et je ne peux pas aujourd'hui disposer de sa place.

— Je n'ai jamais pensé qu'une situation de parlier se trouvait libre sur votre chantier. Mais je peux sans doute vous être utile dans des domaines particuliers. J'avais par exemple commencé de m'occuper à Paris de la vitrerie, un art qui me passionne et auquel mon père m'a initié. Je ne connais pas vos projets en la matière mais le vitrail nécessite une longue préparation...

— La cathédrale de Chartres sera éclairée par les plus beaux vitraux du monde ! Le chapitre est d'accord et il faut en effet penser dès maintenant à ceux du chœur provisoire que nous sommes sur le point de terminer.

— Et les statues ? J'avais engagé à Sens un extraordinaire artiste italien. Il a sculpté la statue de saint Étienne qui orne le portail de la cathédrale. Dans la pierre il a exposé la ménagerie du Paradis perdu. Roger Santi m'a suivi à Paris et m'accompagnera là où j'irai. Et il faut aussi penser aux couleurs que l'on est de plus en plus enclin à utiliser sur la pierre des statues et même sur les murs et les colonnes.

— J'ai été sculpteur avant d'être parlier puis architecte. C'est vous dire l'intérêt que je porte aux statues, et vos idées sur la question sont bien proches des miennes. Vous savez convaincre, maître Simon, ce qui est une grande qualité. En dehors de vos talents personnels vous me proposez le meilleur des artistes. Mais les membres de votre famille qui éventuellement vous accompagneraient, quels sont leurs métiers ?

— Mon oncle Pierre, qui n'est plus jeune mais qui manie toujours avec une merveilleuse précision le ciseau et le marteau, a suivi toute sa vie le parcours de mon père Renaud. Il a formé les meilleurs tailleurs de pierre du Parisis. Me suivrait également si je quittais Paris mon beau-père, le forgeron Hans Maurer. Un cœur gros comme ses bras...

— Un forgeron ! J'en cherche un bon depuis longtemps. Mais avec l'usage du fer qui prend une place de plus en plus importante dans la construction, c'est difficile à trouver. Et encore ? Quel oiseau rare allez-vous me sortir de votre lignée ?

Simon éclata de rire :

— Il est vrai que les Pasquier-Lesourd forment une drôle de famille ! Eh bien, il me reste à vous présenter mon frère Victor qui n'a toujours rêvé que de feu et de forge et qui est le second de maître Maurer. Et puis mon fils René que vous connaissez. Bientôt compagnon il deviendra ce que les maîtres de métiers voudront en faire.

— Vous tombez bien. Votre famille peut m'être utile car l'évêché et le chapitre me pressent chaque jour d'avancer les travaux et pour cela le chantier a besoin de bras et de sang neufs. Mais l'impatience de la fabrique n'a d'égale que son goût de l'économie. Je ne peux engager un aussi grand nombre de maîtres et de compagnons sans son aval et, en ce qui vous concerne, sans l'avis de l'évêque. Il est en effet délicat de débaucher les meilleurs ouvriers du chantier de Paris !

— Cette préoccupation serait logique si la nomination d'un nouvel évêque et d'un nouveau maître d'œuvre n'avait *de facto* remis en cause ma situation. Quant aux membres de ma famille, ils sont, je ne vous l'apprendrai pas, des ouvriers de condition libre et peuvent travailler là où l'on a besoin d'eux.

— Je suis conscient de tout cela, maître, et vous pouvez croire que je ferai tout ce que je pourrai pour que vous veniez nous rejoindre.

— Merci, vous me donnez de grands espoirs. Puis-je espérer une réponse rapide ? Paris est loin et déménager une famille n'est pas chose facile.

— Je dois rencontrer demain les chanoines de la fabrique et pense pouvoir vous dire d'ici à quelques jours s'ils agréent votre proposition. En attendant, comme vous ne savez sans doute pas où loger, je vous offre l'hospitalité. Ma maison est vaste, j'y vis seul avec mon épouse qui sera ravie d'avoir de la compagnie. Depuis que mes deux enfants ont quitté Chartres, les jours lui semblent longs. Par bonheur, elle s'intéresse à l'aventure des cathédrales. Je lui raconte chaque soir la vie du chantier et elle transcrit mon récit le lendemain. Cela fait des piles de parchemins dont l'utilité me semble douteuse mais je suis content qu'elle puisse ainsi s'occuper.

— Ne croyez pas cela, maître. Si vous saviez comme je regrette que mon père et mon grand-père n'aient pas laissé de traces écrites de la naissance de la nouvelle architecture dont les audaces gagnent le monde ! Suger l'a fait en ce qui concerne Saint-Denis. Mon frère, qui est chanoine à l'abbaye, m'en a copié des passages. C'est passionnant.

— Comment, vous possédez des extraits du récit de l'abbé Suger ?

— Oui, et je vous les prêterai volontiers. Vos enfants vous ont-ils suivi dans le métier ?

— Hélas non. Ma fille n'a pas épousé un maître maçon mais le commis d'un bailli de Nogent-le-Rotrou à qui je n'ai rien à dire durant les rares moments où je le rencontre. Quant à mon fils, comme votre frère, il a choisi la vie monacale la plus sévère. Il est chartreux à Dijon et nous ne le voyons jamais. Je ne le critique pas, bien sûr, mais je ne peux m'empêcher de penser que j'aurais préféré le voir servir Dieu à notre manière. Mais nous parlerons de tout cela ce soir puisque vous êtes mon hôte pour le souper.

— Votre générosité me touche. Je suis confus mais j'accepte volontiers votre offre.

— Alors, laissez vos chevaux à ce jeune apprenti qui flâne devant la porte. En attendant de rentrer à la maison, je vais vous faire visiter le chantier et vous parler de cette cathédrale qui a déjà une longue histoire puisqu'elle a été quatre fois détruite et quatre fois reconstruite.

Simon fut stupéfié de constater que les travaux, commencés trois ans auparavant à la suite de l'incendie qui avait ravagé la précédente cathédrale, étaient déjà si avancés.

— Comme vous le voyez, expliqua Geoffroy de Laon, nous avons travaillé tout de suite, et vite, sur les décombres de la cathédrale encore neuve – elle avait été achevée vingt-cinq ans plus tôt – dont il ne restait que la partie occidentale, les deux tours et la façade. Le chœur et la nef étaient anéantis. La crypte heureusement avait tenu et l'on avait retrouvé intactes les saintes reliques, le voile de la Vierge et une statue assez barbare dont je vous reparlerai, qui font l'objet depuis des siècles d'une dévotion profonde et sont le but de pèlerinages incessants.

— La catastrophe a suscité à Paris une grande consternation et l'évêque, Mgr Maurice de Sully, qui était encore en vie à l'époque, a ordonné des quêtes dans tout le diocèse pour aider à la reconstruction de la cathédrale sœur.

— C'est de toute la France et même de l'Angleterre que parvinrent les dons, si bien que le chapitre et l'évêque purent tout de suite décider de la construction d'une nouvelle cathédrale, plus grande et plus belle. Alors je fus appelé et j'ai inventé les formes de la nouvelle église, dessiné le projet d'une nef hardie, d'un large transept et de deux portails monumentaux aux croisillons. Je vous montrerai ces parchemins qui ont séduit les chanoines.

— Le chœur a été construit en trois ans, c'est prodigieux !

— Ne le jugez pas par rapport à celui de votre père, à Paris. C'est une construction provisoire qui, je pense, ne présente pas grand intérêt. Depuis l'incendie, les pèlerins viennent bien plus nombreux se recueillir dans la crypte et il fallait qu'ils trouvent un lieu de prières. Nous démonterons en partie ce chœur lorsque la nef sera assez avancée et que l'on pourra y célébrer le culte. Nous le remplacerons alors par la construction définitive à l'échelle de la nef, avec des chapelles absidiales. Je vous montrerai le projet.

*

* *

Mme Geoffroy de Laon était une dame affable qui, en vraie femme de maçon, avait le sens de l'hospitalité. Elle devait avoir à peu près l'âge de Berthe et, visiblement, admirait le grand homme qui avait à charge de rebâtir pour la quatrième fois, sur le sanctuaire dédié à la Vierge, une cathédrale qui n'aurait pas son pareil en France et dans les pays voisins.

Louise, c'était son nom, était instruite, ce qui était exceptionnel dans son milieu. Elle en était fière et le montra sans attendre dès le début du souper après avoir dit à Simon combien elle était honorée de le recevoir :

— J'ai eu la chance d'être élevée par les sœurs au couvent d'Argenteuil, celui d'Héloïse. Je serais restée dans les ordres sans un mal que les religieuses crurent être la peste et qui leur fit si peur qu'elles me renvoyèrent à dix-huit ans dans ma famille, à Laon, où un artiste, beau comme les statues qu'il sculptait pour la nouvelle cathédrale, me remarqua. En même temps que maître Geoffroy j'ai épousé son chantier et ai vécu pierre à pierre l'élévation des murs de l'église épiscopale de Laon. Sans me vanter je suis sûrement la femme qui connaît le mieux la subtilité des voûtes en croisées d'ogives, la longue histoire des corporations depuis la construction du temple de Salomon et la qualité des pierres utilisées pour bâtir des arcs-boutants. À moins que Mme Pasquier, peut-être...

Simon éclata de rire :

— Oh ! Ma femme doit avoir trop entendu parler dans sa jeunesse de maçons, de tailleurs de pierre et de maîtres d'œuvre pour qu'elle se montre encore curieuse de l'art de bâtir. Comme ma mère, elle aurait plutôt tendance à penser que la pierre est une rivale qui lui prend son mari !

— C'est sûrement de votre faute. Vous n'avez pas su lui faire découvrir les délices de l'architecture !

— Sans doute, mais j'exagère, vous ne pensez pas que l'on puisse être petite-fille, fille et femme d'un bâtisseur sans vénérer le métier ! Je dois avouer que j'ai souvent demandé son avis à Berthe et qu'elle m'a beaucoup aidé. Elle continue, d'ailleurs, et je suis certain qu'à mon retour il faudra que le fils et moi lui fassions le récit de notre voyage et que nous lui décrivions par le menu l'avancée des travaux de la cathédrale de Chartres. Mais elle n'a jamais, comme vous, madame, pénétré avec tant de passion l'univers du chantier. Peut-être parce qu'elle n'a pas votre instruction...

Flattée, Louise opina. Elle portait comme une couronne les quelques connaissances de latin qu'elle possédait et goûtait les marques d'admiration qu'on lui témoignait. Si pour le latin Simon ne pouvait la juger, il remarqua qu'en ce qui concernait le métier elle s'exprimait avec une justesse parfaite. Il n'eut pas à se forcer pour féliciter Geoffroy de Laon d'avoir une épouse aussi savante.

Le soir, lorsqu'il se retrouva seul avec René dans la chambre où le maître d'œuvre les avait conduits, Simon demanda à son fils :

— Que penses-tu de nos hôtes ?

— Le maître est un seigneur. Ses cheveux blancs le vieillissent mais il ne doit pas être plus âgé que toi. J'aime l'écouter parler de sa cathédrale. Ce serait bien si nous pouvions venir travailler avec lui !

— Et sa femme ?

— Inattendue ! Son mari l'admire et il a raison mais je crains qu'il ne soit parfois agacé, en rentrant chez lui, de n'entendre parler que de pierres, de maçons et de poussée des arcs ! Je crois que tu n'aimerais pas tellement que maman soit comme elle !

Simon rit franchement :

— Tu vois bien les choses, mon fils. N'empêche que cette dame est remarquable et que nous avons intérêt à lui plaire ! Ce n'est pas elle qui m'embauchera mais si elle dit à son mari qu'elle doute de mes compétences, il ne me prendra pas.

Le lendemain, les Pasquier passèrent la journée sur le chantier. Geoffroy était heureux de pouvoir parler de son œuvre à quelqu'un capable de l'apprécier :

— J'ai opté pour une construction à trois étages, à fenêtres très élancées dans les collatéraux[1] comme dans les parties hautes.

---

1. Bas-côtés de la nef.

Le maître d'œuvre aimait aussi rappeler l'histoire de cette petite colline, plutôt une hauteur, qui dominait la vallée de l'Eure et qui, depuis la haute Antiquité, recelait une fontaine miraculeuse, en réalité un puits, vénérée des habitants de la région.

— Si je vous raconte cela, c'est qu'à l'époque pré-chrétienne une déesse-mère haute de trois pieds, assez grossièrement sculptée dans un bloc de poirier, y était honorée. Les premiers chrétiens virent dans cette statue une image prophétique de la Vierge Marie et bâtirent près du puits un temple rustique transformé par la suite en une église chrétienne puis en un sanctuaire dédié à la Vierge. Vous voyez que Notre-Dame de Chartres est une vieille histoire qui a ses racines sur le lieu même où nous bâtissons aujourd'hui. À la fin du IVe siècle, la ville était déjà le siège d'un évêché et une basilique y fut élevée. Un certain Hérald, duc d'Aquitaine, la brûla en 743. À peine était-elle reconstruite que des pirates danois la détruisirent en 858.

— Quelle mauvaise fortune ! s'exclama Simon. Bien des églises, parmi les plus belles et les plus grandes, ont été et sont toujours la proie des flammes. Mais Notre-Dame de Chartres semble touchée davantage que ses sœurs. La main de Dieu...

— Oh, Dieu n'a jamais été mis en cause. Les fidèles ont toujours considéré que le Tout-Puissant laissait les incendies se succéder pour que la Vierge soit mieux honorée dans une église encore plus digne de sa sainteté, toujours placée sous la protection de la statue dont on voulait oublier qu'elle était la copie très ancienne de la statue gauloise primitive. C'est ce que se dit l'évêque Gislebert en reconstruisant une cathédrale monumentale et en agrandissant la crypte trop exiguë pour contenir les croyants qui venaient de plus en plus loin se prosterner devant les reliques. D'autant qu'à ces trésors venait de s'ajouter un don de Charles le Chauve : la « Sainte Tunique » dont la légende dit que Marie l'a portée au moment de la naissance de Jésus.

— C'était ce monument qui a brûlé il y a trois ans et que vous rebâtissez ?

— Non, il y a eu entre-temps un nouvel incendie. Une magnifique cathédrale construite par l'évêque Fulbert fut brûlée à nouveau après un siècle d'exercice. Mais c'était le lot des évêques de Chartres de bâtir et de rebâtir. Je vous fais grâce d'un incendie qui a ravagé la ville mais épargné une partie de notre église qui, réparée, a brûlé entièrement en 1194. C'est là que je suis intervenu et ai ouvert ce chantier. Pardonnez ce long historique mais, si vous venez travailler avec nous, il faut que vous sachiez comment, avec la grâce divine, notre cathédrale renaît de ses cendres à chaque nouvelle épreuve. Dieu est sévère pour la ville mais il y gagne car, chaque fois, la maison de la Vierge est plus belle, plus grande, plus lumineuse. Je prie pour que mon œuvre perpétue cette tradition et échappe à de nouveaux désastres. Je la crée pour qu'elle dure des siècles !

*

* *

Les bâtisseurs de l'an 1200 étaient comme cela. Ils créaient pour l'éternité la part de cathédrale que Dieu leur avait destinée et ils allaient au ciel demander au Maître s'il était satisfait. Ils attendaient en paix l'heure du grand passage car ils savaient que d'autres leur succéderaient, les uns pour continuer et les autres pour achever le travail entrepris.

À moins que les habitudes ne changent, le nom de ces passeurs de la Lumière serait oublié. Le futur ne gardait en mémoire que le nom des évêques, patrons de l'entreprise, et c'était bien ainsi. Mais Simon n'en avait pas fini sur terre avec le Bon Dieu et c'est avec la foi et l'ardeur impatiente d'une jeunesse retrouvée qu'il avait rejoint Geoffroy de Laon sur le chantier de Chartres [1].

Le chapitre et l'évêque avaient accepté sans hésiter la proposition de leur architecte. Ils voulaient reconstruire en si peu de temps ce que le feu avait détruit, qu'ils avaient compris l'intérêt de l'apport d'énergie que la famille Pasquier fournirait au chantier dont les chanoines ne cessaient de dire qu'il s'essoufflait, ce qui mortifiait Geoffroy de Laon.

Le plus difficile avait été de loger ces bâtisseurs un peu particuliers qui entendaient, au nom de la notoriété de leur famille, rester unis dans leur nouvelle résidence. Mais en ce début du XIIIe siècle où l'architecture explosait dans tous les centres religieux, rien n'était impossible à un épiscopat tout-puissant. Les Pasquier ne surent jamais vers quels autres troupeaux on avait renvoyé les pasteurs des âmes qui logeaient dans une grande maison des bords de l'Eure, non loin du chantier, mais en débarquant avec leurs montures, leurs chariots, la grand-mère et les enfants, ils avaient découvert à Chartres un logement accueillant. Louisette elle-même n'avait pas trouvé matière à récrimination quand on l'avait installée dans la plus grande chambre avec les enfants.

---

1. Le nom des premiers maîtres d'œuvre des grandes cathédrales demeure inconnu. À Paris il faudra attendre la dernière partie du XIIIe siècle pour que les noms des architectes Jean de Chelles et Pierre de Montreuil sortent de l'anonymat à travers quelques rares comptes de chantier. Pierre de Montreuil laissera aussi son nom sur une stèle.

Geoffroy n'avait besoin de personne pour diriger son armée de bâtisseurs. Simon fut donc chargé, comme il l'avait proposé, de prendre en main les domaines de la sculpture et des vitraux. Le rêve pour l'enfant de Saint-Germer et de Saint-Denis.

S'il était sûr de bien s'entendre avec Geoffroy, Simon avait craint l'éloquence envahissante de Louise et la façon dont allaient se nouer les relations avec Berthe. Mais l'épouse du maître d'œuvre était une femme intelligente. Elle connaissait bien, grâce à son mari et à ses études personnelles, la géométrie, Pythagore et Aristote, mais ignorait tout des arts de la sculpture et de la verrerie. Elle ne se mêla donc pas des affaires de Simon. Quant à Berthe, Louise s'était montrée d'une si grande gentillesse envers elle lorsqu'ils avaient débarqué, qu'elle accepta sans déplaisir de se laisser guider et même admira son surprenant savoir.

Les autres hommes de la famille avaient trouvé tout naturellement leur place dans la hiérarchie du chantier. Jérôme, le parlier, qui n'envisageait plus de partir, était un bon professionnel toujours plein d'égards envers Simon. Il avait pris René sous son aile et le faisait tourner dans l'exercice des différents métiers. « Avant six mois tu feras un bon compagnon ! » lui avait-il dit. L'oncle Pierre, qui d'un regard et d'un coup de têtu savait reconnaître une pierre provenant d'un banc franc et celle extraite d'un banc de roche, pouvait aussi remplacer l'appareilleur ou l'asseyeur. Il devint vite un aide précieux pour Geoffroy.

Hans Maurer, lui, avait créé une nouvelle forge à côté de celle où depuis des lustres son confrère Joseph, que tout le monde appelait Biscornet, façonnait les outils du chantier et les pièces de métal, gonds, pentures, tirants, agrafes, chaînages qui entraient dans la construction de la cathédrale. Tout en participant à ce travail de routine, Hans préparait les tringles de fer qui serviraient à fixer les verrières dans les baies et les barrettes plus légères qui trouveraient leur place dans les vitraux eux-mêmes.

*

* *

Simon appréciait la manière dont les maîtres et compagnons, habilement menés par Geoffroy, faisaient avancer les travaux plus vite qu'à Paris. L'architecte se révélait novateur et c'était, pour Simon qui n'avait vécu qu'en compagnie de créateurs, une surprise qui le touchait. Ainsi, point de départ du long parcours qui mènerait les bâtisseurs jusqu'au portail royal resté miraculeusement debout, les premières travées de la nef, adossées au chœur, s'élevaient pures et aériennes. Geoffroy expliquait à Simon, surpris par tant d'audace :

— J'ai supprimé les tribunes qui, dans toutes les grandes églises, courent le long des bas-côtés. N'êtes-vous pas d'accord, cher Simon, pour constater que ces lourds et coûteux passages peuvent être supprimés ? Conçues pour consolider la voûte, les tribunes sont inutiles maintenant que l'on sait tirer parti des arcs-boutants ! Voyez comment votre père a utilisé les solides envolées de pierre qui enjambent les ressauts successifs pour se rejoindre sous les toitures ! Comme Notre-Dame de Paris, Chartres incorporera ces puissantes pattes de pierre dans l'aspect décoratif de la cathédrale.

Les soirées chez les Pasquier de Chartres ressuscitaient celles des Pasquier de Paris, qui elles-mêmes avaient ressemblé à celles de Sens. « L'esprit de famille, disait Simon, tient à une suite d'habitudes qui refusent d'être dérangées. » C'est pourquoi la lourde et indestructible table de noyer qu'on avait fait venir de Paris avait retrouvé sa place devant l'âtre. Elle portait toujours les blessures de son âge, plus d'un demi-siècle depuis Saint-Denis. C'étaient des griffures, des rainures de couteau, souvenirs de jeux interdits, des brûlures de fonds de marmites, des taches de lait renversé que trois générations de femmes n'avaient pas réussi à ravoir en dépit de la cire qui faisait briller leurs contours capricieux. Geoffroy avait dit un jour où il était venu souper avec sa femme, ce qui arrivait souvent :

— Toutes ces empreintes accumulées au cours des ans sont émouvantes. Simon, vous rappelez-vous [1] les meurtrissures que vous avez infligées à cette malheureuse table ?

— Naturellement. Je n'ai surtout pas oublié ce trou creusé à l'aide d'un silex et qui m'a valu une bonne raclée de mon père qui, pourtant, corrigeait rarement ses enfants.

— Les pierres de nos cathédrales, elles aussi, sont pleines de traces creusées au pic ou au ciseau, continua Geoffroy. Marques de tâcherons payés au rendement, initiales de tailleurs de pierre, signatures symboliques de sculpteurs ou d'appareilleurs, ces signes ne manqueront pas d'intriguer un jour ceux qui viendront prier sous nos voûtes ! Bien des maîtres et même des architectes ont tracé leur nom sur une pierre cachée. Je l'ai fait moi-même, peu après avoir été nommé compagnon. J'ai écrit mon nom sur la première clef de voûte que j'ai posée. C'était à Senlis...

La façade de la cathédrale de Fulbert avait été épargnée par le feu. On l'avait renforcée avec de lourds

---

1. Le vouvoiement était un usage respecté entre architectes.

contreforts pour qu'elle ne s'écroule pas et, maintenant, Roger Santi procédait à la réparation des statues demeurées en place mais souvent endommagées. Les plus atteintes avaient été descendues et Santi avait décidé qu'il ravalerait les autres à l'aide de la corbeille[1].

Simon et le sculpteur ne se lassaient pas d'admirer les hiératiques statues-colonnes qui dominaient les trois tympans, en particulier celles du Christ de l'Apocalypse et des personnages bibliques, retraçant la vie de Jésus. Santi en parlait avec des larmes dans la voix :

— Aujourd'hui, les statues gagnent leur liberté. Elles sont travaillées au sol puis installées dans leurs niches ou sur leur piédestal. Mais regarde celles-ci qui représentent les patriarches et les prophètes. Allongées, minces, sans épaules, elles se détachent à peine des colonnes qui font corps avec elles. Impossible de les en séparer. Je me ferai hisser jusqu'à elles pour rafraîchir leurs visages et repasser les longs plis de leurs robes.

— Moi, elles me rappellent une certaine statue qui représente saint Étienne au centre du portail de la cathédrale de Sens.

— Tu as remarqué ? La ligne est la même. Quand je vois ces chefs-d'œuvre qui sont peut-être les seuls exemples restant de cette miraculeuse union entre l'architecture et la sculpture, je bénis le ciel qui a permis que la cathédrale conserve sur sa façade ces vestiges de l'art du siècle dernier.

— Sens n'est pas si loin de Chartres. Ce serait bien qu'un jour nous allions en pèlerinage sur notre cher vieux chantier. Un incendie survenu après notre départ a ravagé la ville et endommagé le chevet de la cathédrale. Il paraît qu'il est reconstruit et très

1. La corbeille était un grand et solide panier d'osier circulaire où un homme pouvait tenir debout. Ce panier était hissé par une corde et une poulie jusqu'à la hauteur du travail à effectuer.

agrandi. On travaille toujours à la façade autour de ta statue. Oui, j'aimerais bien voir tout cela.

*
* *

La Beauce était une région tranquille que, Dieu merci, ne fréquentaient pas les soldats de Philippe Auguste et de Richard Cœur de Lion qui continuaient, mois après mois et année après année, à prendre et à se déprendre des forteresses du royaume. À ce jeu, le roi de France n'était pas le gagnant. Pour protéger la route de Normandie, Richard avait même bâti un ensemble de fortifications commandées par une colossale forteresse dominant la Seine aux Andelys. Château-Gaillard avait été élevée en quelques mois par des ouvriers venus d'Angleterre car il ne fallait pas compter sur les maçons des cathédrales à qui leur règle interdisait de participer à toute construction destinée à la guerre.

Battu en Flandres et en Normandie, Philippe Auguste était sur le point de perdre le vieux conflit qui opposait le Capétien au Plantagenêt quand la chance lui sourit à la veille de cet an 1200 qui, comme à chaque changement de siècle, commençait à terroriser les campagnes. La nouvelle était si énorme que par la voix céleste des monastères on apprit vite à Chartres, comme partout en France, que Richard Cœur de Lion était mort en tentant d'affermir son pouvoir en Aquitaine.

C'était une occasion pour les Pasquier de s'intéresser aux affaires du royaume qui, dans l'ordinaire des jours, ne les préoccupaient guère. Geoffroy de Laon devait justement rencontrer dans l'après-midi les chanoines de la fabrique. Les religieux du palais épiscopal, naturellement, savaient tout sur un événement si lourd de conséquences.

— Curieuse destinée que celle des Plantagenêts ! dit Geoffroy. J'ai appris que le roi Richard touchait au but, le siège du château de Châlus n'était qu'une simple formalité avant d'obliger le vieux rival à traiter une paix coûteuse et humiliante pour le royaume. Mais voilà, c'était sans compter avec les hasards de la guerre !

— Les hasards de la guerre, coupa Louise qui n'avait rien dit depuis un moment, c'est Dieu qui les accommode quand il en a assez de voir ses créatures faire des sottises !

— C'est possible, ma femme. Alors le Tout-Puissant a joué un sale tour au Plantagenêt en le plaçant sur la trajectoire d'un carreau d'arbalète qui a transpercé son cœur de lion.

— Qu'est-ce qu'un carreau d'arbalète ? demanda René.

— Une arme nouvelle et meurtrière dont l'usage, je crois, a été proscrit par le pape. Ce qui n'empêche en rien ces lourdes flèches forgées dans le fer le plus dur de continuer à tuer des chrétiens.

— Richard est mort sur le coup ?

— Non. Tandis que son lieutenant Mercadier prenait le château et liquidait ses défenseurs, Richard survécut plus d'une semaine, un morceau de flèche dans les chairs. Il eut la force de faire prévenir sa mère à l'abbaye de Fontevrault et Aliénor arriva à temps pour, à quatre-vingts ans, assister son fils préféré dans la mort. Le dernier de ses cinq fils, Jean sans Terre, était là aussi[1].

— C'est lui qui va devenir roi d'Angleterre ?

---

1. Aliénor d'Aquitaine vivra jusqu'en 1204 et sera inhumée dans l'abbaye de Fontevrault où se trouve toujours sa tombe avec un gisant de pierre polychrome.

— Oui, et Philippe Auguste aura en face de lui un être versatile, sans parole ni caractère. C'est peut-être bien pour le royaume.

On en resta sur ce souhait de Geoffroy et, jusque tard dans la soirée, on parla des vitraux.

C'est le lendemain qu'un cavalier tenant en bride un roussin chargé de sacoches et de ballots arriva sur le chantier. Il se présenta à Simon qui parlait avec Santi.

— Puis-je me reposer quelques heures dans la loge des compagnons de Chartres, connus pour leur hospitalité et leur esprit de création ? Je suis Jehan L'Hospital, un peu sculpteur, un peu verrier. On m'appelle dans le métier le « maître des couleurs ».

— J'ai entendu parler de toi, compagnon, répondit Simon. On dit qu'à Noyon tu as relevé les statues de teintes recherchées. Moi je suis Simon Pasquier. Je vais chercher l'architecte, Geoffroy de Laon, qui acceptera sûrement de te recevoir. En attendant, mène tes chevaux dans le pré qui se trouve derrière le chœur. Un apprenti les fera boire.

Le « maître des couleurs »... bien sûr que ce nom disait quelque chose à Simon. C'était l'un de ces originaux qui trimbalaient leur fourniment de chantier en chantier. Lui, c'étaient ses poudres d'os calcinés, de cinabre, d'indigo et de cadmium. Il se disait maître sculpteur mais on ne l'avait jamais vu dégrossir le moindre chapiteau. En revanche, il savait comment ocrer le mur d'une abside, « étoffer » à la céruse la pierre de la statue d'une Vierge avant de donner à sa longue robe plissée la teinte rare du lapis-lazuli, poudre magique qui, disait-il, venait d'Afghanistan et qu'il achetait à un marchand vénitien lors d'une foire dont il refusait de dire le nom. Seuls les initiés, et ils se comptaient sur les doigts d'une main, savaient que le fameux bleu du voyageur provenait de la guède, une plante qui pousse à l'état sauvage dans la région du Nord.

Aux premiers mots de Simon, Geoffroy laissa en plan Roger, l'asseyeur, avec qui il calculait, compas en main, l'inclinaison d'une pierre.

— Depuis le temps que je voulais rencontrer ce pèlerin qui prétend peindre les églises, ce qui n'est pas du tout une mauvaise idée.

— C'était déjà celle de Renaud, mon père, qui a même fait des essais à Sens, dit Simon. Bien des églises de siècles passés ont été peintes. De nombreuses traces le prouvent. Mais l'architecture nouvelle a perdu cette coutume, préférant conserver aux pierres leur blancheur d'origine.

— Allons vite retrouver votre « maître des couleurs ». Ne pensez-vous pas qu'il serait bien de se l'attacher durant un certain temps et de lui demander de colorer quelques-unes des statues qui sont en état ?

— Je pense comme vous, maître Geoffroy. Mais le chapitre ne va-t-il pas s'offusquer de voir la Sainte Vierge, vénérée en ce lieu, prendre des couleurs ?

— Non. La fabrique de Chartres entend être considérée comme la meneuse de l'art religieux du temps. Et puis, on ne peindra tout de même pas la statue des Gaulois !

Ils rirent et allèrent retrouver le « maître de couleurs » qui avait une discussion animée avec Roger Santi. Geoffroy salua son invité et le convia à prendre place dans la loge en compagnie de Simon et du sculpteur.

Le visiteur, que l'on disait aussi alchimiste parce qu'il employait souvent dans son langage des formules hermétiques et des allégories qui brouillaient les idées de ses auditeurs, se garda bien, avec ses hôtes, de toute analogie et de toute symbolique. Il se montra au contraire modeste et se dit fort honoré quand l'architecte lui proposa de se livrer durant le temps qui lui conviendrait à quelques essais de coloration de murs et de statues. Il parla au contraire si bien de son talent, fruit de longues expériences, que Geoffroy l'invita à souper :

— Arrêtez maintenant de raconter et gardez vos passionnants discours pour en faire profiter ma femme qui va boire vos paroles.

En effet, durant toute la soirée, Mme Geoffroy, et pas seulement elle, écouta bouche bée le voyageur décrypter le sens des couleurs, parler du rouge, couleur des origines depuis la préhistoire et que les Anciens obtenaient à partir de l'or, du cinabre, de l'hématite, du minium ou par décoction de bois venant de lointaines et mystérieuses contrées.

— Le vert n'est pas une couleur aimée, dit le maître. Bon vert il est la couleur de la chance, de l'espoir, mauvais vert celle de l'infidélité, du diable avant sa chute et de la folie. Comme le jaune qui désigne les traîtres, les faussaires et les femmes adultères. Le bleu, lui, est la couleur de notre temps. On ne lui connaît pas de mauvais attributs et il est le préféré de l'Église et de la noblesse.

— Et le noir ? demanda Louise

— Couleur redoutée, madame ! Tiré du charbon, de la noix de Galles, de la sépia, il évoque les ténèbres, l'enfer. Préférons-lui le blanc de la céruse et de la craie. C'est la couleur de la pureté.

*

* *

Le maître des couleurs avait demandé qu'on lui

construisît une petite cabane de bois, près de la loge, afin qu'il pût, à l'abri des regards et de la pluie, préparer ses ingrédients et peindre les statues de petite et moyenne taille que Roger Santi avait descendues et restaurées. Simon, curieux, passait de longs moments avec l'imagier-sculpteur, le regardait travailler et se faisait expliquer chaque geste.

— Tu m'obliges, l'ami, à transgresser les règles de secret que je m'impose. Mais je sais que tu ne vas pas vouloir rivaliser avec moi. La pâte que je malaxe t'intrigue ? Eh bien, ce mélange de céruse, de chaux et d'autres innommables cochonneries va me permettre d'étoffer la pierre de ces statues, de la recouvrir, de la lisser avant d'en venir à la peinture elle-même. Je pratique la même opération sur les statues nouvelles et les sculpteurs sont contents de voir leur œuvre ainsi parachevée. Tu verras quand Roger Santi aura terminé son Jean le Baptiste[1] !

Jehan mangeait avec les maçons qui lui avaient ouvert leur frugale cantine, ils disaient leur *gamella* – un terme qui paraît-il courait les chantiers depuis la construction du temple de Salomon –, mais souvent il était l'invité de Simon ou de l'architecte qui aimaient sa faconde et sa façon si particulière de concevoir le métier.

Un jour où les deux familles étaient réunies au bord de l'Eure dans le jardin des Pasquier et mangeaient des poules cuites dans la cretonnée de lard d'une grosse marmite de fonte suspendue au-dessus d'un feu de bois, le maître des couleurs demanda soudain à Geoffroy de Laon :

— Comptez-vous dessiner un labyrinthe de dalles dans votre cathédrale ?

---

1. Aujourd'hui, nous sommes plutôt séduits par le grain rude, le caractère fruste de la pierre des statues.

— Un labyrinthe ? dit Geoffroy, surpris.

— Oui. Dès que le croyant pénètre dans la nef, il entame un parcours de lumière qui mène au chœur et à la connaissance. Des chrétiens de notre temps ont pensé interrompre ce chemin par une figure à la fois simple et compliquée empruntée au monde gréco-romain et christianisée comme d'autres images venues de l'Antiquité, le zodiaque par exemple où le Christ a remplacé le soleil. Chez les Anciens, le labyrinthe figurait le déroulement de la vie. Le christianisme veut montrer que tous ces sentiers qui s'entrecroisent mènent au Paradis.

— Mais cette image, les fidèles la regardent en priant ? demanda Geneviève, la fille aînée des Pasquier qui ne comprenait pas grand-chose aux explications du maître des couleurs.

— Non, chère Geneviève. Si maître Geoffroy et votre père décidaient de doter la cathédrale de Chartres d'un labyrinthe, ce cercle mystique apparaîtrait dans le carrelage de la nef dont il devrait avoir à peu près la largeur.

— On marcherait dessus ?

— Oui. En récitant peut-être le *Miserere*. Mais les théologiens avec lesquels je me suis entretenu voient le labyrinthe comme un voyage intérieur, un vrai pèlerinage à accomplir sur les genoux pour atteindre en son centre le cœur de la Cité sainte. C'est moi qui ai dessiné celui de la cathédrale de Sens et les maçons ont vu dans la construction de ce pavement une œuvre symbolique.

— Ah ! Sens a un labyrinthe ? s'exclama Geoffroy, qui voyait toujours en la cathédrale initiée jadis par Guillaume une concurrente qu'il fallait en tout point dépasser.

— Mon père, Renaud, dit Simon, avait entendu parler d'un tel labyrinthe qui existait à l'abbaye de Saint-Omer. Je crois que s'il était resté à Sens, il aurait doté la nef d'un tel chemin mystique.

— Eh bien, c'est fait, dit Jehan.

— Alors, nous en ferons un aussi ! s'exclama Geoffroy de Laon. Mais je le veux différent. Présentez-moi donc un projet. Le plus tôt possible puisque nous avons posé les soubassements des piles et que nous allons commencer le dallage.

— Très bien, maître Geoffroy. Vous entrerez ainsi dans la lignée de Dédale et de son labyrinthe de l'île de Crète qu'a décrit Pline l'Ancien. Mais attention, il ne s'agit pas d'une mosaïque décorative. Le labyrinthe doit être établi selon une symbolique fondée sur la géométrie. Dès demain, je vais mesurer au cordeau la dimension exacte, à un pouce près, de la nef.

L'assemblée, médusée, écoutait messire Jehan L'Hospital qui en quelques instants avait changé de coiffe. De maître des couleurs il était devenu géomètre mystique.

Dès le lendemain, il se mit à l'ouvrage, couvrant de signes et de chiffres un parchemin posé sur une dalle de marbre, et deux jours plus tard, après s'être enfermé dans la salle des traits de la loge, il remit à Geoffroy de Laon deux dessins. L'un des parchemins représentait le labyrinthe et ses méandres, l'autre la nef et la place qu'il devait y occuper.

Simon se joignit à eux et Jehan expliqua :

— Le diamètre du labyrinthe est déterminé par la largeur de la nef dont il frôle les piles à droite comme à gauche. Prescience de l'architecte initiateur de la cathédrale ou évaluation divine, ce diamètre est à une infime différence près égal au dixième de la longueur intérieure de la cathédrale. La place du centre du labyrinthe n'est pas fortuite. Sa distance au mur de façade est la même que celle du sol au centre de la rose. Je ne veux pas vous importuner avec la clef des nombres que maître Geoffroy connaît mieux que moi puisqu'il l'a utilisée dans son plan, mais c'est grâce à elle que j'ai découvert la surface exacte que doit occuper le labyrinthe. J'aimerais, monsieur l'architecte, que vous confirmiez mes estimations.

— Je vais étudier votre projet avec curiosité et, je peux le dire, avec admiration. Mais dès maintenant je vous donne mon accord. Voyez avec Simon et le maître maçon Dieulefit comment entreprendre votre singulier ouvrage[1].

Le maître de l'art, qui était un homme d'une grande sagesse et que, dans le métier, on disait le meilleur maçon du royaume, se montra enchanté et fier. Il dit qu'il fallait utiliser des pierres de Berchères et l'on eut raison de l'écouter[2].

*

* *

Le dallage d'un si vaste édifice était un long travail dont le labyrinthe doubla la durée. Cinq maçons y travaillèrent et Jehan retrouva ses poudres et ses pierres mystérieuses qu'il écrasait dans un mortier en psalmodiant de vieux vers latins.

---

1. Presque toutes les grandes cathédrales eurent leur labyrinthe. Ceux de Sens, d'Amiens, de Reims, d'Auxerre, comparables à celui de Chartres, furent détruits entre 1690 et 1825. Le labyrinthe d'Amiens fut rétabli en 1894.

2. La cathédrale de Chartres a conservé grâce à un entretien ininterrompu un dallage voisin de l'original et avec lui le labyrinthe qui par bonheur n'a pas été victime des réactions destructrices des prélats qui, comme à Reims, se disaient importunés par les jeux des enfants et les allées et venues des fidèles oisifs.

Un bon nombre de statues avaient maintenant été restaurées et colorées. Beaucoup avaient repris leur place sur la façade, offrant à la vue des passants étonnés un étonnant mur bariolé derrière lequel on s'affairait à façonner sur le sol un curieux dessin aux lignes confuses.

Il y avait maintenant presque un an que Jehan L'Hospital vivait à Chartres. Il avait prévenu en arrivant qu'il n'y resterait que quelques semaines et Geoffroy ne fut pas surpris lorsqu'un jour le maître des couleurs lui annonça qu'il allait reprendre la route.

— La chaleur de votre foyer, l'amitié de Simon et de Santi m'ont attaché à ce chantier plus que je ne le voulais mais, maintenant, il faut que je reprenne mes habitudes de moine errant. D'ailleurs je n'ai plus de couleurs et je dois aller m'approvisionner.

Jehan avait dit cela d'un ton triste. On ne pouvait douter de sa sincérité quand il disait qu'il était malheureux de quitter le chantier. Geoffroy le sentit si ému qu'il lui prodigua des paroles de consolation, comme à un malade :

— Nous aussi nous allons vous regretter. Sans l'illumination de vos couleurs, sans le bleu de vos paroles et sans le feu de votre passion, la vie va nous sembler bien terne. Mais les routes des cathédrales ne sont pas si nombreuses. Vous reprendrez un jour celle qui mène à Chartres et retrouverez vos amis. Et puis, si cela vous coûte tant de partir, restez encore quelque temps parmi nous.

Jehan remercia, dit qu'il allait vérifier si ses chevaux savaient encore trotter et qu'il partirait le dimanche matin.

— Maintenant, ajouta-t-il, je vais prévenir Simon Pasquier de ma décision.

Simon, comme Geoffroy, ne fut pas surpris quand Jehan lui dit sa peine de devoir abandonner des amis si bons et si accueillants. Comme Geoffroy, il répondit que son départ allait attrister tout le monde et qu'il devait bien réfléchir avant de quitter la ville.

En disant cela, Simon regardait Jehan et le sentait mal à l'aise, comme quelqu'un qui voudrait dire quelque chose mais n'ose l'exprimer. En lui serrant le bras il l'encouragea :

— Qu'est-ce qui te tracasse ? Tu peux bien me confier tes soucis.

Jehan esquissa un maigre sourire :

— C'est difficile mais je ne peux pas partir sans vous avoir dit qu'une seule chose pourrait me faire rester parmi vous, ce qui, je ne peux le cacher, est mon désir profond.

— Diable ! Qu'est-ce qui peut bien t'empêcher de reprendre la route ?

Jehan hésita, passa sur le front sa main encore tachée de peinture et finit par parler :

— J'ai une grande affection pour Geneviève. Si elle était consentante, accepterais-tu de me donner ta fille en mariage ? Tu sais, je me suis créé un personnage fantasque de coureur de chemins mais, l'âge venant, j'ai envie de me fixer et je sais que, si je ne m'arrête pas ici, je ne m'arrêterai nulle part.

Ce fut au tour de Simon de s'essuyer le front. Jehan qui demandait la main de Geneviève ! C'était bien la dernière chose à laquelle il aurait pensé. L'imagier-sculpteur les avait habitués, depuis son apparition dans le clan des Pasquier, à bien des fantaisies mais, cette fois, la surprise dépassait les humeurs fantasques familières.

Simon se taisait et Jehan baissait les yeux. Le premier essayait d'imaginer le branle-bas qu'allait causer cette nouvelle dans la famille et le visage du maître des couleurs s'empourprait. Simon, enfin, se ressaisit :

— Tu le vois, ta demande me laisse coi ! C'est comme si l'évêque m'annonçait qu'il renonçait à sa charge pour devenir tailleur de pierre sur le chantier de la cathédrale. Il faut naturellement que je parle aux femmes, et surtout à Geneviève...

— Mais toi, Simon, me verrais-tu de bon gré entrer dans la famille ? Je n'ai que dix ans de plus que Geneviève, j'ai un peu de bien que me garde le chanoine de Précange de l'abbaye de Saint-Denis. Il est aussi mon confesseur mais il ne revêt pas souvent son étole pour m'entendre car je ne le vois guère plus d'une fois par an.

— Ce qui est curieux, c'est que je n'ai jamais remarqué que tu t'intéressais à Geneviève, que tu t'approchais d'elle afin de lui montrer qu'elle ne t'était pas indifférente. Cela se fait quand on désire épouser quelqu'un.

— Je n'ai jamais osé. J'avais peur que toi et les tiens ne me reprochent de violer les lois de l'hospitalité. Avec l'âge, on se fait des idées.

— Écoute, Jehan, tout bien réfléchi, je ne parlerai pas à Geneviève. C'est toi qui lui demanderas si elle te veut pour mari. Moi je vous donne ma bénédiction et je suis sûr que Berthe pensera comme moi. Mais attention ! Si Geneviève accepte de te marier il faudra la rendre heureuse. On a toujours marché comme cela dans la famille. Les femmes esclaves, trompées et méprisées, ce n'est pas notre genre. Encore une chose. Tu devras sans doute visiter d'autres chantiers, peindre d'autres cathédrales. Emmèneras-tu ta femme ?

— Oui. Nous ne nous quitterons plus !

— Bien. Promets-moi seulement de revenir chaque fois que tu le pourras vivre un temps au sein de la famille.

— Je m'arrangerai pour le pouvoir souvent.

Et, rompu par l'émotion, Jehan L'Hospital s'effondra dans les bras de Simon. Il essaya d'essuyer ses larmes de son index couvert de guède et de cadmium et son visage prit une couleur étrange qui eût convenu à la statue du bouffon calée en haut du grand portail.

— Avant d'aller voir Geneviève, va tout de même te laver le visage, dit Simon en riant.

Geneviève était une fille douce et pieuse, trop discrète sans doute pour avoir suscité l'intérêt des jeunes gens. Elle était plutôt belle avec ses cheveux bruns dont, hélas ! elle ne semblait savoir faire que des chignons austères. Ses parents avaient longtemps souhaité qu'elle fonde un foyer mais plusieurs occasions avaient avorté sans raison apparente et, le temps passant, Simon et Berthe, comme le reste de la famille, s'étaient résignés à ce que Geneviève demeure à la maison « la fille qui ne s'était pas mariée », qui s'occupait avec dévouement de la grand-mère Louisette et des plus jeunes. Elle fut un peu surprise lorsque Jehan lui dit, le soir où il s'était ouvert de ses sentiments à Simon, qu'il allait reprendre la route et qu'il voulait, avant son départ, lui montrer la dernière statue qu'il avait peinte : le Christ qui dominait en majesté le portail. Elle s'intéressait aux travaux de Jehan et accepta de l'accompagner à la cathédrale. Elle ne vit pas son père qui rentrait à la maison et souriait en les voyant partir ensemble.

La soirée était douce, propice aux confidences, et Geneviève dit à Jehan, après que celui-ci eut souligné, en poète, comment les derniers rayons du soleil balayaient la rangée des anges, qu'il allait beaucoup manquer à la famille :

— C'est que nous vous avons adopté après avoir découvert votre talent d'enlumineur de pierres, vos connaissances en théologie et votre fantaisie de coureur de chemins.

— Que de compliments au nom de votre famille ! Mais vous, Geneviève ? Partagez-vous ces sentiments ?

La jeune femme rougit, rajusta nerveusement son châle sur ses épaules alors qu'il faisait chaud face au mur glorieux, et murmura :

— Oui, Jehan, à moi aussi vous allez manquer !

— Et si je restais ?

— J'en serais heureuse mais votre vie n'est pas ici. Je sens qu'il vous tarde de chevaucher vers d'autres églises, d'autres saints à peindre, d'autres gens à découvrir.

— Je vais vous répéter ce que j'ai dit tout à l'heure à votre père : une seule personne, une seule, pourrait me faire renoncer à partir.

— Qui donc ?

— Vous, Geneviève !

— Moi ? Vous vous moquez !

— Non, croyez-moi !

Il laissa une abeille bourdonner un instant autour d'eux et reprit :

— Vous, si vous me permettez de demander votre main à maître Simon.

Cette fois, la vertueuse Geneviève céda à l'émotion et s'ouvrit comme une corolle réveillée par le soleil. Elle sourit comme jamais Jehan ne l'avait vue sourire. Sans penser à rien d'autre qu'à un bonheur qui lui tombait du ciel, elle se jeta dans les bras du maître des couleurs qui la pressa contre lui. Il la tint ainsi un moment et dénoua lentement son chignon qui libéra de longues mèches brunes. À l'oreille qu'elle avait petite et finement ourlée il murmura de la voix douce qu'il réservait aux statues, car Jehan parlait aux statues avant de les vivifier de ses teintures magiques :

— À partir de ce soir, madame, je ne veux voir vos beaux cheveux qu'en liberté.

*

* *

— Un mariage de plus dans la famille ! Quel bonheur ! s'écria Louisette en apprenant la nouvelle qui sembla ne pas la surprendre.

Comme Simon lui faisait remarquer que ce mariage était tout de même inattendu, elle ajouta en levant les yeux vers le ciel :

— À mon âge, il en faut plus que cela pour m'étonner. Même Dieu ne me surprend plus : il sait ce qu'il fait en permettant à ces deux-là de fonder un foyer dans la lignée des Pasquier et des Lesourd. Mais je crois bien que ce sera mon dernier mariage car le Tout-Puissant ne va pas tarder à m'envoyer retrouver mon Renaud.

— Allons, grand-mère, dit Geneviève, vous vivrez encore longtemps et assisterez au baptême de mon premier enfant. En attendant, vous allez être la reine de mon mariage !

Il n'y eut hélas ! ni mariage ni baptême pour Louisette ! Alors que la date des épousailles avait été fixée dans les huit jours et que les femmes commençaient les préparatifs d'une fête digne des noces de la couleur et de la pierre, la grand-mère, qui allait vers ses quatre-vingts ans, ne se réveilla pas le matin du 20 septembre de l'an 1200. Berthe la retrouva morte dans son lit. Elle était partie comme elle avait vécu, tranquille mais forte, dans la maison familiale dont elle avait été jusqu'au bout la maîtresse aimée et incontestée. Elle avait dû s'éteindre sans souffrir car ses lèvres amincies par l'âge semblaient esquisser un sourire.

Simon lui ferma les paupières et murmura :

— Elle est déjà avec Renaud.

— Et elle lui reprochait de lui avoir toujours préféré les pierres ! ajouta Judith, ce qui dissipa un peu l'affliction et la crainte de l'au-delà qui étreignaient tous ceux qui pleuraient la grand-mère disparue.

On était trop unis chez les Pasquier, comme chez les Lesourd, pour que les deuils n'y fussent pas douloureusement ressentis. Et puis, Louisette n'était pas n'importe qui. Elle avait vécu soixante ans durant au côté des premiers grands architectes du temps des cathédrales. Elle avait connu leurs espoirs et leurs déceptions, suivi leurs projets et encouragé leurs audaces. Le grand Suger lui-même avait béni son mariage, Guillaume de Sens l'avait prise pour confidente, sans doute l'avait-il aimée en silence jusqu'à s'exiler à Canterbury. Son père Simon Lesourd avait porté à leur sommet les voûtes en croisées d'ogives, son mari Renaud avait bâti le chœur de Notre-Dame de Paris. Ce n'était pas seulement un être aimé qui disparaissait mais la grande dame des cathédrales qui partait voir ce que Dieu accomplissait au-delà des flèches qu'elle avait vues s'élancer vers le ciel.

Quelle autre femme du royaume, fût-elle princesse ou reine, aurait pu être accompagnée à sa dernière demeure par le chantier de la Vierge tout entier rassemblé, celui de Chartres ? Ils étaient grands tous ces maîtres, ces compagnons et ces apprentis vêtus de noir et portant à la taille ou sur l'épaule les outils de leur fonction ! Certains d'entre eux, les plus fidèles, avaient enterré le mari à Paris, à l'abri de ses arcs-boutants, tous portaient en terre chartraine sa femme qui les avait toujours aimés et protégés. Plus poignant que tous les cantiques, le chant funèbre des maçons de Dieu émut aux larmes les gens de la ville venus dire adieu à celle que tout le monde à Chartres appelait Louisette.

Le malheur, que personne n'ose alors identifier à Dieu, frappe souvent les familles plusieurs fois à la suite. À peine le mariage de Geneviève et de Jehan avait-il été célébré par le chanoine gérant de la fabrique et marqué par un simple souper familial, que Hans Maurer, l'homme aux bras de fer et au cœur de forge, le bon géant toujours prêt à aiguiser un ciseau, à changer la tête d'une laie, le marteau du tailleur, passionné jusqu'au dernier jour par la place de plus en plus importante prise par le fer dans la construction des grands édifices, était tombé, foudroyé par une embolie, sur l'enclume où il martelait une brette. Cela aurait pu être une belle fin pour un forgeron si sa barbe ne s'était enflammée au contact du fer rougi. Deux compagnons accourus le tirèrent avec peine de sa triste position et durent éteindre à l'aide d'un seau d'eau le feu qui incendiait sa barbe et brûlait son visage.

On pleura Vulcain, c'était le nom que lui avaient donné les compagnons, comme on pleurait Louisette. Longtemps les soupers furent tristes dans la maison des Pasquier. Et puis, les exigences du chantier eurent raison du malheur, la vie reprit ses droits. Le ménage des couleurs partait des mois durant s'installer là où des statues ou des colonnes attendaient d'être peintes, mais Geneviève et Jehan revenaient le plus fréquemment possible vivre un moment dans la paix familière. Souvent ils laissaient aux soins de Berthe leurs deux garçons, Mathieu et Jean, trop jeunes pour supporter les aléas des voyages.

La nef de la cathédrale, elle, avait enfin rejoint sa façade rutilante, les couvreurs commençaient à protéger les voûtes, les transepts nord et sud étaient presque achevés, on commençait à parler de mettre en place avant deux ans les vitraux de la grande rose.

Ainsi les années passaient. Philippe Auguste guerroyait pour garder ses provinces et en gagner de nouvelles tout en bâtissant, pierre après pierre, comme une cathédrale, le royaume de France. En veillant à l'agrandissement et à l'embellissement de Paris.

Un événement important vint rompre cependant les habitudes du chantier. Un matin de l'automne 1210, le chapitre, par la voix du chanoine d'Angy chargé de l'administration de la fabrique, annonça l'arrivée d'un nouvel architecte. Il ne s'agissait pas de chasser Geoffroy de Laon, qui avait tant fait pour la cathédrale, mais il devenait patent que le maître vieillissait et avait de plus en plus de mal à assurer la continuité de l'œuvre qu'il avait menée jusqu'à un stade majeur. Son ami le parlier était parti vivre à Laon le reste de son âge et Simon lui-même sentait le poids des ans et ne pouvait plus guère aider Geoffroy dans la conduite quotidienne du chantier.

Maître Paul de Brie, un quinquagénaire solide aux traits réguliers et volontaires, vint donc s'installer à Chartres avec, comme c'était l'usage, son parlier, trois maîtres de métiers et cinq compagnons. Tous furent jugés de talent et de bonne compagnie par les maîtres du chantier et de ce fait adoptés par la communauté.

Le chanoine d'Angy avait vu juste : la cathédrale parvenue au terme de sa jeunesse avait besoin d'un apport de sang neuf pour affirmer ses forces vives d'adulte. Paul de Brie n'était pas mal choisi : il venait de Noyon où il avait fait preuve d'une grande habileté en bâtissant sur les restes de l'ancienne cathédrale carolingienne une église conforme aux règles de la nouvelle architecture mais originale avec son plan en forme de trèfle, ses quatre étages d'élévation et une luminosité étonnante. Noyon était loin d'être achevée mais aucun architecte n'aurait refusé de continuer l'œuvre de Chartres dont la renommée était grande.

Geoffroy de Laon n'était pas amer, c'est en toute sérénité qu'il transmit les clefs du chantier à son successeur. Ni l'un ni l'autre n'étaient impatients et les choses se firent tranquillement, comme il se doit entre seigneurs de la pierre.

*

* *

Il pleuvait ce jour-là, les architectes s'étaient mis à l'abri dans la loge avec Simon et Jehan, arrivé la veille à Chartres. Installés autour du plan de la nef, ils choisissaient la place exacte que devrait occuper le maître-autel quand un homme au manteau dégoulinant de pluie poussa la porte. Il ôta le chaperon qui lui couvrait la tête, salua et se présenta :

— Je m'appelle Villard de Honnecourt, c'est le nom de la petite ville où je suis né, près de Saint-Quentin et de Cambrai. J'ai étudié à Vaucelles où les moines m'ont initié à l'architecture cistercienne. J'ai même contribué à la construction de l'abbaye. Depuis j'ai beaucoup voyagé. Sur les chantiers de grandes cathédrales j'ai butiné le savoir, j'ai comparé les manières de bâtir, j'ai regardé les hommes se battre avec la pierre, j'ai inventé des machines de levage pour faciliter leur tâche. Partout, j'ai écrit et dessiné ce que je voyais. Tenez, voici mon dernier album.

Il sortit du fond d'une poche un recueil de feuilles de parchemin cousues entre elles et le posa sur la table.

Étonné mais toujours hospitalier, Geoffroy, agissant en maître des lieux, lui désigna une place sur le banc de bois :

— Qui que vous soyez, messire, soyez le bienvenu au chantier de Notre-Dame de Chartres.

— Je vous connais, dit Paul de Brie. Je vous ai vu il y a quelques années sur le chantier de Noyon. Vous vouliez tout apprendre, tout dessiner sur votre carnet. Je dois dire que vous m'avez étonné par votre science de l'architecture nouvelle, de la géométrie et aussi par la connaissance de quelques secrets que seuls savent les maîtres initiés.

— Mais oui, je me souviens. Vous étiez le maître d'œuvre de la cathédrale. J'ai appris l'autre jour à Paris que vous aviez été désigné architecte de Chartres. Je vous en félicite, c'est la plus belle des cathédrales en cours de construction. Vous me faites beaucoup d'honneur, maître, en me disant que je vous ai étonné il y a quatre ans. J'espère vous montrer que j'ai beaucoup appris depuis !

— De mon côté, j'ai entendu parler de vous, dit Jehan. Vous êtes comme moi un coureur de chantiers. Moi, je peins les statues à droite et à gauche dans le Parisis et même au-delà.

— Vous devez être Jehan L'Hospital. J'ai vu en plusieurs endroits votre travail que j'admire.

Qui était donc ce diable d'homme qui savait tout, connaissait le monde des chantiers comme sa poche et semblait ne pas avoir de fonction définie, ce qui était rare dans la compagnie des bâtisseurs où la règle régissait tout, y compris une hiérarchie rigoureuse ?

— Vous êtes donc architecte, comme l'était mon père Renaud Pasquier ? demanda Simon qui ne manquait pas une occasion de rappeler son ascendance.

— Oui et non. Je construis çà et là quand l'occasion se présente mais mon nom n'a jamais été attaché à une grande cathédrale. Il a toujours fallu que je voyage, que je parte à la découverte. Je suis connu dans les évêchés du royaume et l'on m'appelle souvent pour avoir mon avis sur un projet ou un plan. Les chanoines aiment bien se rassurer avant d'engager de grosses dépenses.

— C'est remarquable ! s'exclama le vieux Geoffroy qui feuilletait le livret du voyageur. Vous expliquez très bien comment vous concevez votre rôle. Me permettez-vous de lire ce que vous avez écrit en présentation de votre carnet ?

— Naturellement, mais ce sont mes dessins et mes commentaires qui méritent attention.

Jehan s'approcha de la fenêtre et déchiffra l'écriture élégante du visiteur :

— *Villard de Honnecourt vous salue et invite tous ceux qui travaillent aux divers genres d'ouvrages de prier pour son âme ; car dans ce livre on peut trouver grand secours pour s'instruire sur les principes de la maçonnerie et des constructions en charpente. Vous trouverez aussi la méthode de la portraiture et du trait ainsi que la géométrie le commande et l'enseigne.*

— Vous êtes le nouveau Pline, dit Paul de Brie. Vous embrassez dans vos parchemins une foule de connaissances ! Êtes-vous artiste, technicien, ou plutôt expert ?

— Tous les maçons, tailleurs de pierre ou charpentiers sont à la fois des techniciens et des artistes. Quant à me dire expert... cela ne me déplaît pas. Maintenant, chers confrères, pourriez-vous m'indiquer un endroit où abriter mon cheval et une grange où je pourrais me sécher et dormir car je suis épuisé ?

— Chez moi, messire. Je me ferai un devoir de vous offrir l'hospitalité contre un moment de votre enrichissante conversation, dit Geoffroy de Laon.

Le lendemain, reposé, Villard de Honnecourt passa sa journée à dessiner. Il releva le schéma du labyrinthe en faisant remarquer qu'il avait dessiné dans son carnet un itinéraire identique mais inversé, celui de Beauvais peut-être ? Il ne se rappelait plus. Simon lui demanda quelle serait la prochaine étape de son studieux pèlerinage. À la stupéfaction générale il répondit :

— Je suis mandé dans la terre de Hongrie où l'on a besoin de moi pour construire la cathédrale de Cassovie. Il y a paraît-il là-bas de bons maçons qui ignorent tout de la croisée d'ogives et de l'arc-boutant. Cela va être un long voyage, je ne rentrerai peut-être pas au village avant des années !

Avec un tel personnage pour convive, la soirée qui réunit les Pasquier chez le maître Geoffroy ne pouvait être que captivante. Louise, toujours assoiffée de connaissances, était aux anges et noyait sous un flot de questions le voyageur étonné d'entendre une femme parler avec autant de justesse de la construction d'un pinacle.

Sur la géométrie il était intarissable. Il racontait comment il cherchait à concrétiser et à confirmer matériellement les règles pragmatiques des bâtisseurs :

— Archimède ne pesait-il pas des figures géométriques découpées dans une plaque d'épaisseur constante pour vérifier le rapport des surfaces entre elles[1] ?

Ces subtilités ravissaient Louise mais fatiguaient son mari. Pour parler d'autre chose, Geoffroy de Laon demanda à Villard s'il ne rapportait pas de ses voyages quelque nouvelle intéressante sur la politique du royaume :

— Ici, on ne sait rien, sinon que Philippe Auguste envoie parfois jusqu'en Aquitaine ses chevaliers frotter leurs armures à celles des Anglais et des Germains.

— C'est vrai, répondit Villard. À cinq lieues de Paris on est isolé comme au milieu de la montagne des Alpes. Mais j'étais avant-hier à Notre-Dame de Paris et on ne parlait alentour que d'une fameuse bataille où le roi a triomphé de belle façon du maudit Otton, l'empereur excommunié retenu à la solde du roi Jean sans Terre d'Angleterre !

Plus encore que les tournois, la vraie guerre passionnait la noblesse et enflammait peuple et bourgeois pourvu qu'elle se déroulât assez loin de la maison. Poètes, chroniqueurs et chansonniers s'employaient à glorifier les faits d'armes, et ce qui venait de se passer à Bouvines, le 27 juillet 1214, était de nature à exciter la verve des auteurs de chansons de geste.

---

1. La Grande Bibliothèque de France possède un manuscrit de trente-trois feuillets de parchemin, carnet de notes et de dessins de Villard de Honnecourt, personnage demeuré mystérieux dont on sait seulement qu'il fut probablement architecte et grand voyageur au temps de la construction des grandes cathédrales. Ce témoignage constitue la meilleure vision historique, artistique et technique qui demeure du XIIIe siècle. La franc-maçonnerie fait aujourd'hui grand cas dans les études de ses loges du manuscrit parfois abscons de Villard de Honnecourt.

— Hélas ! Je ne suis pas trouvère mais voilà comment je peux vous résumer la bataille de Bouvines et la victoire du bon roi Philippe ! commença Villard.

« Tandis que son fils guerroyait en Poitou contre Jean sans Terre, dernier fils d'Aliénor, le roi partit en campagne dans les formes solennelles de la défense du royaume attaqué dans le nord par Otton, le comte de Flandre Ferrand de Portugal, Guillaume de Longue-Épée, comte de Chester, le duc de Brabant et bien d'autres barons d'Allemagne, de Flandre et du Brabant.

« Il avait pris à Saint-Denis l'oriflamme et l'avait remise à l'infanterie fournie par les communes en tant que personnes féodales.

« Les coalisés étaient supérieurs en nombre, l'empereur avait juré de tuer le roi en combat singulier mais Philippe Auguste, en habile capitaine, trompa l'ennemi, le contourna, passa la rivière Marcq, la repassa et défendit hautement en attendant l'infanterie dont l'arrivée changea le rapport des forces et obligea les troupes d'Otton à reculer.

« L'empereur lui-même s'enfuit mais fut capturé par cette infanterie qui a fait merveille près du pont de Bouvines. Ferrand, le félon, fut pris lui aussi. Eh bien, voilà une victoire dont on n'a pas fini de parler ! Mais Dieu pouvait-il laisser l'excommunié, l'infâme, triompher du roi chrétien soumis à la Sainte Église[1] ?

*

* *

---

1. Otton perdra sa couronne sur les bords de la Marcq. Il mourra en exil quatre ans plus tard à Brunswick. Ferrand, le comte de Flandre, passera quinze ans dans la prison du Louvre.

1214 était une année faste pour Philippe Auguste, même s'il ignorait à quel point Bouvines, première grande bataille qu'un roi de France livrait en personne et gagnait depuis un siècle, deviendrait symbole de l'unité nationale. Comme il ignorait que le garçon mis au monde deux mois auparavant par sa belle-fille Blanche de Castille serait un jour béatifié sous le nom de Saint Louis.

La paix revenue après la mémorable victoire sur l'empereur, Philippe Auguste prenait le temps de s'intéresser à Notre-Dame dont la façade, achevée, émerveillait la ville. Il s'occupait aussi du Louvre qu'il avait entrepris de bâtir pour défendre le cours de la Seine et mettre à l'abri le trésor et les archives de la France. C'était un château fort imposant avec son donjon colossal de quatre-vingt-seize pieds de haut et son enceinte quadrangulaire défendue par des tours rondes.

*

* *

À Chartres, chez les Pasquier, on avait vécu ces dix dernières années dans une sérénité voisine de l'ennui. C'était affligeant mais la famille insensiblement vieillissait sans que les jeunes assurent solidement, comme par le passé, la pérennité du nom.

Prudence Maurer n'avait survécu que quelques mois à son mari et, depuis le départ de Geoffroy de Laon et de Louise, dont on n'avait pas de nouvelles, la santé de Simon inquiétait Berthe. « Que veux-tu, disait-il, j'ai soixante-douze ans, c'est un âge où il faut remercier le Seigneur de vous avoir permis de vivre aussi longtemps et être prêt à gagner cette lumière de Dieu dont nous avons essayé avec bonheur de capturer les rayons pour éclairer nos autels. »

Berthe et René lui répondaient qu'il était bâti pour vivre aussi vieux que l'évêque Maurice de Sully qui restait l'exemple de longévité de son temps. Ils ne pouvaient pourtant oublier que Louisette avait dit les mêmes mots à Renaud quelques jours avant sa mort.

Simon n'était pas Renaud. Il savait que son départ pour une autre vie ne serait pas l'objet d'une ferveur populaire. Le chœur du chantier manifesterait rituellement ses regrets mais ne pleurerait pas un bâtisseur de génie. Simon avait été un bon parlier, un grand professionnel, mais il n'avait pas été un créateur, un inventeur d'arabesques de pierre, de voûtes aériennes, de perspectives audacieuses comme l'avaient été son père, son grand-père, Guillaume de Sens, et même Geoffroy de Laon. Cet état d'éternel second ne l'avait pas blessé au cours d'une vie qui, tout de même, avait été une belle réussite. Il ne lui laissait, au moment de mourir, qu'un soupir étouffé à l'oreille de René qui, comme lui, ne porterait jamais le bliaud brodé des insignes de l'architecte :

— Renaud, le père, a légué aux années futures le chœur éclatant de Notre-Dame. Il m'a dit que cette seule pensée lui faisait quitter la vie sur terre sans regrets. Moi, je ne laisserai que le souvenir d'avoir bien fait mon métier de maçon.

— C'est déjà tellement bien, mon père ! Tu as été, par la volonté du Tout-Puissant, un bâtisseur de cathédrales exemplaire !

Ainsi Simon, maçon de Dieu, quitta la maison Pasquier un matin de novembre de l'an 1215. Son frère Victor qui remplaçait Hans Maurer à la forge et faisait sonner l'enclume avec passion, était devenu le chef de famille. Pierre, malade, ne mettait plus les pieds au chantier depuis des mois et lui aussi parlait de s'en aller rejoindre Judith, morte l'année d'avant, au paradis des tailleurs de pierre.

Tous ces deuils créaient un climat pénible et la maison ne se réveillait vraiment que lorsque Jehan L'Hospital et Geneviève, accompagnés de leurs fils Mathieu et Jean, arrivaient heureux du bout de la France. Le maître des couleurs avait gardé son charme et son entrain, Geneviève sa bonne humeur, et les enfants âgés, maintenant de quatorze et quinze ans, respiraient la joie de vivre. C'est donc avec enthousiasme que la famille accueillit la déclaration de Jehan :

— C'en est fini, famille, de notre vie nomade ! Le maître des couleurs abandonne ses poudres magiques et se fixe à Chartres avec sa chère Geneviève. Les garçons ont bien commencé leur apprentissage lors de nos déplacements mais il faut maintenant qu'ils préparent le compagnonnage dans un chantier unique et sérieux. Je pense que le maître d'œuvre acceptera de les engager en souvenir de Renaud.

— Sûrement ! dit Victor. Et nous serons là avec René pour les guider. Votre décision nous enchante !

René était sans doute celui qui voyait revenir sa sœur et Jehan avec le plus de plaisir. Sa femme Rose était morte peu de temps après son mariage en accouchant d'une fille qui n'avait pas vécu. Désespéré il avait un temps songé à se retirer dans un monastère, mais sa mère l'en avait dissuadé :

— Si Dieu t'avait voulu moine, il te l'aurait montré très tôt, comme pour Denis. Il t'a préféré bâtisseur, ta place reste au chantier et dans ta famille !

René, maçon hors pair, meilleur appareilleur du chantier, s'était réfugié dans le travail et l'étude. Les chanoines de la fabrique l'avaient pris en charge et l'accueillaient le soir dans leur école où il mordait au latin et apprenait la géométrie. Il n'avait jamais songé à se remarier malgré les encouragements de Berthe et de Victor. Il ne manquait pourtant pas, en ville, de jeunes veuves de maçons ou de charpentiers qui auraient été ravies d'épouser le fils Pasquier.

— Tu finiras parlier ! lui disait Roger Santi. C'est toi qui reprendras le flambeau de la famille et lui rendras son panache !

— Je suis trop vieux. Et pour me remarier et pour briguer une première place dans le métier...

— Comme si l'on devenait parlier à vingt ans ! Quant à te marier, regarde autour de toi ! Les vieux de ton âge qui épousent des jeunesses, enfin des femmes plus jeunes qu'eux, sont légion.

— Et toi, Roger, pourquoi ne t'es-tu pas marié ?

— J'ai été marié. Dix ans ! Et puis, comme toi, ma femme est morte. Alors je suis venu en France et Renaud m'a fait faire la statue de saint Étienne pour le portail de Sens. La suite, tu la connais : Paris, la galerie des rois d'Israël et de Juda, le tympan, les saints des embrasements et même le gisant de Maurice de Sully.

Santi se signa après avoir prononcé le nom du créateur de Notre-Dame puis continua :

— Et maintenant ce fichu chantier de Chartres qui m'empêche de rentrer en Italie ! Mais qu'on me laisse finir avec mes sculpteurs les dernières statues des portails du transept et je retournerai chez moi, à Vicence. Pour y mourir et être inhumé près de ma femme.

Ce transept, Geoffroy et Simon l'avaient rêvé depuis des lustres, en avaient refait dix fois le plan, dessiné et redessiné les portails nord et sud, sachant que c'était cette nef transversale qui parachèverait la cathédrale et lui donnerait la forme symbolique d'une croix et une incomparable majesté. Et le transept existait enfin, avec ses deux porches qui auraient pu servir chacun de portail principal à n'importe quelle autre grande cathédrale.

*
* *

Jehan ne rentrait pas à la maison pour se reposer. Dès le lendemain de son arrivée, il rassembla la famille pour lui faire part de ses réflexions :

— Au cours de mes pérégrinations, j'ai rencontré les grands maîtres verriers du royaume. Je les ai regardés ajuster leurs parcelles de verre coloré, créer des personnages, raconter les histoires que la lumière divine animerait. Je les ai aidés à trouver de nouvelles couleurs, à oser des contrastes, à transformer le verre vulgaire en pierres précieuses. Ils appellent « chambre aux verriers » l'atelier qu'ils installent au pied de la cathédrale où ils travaillent. La plus importante œuvre en ce moment est Notre-Dame de Paris. Un autre atelier d'une quinzaine de maîtres et compagnons peaufine les verrières de Saint-Denis. L'abbé Suger disait : « Les vitraux ne sont pas faits pour décorer la basilique. Ils font partie de son architecture au même titre que les colonnades et les voûtes d'ogives. Et il en sera dorénavant ainsi dans toutes les églises, qu'elles soient chapelles ou cathédrales ! » Il avait prévu tout ce qui ferait « l'architecture française ».

— Et alors ? dit Victor, impatient.

— Eh bien, il faut créer la « chambre aux verriers » qui va devoir clore les ouvertures de Chartres. Jusqu'à maintenant, l'architecte s'est débrouillé avec les verriers d'autres paroisses, mais si l'on veut faire de

Notre-Dame de Chartres un joyau comparable à Notre-Dame de Paris, il faut tout de suite mettre à la tâche deux ou trois maîtres et au moins cinq compagnons verriers qui auront du travail pour dix ans !

— En quoi sommes-nous concernés ? demanda Berthe. Nous ne sommes pas verriers. C'est d'ailleurs le seul métier qui n'a pas eu de représentant dans la famille.

— Il y en aura un, mère, car je vais proposer à la fabrique de former cet atelier. Des couleurs sont des couleurs. Qu'elles soient déposées sur des statues ou sur du verre, il s'agit des mêmes matières, de la garance à l'indigo. Et sur ce point, le maître des couleurs sait de quoi il parle. Je vais tout de suite, par courtoisie, prévenir Paul de Brie que je vais demander à rencontrer les chanoines de la fabrique.

— Il va penser que c'est à lui de faire cette démarche, dit René.

— Rassure-toi. J'ai appris à ménager la susceptibilité des maçons, qui augmente avec le grade. Je le persuaderai en quelques phrases qu'il a beaucoup de chance que je veuille m'occuper d'un domaine qu'il ne connaît pas. Le plus beau, c'est que c'est vrai !

Jehan partit d'un grand rire, repris par toute la famille. Avec le maître des couleurs, la joie revenait chez les Pasquier.

Il convenait de fêter cette renaissance, et comme Geneviève faisait remarquer que le lendemain était le premier jour du printemps, il fut décidé d'en célébrer les promesses par un festin. Berthe, que la mort de Simon avait éprouvée et que le goût de vivre semblait avoir abandonnée, retrouva soudain ses forces pour prendre en main la confection du repas et distribuer les tâches entre les femmes de la maison.

Il y avait longtemps que la préparation d'agapes n'avait empli la maison Pasquier de cris, de fausses querelles, d'énervements et d'odeurs gourmandes. Les hommes ne s'étaient pas pressés pour rentrer du chantier afin de ne pas gêner les femmes qui, depuis l'aube, bardaient, rôtissaient, braisaient, rissolaient. Quand ils arrivèrent au grand chêne, l'endroit où le chemin faisait un coude et où la maison apparaissait toute proche, ils furent surpris par l'odeur pénétrante de fumets qui se mêlaient aux premiers effluves du printemps.

— Dieu, que cela sent bon ! dit René. Le rappel des temps heureux...

— Cela annonce surtout un fameux souper ! répondit Jehan.

— Qui va s'occuper de la boisson ? demanda Berthe en priant les arrivants de ne pas rester dans les jambes des cuisinières.

— Moi, dit Victor. Avec Jehan qui s'y connaît pour mettre un tonnelet en perce. Nous n'avons jamais goûté au vin d'Ausone que Simon avait acheté l'an dernier à un marchand bordelais.

Ce souvenir attrista l'assemblée une seconde mais Jehan reprit :

— J'ai pensé exprès à ce vin parce que Simon, là où il est, sera content de savoir que nous ne l'avons pas oublié. Nous boirons ce soir à sa mémoire et à son talent. Ah ! Je pense que cela ne gênera personne, j'ai rencontré tout à l'heure Paul de Brie à la réunion de chapitre et je l'ai prié à partager notre souper puisque nous fêterons aussi l'ouverture prochaine de la chambre aux verriers et qu'il m'a beaucoup aidé à convaincre les chanoines.

Personne n'y trouva à redire et Berthe, en montrant le milieu de la table dressée sur une nappe étincelante de blancheur, dit :

— Il partagera mon écuelle. Il n'est pas venu souvent ici à cause des deuils mais c'est un prud'homme qui a gardé tous les nôtres lorsqu'il est arrivé. Prenons tout de même une seconde pour que tu nous dises ce qu'il en est de l'atelier de verrerie.

Les femmes s'essuyèrent les mains à leur tablier et écoutèrent avec les hommes le maître des couleurs :

— Le verre arrivera d'un atelier où des ouvriers façonnent avec le feu et leur souffle des feuilles de verre de trois pieds de diamètre, verre coloré selon mes indications qui sera livré à la chambre aux verriers que nous allons construire sans délai près de la loge.

— Et c'est là que les verrières seront élaborées ? Et qui décidera du choix des sujets ?

— Les seules personnes capables de le faire : les moines, les abbés, les hommes d'Église érudits. À Chartres, le chapitre nous fournira la nature et l'ordre des sujets de religion, d'histoire ou d'ornement qui doivent figurer dans chacune des fenêtres dont l'architecte nous donnera les formes. Je ne sais pas encore qui sera le Suger de Chartres. Plusieurs prélats sans doute.

La présence de Paul de Brie se révéla fort utile. À la fin du souper, une alliance entre l'architecte et le maître des couleurs devenu grand vitrier de la cathédrale était décidée. Il fut convenu que Jehan partirait en mission afin de visiter les ateliers les plus actifs, ceux de Sens, de Laon, de Paris, et d'y embaucher ceux qui devraient réaliser le plus fabuleux des ensembles de vitraux.

Une nouvelle aventure commençait. Un frisson parcourut l'assistance lorsque l'architecte conclut :

— Il va nous falloir du courage, mes amis, car la cathédrale va présenter, d'après les derniers calculs, huit mille pieds carrés de vitraux répartis en cent soixante-quatre baies ! Seules une quarantaine d'entre elles sont pourvues de leur verrière. Combien vous faudra-t-il de temps, maître Jehan, pour réaliser ce programme ?

— Une vingtaine d'années. Pas plus, pour que j'aie une chance, avant de mourir, de voir Chartres resplendir dans toute sa lumière.

*
* *

Une à une, sous la vigilance de Paul de Brie et de Jehan L'Hospital, les ouvertures béantes de la cathédrale, dont le gros œuvre était achevé, furent obturées par les vitraux sortis de la chambre aux verriers où œuvraient plus de vingt artistes. C'est lors de la pose du vitrail de la Rédemption, le 16 juillet 1223, que la nouvelle se répandit sur le chantier : Philippe Auguste était mort deux jours auparavant dans sa résidence de Mantes !

Un grand silence succéda aux bruits habituels et les hommes se signèrent. Philippe avait été un bon roi. Il avait régné quarante ans, plus que tous les autres Capétiens, et tout le monde savait que ce règne avait été bénéfique pour le royaume. C'était un roi aimé qui partait en laissant à son fils Louis, que l'on appelait « le Lion », l'héritage d'un pays en plein essor économique et urbain.

Rien ne laissait prévoir qu'une nouvelle succession serait bientôt ouverte. En effet, deux ans après son sacre, Louis VIII tomba malade durant une campagne dans le Languedoc et dut s'arrêter en Auvergne, à Montpensier. Il n'en repartirait pas vivant, laissant la couronne à son fils Louis IX âgé de douze ans.

Dans la famille, on avait pu apprendre assez vite l'événement car Aubry Cornut, l'évêque de Chartres, avait été appelé au chevet du roi mourant, avec l'archevêque de Sens et l'évêque de Beauvais, pour porter témoignage de ses dernières volontés : faire couronner Louis et donner jusqu'à sa majorité la régence du royaume à la reine mère Blanche de Castille.

— La mort du roi n'aura pas de conséquence sur le chantier, dit Jehan, devenu un familier des chanoines de la fabrique.

— En es-tu sûr ? demanda René.

— Oui. L'entourage royal composé des fidèles de Philippe Auguste demeure en place, à commencer par le chancelier Guérin et le chambrier Barthélemy de Roye. Tous souhaitent que l'œuvre entreprise sous Philippe Auguste et poursuivie par son fils soit terminée dans les délais les plus brefs. La cathédrale de Chartres doit devenir par l'abondance et la qualité de ses vitraux la plus céleste du royaume.

Chapitre XI

La Sainte-Chapelle

En cette année de 1228, le printemps tenait ses promesses. Paris respirait la gaieté, l'air était doux, la cathédrale dorait ses pierres blanches aux premiers rayons du soleil et le donjon du palais rassurait par sa force tranquille les habitants de la Cité. Qui, parmi ces passants nonchalants ou pressés, pouvait se douter qu'au même instant des conjurés tentaient de s'emparer du jeune roi ?

Bien des grands personnages, barons, comtes et vassaux jaloux, mécontents de voir la France gouvernée par une femme et un enfant, étaient décidés à se débarrasser des deux. C'est ainsi que le duc de Bretagne, le comte de Dreux et Philippe de Hurepel, l'oncle du roi, s'étaient réunis à Corbeil pour dresser une embûche où la reine Blanche et son fils devaient tomber en revenant d'Orléans.

Ce n'était pas le premier complot que le réseau d'informateurs de Blanche de Castille avait déjoué. Cette fois encore, elle fut prévenue du danger alors que le cortège royal s'avançait vers Melun. Maîtresse femme, bonne mère et farouche gardienne de l'État, la reine Blanche décida de forcer les chevaux afin d'échapper aux conjurés et de mettre le roi en sûreté derrière les remparts de Montlhéry. C'est là que Thibaud, le comte de Champagne, vint lui confirmer que l'armée des félons était campée à Corbeil, qu'elle était bien supérieure en nombre à sa faible escorte et qu'elle n'attendait qu'un ordre pour attaquer la vieille tour de Montlhéry. Que faire ?

Blanche appela le roi :

— Mon fils, voilà votre première épreuve. Il faut en sortir vainqueur ! Votre armée est dans le Midi et ne peut être rappelée. Il nous reste heureusement les bourgeois de Paris et le peuple qui n'aiment pas du tout la trahison. J'envoie un messager pour leur demander de venir en masse délivrer le roi !

À Paris, l'émotion fut grande. Tout de suite les milices communales de la Cité et de l'Île-de-France s'armèrent et partirent avec les chevaliers du domaine royal vers Montlhéry. Quand l'avant-garde des rebelles aperçut cette marée humaine qui déferlait sur la route et à travers champs, elle revint au galop avertir les conjurés qui, malgré leur nombre et leur armement, préférèrent s'abstenir d'attaquer le cortège royal. Acclamé tout au long du parcours par son peuple, le futur Saint Louis rentra sans mal à Paris.

Avant que Joinville n'en écrivît le récit, cette scène, la première d'une histoire légendaire, fit le tour du Parisis puis gagna la province. À Chartres, où les relations étaient étroites entre l'évêché et la maison du roi, la nouvelle fut connue presque en même temps qu'au marché Sainte-Catherine. C'est naturellement Jehan, l'homme le mieux renseigné de la ville, qui la rapporta à la maison Pasquier. On continuait à appeler ainsi les vieux murs des bords de l'Eure bien que la plupart des porteurs du célèbre nom eussent disparu. Seul restait René qui gardait bon pied bon œil et exerçait avec un grand savoir – Roger Santi l'avait prédit –

les fonctions de parlier. Le sculpteur, lui, était mort sans revoir son Italie. Il avait en revanche pu contempler la façade de la cathédrale terminée avec, en place, toutes les statues qu'il avait restaurées ou refaites. Et même la rosace sertie de ses vitraux.

Les jumeaux aussi en avaient terminé avec leur passage terrestre. À vingt-quatre heures près ils seraient morts le même jour, on l'apprit plusieurs mois après par le rouleau des morts parvenu à l'abbaye de Saint-Denis. On connut aussi avec retard la mort de Geoffroy de Laon et de sa femme dans leur retraite de Samoussy. Ce jour-là, le chantier célébra selon le rite la mémoire du premier architecte de Chartres.

Autour de René, Jehan, Geneviève et leurs deux fils reformaient la famille, celle qui achevait la cathédrale en la parant de vitraux devenus au fil des ans des caractères spécifiques de l'architecture nouvelle.

Proclamé jadis maître des couleurs, Jehan L'Hospital était sur ses vieux jours reconnu seigneur du verre. Il avait créé deux ateliers, celui de Chartres et un autre, mobile, dont les maîtres et les compagnons se déplaçaient de chantier en chantier. Mathieu et Jean étaient devenus ses seconds et prenaient de plus en plus d'autorité à mesure que leur père, fatigué par sa vie errante et ses entreprises harassantes, voyait diminuer ses forces. Après l'apprentissage durant lequel ils avaient tâté de tous les métiers, ils maîtrisaient maintenant les diverses branches de l'art du vitrail et formaient des compagnons réclamés par toutes les villes où s'élevaient des bâtiments religieux que l'on ne concevait plus sans l'éclairage de verrières qui permettaient en outre d'exposer au regard des fidèles des scènes illustrant les enseignements de l'Église.

— Le peuple ne sait pas lire, mais il sait regarder ! disait Jean. Les vitraux lui apprennent par l'image l'histoire de Notre Seigneur.

Mathieu, l'aîné, avait hérité la faconde de son père et parlait avec lyrisme du métier qu'il aimait. Il avait épousé Marie, la fille d'un clerc chargé de la rédaction des actes de la vie communale, et avait trois enfants âgés de trois, cinq et sept ans. Son frère Jean, au contraire, ressemblait à sa mère. Comme Geneviève, il était paisible et mesuré dans ses jugements. Il faisait merveille dans les travaux les plus minutieux comme la mise en plomb, la découpe à la marteline ou l'ajustage au grugeoir [1]. Il était aussi avide de savoir et butinait les connaissances de René instruit des leçons des moines. Si on lui parlait de mariage, il répondait qu'il attendrait d'avoir l'âge de son père quand il avait épousé Geneviève. Il avait vingt-six ans, ce qui lui laissait juste, disait-il, le temps d'apprendre le latin.

Jehan avait accroché à un mur de la loge deux grands parchemins. Le premier, sous le titre « Les œuvres peintes par Jehan L'Hospital dit le Maître des couleurs », portait la liste de toutes les statues qu'il avait allégrement peintes avec, pour chacune, quelques lignes de commentaire. La seconde feuille, elle aussi datée et agrémentée de remarques, était consacrée aux vitraux, dont la plupart étaient en place à Chartres.

C'est en méditant cet inventaire de sa vie que Jehan s'éteignit, un après-midi d'avril de l'an 1237, alors qu'il se trouvait seul dans la loge. Le maître des charpentiers Louis Servant le découvrit, inerte, au pied du banc sur lequel il s'était assis, face aux parchemins. Il

---

1. Mise en plomb : assemblage des pièces de verre par sertissage dans des baguettes de plomb. Marteline : petit marteau à deux tranchants pour détacher la coupe. Grugeoir : pince pour rogner les bords de la pièce de verre. On comparera la diversité des outils utilisés par les verriers au petit nombre employé par les compagnons du bâtiment.

alerta Mathieu qui travaillait dans la chambre aux verriers, et le chantier, d'un même geste, déposa les outils pour prier Dieu et ses saints d'accueillir comme il le méritait celui qui avait au cours d'une vie pieuse et laborieuse illuminé les cathédrales.

Jehan fut pleuré par les siens, comme Geneviève qui, devenue dévote à l'excès, passait ses journées à genoux dans le chœur de la cathédrale et ne survécut qu'un an au maître des couleurs.

C'était l'année où le roi acheta aux Vénitiens la couronne d'épines. Depuis quelque temps, l'histoire des reliques du Christ courait les monastères et le monde chrétien. Elle rejoignait celle de la quatrième croisade qui avait vu en 1204 les chevaliers francs et la *guardia* du doge Dandolo partir pour délivrer Jérusalem et finir par assiéger Constantinople. Il fallut attendre le retour des premiers croisés pour imaginer ce qui s'était passé derrière les murs de l'antique capitale byzantine. Le fait est que l'un des barons de la croisade avait été couronné à la tête de l'Empire latin de Constantinople. Les croisés avaient alors fait main basse sur des reliques du Christ abritées dans l'un des sanctuaires du palais impérial, vestiges insignes rassemblés depuis des siècles par les souverains de Byzance.

Et voilà que trente ans plus tard, l'empereur Baudouin, ruiné, son armée défaite par les Grecs, devait se séparer des précieuses reliques. Il avait déjà mis en gage la couronne du Christ auprès des Vénitiens, et le roi qui rêvait de placer ce trésor sacré à la garde du clergé de Paris décida de la racheter. Il en coûta la somme considérable de cent trente-cinq mille livres aux finances royales mais l'occasion de se montrer le modèle de tous les princes chrétiens, d'affirmer sa dévotion, de faire du royaume le phare de la chrétienté, cela avait-il un prix ?

Dans la Cité on ne parlait que de cette pieuse transaction et ce fut du délire lorsqu'on apprit que deux frères prêcheurs avaient apporté en secret la couronne jusqu'aux portes du royaume. Il fallut empêcher la foule de se joindre au cortège royal lorsque Louis IX, accompagné de son frère Robert d'Artois, évêque du Puy, de la reine Marguerite de Provence, qu'il avait épousée cinq ans auparavant, et de l'évêque de Sens, quitta le palais de la Cité pour aller à Villeneuve-l'Archevêque[1] prendre possession de la relique sacrée convoyée ensuite par voie d'eau jusqu'à l'île de la Cité.

*

* *

Le roi, âgé maintenant de vingt-cinq ans, avait eu un début de règne difficile. Il avait laissé sagement sa mère et ses conseillers diriger la politique royale tandis qu'il faisait son apprentissage militaire en mettant à la raison les barons soutenus par le roi d'Angleterre Henri III qui revendiquait – vieille obsession –, la Normandie, l'Anjou et le Poitou. La paix, revenue un temps, lui permettait de s'intéresser aux suites à donner à l'arrivée de la couronne du Christ, déposée en grande cérémonie dans l'ancienne chapelle palatine Saint-Nicolas, à proximité du palais de la Cité, puis placée sous la sauvegarde des moines de Saint-Denis. Une relique aussi précieuse méritait à coup sûr un abri plus digne et plus sûr. Le roi, qui n'avait encore rien bâti pour la gloire de Dieu, commença à consulter des architectes, à demander l'avis du

---

1. Aujourd'hui dans l'Yonne.

chapitre de Notre-Dame, à étudier le plan de l'île royale. Il pensait à un sanctuaire qui ne serait ni une cathédrale ni une église, mais une flamboyante chapelle qui exalterait la grandeur du Seigneur et placerait les reliques sous la sauvegarde directe du roi. Car la poursuite de reliques restait l'objectif de Louis qui ajoutait chaque matin à ses prières une supplique à la Sainte Trinité pour qu'elle lui accorde l'ineffable faveur d'en acquérir de nouvelles. Vœu exaucé puisque, moins de deux ans plus tard, l'empereur Baudouin, aux abois, lui proposait d'acheter les derniers objets sacrés qui demeuraient en possession de l'Empire byzantin. Les pourparlers, par émissaires tournants, durèrent près d'une année et, finalement, au printemps de 1241, Baudouin abandonna au roi un fragment de la Vraie Croix et d'autres reliques liées à la Passion, à la Vierge et aux saints : les clous, l'ampoule de Saint Sang, l'éponge, le suaire et le manteau de pourpre.

La construction de la Sainte-Chapelle reliquaire ne pouvait plus attendre. Le roi Louis demanda au chanoine Clément qui, à la fabrique de Notre-Dame, activait l'élévation de la tour nord, les noms des meilleurs architectes-maîtres d'œuvre du moment. Les vieux noms qui s'étaient illustrés en fondant l'art nouveau que l'on appellerait « gothique » étaient oubliés. Aujourd'hui étaient connus Robert de Luzarche, Thomas de Cormont qui édifiaient la cathédrale d'Amiens, Pierre de Montreuil qui, après l'agrandissement de Saint-Germain-des-Prés travaillait toujours à la basilique de Saint-Denis, Robert d'Hellenvilliers et quelques autres occupés au Mans et à Reims où la reconstruction de la vieille cathédrale, détruite par l'incendie de la ville, était commencée depuis une trentaine d'années.

Le nom de Pierre de Montreuil retint le choix du roi[1]. Distinction éminemment flatteuse mais ô combien difficile à honorer ! Louis, bien conseillé, savait ce qu'il voulait et ce qu'il voulait n'avait pas de précédent sinon la petite chapelle palatine attenante au château de Saint-Germain-en-Laye fondée quelques années plus tôt mais qui n'avait aucun point commun avec la Sainte-Chapelle rêvée par le roi.

Il fallait que le maître d'œuvre soit doué d'une habileté prodigieuse, qu'il maîtrise parfaitement la perspective monumentale pour concilier la hauteur de deux nefs voûtées superposées et la faible largeur de l'édifice dont la surface au sol était limitée et qui devait en tout état de cause rester une chapelle précieuse, un joyau délicat mieux qu'un vaisseau cathédrale.

*

* *

Plutôt qu'architecte, Pierre de Montreuil aimait qu'on l'appelle « maître des pierres vives », en référence au *magister de vivis lapidus* des premiers maîtres maçons. C'était un homme grand, mince, raffiné, au visage doux et agréable, aux cheveux châtains longs et bien peignés. Toujours habillé de noir, il avait adopté un style recherché qui commençait à être repris par quelques maîtres d'œuvre de sa génération. Certains se gaussaient. Lui lançait, de la voix théâtrale qui lui était coutumière : « Les nobles se revêtent de noblesse, pourquoi l'art ne se couvrirait-il pas de

---

1. Une tradition orale désigne depuis le XIVe siècle Pierre de Montreuil comme maître d'œuvre de la Sainte-Chapelle mais aucun texte ne subsiste qui ratifie ce choix. Pierre de Montreuil est néanmoins l'un des premiers architectes de cathédrales qui ait laissé son nom à la postérité.

grâce ? » Une phrase qui ne voulait pas dire grand-chose mais ce langage bizarre surprenait. Et surprendre était l'ambition permanente du « maître des pierres vives ». « Il est tellement plus facile dans nos métiers de copier que de surprendre ! » disait-il. Bref, le pari royal qui lui était proposé ne pouvait qu'exciter le talent créateur de l'original sieur de Montreuil qui se mit à couvrir de dessins les parchemins que l'évêché mettait à sa disposition dans une pièce de la chancellerie transformée en salle des traits.

Un jour, le roi, en se rendant à Vincennes où il aimait séjourner et tenir audience en plein air, sous un chêne disait-on, voulut voir où en étaient les plans de sa chapelle. Il se fit ouvrir la porte que Pierre de Montreuil tenait close pour ne pas être importuné et regarda, étonné, au fond de la pièce, l'architecte se débattre, échevelé, au milieu de ses essais. Le compas dans une main, l'équerre dans l'autre, il poussait de temps en temps des soupirs qui pouvaient aussi bien traduire le doute que le contentement. Il sursauta quand le comte de La Mare qui accompagnait le souverain annonça d'une voix sévère : « Le Roi ! » Confus, il se leva, se trompa de manche en voulant enfiler son bliaud et finalement s'inclina en disant avec une simplicité qui plut au monarque :

— Sire, ma confusion est grande. Je travaillais et n'avais pas entendu venir Votre Majesté. Pardonnez cette tenue négligée qui ne m'est pas habituelle.

— Je sais, monsieur l'architecte, que votre élégance est admirée. Remettez-vous et montrez-moi votre projet qu'il va falloir très vite mettre en œuvre. N'oubliez pas que je vous ai donné cinq ans pour bâtir ce qu'il convient d'appeler dès maintenant la Sainte-Chapelle. Je sais que ce délai est court si on le compare au siècle que vont durer les travaux des cathédrales, mais il ne s'agit pas d'une cathédrale !

Pierre de Montreuil rassembla les feuilles qui encombraient la table et tendit au roi un parchemin qui résumait les fruits de son travail : le dessin en perspective de cette chapelle à deux étages qui devait, sous peine d'être refusé, correspondre aux hypothèses du rêve royal.

L'architecte avait perdu sa superbe. Il n'était pour l'heure qu'un artiste inquiet qui guettait dans l'œil de son mécène le signe libérateur de l'acquiescement. Mais le roi Louis était formé à l'art politique et diplomatique de ne rien laisser paraître de sa pensée. Impassible, il examinait chaque pouce du dessin, éloignait la feuille, la rapprochait, fermait les yeux pour réfléchir. Au bout d'un temps qui parut une éternité au maître, le roi reposa le parchemin sur la table et rendit sa sentence, comme il le faisait à Vincennes lorsque la guerre lui laissait le loisir de rendre la justice :

— C'est très bien, monsieur l'architecte ! Vous sentez-vous capable de construire ce que vous avez dessiné ? Les voûtes de la chapelle basse pourront-elles supporter le poids de la chapelle haute ? Cette dernière, que vous prévoyez close presque entièrement par d'immenses verrières historiées, peut-elle être concevable avec une maçonnerie de soutien si mince et si élancée ?

— Oui, sire. Cela sera possible grâce à une bonne utilisation du métal. L'étage supérieur, dont la fragilité apparente ne vous a pas échappé, sera ceinturé de deux bandes de fer auxquelles il faudra adjoindre des tirants de métal dissimulés sous la charpente. Les ogives elles-mêmes seront renforcées par des barres de métal épousant leur forme[1].

---

1. Avant l'architecture rayonnante dont la Sainte-Chapelle est l'inimitable exemple, le fer a été utilisé dans la construction de la

— Tant de fer ! Cela ne va-t-il pas être laid ?

— Non, sire. Ces renforts de métal, qui vont me permettre de faire culminer les combles à plus de cent trente pieds et d'élever dessus une flèche dont je n'ai pas encore calculé la hauteur, seront invisibles.

— Fort bien, monsieur l'architecte. Je vous fais confiance. N'oubliez pas que vous entreprenez une œuvre doublement sacrée, une chapelle royale et en même temps un écrin pour les reliques les plus précieuses de la chrétienté.

— Tout ce dont je suis capable, je le ferai pour Dieu et pour mon roi. Je me permets de faire remarquer à Votre Majesté que cette construction exceptionnelle coûtera cher. Il faudra, j'estime, employer une quarantaine de verriers durant les cinq années que doivent durer les travaux.

— Les crédits ne manqueront pas. En attendant que soit promulgué l'acte de fondation, un collège de maîtres chapelains suivra les travaux selon mes volontés. C'est à eux que vous aurez affaire pour les questions financières et administratives. Par ailleurs, un groupe de théologiens va s'activer à choisir les sujets des verrières qui tous doivent glorifier les reliques de la couronne d'épines et de la Vraie Croix.

— Sire, il en sera fait selon vos désirs. Je bénis le Seigneur et Votre Majesté de me permettre d'œuvrer, inspiré par ma foi, à la gloire de Dieu.

— Bien. Sachez que le roi sera toujours prêt à vous aider en cas de besoin. Mais vous me verrez souvent sur le chantier. J'envisage la Sainte-Chapelle comme l'un des sommets de mon règne. Faites, mon Dieu, qu'il en soit ainsi !

---

plupart des grandes cathédrales. Mais c'est la première fois qu'un monument religieux est ainsi bardé de métal.

*
* *

Au commencement, Pierre de Montreuil avait travaillé seul pour définir les grandes lignes du projet. La vision d'ensemble de la chapelle gravée maintenant dans son esprit aussi nettement que sur un parchemin, il engagea pour l'aider six maîtres bâtisseurs rompus aux exigences techniques, des virtuoses de l'équerre et du compas qui avaient quitté, pour le service du roi, leur chantier en cours.

Avant même que la première pierre ne pénètre dans l'enceinte du palais où devait s'élever la chapelle, il fallait fournir aux ouvriers des divers métiers, tailleurs, maçons, forgerons, charpentiers, des indications détaillées sous forme de dessins, d'épures, de gabarits afin qu'ils préparent les éléments d'un ouvrage, de petite taille, mais dont chaque détail devait être en parfait accord avec le parti général. Seule cette préparation minutieuse, sous l'œil exigeant du maître d'œuvre, pouvait permettre d'espérer que la chapelle serait terminée dans les délais imposés par le roi.

De leur côté, les chapelains et les moines érudits du palais établissaient le programme du décor sculpté et dressaient la table des matières du grand livre des vitraux qui, dès l'origine, était dans l'esprit du maître d'ouvrage le phare de la *capella vitreata*.

Dix ans plus tôt, Jehan L'Hospital aurait pris la direction des ateliers chargés des verrières et René aurait fait partie du groupe des conseillers de l'architecte. Mais Jehan peignait depuis longtemps les nuages du Bon Dieu et René était mort pieusement l'année passée dans le monastère de Saint-Denis où il avait voulu finir ses jours. Il ne restait que Jean et

Mathieu, qui se faisaient appeler maintenant de L'Hospital sans que personne y trouve à redire, pour représenter la famille des premiers bâtisseurs, les Pasquier-Lesourd, dans la suite royale des fondateurs de la Sainte-Chapelle.

Avant même qu'une loge ait été construite pour les maîtres et compagnons du chantier, deux ateliers de verrerie avaient été organisés. Des cochers y déchargeaient des plaques translucides et colorées venues de la verrerie installée dans la forêt de Vincennes. D'autres chariots, tirés par deux paires de bœufs, convoyaient de pesants chargements de plomb.

Bientôt débuta la longue élaboration de la châsse de lumière. Le rite n'avait pas changé depuis le temps où l'abbé Suger avait créé ses premiers vitraux grâce à la science de maître Gottfried, le verrier génial venu de Germanie. Esquisse, carton, coloration, découpe, peinture, cuisson, mise en plomb... les thèmes fournis par les chanoines de la chapelle commencèrent, sous l'impulsion de Jean et de Mathieu, à devenir réalité. Les deux frères étaient bien décidés à ne pas s'inspirer – cela aurait été la facilité – des modèles des carnets qui circulaient de chantier en chantier. Ils s'étaient promis, en mémoire de leur père, d'inaugurer dans les vitraux de la Sainte-Chapelle de nouvelles constantes comme l'allongement des figures, la liberté des silhouettes, l'accentuation des contours, bref de créer un style nouveau qui différencierait les verrières de la chapelle aux reliques de celles qui éclairaient les autres nefs.

Le roi vint voir les deux premiers vitraux terminés que les frères de L'Hospital lui présentèrent avant de les remiser dans de la paille. C'étaient le pélican du vitrail de la Rédemption et l'arche du vitrail de Noé. Louis en fut enchanté, félicita l'atelier et souligna qu'il était curieux de voir achevées certaines verrières alors que la chapelle n'en était qu'aux fondations.

— C'est vrai, sire, dit Pierre de Montreuil. Mais nous savons que ce sont les vitraux qui, *in fine*, risquent de vous faire attendre. Songez que la verrière de l'*Arbre de Jessé* nécessite à elle seule quinze cartons pour représenter trente-huit figures ! On ne prendra jamais assez d'avance !

Le chantier ne ressemblait pas à celui des grandes cathédrales. Maîtres et compagnons étaient beaucoup moins nombreux et il se trouvait enclavé dans les murs antiques du vieux palais. Le public n'y avait donc pas accès, comme à Notre-Dame où chacun pouvait s'approcher pour constater les progrès de la construction. Ainsi faudrait-il attendre des années pour que les Parisiens puissent apercevoir, perçant au-dessus des toits, l'aiguillon effilé de la flèche.

Tandis que Jean et Mathieu, dignes fils du maître des couleurs, enchâssaient le rubis, l'émeraude, le saphir dans les rives de l'étage aux reliques, les statues des douze apôtres trouvaient leur place devant les piles soutenant les retombées de la voûte. C'était une autre innovation, jusque-là les statues étaient réservées à l'extérieur des églises.

*
* *

Le temps passait. Pierre de Montreuil, fébrile, pressait les maçons qui construisaient la galerie reliant l'étage de la chambre du roi à la nef supérieure de la chapelle. Par cette voie privée, Louis IX et ses familiers pourraient accéder directement à la nef aux reliques, le rez-de-chaussée étant réservé au culte paroissial pour les soldats, les serviteurs et les fonctionnaires résidant au palais.

La chapelle double qui comportait aussi deux porches avait posé maints problèmes à l'architecte mais, maintenant que l'on en était au stade de la finition, Pierre de Montreuil respirait. Il avait gagné son pari. Encore quelques raccords de peinture sur les colonnes de la partie basse, un dernier vitrail à encastrer à la *Fenêtre de Judith*, la Sainte-Chapelle serait achevée le 26 avril de l'an de grâce 1248, date choisie par le roi pour la consécration.

*
* *

Deux ans auparavant, le roi avait légalisé l'assemblée des chanoines qui, comme la fabrique de Notre-Dame, avait eu la responsabilité d'assurer l'administration et le financement des travaux. Il avait fondé au cours du mois de janvier 1246, par l'« acte de première fondation », un collège de maîtres chapelains assistés chacun d'un prêtre, d'un clerc, d'un diacre et d'un sous-diacre. Ce collège aurait en charge la célébration du culte dans la chapelle, la surveillance des reliques, l'organisation des ostensions[1], l'entretien des vitraux[2]. C'est lui évidemment qui prépara la consécration de la chapelle dont le roi disait qu'il pouvait être fier, et même ressentir de l'orgueil, puisqu'il n'avait fait qu'obéir aux volontés du Tout-Puissant.

Le mois d'avril avait été exécrable. La pluie, le vent, la grêle avaient gêné la pose des derniers vitraux. Un moment, Pierre de Montreuil avait même craint pour

---

1. Ostension : présentation des reliques à l'adoration des fidèles.
2. On voit que les vitraux ont représenté dès l'origine, après les reliques, la grande richesse de la chapelle.

la flèche dont une parcelle métallique s'était détachée lors d'une bourrasque, mais il s'agissait d'un motif décoratif sans importance et l'architecte déclara que cette tempête était une épreuve ordonnée par le Seigneur pour s'assurer que l'audacieuse architecture ne mettrait pas un jour en péril les reliques sacrées.

Dieu avait dû être rassuré car, au matin du 26 avril, un soleil rayonnant faisait étinceler les vermillons, les bleus d'azur et les pourpres des vitraux.

Après avoir emprunté la galerie avec les deux reines, Blanche sa mère et Marguerite sa femme, Louis passa le portail orné de la statue du Christ bénissant. Le trio royal eut de la peine à se frayer un passage dans la foule des invités pour rejoindre les trois fauteuils alignés près de la châsse, véritable monument de bronze et d'argent posé devant l'autel. En dehors de la famille royale, seul le légat du pape, Mgr Eudes de Châteauroux, disposait d'un siège qu'il quitta pour dire la messe et dédier la chapelle haute à la Sainte Croix tandis que Mgr Pierre Berruyer, l'archevêque de Bourges, consacrait au-dessous la chapelle basse à la Vierge.

Les deux nefs étaient trop petites pour permettre un grand appareil. La cérémonie, si importante pour le roi, resta simple. On était loin de la dédicace de l'abbaye de Saint-Denis mise en scène jadis par Suger. Dans la gloire de son inauguration, la Sainte-Chapelle restait un bijou de famille.

Mêlé à la foule des prélats et des dignitaires, Pierre de Montreuil avait assisté à la cérémonie qui marquait la fin d'un labeur de six années. Le visage fermé, solitaire, « l'homme en noir », comme les compagnons, sans malveillance, appelaient entre eux l'architecte, descendit l'escalier en colimaçon qui menait au rez-de-chaussée. Dehors, il se cogna aux frères de

L'Hospital qui avaient dû, faute de place, se contenter de suivre la liturgie de la chapelle basse. Il les salua et allait prendre le chemin de sa maison quand Mathieu le retint :

— Monsieur l'architecte, nous venons de vivre une aventure exaltante. Durant cinq ans nous avons travaillé ensemble pour Dieu, pour le roi et pour l'ineffable plaisir de créer mais nous n'avons pas trouvé le temps de vraiment nous connaître. Ne croyez-vous pas que c'est dommage ? Nous fêtons ce soir en famille, à la façon du métier, la fin du chantier de la Sainte-Chapelle. Voulez-vous nous faire l'honneur de vous joindre à nous ?

Jean, toujours sensible et attentif aux autres, crut voir une larme percer dans le regard du maître qui esquissa un sourire et répondit sans hésiter :

— Votre offre, messires, me touche beaucoup. Finir un chantier est toujours un déchirement et il m'eût été, je m'en rends compte, pénible de vivre seul mon adieu à la Sainte-Chapelle.

*
* *

De leurs rapports quotidiens avec l'architecte, Jean et Mathieu gardaient le souvenir d'un homme froid, taciturne, entièrement consacré à son travail. « Il est marié avec la Chapelle », disait Mathieu. En fait on ne lui connaissait ni femme ni amis. Célibataire, il ne rentrait chez lui que pour dormir ou se nourrir, servi par un valet aussi discret que son maître. Et voilà que ce fut un tout autre homme qui frappa à la porte des de L'Hospital le soir de la dédicace de la Chapelle. Certes, Pierre de Montreuil était habillé de noir mais il lui aurait été difficile de faire autrement car il ne possédait évidemment pas de vêtements d'une autre teinte. Pourtant son visage avait changé. Il n'avait pas grossi dans l'après-midi mais il paraissait plus plein. Une partie des rides, creusées sous l'emprise d'une affliction permanente, était effacée et les lèvres amincies semblaient s'être gonflées, comme pour se préparer à sourire. Et le sourire qu'avait cru discerner Jean le matin s'épanouit quand il entra dans la chambre qui, à l'encontre de la plupart des pièces de l'époque, culottées de suie et de graisse, était gaie et avenante dans sa blancheur de chaux fraîche.

Oui, Pierre de Montreuil savait sourire ! Il savait même être aimable, et Marie, qui s'apprêtait à recevoir un ours bourru, fut surprise d'entendre son hôte lui faire des compliments sur son bliaud à parements de soie qu'elle portait pour la première fois.

Mathieu, qui n'attendait que cela pour laisser aller sa voix sonore et éclater son entrain, mit tout de suite de l'ambiance dans la compagnie en demandant à Simon, l'aîné des enfants, de sortir les gobelets et d'apporter, avec l'aide de son frère, le tonnelet de vin de Loire monté de la cave pour la circonstance.

— Il y a tellement longtemps que je vis en ermite ! dit le maître. J'avais oublié qu'il existait une vie de famille. Je vous remercie pour cette soirée qui marquera autant dans ma vie que le jour où la cendre et le malheur se sont abattus sur moi. Grâce à vous, je sens qu'il est possible de retrouver un goût à l'existence.

Les de L'Hospital ne surent rien de plus de l'infortune qui avait frappé l'architecte mais se réjouirent de découvrir un être qui savait parler avec passion du métier. En fait, il ne fut question ce soir-là que de la Chapelle, des difficultés qu'il avait fallu surmonter durant ces cinq années et de l'angoisse vaincue jour après jour aussi bien dans la chambre aux verriers quand les couleurs ne prenaient pas que dans la nef haute où l'équilibre précaire des voûtes semait l'inquiétude avant d'être stabilisé.

Enfin, on parla de l'avenir. Où les frères verriers allaient-ils installer leurs ateliers ? Où l'architecte de la chapelle aux reliques continuerait-il d'ajuster des pierres taillées pour en faire des volutes et des croisées d'ogives ?

— Je pense que j'irai construire le réfectoire de Saint-Germain-des-Prés, dit Pierre l'architecte. Les moines me le demandent et, comme c'est là que je voudrais finir mes jours terrestres, je crois que je vais répondre à leur offre. Après, on verra...

— Je sais que les chanoines de Reims nous accueilleront volontiers, dit de son côté Jean de L'Hospital. Je suis passé par là jadis avec mon père, et l'architecte Jean d'Orbais commençait à reconstruire la cathédrale qui, elle aussi, avait été complètement dévastée par un incendie. Il paraît que maître Jean élève un monument magnifique. La cathédrale du sacre des rois de France, vous pensez ! Surtout, il fait la part belle aux vitraux et on dit qu'il dispose de trop peu de verriers pour réaliser son programme.

— Et si nous nous retrouvions à Reims lorsque j'aurai terminé le réfectoire des moines ? dit Pierre de Montreuil. Je connais bien Jean d'Orbais, peut-être acceptera-t-il mon aide. Reims après la Sainte-Chapelle... J'aurais accompli mes devoirs envers la royauté !

*

* *

Les reliques étaient en lieu sûr, la Sainte-Chapelle consacrée, et le roi s'apprêtait à partir pour délivrer Jérusalem prise par Kharezmiens au service du sultan d'Égypte. La châsse de pierre et de verre était-elle pour autant vraiment terminée ? Louis IX, qui venait chaque matin prier devant la tribune des reliques, avait demandé pourquoi tant d'ouvriers s'agitaient encore autour des vitraux et de certains chapiteaux.

— La chapelle n'est donc pas achevée ? s'inquiéta-t-il

— Sire, elle est finie mais les maîtres verriers et moi-même tenons à vérifier que, malgré notre vigilance, un défaut ne nous a pas échappé. Ainsi, Mathieu de L'Hospital a découvert qu'une baguette de plomb de la rose supérieure était dessoudée. Et moi, j'ai remarqué quelques sculptures de chapiteaux qui demandent une finition plus soignée. Le chantier, des apprentis aux maîtres, ne livrerait pour rien au monde à Votre Majesté et par-devers vous à Dieu un travail qui ne soit pas exemplaire.

Enfin, il fallut décider qu'un geste était le dernier et dissoudre le chantier. Pierre de Montreuil garda quelques maîtres et compagnons qu'il emmena avec lui à Saint-Germain-des-Prés et les frères de L'Hospital préparèrent le départ pour Reims de l'un de leurs ateliers, l'autre devant s'installer à Amiens pour achever les dernières verrières.

*

* *

Reims ! La cathédrale d'orgueil, aimée d'une ville, d'une région, d'un royaume où, depuis Clovis, à de rares exceptions près, tous les rois de France avaient été sacrés, renaissait de ses cendres, celles de l'incendie qui, en 1210, l'avait complètement détruite. Plus encore que pour Chartres, le royaume s'était mobilisé, le pape avait distribué des indulgences aux plus généreux donateurs, des bourgeois s'étaient ruinés, l'archidiocèse dessaisi de ses biens. Et trente ans plus tard, en 1241, les chanoines avaient pu faire leur entrée solennelle dans le nouveau chœur.

Les frères de L'Hospital furent transportés d'admiration en arrivant devant le portail royal dont des dizaines de maçons garnissaient de statues les arches, les chapiteaux et les niches étagées jusqu'au ciel.

— Regarde, dit Jean, le nombre des figures rangées à terre qui attendent d'être mises en place ! Les sculpteurs doivent œuvrer depuis des années, peut-être avant la pose de la première pierre ! Je crois qu'il n'en est pas de même pour les verrières. Des confrères, peu nombreux, ont commencé à travailler trop tard, comme à Paris. Cela explique l'empressement avec lequel on nous accueille.

Mathieu ne répondit pas. Il était, à quelques pas derrière, en extase devant la statue d'un ange que des hommes avaient redressée et s'apprêtaient sans doute à hisser jusqu'à la place que lui avait désignée l'architecte.

Il appela son frère :

— Jean, viens voir ce chef-d'œuvre ! Remarque ce sourire subtil où on lit la bonté, la foi dans le Seigneur et aussi une certaine malice. On m'avait dit que les meilleurs sculpteurs du temps exerçaient dans les ateliers de Reims. Eh bien, c'est vrai ! Ces suites de personnages qui gravitent autour du portail me fascinent. Quelle virtuosité ! Mais mon préféré restera l'ange au sourire. Le sourire de Reims qui nous souhaite la bienvenue...

— Tu as raison ! Cette statue est sublime. On ne verra qu'elle au milieu de ses sœurs. Il va falloir, mon frère, se donner du mal pour que les vitraux de Reims soient à la hauteur de ses sculptures !

À ce moment, arriva Simon, l'aîné des enfants de Mathieu, qui allait vers ses quatorze ans et n'était pas encore entré en apprentissage, son père ayant voulu qu'il s'instruise d'abord à l'école du palais où de bons maîtres enseignaient les enfants des hauts fonctionnaires et des officiers.

Tout de suite, le regard de Simon se porta vers l'ange, vers ses mains croisées, son aile en dentelle et son visage illuminé de joie intérieure.

— Père, dit-il, il peut donc y avoir des statues souriantes dans une cathédrale ?

— J'ai vu au cours de nos pérégrinations quelques rares visages entrouvrir les lèvres, comme en se cachant. Mais un sourire comme celui-là, jamais !

— Mon père, dit l'enfant, si vous le permettez, je ne serai pas verrier mais sculpteur. Je veux, moi aussi, pouvoir un jour faire sourire la pierre !

Et après ?

Le roman et le gothique

Gothique et roman : voilà deux mots pratiquement inutilisés dans cet ouvrage. En effet, ils n'existaient pas au temps où naissaient les cathédrales et il n'aurait pas été logique de les mettre dans la bouche de personnages réels ou romanesques.

« Roman », du latin *romanus*, est employé à partir de 1818 pour désigner l'art qui s'est développé de la fin de l'État carolingien (VIIIe siècle) jusqu'au XIIe siècle avec la diffusion en architecture religieuse de la croisée d'ogives et des arcs-boutants.

« Gothique » est un mot emprunté au bas latin *gothicus* (relatif aux Goths). D'abord employé pour désigner l'écriture du Moyen Âge, l'adjectif s'applique péjorativement, à partir de 1435, à la période artistique comprise entre l'époque romaine et la Renaissance. Durant l'époque classique, le mot à valeur pseudohistorique est fortement péjoratif. Molière parle du « fade goût des ornements gothiques ». À partir de 1824 seulement, « gothique » désigne le style répandu du XIIe au XVIe siècle en France et en Europe.

*

* *

Les avatars de la Sainte-Chapelle

Sous l'Ancien Régime, la Sainte-Chapelle a souffert des injures du temps, des inondations et des incendies, en particulier ceux de 1630 et 1776. Jusqu'à ce que le vandalisme révolutionnaire endommage la plupart des statues et de nombreux vitraux, les gouvernants ont eu à cœur d'entretenir scrupuleusement le symbole de la royauté et de la religion. Des modifications ont été apportées, entre autres le petit édifice à deux niveaux, le trésor des Chartes, adossé au côté nord de la chapelle. Il fut rasé après l'incendie de 1776.

Au XVe siècle, Louis XII avait fait aménager un escalier monumental reliant directement la cour au porche du premier étage. Détruit par un incendie en 1630, cet escalier fut rétabli en 1811 avant d'être définitivement supprimé à la grande restauration du XIXe siècle.

La flèche qui signale dans le ciel l'existence de la chapelle aux reliques avait été déjà quatre fois refaite lorsque furent entrepris en 1840 les travaux de restauration globale décidés par le gouvernement. Opération nécessaire car la chapelle haute avait été transformée en dépôt d'archives de 1803 à 1837. Les vitraux bas démontés avaient été cédés à vil prix aux brocanteurs, ce qui explique la présence de parties entières de la verrière de la Sainte-Chapelle dans des manoirs anglais. On se demande encore comment l'empereur a pu laisser s'accomplir un acte aussi aberrant.

La restauration archéologique du XIXe siècle demeure un modèle. Pour Félix Duban, le maître architecte, l'aura magique qui se dégageait du vieil édifice ne devait pas être altérée par une remise à neuf tapageuse. Il réussit le miracle de restituer au monde d'aujourd'hui une Sainte-Chapelle très proche de celle de Saint Louis.

*
* *

Le calendrier des cathédrales

Il était impossible dans cet ouvrage de suivre jusqu'à leur terme les travaux entrepris sur les chantiers de toutes les cathédrales. Beaucoup d'entre eux ont duré plus d'un siècle. Il nous a paru intéressant de relever quelques dates d'événements importants faisant suite à notre récit.

Notre-Dame de Paris

1240. Élévation de la tour nord.

1241. Eudes, légat du Saint-Siège, défend d'accueillir la nuit les sans-logis dans les grandes salles des tours.

1245. Achèvement des tours et de la galerie haute entre les deux tours.

1250. Début de la construction des croisillons nord et sud par l'architecte Jean de Chelles.

1252 (à partir de). Construction des chapelles latérales dans la nef.

1320 (jusqu'en). Construction de nouvelles chapelles. La ceinture des chapelles qui entourent la nef et le chœur est achevée.

1351. Achèvement de la clôture du chœur. Jusqu'à la Révolution, la cathédrale est entretenue, le carrelage d'origine est changé, une crypte est creusée pour recevoir les corps des chanoines décédés.

1793. Destruction par les révolutionnaires de nombreuses statues dont la suite de rois sur la façade occidentale et les grandes figures du portail.

1845. Campagne de restauration par Viollet-le-Duc et Lassus. Elle durera dix-neuf ans.

1864. Dédicace le 31 mai après l'achèvement de la restauration.

Sens

1180. Mort de l'architecte Guillaume de Sens.

1184. Incendie de la ville. La charpente et les voûtes subissent des dégâts considérables qui nécessitent des réparations immédiates.

1230 (à partir de). Agrandissement des fenêtres hautes de la nef, achèvement des décorations peintes et sculptées. Installation d'un riche jubé à l'entrée du chœur.

1234. Bénédiction du mariage du futur Saint Louis avec Marguerite de Provence.

1268. L'effondrement de la tour sud sur la façade royale écrase deux travées de la nef et une partie du portail.

1300 (à partir de). Construction de chapelles ouvertes sur les bas-côtés par l'architecte Nicolas de Chaulmes qui commence à élever les deux bras du transept.

1500 (vers). Mise en place des derniers vitraux de la rosace, du fenestrage et des baies latérales.

1502. Sculptures des statuettes des voussures et des grandes statues de la façade par les « tailleurs d'images » Gramin et Lecoq.

1730. Cédant à la mode architecturale du moment, le chapitre décide de démolir le jubé du XIIIe siècle qui sera remplacé par une grille monumentale. On détruit aussi le précieux autel du XIIIe siècle.

1793. Les sculptures et statues de la façade sont détruites par le vandalisme révolutionnaire. La seule statue épargnée est celle de saint Étienne, patron de la ville, à laquelle il est fait maintes allusions dans ce roman.

1820. Début de grands travaux de consolidation et de restauration de la cathédrale qui garde sa splendeur et son unité.

Chartres

1260. Dédicace de la cathédrale achevée sauf pour des embellissements prévus et réalisés au cours des ans.

1300 (à partir de). La cathédrale est le lieu de grands pèlerinages. Les artisans offrent des vitraux pour l'amour de la Vierge et pour l'honneur de voir leur blason ou leur corporation honorée au bas de la verrière.

1350. On ajoute une salle capitulaire et une grande chapelle à l'arrière du bâtiment.

1500 (à partir de). Élévation de la flèche du clocher nord par l'architecte Jehan de Beauce. Réalisation du revêtement sculpté du chœur. (Remarquer que le nom des maîtres d'œuvre commence à être connu.)

1720. Démolition du jubé. Nouveau dallage qui respecte le labyrinthe.

1730. Sous la Révolution, le trésor est pillé, la Vierge de la crypte brûlée, de nombreux bas-reliefs mutilés, la toiture de plomb arrachée et fondue. La plupart des statues furent heureusement épargnées.

1836. La cathédrale que l'on commence à restaurer est une nouvelle fois la proie des flammes. Seule la charpente intérieure doit être refaite. La pierre heureusement a résisté et les verrières sont peu endommagées.

1940. Les bombardements détruisent une partie de la vieille ville mais ne touchent pas la cathédrale.

1991. Restauration des vitraux dont la grande rose et la Vierge à l'Enfant (*Notre Dame de la Belle Verrière*). Chartres, fleuron des cathédrales françaises, est inscrite au patrimoine mondial de l'Unesco.

Reims

1299. Achèvement de la nef et des toitures.

1300 (à partir de). Construction de la galerie des rois.

1400. Construction de la clôture du chœur.

1418. Début de la construction d'un jubé monumental par Collard de Givry.

1429. Jeanne d'Arc se présente à Reims avec son oriflamme.

1435 (à partir de et jusqu'en 1460). Construction des tours conçues deux cents ans plus tôt. On continue à orner la cathédrale de dentelles de pierre, de niches et de pinacles.

1481. Incendie de la cathédrale. Disparition des combles et de la grande flèche du transept.

1484. Restauration des combles.

1580. Destruction de la rose sud par un ouragan.

1611. Restauration de portails.

1737. Réparation de la façade ouest et des sculptures.

1793. La cathédrale est transformée en magasin à fourrage puis en temple de la Raison.

1846 (à partir de). Restauration des galeries de la nef puis de l'abside.

1914. Des obus incendiaires allemands causent des dégâts considérables. Le gros œuvre de la cathédrale, pilonnée jusqu'en 1918, doit à la solidité de ses murs et à la perfection des assemblages d'ogives de survivre au désastre. La qualité de la construction évitera aux ruines d'être transformées en mémorial comme certains le préconisent. Dès la fin de la guerre, l'architecte Henri Deneux entreprend de relever la cathédrale des rois. Le travail est énorme mais est mené, grâce aux procédés modernes de construction, à une rapidité qui aurait stupéfié les tailleurs de pierre du Moyen Âge.

1938. La cathédrale est rendue au culte. Des dons divers permettent de remplacer de nombreux vitraux.

*

* *

Les cathédrales et la franc-maçonnerie

Le nom de « franc-maçon », s'il est apparu vers 1370 en Angleterre pour désigner les maçons de « pierre franche » ou, selon une autre source, utilisé en allusion aux franchises dont jouissaient les bâtisseurs d'églises, était durant le Moyen Âge quasi inconnu en France.

Le problème est de savoir si les bâtisseurs de cathédrales formaient une sorte de société secrète ésotérique dont la franc-maçonnerie serait l'héritière. Rien ne confirme cette hypothèse. Selon toute vraisemblance, le fameux secret des tailleurs de pierre, s'il existait bien, n'avait pour objet que la protection d'un savoir-faire qui avait pour corollaire des privilèges professionnels importants.

La loge qui rassemblait les maîtres et les compagnons était naturellement jalouse de ses prérogatives et défendait son monopole contre l'intrusion dans le métier de gens qui n'auraient pas suivi la formation traditionnelle, en franchissant les différents stades de l'initiation professionnelle, de l'apprentissage à la maîtrise.

Pour cette raison, qui ne cachait pas des dessous ésotériques, les tailleurs de pierre étaient tenus, sous serment, de ne divulguer à quiconque les tours de main, les recettes de métier, les théories, fruits du travail collectif d'une vieille et noble confrérie.

Est-ce à dire que la franc-maçonnerie spéculative, née bien plus tard en Angleterre avant de se développer en Europe et en Amérique, ne doit rien aux bâtisseurs de cathédrales ?

Si elle n'a pu hériter d'un caractère philosophique, spirituel, occulte qui n'a pas existé, elle a retenu une forme d'organisation, un rituel, un vocabulaire et l'évocation de légendes si répandues au Moyen Âge, comme celle de la construction du temple du roi Salomon à laquelle les tailleurs de pierre entendaient faire remonter leur origine. Il est probable aussi que les tailleurs de pierre aimaient entourer leurs réunions d'un certain mystère afin de se différencier des autres professions.

Restent les signes lapidaires, ces marques gravées que l'on peut lire sur les pierres des cathédrales. Les archéologues en ont trouvé depuis longtemps la raison. Beaucoup indiquent la carrière d'où a été extraite la pierre ou son positionnement dans l'édifice. Certaines marques étaient celles des tailleurs payés à la pièce, d'autres enfin, mais elles sont plus rares et en général cachées, étaient l'emblème ou le nom d'un compagnon qui avait voulu laisser la trace de son passage sur un chantier de Dieu.

On découvre aussi des symboles dans les statues et les chapiteaux : légendes et symbolisme ont guidé les bâtisseurs du Moyen Âge.